唐宋行记研究

田峰 著

中国社会科学出版社

图书在版编目(CIP)数据

唐宋行记研究/田峰著. —北京:中国社会科学出版社,2020.3
ISBN 978-7-5203-6502-4

Ⅰ.①唐… Ⅱ.①田… Ⅲ.①游记—文学研究—中国—唐宋时期 Ⅳ.①I207.62

中国版本图书馆 CIP 数据核字(2020)第 082941 号

出 版 人	赵剑英
责任编辑	史慕鸿
责任校对	季　静
责任印制	戴　宽

出　　版	中国社会科学出版社
社　　址	北京鼓楼西大街甲 158 号
邮　　编	100720
网　　址	http://www.csspw.cn
发 行 部	010-84083685
门 市 部	010-84029450
经　　销	新华书店及其他书店
印　　刷	北京明恒达印务有限公司
装　　订	廊坊市广阳区广增装订厂
版　　次	2020 年 3 月第 1 版
印　　次	2020 年 3 月第 1 次印刷
开　　本	710×1000　1/16
印　　张	22.5
插　　页	2
字　　数	335 千字
定　　价	118.00 元

凡购买中国社会科学出版社图书,如有质量问题请与本社营销中心联系调换
电话:010-84083683
版权所有　侵权必究

本成果受天水师范学院中国语言文学
省级重点学科建设经费资助

目　录

序 …………………………………………………………………（1）

绪论 ………………………………………………………………（1）

第一章　行记的源流及其在先唐的发展 ……………………（11）
　第一节　关于行记起源问题的讨论 …………………………（12）
　第二节　汉代行记的初创 ……………………………………（28）
　第三节　魏晋南北朝行记发展的三个途径：僧人行记、征伐随行记
　　　　　与交聘行记 …………………………………………（34）
　小　结 …………………………………………………………（62）

第二章　唐宋行记的文体特点与史学传统 …………………（63）
　第一节　关于行记文体特点的讨论 …………………………（64）
　第二节　唐宋行记的史学传统 ………………………………（85）
　小　结 …………………………………………………………（116）

第三章　宋代文学演进与文人行役记 ………………………（117）
　第一节　行记与游记的会通 …………………………………（118）
　第二节　宋代文人行役记由纪行到文化胜览的美学转变
　　　　　——以陆游《入蜀记》为中心 ……………………（124）
　小　结 …………………………………………………………（170）

第四章　唐宋交聘行记与夷夏之辨 …………………………（171）
 第一节　唐代的交聘行记与夷夏之辨 ……………………（173）
 第二节　宋代的交聘行记与夷夏之辨 ……………………（178）
 小　结 ………………………………………………………（231）

第五章　唐宋僧人行记与旅行心态 …………………………（237）
 第一节　唐宋西行印度求法僧人行记与旅行心态
    ——以《大唐西域记》和《大慈恩寺三藏法师传》
    为中心 …………………………………………（238）
 第二节　日本汉文僧人行记所见日僧在唐宋的社会交往与心态
    ——以《入唐求法巡礼行记》与《参天台五台山记》
    为中心 …………………………………………（277）
 小　结 ………………………………………………………（314）

结语 ……………………………………………………………（315）

附录　汉至宋行记的著录 ……………………………………（318）

参考文献 ………………………………………………………（333）

后记 ……………………………………………………………（350）

序

巩本栋

近二三十年以来，古代文学研究与学术界的其他领域一样，无论在研究的广度还是深度上，都得到了极大的拓展，取得了卓越的成绩。即以文体学而言，除了诗词歌赋和常见的骈散文体之外，一些以往少有人注意的文体，如诏诰、表启、书札、序跋、笔记、语录等文体的研究，渐为学者关注。行记一体也是如此。像龚鹏程、葛兆光、李德辉等先生，在其著作和论文中或提示研究方向与路径，或从交通、行聘等角度对行记进行论述，都有启发意义。但就行记尤其是唐宋时期大量涌现的行记作品研究来说，显然尚有很多方面需要开拓。田峰博士即有志于此。他潜心探究行记有年，撰成《唐宋行记研究》一书，较之前人，所获实多，诚难能可贵也。

文学是一定的社会生活在人们头脑中反映的产物，某种文学体裁的形成，归根结底，是为了适应一定的社会生活需要而产生，并随着社会生活的发展变化和人类认识事物水平的提高而不断发展变化的。"雅容告神"而有颂，"事生奖叹"而有赞（《文心雕龙·颂赞》），"先圣鉴戒"而有铭，"攻疾防患"因有箴（《文心雕龙·铭箴》），而诗要言志，赋亦应体国经野，等等。《文心雕龙》所论文体八十一种，各有渊源，亦各有其用。因此，从某种意义上说，文各有体，体各有用，实是文体产生和发展的根本原因；如果社会生活对某种文体不再有需求，或这一文体不能尽其所用或不再适用，它也就会逐渐走向衰落或发生变异。行记的产生亦然，它源于先秦史官文化，是交聘行旅记述的产物。田峰的研究从行记之体的起源和发展入手，对先秦行人、土训、诵训、职方氏等职官制度一一进行了考察，指出行记出于先秦史官的交聘行旅活动，《尚书·禹贡》《山海经》《穆天子传》等对行记的产生有直接影响（由三书与行记关系的研究，反过来也对三书的行旅性质和特征有了新的认识），在其后的发展中，又与地记、游记、日记相互关联，于是便具有了记录行踪、景观和旅行体验三方面的文体功能和要素。这些认识，都有理有据，切实可信。

行记虽源出史官，但行记中所蕴含的内容却十分丰富，称为文化景观，并不夸张。书中对于行记中展现的文化景观的揭示，用力尤多。比如，他讨论宋人行记，便注意揭示宋人面对政治军事上占优势的辽、金两国既鄙夷（文化上）又屈尊（政治、军事上）的复杂心态，认为这反映出一种被扭曲的夷夏观念。旧时一些地理形势险要的边塞要地，虽早已不再是边防要塞，然也会在使者的观念中凸显出其区分夷夏的作用。又如，书中指出，在西行求法的僧人行记中，同样反映出宗教与国家、社会与个人等多方面的、错综复杂的情感，反映出一种文化上的矛盾和困惑。所论皆着眼文化，视野开阔，颇有见地。

随着唐宋文学的发展，行记一体也更富有文学色彩，尤其是与宋代士大夫的文化修养和社会环境密切相关，文人行役记不仅纪行，而且，在行旅体验中往往透露出一种深厚的人文关怀。书中以陆游《入蜀记》为中心，对其书的文学色彩作了深入的讨论，并进一步提出，在《入蜀记》一书中，行记完成了由纪行到文化胜览的转变。书中的景观包括自然景观、社会景观和文化景观。这些景观共同构成了浸润着人文关怀的历史和文化长卷。因为，当作者感受着山川自然之美时，也接受和传递着自然之美中所积淀的历史感和文化审美。"予行天下多矣，览观山川形胜，考千载之遗迹，未尝不慨然也。"（《严州重修南山报恩光孝寺记》）陆游的话正道出了其中的寓意。

傅璇琮先生在他的《唐代科举与文学》一书的序言中，曾回忆起他从兰州参加唐代文学学会第二届年会后，前往敦煌的一段经历和感受。他说："车过河西走廊，在晨曦中远望嘉峪关的雄姿，一种深沉博大的历史感使我陷于沉思中，我似乎朦胧地感觉到，我们伟大民族的根应该就在这片土地上。（略）来到敦煌，我们观看了从北魏到宋元的石窟佛像，那种种奇采异姿，一下子征服了我们。我们又在暮色苍茫中登上鸣沙山，俯瞰月牙泉，似乎历史的情景与现实融合为一。"凡是去过敦煌的学人，恐怕都会产生与傅先生相似的感受。田峰博士来南京大学攻读博士学位之前，即在新疆伊犁师范学院任教，毕业后又曾回去工作数年，"匹马孤征，仆仆于惊沙大漠之间"（向达先生语）的经历和体验，似又过于他人。他选择唐宋行记进行研究，并能对西行求法僧人行记中体现出的复杂心态和文化寓意作出分析，又指出陆游对诗歌认识的深化与其"饱以五车读，劳以万里行。险艰外备尝，愤郁中不平"（《感兴》）的生活经历密切相关，指出《禹贡》《山海经》《穆天子传》中的行记文体因素等，我想，就或与他的生活经验不无关系。

唐宋时期，中国与周边国家的文化交流和往来十分频繁，文字、文物遗存也多，不仅仅是行记而已。虽然我们今天透过这些遗存已很难完全恢复那些鲜活的文化情景了，但作为一个伟大民族的后人，在我们努力开辟新的前进道路时，尽可能地重现我们祖先辉煌灿烂时代的生活图景，其意义是不言而喻的。田峰博士对此既有兴趣，并已在其研究的道路上取得了可喜的成绩，我相信，假以时日，他是一定能获得更大的成就的。峰其勉旃！

是为序。

己亥仲秋于锺山东麓有容斋

绪　　论

　　中国古代社会以农耕文明为基础，因此居家耕作成了古人常态的生活方式，这一生活方式使古人的乡土观念不断深化。以血缘关系为纽带所形成的稳定居住群体正是农耕文明背景之下维系社会运转的基本单元。血缘关系与乡土观念使"居"显得异常重要，古人总是无形之中在营造相对固定的居住场所。那么，这是否能够说明"居"的对立面"行"就不重要呢？我们只要翻阅古代的文献，就会发现其实"行"的重要性有时甚至超过了"居"。古代的文学描述中"居"与"行"始终是一对矛盾，正因为重"土"，所以更重"迁"，文学作品中不厌其烦地表达旅行之人对乡土的眷恋这一主题，这恰恰说明远行是古人生活中非常重大的事件。从国家层面来看，"中国"观念的形成也基于以"中心"区域为内核不断向外延展的空间考量，"中心"空间是一个稳定的文化共同体，而"边缘"地带则成了"异域"。所以，生活在"中心"地带的人们除了固守内核的稳定之外，特别希望了解"边缘"空间，这样不同目的的"外围"旅行也就显得非常重要。既然旅行在古代如此重要，那么有关旅行的记录也就极为重要。旅行可以以多种方式来记录，其中最主要的记录旅行的方式无疑就是行记。

　　行记滥觞于先秦。先秦的行人、土训、诵训、职方氏等官职已经开始记录旅行之事，而且还出现了《禹贡》《山海经》《穆天子传》等具有浓厚旅行色彩的文献。汉代，一些行人之官，往往由博学多识之士担任，依然延续先秦记录"异国"之事的传统。张骞的《出关志》、陆贾的《南越行纪》已经具备行记的性质。魏晋南北朝时期是行记的形成发展期，有反映僧人域外所见所闻的旅行记录，如《佛国记》《游行外国传》《外国传》《历国传》《慧生行传》等；也有反映交聘的行记，如《魏聘使行记》《聘北道里记》《聘游记》《朝觐记》《并州入朝道里记》等；还有反映随军征伐的行记，如《述征记》《西征记》《宋武北征记》《北伐记》等。可以看出，行记作品在魏晋南北朝时期已经有一定的规模，其体式、内容、表现手法等逐渐完善。隋唐以降，行记在魏晋南北朝行记的基础上不断发展，成绩更加突出。以唐而言，不仅出现了像《大唐西域记》《大慈恩寺三藏法师传》等艺术成就极高的僧人行记，而且还孕育出像李翱《来南录》按日记录行程的文人行记。宋代的行记作品又有了新的气象，虽然僧人行记的发展远不如唐，但与辽、金等国的交聘行记却极为发达，代表了宋代行记的一大特色。从文学的角度来看，宋代文人撰写的行记极具文学色彩，在李翱《来南录》的基础上又将文人行记向前推进了一大步，欧阳修、黄庭坚、范成大、周必大、陆游、吕祖谦等人都有行记作品流传于世，且有很高的艺术价值。元明清时期，随着人们对域外世界认识的不断提高，行记著述更加丰富，不管是内容还是形式都有了新的发展。可以说，自魏晋南北朝以来行记著述始终与时代相结合，形式和内容不断完善，内涵更加丰富。

　　行记以现代的文学眼光来看，自然可以将其划归到散文的范畴，但是以中国古代行记发展的实际状况来看，有其自身的特点。近年来，学术界对各类文体的研究日趋深入，行记的研究也亟待深入。那么，行记能否作为一种单独的文体进行研究呢？"记"之一体，唐之前，其含义广泛，凡所记载皆可称"记"，如《文心雕龙》等在讨论文体时便有"书记"一体，所指大致为各类文书。然就后世作为独立的一种文体的"记"来说，则源于先秦叙事之文，与史传有密切的关系。《隋书·经籍志》中开始出现了"地理之记"与"旧事之记"，作为记体文的一个部类，一些行记被放在"地理之记"之下。这至少说明，"行记"作为一种叙写形式，已产生了不少作品。后来《文苑英华》胪列"记"体文多达三十八种，《唐文粹》《宋文鉴》等都沿袭了这种划分方法。虽然在这些总集编纂之作以及目录学的一些著述中尚未出现"行记"这一类别，但这并不能忽略这类文体存在的事实。我们从很多总集对"记"体的二级分类来看，其分类的依据是内容题材。行记主要是以记录行程为主的旅行著作，其内容和写法都有自身的特点，将其归为一个类别是十分必要的。一方面，魏晋以来，行记之作不断出现，数量大增；另一方面，行记的一整套写作规范与模式也逐渐稳定并不断发展。所以，行记作为一种单独文体的研究是由其自身发展的特点决定的。20世纪以来，学术研究不断深化，学术界对各类文体的研究取得了很大的成绩，相对而言对行记的整体观照却很少。造成这种现象的原因主要有：一是对行记性质的把握还不够；二是研究者往往将其作为材料，各取所需；三是行记在流传过程中亡佚严重，一些行记支离破碎，研究者往往只截取片段进行研究。正因为如此，我们觉得行记的研究是一个新的学术增长点，有必要投入精力研究。

历来对行记之作的认识不甚明了，以古代的目录学著作为例，对此类作品的归属相当模糊。如，《隋书·经籍志》将大多数行记作品归于史部"地理之记"；《新唐书·艺文志》将大部分行记归于史录"地理类"，一部分归于史录"杂传类"，将僧人行记归于子录"释氏"；《旧唐书·经籍志》将大部分行记归于史部"地理类"；《宋史·艺文志》将一部分行记之作归于史部"传记类"，将一部分归于史部"地理类"，一部分归于史部"故事类"；《通志·艺文略》将行记统归于"地理类"之下的"朝聘""行役""蛮夷"三类之中；《文献通考·经籍考》对行记的归类更加复杂，有的归于"传记"，有的归于"地理"，有的归于"小说家"，有的归于"霸史、伪史"；《直斋书录解题》将部分行记归于"伪史类"，部分归于"杂史类"，部分归于"传记类"，部分归于"地理类"；《郡斋读书志》或将行记归于"伪史类"，或归于"地理类"；《遂初堂书目》或归于"杂传类"，或归于"本朝故事"，或归于"地理类"。一些行记之作，在同一部目录学著作中见于不同类别；在不同的目录学著作中，相同的行记之作归属也有所不同。有的行记不见于目录学著作中，其中一部分直接或间接保存于其他著作中，如《三朝北盟汇编》《建炎以来系年要录》等书中就引录很多宋代的交聘行记。一些文人行记也鲜见于目录学著作中，而被保存在别集之中，宋代一些文人的行记之作就是这种情况。20世纪初，随着敦煌文献的发现，一些古行记写卷也重见天日，如《往西域行程》、《往五天竺国传》、《西天路竟》、《使河西记》（于阗文）、《印度行记》以及数种《五台山行记》等已经引起广泛关注。综观历代行记的著录，作品数量极夥，规模庞大。然从这些目录学著作对行记的归属情况来看，古人对此类著述的性质判定还有很多分歧。我们有必要对这些行记之作正本清源，厘清其发展演变的线索。

行记被学界所关注，主要因其独特的史料价值与文化价值。由于行记所关注的重点往往是域外或者周边的一些番邦，对"异质"文化有高度的热情，所以此类作品被大量引述在一些历史、地理以及小说、笔记等著述中。一方面，行记之作成了史书、地理文献编纂者引用的重点，用来补充"异域"文献的不足；另一方面行记正好满足了小说、笔记等著述"猎奇"的需要，其中的"奇闻怪记"被不断述记。宋代的行记，除了继续关注辽、金、西夏等方国之外，又发展出了更具文学色彩的文人行记，他们将关注的重点放在了境内，这一点又与前代极为不同，这些行记创作对后世文学的发展影响深远。当然，汉文行记并不都是"域内"之人对"异域"的关注，"域外"之人也撰写行记体察"域内"的情况，如唐代圆仁的《入唐求法巡礼行记》就是以"异域之眼"来观察唐土的。明清以来，随着外交格局的变化，朝鲜、越南等地的外交使节、文人等以不同的目的来到"中土"，他们将自己的行旅体验撰写成了《朝天录》《燕行录》之类，这些行记文献数量可观，在体式方面依然延续了唐宋以来行记的撰写模式，但与先前"域内"人士所撰写的行记相比，内容、视角全然不同，这为我们重新认识行记又提供了丰富的资料。我们如果将唐宋行记与明清时期域外的《燕行录》《朝天录》等进行比较研究，自然会对行记多一重认识。近现代以来，学人们对行记之作也有关注，他们往往根据自己的研究，各取所需，但多数学者所聚焦的依然是行记的史料价值。学者往往择取一种行记，作深入的研究。如《佛国记》《大唐西域记》《大慈恩寺三藏法师传》《入唐求法巡礼行记》《往五天竺国传》《唐大和尚东征传》等行记已经有了极为深入的研究，也涌现了一批著名的学者，如岑仲勉、季羡林、冯承钧、范祥雍、张政烺、周连宽、杨廷福、周一良、董志翘等，他们利用行记作品在历史、地理、交通、文化研究等方面有突出贡献。有的学者对某一种行记的研究巨细无遗，如季羡林等对《大唐西域记》的研究，日本学者足立喜六、盐入良道、小野胜年等学者对《入唐求法巡礼记》的研究，都已相当深入。这些研究大都是从历史、地理方面着手。造成这种研究局面的原因，与行记所记载的内容有直接的关系，因为大多数行记涉及地理、遗迹、交通、名物、风俗等方面的内容，学者通常择取感兴趣的部分作细致深入的研究。这些研究无疑具有重要的学术价值。魏晋以来，行记渐成气候，其中所记载的"异邦"固然被多数人所偏好，但是这种书写体式的起源、发展、演变以及与其他文学体式的关系，往往被其内容所遮蔽。不管是行记内容的选择还是形式的选择，都是源于功用，与时代发展紧密契合。虽然最开始行记之作是随笔占记，不拘一格，但是在功用的基础上，很多行记撰写者不断努力，使行记又向审美层面靠拢，所以到了唐宋，一些行记实为文学作品。研究者将一些行记纳入文学的研究范畴，也是基于这一点。很多游记研究者将行记也放到自己研究的视野中就很能说明这一问题。文史研究者对行记史料价值的重视只是行记研究的一个方面，在这方面研究继续深入的同时，对行记这种书写体式本身的研究也应该跟进。如果对行记内容价值过分关注，也会出现一些问题，如一些宋人对那些使辽、金等交聘类行记颇有微词，认为这些使臣行记"不过是一种例行的官样文章，形式千篇一律，内容大同小异"[1]。虽然这种认识也代表了一部分学者对宋代交聘类行记的认识，但忽略了这类行记的思想和文化意义，而且其中的交通、山川、名物、古迹、风土人情之记载都是使者亲身所历，可以补充正史之缺，况且作为一种"官样文章"，也有此类文章存在的文学、文化背景。每一个时代的行记都深深打上了时代的烙印，作为研究者绝不能为主观的偏见所蒙蔽。

对唐宋行记的文学研究还远远不够，一些学者用近现代以来的文学

---

[1] 刘浦江：《宋代使臣语录考》，张希清等主编《10—13世纪中国文化的碰撞与融合》，上海人民出版社2006年版，第262页。

观念来衡量古行记,认为行记之作以纪实为主,"文学审美"不足,行记被排斥在了文学研究的大门之外。当然也有一些学者对行记的文学研究有所关注,但他们往往选取那些"文学性"较强的行记作阐发,如宋代一些文人行记就被文学研究者所偏好。事实上,就古代文学发展的现实情况来看,"文学"所涵盖的范围极为广泛,不单指诗词歌赋以及戏曲、小说等文类,各类文体皆可纳入文学研究的范畴。以今天的文学审美眼光来看,行记确实不能与"纯文学"的审美追求相提并论,但作为相对独立的一种文体,行记自有其形成、发展、演变的过程,而且与其他文类之间也存在着一定的联系,这些都值得进一步研究。令人欣喜的是学术界已有学者关注这方面的研究。近年来,李德辉对晋唐两宋行记的研究投入了很多精力,他首先在《唐代交通与文学》[①]一书设"唐代交通与唐人行记"一章,主要从"先唐古行记研究","唐人行记创作概述",行记"形式的创新、内容开拓与思想的时代性","行记的文体特征及其职能演变","行记与游记的区别"等几个方面对行记进行研究。另外,他还撰写了《六朝行记二体论》[②]《论中国古行记的基本特征》[③]《唐代使蕃行记叙论》[④]《论宋人的使蕃行记》[⑤]《唐人行记三类叙论》[⑥]《汉唐两宋行记的渊源流变》[⑦]等一系列行记研究的文章,这些文章对晋唐两宋的行记进行了全方位的观照,不仅从文学的角度对行记的起源、发展、流变作了全面的考察,而且对行记在文学史、文化史等方面的价值也做了深入的研究,颇有启发性。这都为我们的研究提供了极大的方便。毋庸置疑,李德辉对晋唐两宋行记的研究已经走在了学者们的前面。当然,有些研究还有待深入,一些观点或可商榷,而这恰是本书所需要进一步解决的。

仅对唐宋行记做文学研究是不够的,行记作为一种文学体式其思想

[①] 李德辉:《唐代交通与文学》,湖南人民出版社2003年版。
[②] 李德辉:《六朝行记二体论》,《文学遗产》2012年第3期。
[③] 李德辉:《论中国古行记的基本特征》,《宁夏大学学报》(人文社会科学版)2003年第5期。
[④] 李德辉:《唐代使蕃行记叙论》,《兰州大学学报》(社会科学版)2005年第4期。
[⑤] 李德辉:《论宋人的使蕃行记》,《华夏文化论坛》2008年第2辑。
[⑥] 李德辉:《唐人行记三类叙论》,《华南师范大学学报》(社会科学版)2005年第2期。
[⑦] 李德辉:《汉唐两宋行记的渊源流变》,《中华文史论丛》2010年第3期。

文化内涵才是其内核所在。可以说，只有对行记做整体的文学与文化研究，才能比较全面地考察行记这种文体存在的价值和意义。所以，文学研究与文化研究是本书研究的两个基点。尽管学界对行记的文化研究已经取得了很多成果，但是将唐宋行记作为整体进行思想文化研究，成果却极为少见。一个时代，某类行记大量出现，无疑是一种文化现象，就像唐代僧人行记的出现，一方面说明僧人作为文化交流的使者，对文化的环流发挥了重要的作用，另一方面这些行记对唐人的域外知识、视野的拓展也功不可没。我们可以通过某一类行记，看到很多文化问题。中华书局将一些重要的行记统归到"中外交通史籍丛刊"之下进行出版，也恰恰说明行记是古代交通文化研究非常重要的资料。从文化研究的角度来看，行记是以"我之眼光"对"异邦"文化的体察，所以通过行记可以看到不同文化之间的渗透、介入等问题。葛兆光认为古代中国"建构异域想象的三类资源：旅行记、职贡图和神话传说寓言"[①]，与职贡图和神话传说寓言相比，旅行记记录异域更为具体深入，是古代建立异域想象的重要资源。在交通条件极为闭塞的古代，人们在"行万里路"困难的情况下，只能求助"读万卷书"，行记就成了人们认识"中心"之外世界所读"万卷书"的首选。葛兆光虽然提出了这一问题，但是他的著作中并未对此做深入研究。这一点对我们的研究有重要启示，我们可将唐宋行记作为时人建构域外世界的重要资源进行研究。唐宋时期的多数行记重在叙述域外世界，因而行记为跨文化研究提供了重要的资料。

行记的思想文化价值是表现在多个方面的，这与其内容"博杂"的性质是分不开的。所以，通过行记我们可以看到很多不同的文化现象，为什么行记会"这样"记录更值得关注。作为一个旅行的主体，旅行者有所选择地记录旅行的所见所闻，本身就是一种文化选择，而这种选择的背后则与旅行者所处时代变迁以及思想状况紧密相关。把唐宋行记作为整体研究，不仅可以认识唐宋社会风气、世人心态、价值取向等问题，也能够从某一群体的旅行记录中洞察社会变迁与更为广阔空间中的文化

[①] 葛兆光：《宅兹中国——重建有关"中国"的历史论述》，中华书局2011年版，第68页。

格局。但是，从学术界现有的研究成果来看，恰恰缺乏对行记整体的思想文化观照。当然，也有一些成果对某一类行记做了一些研究，这方面主要以宋代的交聘行记研究为代表，如傅乐焕《宋人使辽语录行程考》[①]、赵永春《宋人出使辽金"语录"研究》[②]、刘浦江《宋代使臣语录考》[③] 等。

总之，学术界对唐宋行记的研究已经取得了一些成果。作为一种重要的史料，古行记很早就被研究者所关注，但是行记在流传过程中散佚相当严重，这种状况使后来的研究者很难从整体上把握，特别是元以前的很多行记散佚更为严重，这客观上造成了研究的困难。而在古代的文体著作中，也未将行记作为一种单独的门类进行分类，往往混杂在其他文体之中，这也增加了我们研究的困难。20世纪以来，随着学术研究的不断深化，各类文体的研究日益精进，行记作为性质相对独立的文类，其研究理应向前推进。行记的出现一方面与交通的发展、人们的远行动机和意识、国家对外关系的拓展、文化引进等相关；另一方面行记体式也是文学发展中的一环。与整个唐宋文学的研究相比，行记的文学研究是极其薄弱的，虽然已有零星的成果对唐宋行记进行了专门的文学研究，但这些成果并没有完全解决行记研究中存在的一些问题，且很多研究还存在争议，所以我们有必要探究行记研究中的一些关键问题，并提出我们的看法。这些问题，一些是学术界未留意的，另一些虽有所注意，但与我们对行记的把握不尽相同。如关于唐宋行记在整个文学流变过程中的演变，行记与传记、日记、地记等的关系问题，学术界尚无专门的讨论。李德辉虽已对行记起源、发展、分类、性质等问题作了探讨，但与我们的理解之间还有一些出入，一些问题有进一步讨论的必要。与行记的文学研究相比，行记的思想文化研究要更深入些，特别是对一些保存较为完整的重要行记，已有很多研究成果，但是以唐宋行记为中心，整体考察时人对域外世界的认识、文化观念的转变、文化心态的变化以及"夷夏"观念的改变等问题，还是缺少研究，我们将在这方面做进一

---

① 傅乐焕：《宋人使辽语录行程考》，载《辽史丛考》，中华书局1984年版。
② 赵永春：《宋人出使辽金"语录"研究》，《史学史研究》1996年第3期。
③ 刘浦江：《宋代使臣语录考》，张希清等主编《10—13世纪中国文化的碰撞与融合》。

步探讨。

　　毋庸置疑，行记作为一种独特的文类，有很高的价值。唐宋时期，是中国古代文化极为发达的时代，在魏晋南北朝行记发展的基础上，唐宋的行记创作，不仅在体式上取得了很大的进步，而且书写的范围和涵盖的内容进一步扩大，形成了一定的规模。这些行记多叙写前人所未发，内容稀见，为文史研究者所青睐。唐宋行记在这方面的价值固然最为主要，但其在外在形式与表现手法上也有很多创新，值得研究。唐宋时期，各类行记都获得了极大的发展，后世的行记之作基本按照唐宋行记所建立的范式进行创作，所以唐宋行记的研究，无疑是研究中国古代行记的重点所在。

　　正是基于学术界以往的研究成果，本书的研究从两个方面进行：一是对行记作文学的考察，厘清行记起源、发展、演变以及行记与其他文类之间的关系，进一步探讨唐宋行记的文学价值以及在整个文学进程中的地位；二是从思想文化的角度对唐宋行记进行研究。唐宋行记作为时人认识世界的文献载体，其中反映出了很多思想文化问题，如时人对"异域"世界的历史建构、"夷夏"观念、文化观念及其旅行心态等问题都是我们研究的重点。具体来讲，我们将分五章进行研究：第一章主要解决有关行记起源与发展的问题。只有对这一问题有比较清晰的认识，才能很好地把握它的外在形态与内在精神。行记的产生与先秦的史书书写传统密不可分，古人非常重视对远行的记录，如行人、土训、诵训、职方氏等官职都曾记录过旅行之事，而一些典籍如《禹贡》《山海经》《穆天子传》等与旅行的关系更为紧密，这些虽不是行记，但是为行记的产生提供了可资借鉴的经验。汉代初创行记，魏晋南北朝时多元化发展的行记，以至唐宋繁盛期的行记都能从先秦找到一些线索。第二章主要讨论行记作为一种文体所具有的特点。既然将行记看作一种文体，那么它就有一些共性，从体制层面来看，行记具有行踪、景观、旅行体验三要素，其中行踪是行记区别于其他文体的本质特征，行记的语言以自由灵活的散体为主，体貌（也可作体性）灵活多样，不拘一格。为什么会形成这样的特征呢？这主要受到了史学传统与文学发展的影响，如传、记等体式对行记产生了重要的影响。从横向的影响来看,行记与地记、游记、日记之间有紧密的联系。第三章主要讨论宋代文人行役记的发展。文人行役记在宋代不断发展壮大,与宋代士大夫的文化修养和社会环境息息相关,文人行役记不仅纪行,而且处处将人文关怀渗透在景观与旅行体验之中,在宋代的文体中独具特色。第四章主要讨论唐宋交聘行记。交聘行记是因外交活动而产生,时代不同,其背后所承载的文化观念也不尽相同,其中最主要的问题则是夷夏之辨。安史之乱之前,外族对唐没有构成大的威胁,所以这一时期的交聘行记中所反映的夷夏观念松动。安史之乱之后,外族对中原王朝形成压迫之势,尤其是到了宋代这种外部的压迫更大,疆域范围不断缩小,宋人在与辽金交往的过程中表现出强烈的文化本位意识,致使他们的交聘行记中夷夏之防甚严。第五章则主要讨论唐宋僧人行记。求法僧人在佛教文化的传播中扮演了重要的角色,唐宋时期出现了大量从中土到印度的求法僧与从日本到中土的求法僧,这是唐宋佛教传播史上非常重要的两种文化现象。这些僧人留下了一些行记,我们以一些代表性的僧人行记为中心来观察这两种文化现象背后僧人的心态,从而了解佛教文化传播过程中个人与国家发展之间的关系。

当然,我们的研究还存在不少困难。首先,唐宋的很多行记亡佚严重,且无专集汇编,一些行记散见于类书、诸家文集以及史书等文献中,裒辑困难。其次,就唐宋行记的文学研究而言,可资参考的研究成果极少,很多问题都是初次讨论,而且行记起源、分类、性质诸问题还存在很多争议,对行记的整体把握还有相当的困难,需要在熟读文献的基础上不断探索,以便解决一些问题。最后,就唐宋行记的文化研究而言,能否从全新的角度挖掘出一些深层次的文化问题,也存在不少困难。我们将努力克服这些困难,力求在行记研究中尽一点绵薄之力。

第一章

行记的源流及其在先唐的发展

　　从远古蛮荒时代进入到文明社会以来，远足旅行一直是人们认识世界和改变世界的重要途径。中国古代是以农耕文明为基础的宗法社会，讲求安居乐业，唯其如此，所以在常态居住生活之外，旅行就显得尤为重要。旅行不仅可以开阔视野、储备知识、增加经验，而且也在无形之中改变着社会内部的文化结构。因此，自古至今远足出行都是大事。既然是大事，人们自然会以不同的方式记录这些"大事"，纪行书写由此诞生。纪行的传统由来已久，不管是国家还是个人，他们都频繁地书写着有关行旅的历史体验。在诸多纪行体验记录中，文学家对旅行的记录最为出彩。我们追溯中国文学的两大源头——《诗经》和《楚辞》，其中就有很多纪行之作。《诗经》中的《王风·葛藟》《魏风·陟岵》《豳风·东山》《召南·小星》《小雅·采薇》《小雅·小明》《小雅·四牡》《小雅·绵蛮》《小雅·四月》《小雅·何草不黄》等诗就是因不同目的所写的羁旅行役之诗。如果说《诗经》中的纪行之作特点还不明显的话，那么屈原《九章》中的《哀郢》《涉江》等篇章则是典型的纪行之作，如《哀郢》记载的是从郢至陵阳的行程，《涉江》是屈原晚年放逐江南之时从鄂渚入溆浦的一段行程。与《诗经》相比，这两篇作品不仅有了更加明确的行程描写，而且对行旅的体验更加细致入微。汉魏以来的纪行赋在很大程度上延续了这种传统，刘歆的《遂初赋》、班昭的《东征赋》、班彪的《北征赋》、潘岳的《西征赋》、蔡邕的《述行赋》、王粲的《初征赋》、曹植的《述行赋》、崔琰的《述初赋》、陆机的《行思赋》、张载的《叙行赋》、繁钦的《述行赋》、卢谌《征艰赋》等赋作，都是以纪行为中心展开的。所以，行旅从一开始就成了文学创作者关注的重点。

关于旅行的体验和记录可以以"诗赋"的方式来呈现，也可以以"文"的方式呈现。以"文"的方式所呈现的专门记录旅行的纪实著作或者单篇之文，就是行记。诗赋的渲染固然令人印象深刻，但一些纪实之文对行旅的记录也意义深远，其重要性在某种程度上超越了诗赋的记录。因为纪实之文不仅为将来的旅行者提供了富有价值的资讯，而且也慢慢改变着人们的世界观。大体而言，旅行记录可以以纯文学文体和实用文体两种形式来呈现。与"抒情言志"的纯文学作品相比，行记更加注重切实的生活，"实录"是其内核。远行的重要性是行记产生的直接动力。这种远行，可以是国家层面的，也可以是个人层面的。从中国古代的书写传统来看，最初的旅行记录多是由官方完成的，个人很少长途远足，更无相关的著述。李德辉认为"行记孕育于汉代，滋长于魏晋南北朝，盛行于隋唐两宋。明清时期，记载长途旅行的行记更加发达，奇花异卉，磅礴于文学之林，其流风余韵下及近现代，可谓源远流长"[①]。其实，这种看法是不准确的，我们以为行记之作源于先秦。虽然，先秦古籍亡佚严重，我们已无法找到一种专门记录旅行的著述，未免遗憾。但是，这并不代表先秦没有记录行旅之著述。我们依然可以找到一些蛛丝马迹。

第一节 关于行记起源问题的讨论

行记体式的定型有一段漫长的过程，这主要与人们的出行意识与出行动机有关，当人们远足旅行，体验到完全不同的地理、风土、人情或出于政治目的的考量时，就有了记录"异域"的必要，这自然会催生行记的产生。先秦之时，出行极为困难，人们对世界的认识多半限于诸侯国，但是人们对诸侯国之外的世界也有强烈的兴趣，开始记录真正的"异域"。我们以为，行记在先秦的起源主要有两途：一是行人或史官的

[①] 李德辉：《论汉唐两宋行记的渊源流变》，《中华文史论丛》2010年第3期。

记录，二是来自人们对"异域"世界的想象或真实的记录。

一 "网罗天下放失旧闻"：先秦史官传统与旅行记录

先秦史官的职掌很复杂，保存典籍是其主要职责所在，所谓"史载笔"①，"左史记言，右史记事"②。周代之前，记事之职多由巫觋担任，司卜之人便是史官，他们除了记载卜筮之事外，也记载其他一些重要的事务。胡厚宣说："史官起源于巫，原为殷商甲骨占卜活动中从事书契以及保管卜辞之人。"③ 陈梦家说："卜辞卜、史、祝三者权分尚混合，而卜史预测风雨休咎，又为王占梦，其事皆巫事而皆掌之于史。"④ 两位先生根据卜辞材料道出了商代史官的特点。到了周代，史官的建制趋于细化，《周礼》中所记的史官有大史、小史、内史、外史、御史，不仅职责划分更为细密，而且职掌范围进一步扩大。除了这些以"史"命名的史官外，其实有很多职事官也与史官关系紧密。关于这一点王国维早已指出，他说："史为掌书之官，自古为要职，殷商以前，其官之尊卑虽不可知，然大小官名及职事之名多由史出，则史之位尊地要可知矣。"⑤ 我们只要仔细翻检《周礼》，就会发现的确有很多职事官受到了史官文化的影响。下面我们所讨论的行人、土训、诵训以及职方氏也受到史官文化的影响。但是，他们的记录与史官相比范围有所缩小，侧重点也有所不同。古代的文章起源于上古史官的记事、记言，实用功能是最主要的。后世的一些应用文体多源自先秦，行记也不例外，源于古人对出行的记录。出行对于古人来说极其重要，所以一些重要的出行一定会被记录。先秦时期尚没有个人的出行记录，起初的远行记录多是由政府完成的。对于一个政府来说，他们获取外界真实可靠信息的最主要途径就是旅行。我们以

---

① （汉）郑玄注，（唐）孔颖达疏：《礼记正义》卷三，北京大学出版社2000年版，第94页。
② （汉）班固：《汉书》卷三十《艺文志》，中华书局1964年版，第1715页。
③ 胡厚宣：《卜辞记事文字史官签名例》，载《国立中央研究院历史语言研究所集刊》第12本，1947年。
④ 陈梦家：《商代的神话与巫术》，载《燕京学报》第20期。
⑤ 王国维：《释史》，《观堂集林》卷六，中华书局1986年版，第269—270页。

为，行人、土训、诵训以及职方氏的记录与行记之间有一定的渊源关系，故此进行讨论。

《周礼·秋官》记载了"大行人"和"小行人"之官，他们主要负责宾客接待方面的事宜，其中"小行人掌邦国宾客之礼籍，以待四方之使者"①。以文字的形式记载相关宾礼之事是小行人的重要职责，而且小行人也负责接待对方的使者或出使他邦，他们往往利用这种职务之便，一方面从对方使者口中获取一些情报或采录一些异闻，另一方面也记录旅行中的所见所闻，以供政府参考或广博人们的识见。他们的职责相当于后来的鸿胪寺，记录异风异俗也是其本职工作。据《周礼》记载："及其万民之利害为一书，其礼俗政事教治刑禁之逆顺为一书，其悖逆暴乱作慝犹犯令者为一书，其札丧凶荒厄贫为一书，其康乐和亲安平为一书。凡此五物者，每国辨异之，以反命于王，以周知天下之故。"贾公彦疏曰："此总陈小行人使适四方，所采风俗善恶之事。各各条录，别为一书，以上报也。"② 小行人将出使时所见"风俗善恶之事"记载于书，上呈于王，以便王熟知天下之事。可见，记载"异地"风俗的传统，古已有之，而且这一书写传统专门由"行人"担任。刘歆《与扬雄书》："诏问三代周、秦轩车使者，逌人使者以岁八月巡路，采代语、童谣、歌戏，欲颇得最目。""今圣朝留心典诰，发精于殊语，欲以验考四方之事，不劳戎马高车之使，坐知傜俗。"③ 从一些古代典籍中了解"四方之事"已然成为一种惯常做法。而行人所作典籍成了人们关注的焦点。扬雄《答刘歆书》："尝闻先代輶轩之使奏籍之书皆藏于周秦之室，及其破也，遗弃无见之者。独蜀人有严君平、临邛林闾翁孺者，深好训诂，犹见輶轩之使所奏言。翁孺与雄外家牵连之亲。又君平过误。有以私遇，少而与雄也，君平财有千余言耳。"④ 此段记录虽说的是扬雄方言资料的来源情况，但我们可以从中清楚地看到先代輶轩之使对四方之事的记录，扬雄

---

① （汉）郑玄注，（唐）贾公彦疏：《周礼注疏》卷三十七，北京大学出版社1999年版，第1010页。
② 同上书，第1016页。
③ （汉）扬雄著，华学诚汇证：《扬雄方言校释汇证》，中华书局2006年版，第1033页。
④ 同上书，第1035页。

只是择取了其中的方言资料。孙诒让在解读刘歆与扬雄这段话时说:"輶轩之使即行人,此五物之书(按:前引'及其万民之利害……其康乐和亲安平为一书'等五书)即輶轩使者奏籍之书也。盖大则献五物之书,小则采诗及代语童谣歌戏,与大行人属象胥谕言语、协辞令,属瞽史谕书名、听声音,事略相类。"① 可见,行人对四方之事的记录是多方面的,采诗、求取歌谣等只是其中的一个方面。行人在出行过程中的出行记录也被编订为相应的书籍,以供参考。或者行人的记录被史官所采,行人之官以文字的形式上报出行中的所见所闻,最后由外史总编为一书,《周礼·春官·外史》:"外史掌书外令,掌四方之志(按:志为'记'之意),掌三皇五帝之书,掌达书名于四方。"② 后代专门的行记与先秦行人的出行记录相比,内容方面已多有相似。虽然我们还不能将这些行人的记录归于行记,但这些记录无疑是行记的滥觞。

行人对四方之事的记录与掌握,与其出行的实践是分不开的,正因为他们见多识广,故人们需要了解四方之事,多求于行人。《左传》襄公三十一年:"公孙挥能知四国之为,而辨于其大夫族姓、班位、贵贱、能否,而又善为辞令。……郑国将有诸侯之事,子产乃问四国之为于子羽,且使多为辞令。"③ 公孙挥与子羽,皆为行人,有丰富的知识。再如吴公子季札作为聘使更是博学多才,令人叹服。行人不仅有丰富的知识储备,而且也有很高的文采,中国文学的发生与行人之间有莫大的关系,刘师培《论文杂记》言:"诗赋之学,亦出行人之官。"④ 又说:"行人承命以修好,苟非登高能赋者,难期专对之能矣。"⑤ 确实如此,我们也可以从《左传》中的一些行人辞令以及引诗、用诗等情况看出行人极高的文学修养。这种文学修养的形成显然与他们出行中的见闻有关。古采诗之传统,也多由行人担任,《汉书·食货志》:"孟春之月,群居者将散,行人振木铎徇于路以采诗,献之大师,比其音律,以闻于天子。故曰王者不窥牖

---

① (清)孙诒让:《周礼正义》卷七十二,中华书局1987年版,第3008页。
② (汉)郑玄注,(唐)贾公彦疏:《周礼注疏》卷二十六,第711—712页。
③ 杨伯峻:《春秋左传注》(修订本),中华书局2009年版,第1191页。
④ 刘师培:《中国中古文学史 论文杂记》,人民文学出版社1959年版,第126页。
⑤ 同上书,第127页。

户而知天下。"① 行人的出行实践确为文学发展提供了契机,刘师培说:"然屈原数人,皆长于辞令,有行人应对之才。西汉诗赋,其见于《汉志》者,如陆贾、严助之流,并以辩论见称,受命出使。是诗赋虽别为一略,不与纵横同科,而夷考作者之生平,大抵曾任行人之职。东汉以后,诗赋咸以集命,为行人者,以诗赋与邻境唱酬,亦莫不雍容华国。"② 我们所引材料虽然讲的是行人的采诗传统,但是这些材料也从另一方面说明行人出行实践中对于"异闻"的采录,诗只是其出行记录的一个方面。屈原的《哀郢》《涉江》《抽思》《远游》等纪行辞赋之作,极有可能也先有简单旅行记录,后才有文学的加工。刘师培说:"陆贾以下二十一家,均骋辞之作也,聚事征材,旨诡而辞肆。"③ 行人的博学多闻与汉赋"逞才"的内在精神是一致的。汉魏以来纪行赋的繁盛,也多与赋作者远行的见闻相关。虽然纪行赋与行记文之间还有相当的差距,但是一些纪行赋作者有旅行记录,应该不是偶然的。陆贾分别于汉高祖十一年和汉文帝初两次出使南越,《汉志》记录了陆贾的赋作三篇④,他又有《南越行纪》的行记之作。

在《周礼》中对"四方之事"的记载行人并不是唯一的,还有一些官职也记载"四方之事",其中最具代表性的是土训、诵训、职方三职,《周礼·地官·土训》:"土训掌道地图,以诏地事。道地慝,以辨地物而原其生,以诏地求。王巡守,则夹王车。"郑玄注:"说地图九州形势、山川所宜,告王以施其事也。"⑤ 土训掌地图,熟知九州地理形势,并了解四方土地所出,以为王求。《周礼·地官·诵训》:"诵训掌道方志,以诏观事。掌道方慝,以诏辟忌,以知地俗。王巡守,则夹王车。"郑玄注:"说四方所识久远之事,以告王观博古。"⑥ 此官记四方之事,让统治者周知远方之事,其主要职责则是察四方风俗。《周礼·夏官·职方》

---

① 《汉书》卷二十四上《食货志》,第1123页。
② 刘师培:《中国中古文学史 论文杂记》,第127—128页。
③ 刘师培:《左盦集》卷八《汉书艺文志书后》,宁武南氏校印,1934年。
④ 《汉书》卷三十《艺文志》,第1748页。
⑤ (汉)郑玄注,(唐)贾公彦疏:《周礼注疏》卷十六,第413—414页。
⑥ 同上书,第414页。

言："职方氏掌天下之图，以掌天下之地，辨其邦国、都鄙、四夷、八蛮、七闽、九貉、五戎、六狄之人民，与其财用、九谷、六畜之数要，周知其利害。"① 清人于鬯以为，"职方"即"识方"，意谓"识四方"，他对这一词有详细可信的解释②。职方氏之职与行人之职有很多相似之处，他们也有记载四方的传统，孙诒让指出："'及其万民之利害为一书'者谓若职方氏掌辨邦国之人民，周知其利害，及山师川师所辨，皆为一书也。"③ 正道出了职方氏与行人书写出行记录相同的一面。从上所引文可以看出，不光是职方氏与行人的职掌有所重复，土训、诵训也有类似的情况。行人、职方氏、土训、诵训对四方之事的记载至少说明，周代是非常重视远行中的所见所闻的记录。他们所记内容多及山川、地理、形势、风俗，与行记关注的重点极为类似，这些记录对后世行记体式应当有很大影响。

后世的出使交聘行记多承先秦官方"四方之记"的遗风，备采山川、地理、风俗，或为政府提供情报，或备后人出行借鉴，或广博异闻，成了记录"异邦"重要的著作，尤其是宋与契丹、金等交往频繁，相关的交聘行记创作达到了高峰。先秦的出行活动多由官方主导，所以出行记录之书也是官书，我们从《周礼》中可以知道一些梗概。此时人们对整个世界的了解还相当局限，以整个"天下"为"我"有，官方出行人员出行所记也多是邦国之内的事，即使有一些异域之事的记载，也多掺杂想象。从著作体例来讲，先秦关于旅行的记录并不是独立的，往往融合

---

① （汉）郑玄注，（唐）贾公彦疏：《周礼注疏》卷三十三，第869页。
② 清人于鬯以为："职本'记职'之义。故樊毅修《华岳庙碑》，称'《周礼·识方氏》'，'识方'即'职方'也。《说文》耳部云：'职，记微也。'是'职'为本字，'识'反借字。《大戴·哀公问五义》记云'若天之司，莫之能职'，亦用本字；而《荀子·哀公》篇作'若天之嗣，其事不可识'，即用借字矣。又《史记·屈原传》云'章画职墨兮'，亦用本字；而《楚辞·怀沙》章作'章画志墨兮'，《说文》无'志'字，或以'志'即'识'之古文，则'志'为记志义，亦借字也。而后人皆以'记识''记志'，反昧于'职'字之本义，虽郑注犹解此'职方'为主四方之贡者。殊不知致方贡、致远物，实怀方氏，非职方氏也。且郑于土方氏、怀方氏、合方氏、训方氏、形方氏诸注，莫不言主，则彼亦职方氏矣。此足明'职'非'主'义也。"他进一步指出："职方者，乃记识四方之谓也。"（《香草校书》卷二十二，中华书局1984年版，第448页）
③ （清）孙诒让：《周礼正义》卷七十二，第3007—3008页。

在其他文体中。行记作为一种相对独立的文体，在先秦时期还处于孕育阶段，其源头也只能从其他文献中去追寻。

先秦时期的旅行记录，无疑是受史官传统的影响。史官从最初的设置到形成一个特殊的文化群体，他们经历了从巫史一家到逐渐独立的过程，在国家政治文化生活中扮演了极为重要的角色。中国自古就有"大事"必书的传统，出行记录是史官书写很重要的一个方面。他们之所以有所选择地记录，并不在于述往事，而在于思来者，正如司马迁所说："网罗天下放失旧闻，考之行事，稽其成败兴坏之理。"① 行人、职方氏、土训、诵训等对四方之事的记录，是在出行实践的基础上，采录他们认为有价值的信息加以记录。清人潘振说："穆王既闻《史记》之要戒，天下之形势民物，不可以不知也。此《周礼·夏官》下篇，亦命史录之，以时考览，故次之以《职方》。"② 此处虽说的是《职方》的编录，但其他如行人、土训、诵训等所记四方之事也是出于此理，与史官文化密不可分。后世行记最初的动机也是记载天下形势，采录异风异俗，为国家和个人提供参考，其内在精神与史官文化一致。

二 《禹贡》《山海经》与《穆天子传》

《禹贡》《山海经》《穆天子传》自古以来争议很多，历来对这些书产生的年代、作者、性质等关键性问题的认识分歧很大，众说纷纭，令人眼花缭乱。但无论如何它们都受到了先秦史官传统的影响，且记载的内容和写作体式与我们所研究的对象行记之间有很大的关系，所以将它们放在这里讨论，目的就是追溯它们与后世行记之间的某种关联。

（一）《禹贡》

《禹贡》一般认为是我国最早的地理书，出自《尚书》，是《夏书》中的一篇，主要记载的是夏禹治理水土、任土作贡的事迹。《尚书》以记言为主，其中的《禹贡》假托大禹所作，却是《尚书》中为数不多的叙

---

① 《汉书》卷六十二《司马迁传》，第2735页。
② 黄怀信、张懋镕、田旭东撰：《逸周书汇校集注》，上海古籍出版社2007年版，第1038页。

事之作，文字平易简古，以"禹迹"为基本线索来构建天下图景，向来被认为是纪事的典型之文。宋人王柏："《尧典》《禹贡》此史官叙事之文也。"① 王世贞："《禹贡》千古叙事之祖。"② 汪瑗在评论《哀郢》的叙事之法时说："瑗尝谓此文似一篇游山之记，盖有得乎《禹贡》纪事之法，但脱胎换骨，极为妙手，非后世规规模拟者比也。"③ 道出了屈原纪行之作《哀郢》对《禹贡》叙事之法的继承和突破。其实，不仅是《哀郢》对《禹贡》的纪行之法有所继承，后来的一些行记也在一定程度上受到了《禹贡》的影响。真德秀《文章正宗·纲目》把"叙事"门类分为二体，其中"有纪一事之始终者，《禹贡》《武成》《金縢》《顾命》是也。后世志记之属似之"④。确实，《禹贡》开启了后世纪事之文的先河。

我们再回过头来看看《禹贡》是如何叙事的。《禹贡》全文以禹的行迹为线索来叙事，故曰："芒芒禹迹，画为九州，经启九道。民有寝、庙，兽有茂草；各有攸处，德用不扰。"⑤ 以"禹迹"画九州，以禹所见所闻所通之道为本，根据各地风土之异，确定贡道与贡赋差等，划天下为九州。其中的一些叙事线索与后世行记的叙事方式一致。《禹贡》总的来讲是叙述九州山川地理的，而在叙述中却是以"行踪"为线索的。《史记》载：禹"陆行乘车，水行乘船，泥行乘橇，山行乘檋。左准绳，右规矩，载四时，以开九州，通九道，陂九泽，度九山。令益予众庶稻，可种卑湿。命后稷予众庶难得之食。食少，调有馀相给，以均诸侯。禹乃行相地宜所有以贡，及山川之便利"⑥。我们可以通过这段文字看到禹极为艰辛的行程，而《禹贡》正是在这一行程中完成地理、土贡等方面的记载的。宋人王应麟早就注意到了《禹贡》中的"行踪"线索，他在

---

① （宋）王柏：《书疑》卷二《仲虺之诰·尚书》，《金华丛书》，同治退补斋本。
② （明）王世贞：《弇州四部稿》卷一百四十四《说部》，台北：伟文图书出版社有限公司影印1976年版，第6617页。胡应麟也有类似说法，他说："《禹贡》之文千古叙事宗焉。"（《少室山房笔丛》卷三十《丁部·四部正讹上》，中华书局1958年版，第385页）
③ （明）汪瑗：《楚辞集解》，北京古籍出版社1994年版，第177页。
④ （宋）真德秀：《文章正宗·纲目》，影印《文渊阁四库全书》集部，第1355册，台湾商务印书馆1983年版，第6页。
⑤ 《左传》襄公四年魏绛引《虞人之箴》言。《春秋左传注》（修订本），第938页。
⑥ （汉）司马迁：《史记》卷二《夏本纪》，中华书局1963年版，第51页。

《困学纪闻》引《大传说略》孔子言："《禹贡》可以观事"①，这里的"事"无疑就是禹行九州，画土作贡之事。王氏以为《禹贡》是《尚书》中叙事的典范，而且他还说："叙事当以《书》为法。"②后又言："王景文谓'文章根本在六经'。张安国欲记《考工图》，曰：'宜用《顾命》。'游庐山，序所历，曰：'当用《禹贡》。'"翁元圻作注引王景文《为张安国集序》："岁丁亥，追游庐山之间，讫事，将衷其所历序之，公曰：'何以？'某曰：'当用《禹贡》。'公益动。"③王应麟认为"游庐山，序所历"应该以《禹贡》为参考，说明《禹贡》对后世游记、行记等"序历"作品的示范作用，其实也无意中道出了行记的源头。我们且引其中的一小段来看：

> 冀州既载，壶口治梁及岐。既修太原，至于岳阳；覃怀厎绩，至于衡漳。厥土惟白壤，厥赋惟上上错，厥田惟中中。恒、卫既从，大陆既作。岛夷皮服，夹右碣石，入于河。④

从这段记载我们可以大略看到禹的行踪：冀州—壶口—梁—岐—太原—岳阳—覃怀—衡漳—恒—卫—大陆—岛夷—碣石—河。文中记行程，也记土贡，有清晰的线索。综观《禹贡》全文其实都是按照这种模式来写的。作者的写作笔法也以纪实为主，很少有玄怪之记。不管是从行踪的描写还是从写作的笔法来看，都与后世行记颇多相似之处。从写作内容来看，也为行记开创了纪实的道路。顾颉刚、刘起釪说："《禹贡》篇开了征实的一派，后来班固作《汉书·地理志》、郦道元作《水经注》以及唐宋以下的许多地理专著，没有不把《禹贡》作为主要的引申和发展的

---

① （宋）王应麟撰，（清）翁元圻等注：《困学纪闻》卷二，上海古籍出版社2008年版，第262页。
② 同上书，第156页。
③ 同上书，第264—265页。
④ （汉）孔安国传，（唐）孔颖达疏：《尚书正义》卷六，北京大学出版社1999年版，第134—141页。

对象。"① 地理著作确实引申和发展了《禹贡》的写作模式,但是我们以为行记也是《禹贡》的引申和发展。

(二)《山海经》

对于《山海经》一书,历来仁者见仁,智者见智,近世学者讨论颇多。传本《山海经》凡十八篇,分为《五藏山经》五篇、《海内经》四篇、《海外经》四篇、《大荒经》四篇、《海内经》一篇②。而关于《山海经》性质的判定,古来争议极多,《汉书·艺文志》将其归为"刑法家",《隋书·经籍志》《旧唐书·经籍志》《新唐书·艺文志》《崇文总目》等书以为其是"地理书",《四库全书总目》等又将其归为"小说之最古者尔"。鲁迅认为《山海经》所记"海内外山川神祇异物及祭祀所宜,……所载祠神之物多用糈,与巫术合,盖古之巫书也,然秦人亦有增焉"③。后世学者多认可这一观点,从《山海经》的记载内容来看,这样的判断大致不误。当然,上古时期巫史不分,巫书在一定程度上也有史书的性质,经陈梦家考证:"祝即是巫,故'祝史'、'巫史'皆是巫也,而史亦巫也。"④ 所以,《山海经》无疑受到了史官文化的影响,在一定程度上也反映了当时人们的地理认识,将其完全定为小说也是不妥的。袁世硕对《山海经》的论述较为中肯,他说:"《山海经》开语怪之先河,固然是不刊之论,却不能以其所记'百无一真'及其对后世文化之影响,判定其性质为小说,不能否认其书之产生正反映了上古先民对其所生存的地理环境的求知之心,以及那种混合着主观臆想的、在后世文明人看来是荒诞的表述,就是他们对客观世界的认知。地理学从不真实到真实,是要随着人的活动范围的扩展、认识手段的丰富、知识的积累,方才逐渐做得到的,要有一个漫长的历史过程。从这个角度说,古人将《山海经》列于'地理书之冠',未必不允当,今人作地理学史,恐怕是不能弃之不论的。《四库全书总目》深以为非,断然归入'小说家

---

① 顾颉刚、刘起釪:《尚书校释译论》,中华书局2005年版,第846页。
② 袁珂:《〈山海经〉写作的时地及篇目考》,载《神话论文集》,上海古籍出版社1982年版,第1—2页。
③ 鲁迅:《中国小说史略》,上海古籍出版社1998年版,第7—8页。
④ 陈梦家:《商代的神话与巫术》,《燕京学报》第20期。

类'，倒是反历史主义的。"① 所以，《山海经》虽是巫书，其中很多地理描写依然是时人对周围世界的真实认识。从书写模式来看，受史官文化的影响较大。《山经》和《海经》的叙事模式有很大的差异，前者"行"的线索更为明确，而后者由于缺乏道里的记载，在"行"的线索上显得较为模糊。后世的行记的写法，也受《山海经》的影响，通过述道里，叙行程将整个文章串联起来。只不过后世的行记更多是实录，"语怪"少。

要讨论《山海经》的"述行"性质，我们要先从《山海经》的"经"字说起。清人郝懿行说："经，言禹所经过也。"② 袁珂说："《山海经》之'经'，乃'经历'之'经'，意谓山海之所经，初非有'经典'之意。《书·君奭》：'弗克经历。'注：'不能经久历远。'此'经历'连文之最早者也。《孟子·尽心下篇》：'经德不回。'注：'经，行也。'犹与'经历'之义为近。"③ 后有人根据郝懿行、袁珂等人的理解作了进一步发挥，如郭世谦《山海经考释》认为："'经'字当从《释名》训'径'，如所谓'海外南经'就是所谓'海外'之南方的路径。所谓'南山经'就是南方之山的路径。'南次二经'就是南方的第二条路径。"④ 综合《山海经》的内容和叙述模式来看，将"经"解释为"径"，确实比较符合实际。我们下面节略了《山海经》卷二"西山经"一段记录：

> 西山经华山之首，曰钱来之山，其上多松，其下多洗石。……西四十五里，曰松果之山。……又西六十里，曰太华之山，削成而四方，其高五千仞，其广十里，鸟兽莫居。……又西八十里，曰小华之山……又西八十里，曰符禺之山，其阳多铜，其阴多铁。……又西六十里，曰石脆之山，其木多棕楠，其草多条……又西七十里，曰英山，其上多杻橿，其阴多铁，其阳多赤金。……又西五十二里，曰竹山，其上多乔木，其阴多铁。……又西百二十里，曰浮山，多盼

---

① 袁世硕：《文学史学的明清小说研究》，天津教育出版社2008年版，第327页。
② （清）郝懿行：《山海经笺疏》，巴蜀书社影印1985年版。
③ 袁珂：《海经新释》卷一，《山海经校注》，上海古籍出版社1980年版，第181页。
④ 郭世谦：《山海经考释》，天津古籍出版社2011年版，第18页。

木，枳叶而无伤，木虫居之。……又西七十里，曰翰次之山，漆水出焉，北流注于渭。……又西百五十里，曰时山，无草木。逐水出焉，北流注于渭，其中多水玉。……又西百七十里，曰南山，上多丹粟。……又西四百八里，曰大时之山，上多榖柞，下多杻檀，阴多银，阳多白玉。……又西三百二十里，曰嶓冢之山，汉水出焉……又西三百五十里，曰天帝之山，上多棕楠，下多菅蕙。……西南三百八十里，曰皋涂之山，蔷水出焉，西流注于诸资之水。……又西百八十里，曰黄山，无草木，多竹箭。……又西二百里，曰翠山，其上多棕楠，其下多竹箭……又西二百五十里，曰騩山，是錞于西海，无草木，多玉。①

《五藏山经》都是按照这个模式来写的，上所引"又西……又西……"方位加里程的写法，实也是后世行记的写法。《西山经》以西山作为叙述的起点，然后依次向外延伸，完全是按照行程的推进来写的。整个《山经》都是按照这种模式来写的，既记载道路的走向及方位关系，也记载里程。《山经》总体来看更加接近行记的写法。而《海经》的叙事风格与《山经》又有很大区别，主要以方位为参照，与后来的地记有几分近似，"行"的线索并不明显。

可以说，没有"行"就没有《山海经》，历来的研究者都很注意这一点。《列子·汤问》："大禹行而见之，伯益知而名之，夷坚闻而志之。"②清四库馆臣以为，这里说的就是《山海经》，该书是大禹行旅所见之记录③。王充在《论衡·别通》中说："禹、益并治洪水，禹主治水，益主记异物，海外山表，无远不至，以所闻见作《山海经》。……使禹、益行地不远，不能作《山海经》。"④认为如果没有禹、益的远行就不会有《山海经》。赵晔《吴越春秋》亦云：禹"遂巡行四渎，与益、夔共谋。行到名山大泽，召其神而问之山川脉理，金玉所有，鸟兽昆虫之类，及

---

① 袁珂：《山经柬释》卷二，《山海经校注》，第21—32页。
② 杨伯峻：《列子集释》卷五，中华书局1979年版，第157页。
③ （清）永瑢等：《四库全书总目》卷一百四十二，中华书局1965年版，第1205页。
④ （汉）王充著，黄晖校释：《论衡校释》卷十三，中华书局1990年版，第597—599页。

八方之民俗，殊国异域土地理数，使益疏而记之，故名之曰《山海经》"①。刘秀（歆）《上山海经表》更加详细地论述了《山海经》创作的缘起，他说："《山海经》者，出于唐虞之际。昔洪水洋溢，漫衍中国，民人失据，崎岖于丘陵，巢于树木。鲧既无功，而帝尧使禹继之。禹乘四载，随山刊木，定高山大川。益与伯翳主驱禽兽，命山川，类草木，别水土。四岳佐之，以周四方，逮人迹之所希至，及舟舆之所罕到。内别五方之山，外分八方之海，纪其珍宝奇物，异方之所生，水土草木禽兽昆虫麟凤之所止，祯祥之所隐，及四海之外，绝域之国，殊类之人。禹别九州，任土作贡。而益等类物善恶，著《山海经》。"② 禹、益等人循行四方，到人迹罕至的地方，定山川，记异物，整个事件以行踪为线索向前推进。事实上，将刘秀（歆）的这段论述放在《禹贡》也是合适的。这一方面说明《山海经》与《禹贡》内容上的相似性，另一方面也说明其叙事模式上的相似性。

司马迁云："今自张骞使大夏之后也，穷河源，恶睹本纪所谓昆仑者乎？故言九州山川，《尚书》近之矣。至《禹本纪》《山海经》所有怪物，余不敢言之也。"③ 反映出了司马迁的"实录"精神，也提醒我们读《山海经》时应持有的谨慎态度。但是，从这部书的创作体例来看却对后世有借鉴作用。我们在此将此书作为行记的起源来讨论，就是基于这方面的考虑。

（三）《穆天子传》

《穆天子传》（以下简称《穆传》）是西晋初年汲冢所出，是叙写周穆王巡行的一部先秦古书④。与《山海经》《禹贡》相比，《穆传》的行

---

① 周春生：《吴越春秋辑校汇考》，上海古籍出版社1997年版，第105页。
② 《山海经叙录》，袁珂《山海经校注》，第477页。
③ 《史记》卷一百二十三《大宛列传》，第3179页。
④ 《穆传》，又名《周王游行记》《周王游行》《周王传》《穆王传》。关于《穆传》的创作时间，历来学术界有很多争论，卫聚贤、顾颉刚等认为成书春秋战国时（见卫聚贤《〈穆天子传〉研究》，载《中山大学语言历史研究百年纪念周刊》1929年第九卷第100期；顾颉刚《〈穆天子传〉及其著作年代》，载《文史哲》第一卷第2期）。顾实认为其出自周太史之手（《穆天子西征传讲疏》，上海商务印书馆1930年版）。而童书业等人认为该书时晋人伪作（见童书业《〈穆天子传〉献疑》，载《禹贡》第五卷第3、4期）。目前，学术界多倾向于"战国说"，我们采用的就是这一观点。

记特征更加明显，不仅有了行记之名，而且在写法上与后世行记已无太大差异，只不过其中玄想虚构的成分较多，所以将其判定为行记体的小说比较符合实际。与《禹贡》《山海经》一样，此书受史官文化的影响极大，是否出自史官之手尚不可知。《穆传》出土后多数研究者以为西周史官之实录，《隋书·经籍志》："晋时，又得汲冢书，有《穆天子传》，体制与今起居注正同，盖周内史所记王命之副也。"① 将《穆传》列在"起居注"类，后《旧唐书·经籍志》《新唐书·艺文志》《直斋书录解题》《文献通考·经籍考》等延续了这种做法。《宋史·艺文志》将其列为"别史类"，《崇文总目》《郡斋读书志》则将其列在"传记"类。但是，明清以后学者多有怀疑，如《四库全书总目》以为其"实则恍惚无征，又非《逸周书》之比，以为古书而存之可也，以为信史而录之则史体杂，史例破矣，今退置于小说家，义求其当，无庸以变古为嫌也"②。近世以来，说法纷纭，歧见更多。事实上，《穆传》确实反映了一定的历史事实，但其中又多掺杂想象。我们以为，将其定位为历史小说比较能够反映此书的真实情况。认为此书出于史官，是有一定的道理的。钱锺书在论及《左传》的叙事时有一段话，值得我们借鉴，他说："史家追叙真人实事，每须遥体人情，悬想事势，设身局中，潜心腔内，忖之度之，以揣以摩，庶几入情合理。盖与小说、院本之臆造人物、虚构境地，不尽同而可相通；记言特其一端。"③ 钱先生虽然说的是《左传》中的虚构与臆造，其实很多古书都有这样的特点，前面我们论述的《禹贡》《山海经》以及这里论述的《穆传》其实都与"史"相通。《隋书·经籍志》以为《穆传》是"周时内史所记"，此书内容的真假且不多论，但其写作方式完全承袭了史书，认为其出自史官有一定的合理性。

今本《穆传》为六卷，前四卷记录了穆王从宗周出发，巡行西域，后又回到宗周再到南郑的过程，这一过程始终以行程为线索。《穆传》将事件以干支纪日串联起来，以人物为中心来组织材料，形成了前后连贯

---

① （唐）魏徵等：《隋书》卷三十三，中华书局1973年版，第966页。
② （清）永瑢等：《四库全书总目》卷一百四十二，第1205页。
③ 钱锺书：《管锥编》"左传正义"，生活·读书·新知三联书店2007年版，第272—273页。

的、情节完整的叙事模式。人物的行走路线是本书的主线,所有的活动都是在行走的过程中展开的。与《左传》相比,《穆天子传》改变了以事件为中心的编排模式,全书以人物的行程为主线展开叙事,与后来的行记也并无区别。晋时将《穆传》题为《周王游行》或《周王游行记》,正是基于其纪行的特点。孔颖达引王隐《晋书·束皙传》:"《周王游行》五卷,说周穆王游行天下之事,今谓之《穆天子传》。"①《郡斋读书志》:"《穆天子传》六卷……郭璞注本谓之《周王游行记》。"② 由此可知,《穆传》最初被编校时还有一名为《周王游行记》。我们以为,之所以这样命名,除了此书所具有的鲜明的"行游"特征外,与行记这类体式在晋时的发展是分不开的。汉时已经有了《出关志》《南越行纪》《西域诸国记》等行记作品,并且也有了"行记"③ 之名。晋以后,行记的创作出现了第一个高潮,这类著述也渐成规模。晋时将《穆传》命名为《周王游行记》看似偶然,其实是行记不断发展的结果。《穆传》可以将其看成周穆王的传记,但是其最主要的活动是在旅行的背景下完成的,所以将该书命名为"行记"却更能够突出主题。

《穆传》记载的真实性我们姑且不论,但这种撰写的体式对行记的影响是不言而喻的。我们节略其中的一段记述来看,卷一:

> 戊寅,天子北征,乃绝漳水。庚辰,至于□,觞天子于盘石之上,天子乃奏广乐。……癸未,雨雪,天子猎于钘山之西阿。……乙酉,天子北升于□,天子北征于犬戎。……庚寅,北风雨雪。……

---

① (晋)杜预注,(唐)孔颖达正义:《春秋左传正义》后序,北京大学出版社1999年版,第1722页。

② (宋)晁公武撰,孙猛校证:《郡斋读书志校证》卷九,上海古籍出版社1990年版,第360页。

③ 行记,即纪行之作,所以后世的很多行记也被称为"行纪",例如《南越行纪》,后来的文献在引用时也作《南越行记》。"行记"的名称至迟应该出现在晋时,郭璞编订《穆传》为《周王游行记》,嵇含《南方草木状》引陆贾《南越行纪》一书亦有"行纪"。陆贾是汉时人,其使南越的旅行记是否在汉代已经命名为"南越行纪",不得而知,但嵇含在征引时用"南越行纪"为名,恐怕不是第一个给陆贾此书命名的人,且嵇含比郭璞早出生十余年,以此推测,郭璞并不是最早使用"行记"一词来给旅行类的书命名的人。

甲午，天子西征，乃绝隃之关隥。……己亥，至于焉居、禺知之平。……辛丑，天子西征，至于䣙人。……癸酉，天子舍于漆泽，乃西钓于河，以观□智之□。甲辰，天子猎于渗泽。……丙午，天子饮于河水之阿。……戊寅，天子西征，骛行至于阳纡之山。……癸丑，天子大朝于燕然之山，河水之阿。……乙丑，天子西济于河。己未，天子大朝于黄之山。①

我们通过这段记载可以看出，穆王的出行以干支纪日，这显然是受编年体史书的影响。同时，其中有明显的行程记写，如穆王的行程就是通过征、绝、至于、行、济等动词来表现的。《穆传》除了纪日、纪行，还纪事，如上文所引"奏广乐""猎钘山""钓于河""朝于燕然""朝于黄山"就是其中的一些事件。以此观之，《穆传》已经完全具备了行记的叙事特征。从它的书写体例来看，具有编年与纪传的特点。《四库全书总目》有这样一段话："司马迁改编年为纪传，荀悦又改纪传为编年，刘知幾深通史法，而《史通》分叙六家，统归二体，则编年、纪传均正史也。其不列为正史者，以班、马旧裁，历朝继作。编年一体，则或有或无，不能使时代相续，故姑置焉，无他义也。今仍搜罗遗帙，次于正史，俾得相辅而行。《隋志·史部》有《起居注》一门，著录四十四部。《旧唐书》载二十九部，并《实录》为四十一部。《新唐书》载二十九部。存于今者，《穆天子传》六卷，温大雅《大唐创业起居注》三卷而已。《穆天子传》虽编次年月，类小说传记，不可以为信史。"② 此处讲的是纪传与编年的史学传统问题，虽将《穆传》排除在信史之外，但是也肯定了其写法具有纪传与编年的二重性质，"编次年月"是其编年性质，"类小说传记"是其纪传性质。《四库全书总目》又说"《穆天子传》旧皆入起居注类，徒以编年纪月叙述西游之事，体近乎起居注耳"③。对《穆传》的体式做了进一步的定位。综观后世的行记之作，受到了编年与纪传两

---

① 王贻樑、陈建敏：《穆天子传汇校集释》，华东师范大学出版社1994年版，第1—54页。
② （清）永瑢等：《四库全书总目》卷四十七，第418页。
③ 《四库全书总目》卷一百四十二，第1205页。

种书写体式的极大影响。后来的一些僧人行记多受传记的影响，而从唐代中后期到宋代，行记多受编年体的影响，日记体行记的勃兴就很能说明这一问题。

《穆传》与《禹贡》《山海经》相比，不管是在记述风格，还是记述方式，都与后世的行记更加接近，将其看作行记源头之一应该是符合实际的。

综上所述，我们认为行记的源头应该在先秦，当然这个源头不是唯一的。从大的方面来讲，行记的产生受到了先秦史官文化的影响，"大事必书"的传统使人们对"远行"这样的大事会有所记录，而且在国家的职官系统中也有具体的一些职事官来记录"远行"，如行人、职方氏、土训、诵训等都有记录"远行"的历史。从更加具体的层面来看，我们以为《禹贡》《山海经》《穆传》等先秦典籍也是行记的源头。

第二节　汉代行记的初创

公元221年，秦始皇统一中国，中国的文化发展和对外交流进入了一个崭新的时期。一方面随着国家实力的日益增强，人们的知识储备不断丰富，文化视野更加开阔，对外部世界的了解不仅成了国家发展的要求，而且个人对遥远地方探知的兴趣日浓；另一方面一些外部文化的渗透与变动，使人们也开始重新审视先秦观念中的"天下"。张骞通西域无疑是具有标志性的事件，他越过葱岭，到达大夏，第一次接触了"远方的世界"，以前夹杂传说与神话的西域世界开始真切地呈现在了世人面前。同时，陆贾等人出使南越，人们对南方世界也有了更加明晰的认识。可以说，汉代的对外交流粗具规模。这自然催生了记录远行的文献，行记之作就是在这样的背景下产生的。

汉代经略的重点在西域，统治者不遗余力地向西北方向开拓，以完成自己理想中的"帝国"梦想。在向西域开拓的过程中，汉代政府不仅派遣使者采集更多的情报，而且试图以武力向西域推进。汉代招募能胜任出使西域之人，张骞以郎的身份应募，他于汉武帝建元二年（前139

年）出使西域，并将自己在西域的见闻撰写成《出关志》一书，但是这部书很早就亡佚了，唐代之前的一些目录著作中也未著录。最早著录此书的是《隋书·经籍志》："张骞为郎，使月氏，撰《出关志》一卷。"后《册府元龟》《通志·艺文略》等书也有著录。张骞的旅行记录之所以没有保存下来，很可能因《史记·大宛列传》中对该书的采录反而使原来的文献慢慢隐没，这与班勇《西域诸国记》的情况极为相似。《史记·大宛列传》："大宛之迹，见自张骞。"①就道出了《大宛列传》对张骞见闻的采录，《大宛列传》也开古代史书《西域传》之先声②。今确能知道《出关志》的佚文是晋人崔豹《古今注》中对"酒杯藤"的记载："酒杯藤，出西域，藤大如臂，叶似葛，花、实如梧桐，实花坚皆可以酌酒，自有文章，暎彻可爱。实大如指，味如豆蔻，香美消酒，土人提酒来至藤下，摘花酌酒，仍以实销醒。国人宝之，不传中土。张骞出大宛得之。"③ 后《续博物志》《酒谱》《太平广记》《太平御览》也引有此条，并且说明这条材料出自张骞《出关志》。

汉代对西域的开拓，除了张骞具有首创之功外，班氏家族功不可没。班超多年在西域活动，帮助汉经营西域，并取得了巨大的成功。从和帝一直到班超卸任，东汉在西域的经营达到鼎盛。后由于西域诸国叛乱，汉在西域的经营逐渐凋零。延光二年（123年）拜班勇为西域长史，东汉在西域的经营迎来了另一次新的高潮。班勇父子亲履西域，不仅在政治、军事上斩获良多，而且他们也详细记录了西域的邦国道里、风土人情诸事，为人们进一步认识西域提供了更加可靠的信息。班勇撰有《西域诸国记》④ 一书，范晔在撰《西域传》时多录取了其中的资料。《后汉书·

---

① 《史记》卷一百二十三，第3157页。
② 余太山以为，《大宛列传》虽是《西域传》的滥觞，但就传文性质来看，把它认作张骞与李广利的合传更加合适。这主要是因为二人的事迹均与大宛有关（见余太山《两汉魏晋南北朝正史西域传要注》，中华书局2005年版，第1页）。"传"最初是以人为中心的，主要写人，但后来正史对其他周边国家或部族的记载也多采用这种形式。
③ （晋）崔豹：《古今注》卷下，《丛书集成初编》本，中华书局1985年版，第18页。
④ 此书又名《西域风土记》，清人严可均认为《全后汉文》言班勇有《西域诸国记》若干卷，范晔《西域传》所本正是此书。姚振宗《后汉艺文志》除了著录此书外，还著录了班勇父亲班超的同名之书。

西域传》:"班固记诸国风土人俗,皆以详备前书。今撰建武以后其事异于先者,以为《西域传》,皆安帝末班勇所记云。"① 可见,范晔的《西域传》多采自班勇。

又据《后汉书·西域传》"论曰":

> 西域风土之载,前古未闻也。汉世张骞怀致远之略,班超奋封侯之志,终能立功西遐,羁服外域。……其后甘英乃抵条支而历安息,临西海以望大秦,拒玉门、阳关者四万余里,靡不周尽焉。若其境俗性智之优薄,产载物类之区品,川河领障之基源,气节凉暑之通隔,梯山栈谷绳行沙度之道,身热首痛风灾鬼难之域,莫不备写情形,审求根实。至于佛道神化,兴自身毒,而二汉方志莫有称焉。张骞但著地多暑湿,乘象而战,班勇虽列其奉浮图,不杀伐,而精文善法导达之功靡所传述。②

从此段范晔对历代西域经略的总结来看,不仅张骞、班勇有关于西域的撰述,而且班超派遣掾吏甘英到达更加遥远的地方,也有西域方面的撰述。同书又载:"九年,班超遣掾甘英穷临西海而还。皆前世所不至,《山经》所未详,莫不备其风土,传其珍怪焉。于是远国蒙奇、兜勒皆来归服,遣使贡献。"③ 就此来看,确实应该还有一本西域方面的著述。清人姚振宗据此在《后汉艺文志》中著录了署名为班超的《西域风土记》,是有一定道理的。张骞《出关志》确实开启了汉人西域行记创作的先河,后来班超、班勇承接其风,为后人保存了很多珍贵的资料。我们可通过

---

① (南朝宋)范晔:《后汉书》卷八十八《西域传》,中华书局1965年版,第2912—2913页。范晔《西域传》是否尽取班勇《西域风土记》呢?据余太山研究,班勇在西域的活动截至永建二年(127年),这一年之前是班勇所记。但是,《西域传》中还有永建六年(131年),桓帝元嘉二年(152年)、永兴元年(153年),灵帝熹平四年(175年)诸事,所以范晔《西域传》并不完全录自班勇书(详细考证见《〈后汉书·西域传〉与〈魏略·西戎传〉》一文,余太山《两汉魏晋南北朝正史西域传研究》,中华书局2003年版)。确实,古人在节录某人资料的时候,除了誊录原文外,额外加一些新的资料是极为正常的。

② 《后汉书》卷八十八《西域传》,第2931—2932页。

③ 同上书,第2910页。

范晔的《西域传》了解此类著述的实际情况。

下引该传的一段记录：

> 自敦煌西出玉门、阳关，涉鄯善，北通伊吾千余里，自伊吾北通车师前部高昌壁千二百里，自高昌壁北通后部金满城五百里。此其西域之门户也……自鄯善逾葱领出西诸国，有两道。傍南山北，陂河西行至莎车，为南道。南道西逾葱领，则出大月氏、安息之国也。自车师前王庭随北山，陂河西行至疏勒，为北道。北道西逾葱领，出大宛、康居、奄蔡焉。……出玉门，经鄯善、且末、精绝三千余里至拘弥。……自于窴经皮山，至西夜、子合、德若焉。……自皮山西南经乌秅，涉悬度，历罽宾，六十余日行至乌弋山离国，地方数千里，时改名排持。复西南马行百余日至条支。……转北而东，复马行六十余日至安息。……自安息西行三千四百里至阿蛮国。从阿蛮西行三千六百里至斯宾国。从斯宾南行度河，又西南至于罗国九百六十里，安息西界极矣。自此南乘海，乃通大秦。①

此处记载了玉门关以西诸国的情况，其中不仅有通、行、经、至、涉、度等表示行经动作的词，且有里数的记录。里数和行程经过记写的主要目的是给后来的经行者提供交通方面的信息。这样的写作方式不仅是行记写作的典型模式，而且"地理志""蛮夷记"也多用这种写作方式。行记一般为旅行者的亲身亲历，多属第一手资料，而"地理志""蛮夷记"不一定是第一手资料。这里所录的《西域诸国记》就是班勇出行的第一手资料。从行文的整体情况来看，作者所关注的重点并不是西域诸国的制度、文化、宗教、习俗等（且在这方面记载的随意性很大），这是有原因的。张骞、班超、班勇等人的出行都属于国家行为，他们在出行中一定会更多搜集对国家决策有意义的资料作重点记录，而对文化、

---

① 《后汉书》卷八十八《西域传》，第 2914—2918 页。

习俗、制度、信仰等情况的记载反而成为附属。后来的交聘行记更多延续了汉代的传统。相反，其他群体的行记却别有洞天，如僧人行记更加留意佛教遗迹、宗教传说等，而文人行记则更加关注名胜、古迹等文化遗迹。

《后汉书》中所保留的班勇行记为我们了解汉代西域行记的创作提供了珍贵的资料，使我们得以知道这类行记的梗概。汉代出使西域的行记创作，不仅以单文、单书的方式流传，而且多数记录杂糅在史书中，以致隐没了原书的本来面貌，不免遗憾。这些行记的意义是深远的，一方面它们以一类著述的形式为后来的行记创作者提供了借鉴，另一方面史书编纂者将行记作为重要的资料编入正史，成就了史书中的"异域传"。以此观之，后来的很多"蛮夷戎狄"之传都或多或少受到行记的影响。汉代司马迁的《大宛列传》、班固的《西域传》、范晔的《西域传》都是以西域行记作为基础的。

汉代的行记，除了我们上面所讨论的西域行记之外，还有一部是陆贾的《南越行纪》，这本书以"行纪"来命名[①]，更加突出了"行"的记录。陆贾有口才，善辩论，汉政府常派他出使。陆贾在南越的出使很成功，曾两度劝说南越王赵佗向汉称臣。他以自己在南越的所见所闻创作了《南越行纪》一书，此书或作《南越行记》《南越记》《南中行纪》《南中记》，今有佚文数条[②]：一为嵇含《南方草木状》所引："耶悉茗花末利花，皆胡人自西国移植于南海，南人怜其芳香，竞植之。陆贾《南越行纪》曰：'南越之境五谷无味，百花不香。此二花特芳香者，缘自胡国移至，不随水土而变，与夫橘北为枳异矣。彼之女子以彩丝穿花心，

[①] 汉代此书是否有"行纪"之名，已无从可考，晋人嵇含《南方草木状》对该书的引用是为我们今天能够见到最早以"南越行纪"称陆贾之书的。胡应麟《少室山房笔丛》卷五《续甲部丹铅新录一》："《水经》引《南中行纪》亦不出姓氏，考嵇含《南方草木状》，始知陆贾作《南中行纪》。"（《少室山房笔丛》，中华书局1958年版，第80页）

[②] 除了文中所列四条之外，《初学记》《艺文类聚》《太平御览》等类书还引了《南越记》关于乌贼鱼的记载，这条记载是否出自陆贾之书不可知，清人《然犀志》卷上、《潮州府志》卷三十九、《广东通志》卷九十八在征引这条材料时，均标明为《南越行纪》，似指陆贾书。宋代以前，除了陆贾的著作以"南越记"命名外，刘宋沈怀远也著有《南越记》，此处征引究出于哪部《南越记》，尚不能厘清。

以为首饰。'"① 二为记罗浮山上的胡杨梅与山桃②。三为"云濛山合流千金塘，源出莫邪山"之记③。从所引来看，书中所记为动植物及山川、风俗。《南越行纪》在历代的目录书中比较少见，唯《云南通志》说是书"载《崇文总目》"，明人《国史·经籍志》在"史类""行役"下著录一卷，与张骞《出关志》以及后来的诸多行记放在一起。当然，这些引用是有选择性的，至于全书的具体面貌，很难知晓，我们只能通过书名和其中的片言只语作一粗浅的分析。

汉代除了张骞、班超、班勇、陆贾等人的行记创作外，《后汉书·艺文志》"外纪之属"列举了杨终《哀牢传》，与班超、班勇的两部《西域风土记》并列，这是否为行记，我们已无从考察。从《出关志》《南越行纪》等保存下来的几条佚文来看，似乎都对"异邦"的物产有浓厚的兴趣。这延续了《禹贡》《职方》等官方记录贡物的传统，所以这些记载不仅仅是出于好奇心，也有"万国朝贡"的心理因素。

通过《后汉书》中所保存的班勇之行记，我们知道汉代的行记创作已经较为成熟，创作者延续了先秦时期的史官传统。与先秦时期的出行记录相比，汉代的出行记录在内容方面更加实际，绝少有虚怪灵异。随着汉代疆土的扩大，官方的旅行者走到了更为遥远的地方，他们的记录真实可信，奠定了行记创作的"实录"精神。司马迁为了写《史记》，也多次通过旅行的方式来搜集资料，在《史记》成书之前司马迁游吴越、下九江、往齐鲁、行蜀中，进行了重要的文化考察，想必他也有简单的文化旅行笔录，若不是这些旅行记录，《史记》也不会如此生动。我们今

---

① （晋）嵇含：《南方草木狀》卷上，《丛书初编集成》本，商务印书馆1939年版，第1页。明人杨慎《升庵集》、慎懋官《华夷花木鸟兽珍玩考》、王骥德《古本西厢记》卷三、王良臣《诗评密谛》卷三、清人杜臻《粤闽巡视纪略》卷中、屈大均《翁山文外》卷二序、《广东新语》卷二十七、汪灏《广群芳谱》卷四十三、王初桐《奁史》卷六十八、陈田《明诗纪事》戊签卷一等书多有征引。明人田艺衡《香宇集》续集卷二十七《辛酉稿诗》有一诗《以玉香花缀沙帽中》："花如白玉重南方，叶叶晴翻碧露光。素馥只宜天上种，清标合作帐中香。炎威乍减风生簟，醉梦初醒月满床。记得苍梧朝雨后，曾教陆贾眩明妆。"在此诗的最后一句下注："见汉陆贾《南中记》。"（《香宇集》，据明嘉靖刻本影印，《续修四库全书》第1354册，集部，上海古籍出版社2002年版，第269页）从此诗诗意来看，似化用《南方草木狀》卷上所引《南越行纪》的这条材料。

② （晋）嵇含：《南方草木狀》卷下，第11—12页。

③ （明）钱希言：《剑荚》卷一《硎采篇》，明陈汧谟翠幄草堂刻本。此条记录仅见于是书。

天所知道的汉代旅行记录都是由政府主导的，我们还看不到个人的旅行记。这与整个社会发展息息相关。个人以一己之力远足是极其困难的，张骞、班超、班勇的出行都是一个庞大的国家团队，即使这样，他们也遇到了重重困难。作为个人，对外界一无所知的情况下想要远足，是不现实的。所以，在汉代我们没有看到个人的旅行记。

汉代的行记，延续了先秦时期的旅行记录传统，但又有极大的发展。从著作形式看，汉代的行记已相对独立，写法逐渐完善；从著作内容看，所记已突破九州邦宇之内，开始向西域和南越延伸。这类著述为后代行记的创作提供了可资借鉴的经验。魏晋南北朝时期，文化交流更加频繁，国家和个人对外界有了更多的了解，既有国家主导的旅行记录，也有个人的旅行记录，行记开始呈现出多元化的发展趋势。

第三节　魏晋南北朝行记发展的三个途径：僧人行记、征伐随行记与交聘行记

魏晋南北朝时期，行记在前人创作的基础上，又有不断发展，在形式和内容方面都有所突破。这一方面与国家的政治格局、交通发展、文化交流等因素息息相关，另一方面也是文学演进的结果。魏晋南北朝时期行记呈现多元发展的态势，不仅创作群体有所扩大，而且创作手法也不断丰富。总的来说，魏晋南北朝行记发展的途径主要有三：一是僧人行记，二是征伐随行记，三是交聘行记。

一　僧人行记

佛教在汉代传入中原，在魏晋南北朝时期获得了极大的发展。魏晋以前，史书所记载的远距离旅行多由国家主导。魏晋时期，随着佛教的发展，这种情况有所改观。很多佛教信徒怀着远大的理想，四处游方，以追求佛谛和弘扬佛法。僧人行记的产生与西行求法活动密不可分，汤用彤说："西行求法者，或意在搜寻经典（如支法领），或旨在从天竺高僧亲炙受学（如于法兰、智严），或欲睹胜迹，作亡身之誓（如宝云、智

猛），或远诣异国，寻求名师来华（如支法领，参看僧肇《与刘遗民书》）。"①正因为大量怀有不同梦想的僧人的出行，催生行记的产生。僧人行记的产生受到了秦汉以来史学传统的影响。当远行成为一种现实和必要时，深受中国传统文化影响的僧人也会将自己特殊的旅行记录下来，以备不忘或供后人参考。中国的佛法源自印度，僧人需西行求法，所以僧人行记以载西域事为主。在很长一段时间里僧人行记对西域诸事的记载，成了后人了解西域世界的最主要的资料，但其中对佛教灵异的记载也令审慎的史学家颇为怀疑。《通典》："诸家纂西域事，皆引诸僧游历记，如法明《游天竺记》、支僧《载外国事》、法盛《历诸国传》、道安《西域志》。惟《佛国记》、昙勇《外国传》、智猛《外国传》、支昙谛《乌山铭》、翻经法师《外国传》之类，皆盛论释氏诡异奇迹，参以他书则纰缪，故多略焉。"② 由于僧人行记出自僧人这一群体，其中难免记载佛验灵异之事。即使是这样，这些旅行记录依然有重要的价值，尤为史家所重视，向达在论及汉唐间西域及海南诸国的古地理书时认为："佛教初入中国，宗派未圆，典籍多阙，怀疑莫决。于是高僧大德发愤忘食，履险若夷。轻万死以涉葱河，重一言而之奈苑。魏晋以降，不乏其人，纪行之作，时有所闻。"且以为纪行之类"举足以羽翼正史，疏明往昔，其价值与正史不相轩轾也"③。显然，向达的此番论述重在对僧人行记史料价值的肯定。

魏晋南北朝时期西行求法的僧人很多，也留下了些许行记，遗憾的是他们旅行记录多有散佚，流失严重。《隋书·经籍志》当中著录的僧人行记主要有法显《佛国记》一卷④、慧生《慧生行传》一卷、释法盛

---

① 汤用彤：《汉魏两晋南北朝佛教史》，北京大学出版社1997年版，第266页。
② （唐）杜佑：《通典》卷一百九十一，中华书局1988年版，第5199页。杜佑此处所引恐有疏误，经章巽考证法明（"明"乃避讳唐中宗名，故改之）《游天竺记》就是《佛国记》，并不是两书（章巽：《法显传校注》序，中华书局2008年版，第5—8页）。
③ 向达：《唐代长安与西域文明》，河北教育出版社2001年版，第563—564页。
④ 该目录书中除了著录法显的《佛国记》外，还著录有《法显传》两卷、《法显行传》一卷。其实这三本书同而异名。除此而外，该书还有很多异称，如《佛游天竺记》《历游天竺记》《释法显游天竺记》《历游天竺记传》《法明游天竺记》，等等，章巽详细统计了该书历代的著录情况（《法显传校注》序，第5—8页）。日人足立喜六《法显传考证》对法显的生平事迹、《法显传》的名称、《法显传》的版本流传等问题也做了具体详尽的讨论（足立喜六：《法显传考证》，国立编译馆1937年版）。

《历国传》两卷①、释昙景《外国传》五卷②、释智猛《游行外国传》一卷③、《大隋翻经婆罗门法师外国传》五卷④。另外，其他的一些行记则通过他书的引录也有所保留，如《通典》中所说的道安《释氏西域记》、支僧载《外国事》两种行记，《水经注》《艺文类聚》《太平御览》等书多有引录。还有竺法维的《佛国记》，《水经注》《通典》等书引录数条。除了历来被研究者广泛关注的法显《佛国记》外，《洛阳伽蓝记》卷五引录了《宋云行纪》《惠生行记》《道荣传》，这三书很早就引起了研究者的关注⑤。宋云是以使者的身份出行，惠生与道荣则是以僧人的身份出行。《洛阳伽蓝记》将三书合编，这种著作体例可能受到史传中"类传"的影响。陈寅恪以为这种编纂模式就是以事为类的，他说："乃合《惠生行纪》《道荣传》及《宋云家传》三书为一本，即僧徒'合本'之体，支敏度所谓'合令相附'及'使事类相从者'也。"⑥

魏晋南北朝时期僧人行记的创作规模虽不大，但已经形成了一套创作的范式，对后代的行记产生了直接而深远的影响。首先，从内容看僧人行记的创作大大开阔了人们的眼界，对域外世界的探索方面比前代更进一步。道宣《释迦方志·游履篇》谓："自文字之兴，庖羲为始，暨至唐运，历代可记而闻矣。秦、周以前，人尚纯素，情不逮远，故使通聘，

---

① 《通典》卷一百九十三《边防》引录此书一条。后《太平寰宇记》《通志》《文献通考》等书也都录有这一条。

② 即昙勇《外国传》，《出三藏记集》《高僧传》中有引录。

③ 此书《高僧传》《出三藏记集》等书多有引录。

④ 隋代僧行记，不著撰人。

⑤ 关于《洛阳伽蓝记》中这三部行记的研究，很早就已经开始。近人丁谦《后魏宋云西域求经记地理考证》(《浙江图书馆丛书》第二集，1915年)较早关注，英人沙畹《〈宋云行纪〉笺注》(《西域南海史地考证译丛》第二卷，冯承钧译，商务印书馆1962年版)，日人内田吟风《后魏宋云释惠生西域求经记考证序说》(《塚本博士颂寿纪念佛教史学论集》，京都大学人文科学研究所1961年版)、长泽和俊《论所谓的〈宋云行纪〉》，(《丝绸之路史研究》，钟美珠译，天津古籍出版社1990年版)，国人余太山《宋云、惠生西使的若干问题》《〈宋云行纪〉要注》(见《早期丝绸之路文献研究》，上海人民出版社2009年版) 等都对这三种行纪进行了细致深入的研究。周祖谟《洛阳伽蓝记校释》(中华书局2010年版)、范祥雍《洛阳伽蓝记校注》(上海古籍出版社1978年版)、周振甫《洛阳伽蓝记译注》(江苏教育出版社2006年版)、杨勇《洛阳伽蓝记校笺》(中华书局2006年版) 等书中对这三种行记也有详细的考证。

⑥ 陈寅恪：《陈寅恪史学论文选集》，上海古籍出版社1992年版，第458页。

止约神州。汉魏以后，文字广行，能事郁兴，博而弥远。"① 确实，秦以前人们的活动范围尚限制在比较狭小的范围内，对域外世界的认识多以想象为主，汉代张骞通西域旅行的范围有了前所未有的扩大，到了魏晋南北朝僧人的旅行范围进一步扩大。古人对域外世界由想象到征实的转变，僧人扮演了很重要的角色。在相当一段时间里，人们对域外世界的认识，也多采自僧人行记。以法显为例，他不仅经西域，逾葱岭，到达印度，而且继续南下至狮子国，东归时乘船经苏门答腊岛，在山东半岛登陆。所行范围至为广泛，与张骞、班超等人相比，法显对域外有了更多的了解。无疑这在一定程度上改变着时人对世界的认识，诚如汤用彤对法显西行的评价："故海陆并遵，广游西土，留学天竺，携经而返者，恐以法显为第一人，此其求法所以重要者一也。"② 《佛国记》自然成了人们认识更为广阔的世界的重要资料。其次，关注的重点除了佛教遗迹之外，对地理、风土、人情也极为关注。如，支僧载《外国事》："罽宾国，在舍卫之西。国王民人悉奉佛。道人及沙门到冬，未中前饮少酒，过中不腹饭。"③ 这里既叙述罽宾国的地理方位，也记该国人的信仰及习惯。这种叙事方式也为后来的行记所采用。最后，一些佛迹灵怪的记载，对后来僧人行记产生了持续的影响。如，智猛《游行外国传》载："复西南行千三百里，至迦惟罗卫国，见佛发、佛牙及肉髻骨，佛影、佛迹，炳然具在。又睹泥洹坚固之林，降魔菩提之树。猛喜心内充，设供一日，兼以宝盖大衣，覆降魔像。其所游践，穷观灵变，天梯龙池之事，不可胜数。"④ 综观历代的僧人行记，对佛迹以及佛法灵异的记载是一贯的传统，到了玄奘的《大唐西域记》将这些描写得更为生动形象，不管是语言运用还是结构安排都引人入胜，颇有小说的味道。而这些记载恰为史家所诟病，前面我们所引杜佑《通典》中的一段话就说明了这一问题。这种记载的选择显系立场不同造成的，史家主要以"实录"的判断标准

---

① （唐）道宣：《释迦方志》，中华书局 2000 年版，第 95 页。
② 汤用彤：《汉魏两晋南北朝佛教史》，第 267—268 页。
③ （南朝梁）僧祐：《出三藏记集》卷十五《智猛法盛传》，中华书局 1995 年版，第 580 页。
④ （宋）李昉等：《太平御览》卷七百九十七《四夷部》，中华书局影印 1960 年版，第 3541 页。

来记载历史，而僧人兼有"宣教"的职责，因此他们选取一些灵怪作重点记录就不足为奇了。这种宗教玄想与灵怪的记载，虽与严谨的史学精神有悖，却对中国小说的发展大有推进。

在诸书中，唯法显《佛国记》完整地保存了下来，其对后世行记的师范作用更为明显。《大唐西域求法高僧传》："观夫自古神州之地，轻生徇法之宝，显法师则创辟荒途，奘法师乃中开王路。其间或西越紫塞而孤征，或南渡沧溟以单逝。莫不咸思盛迹，罄五体而归礼；俱怀远踵，报四恩以流望。"① 魏晋以来，中国僧人克服千辛万苦以非凡的毅力远越遐荒，朝佛求法。就这种旅行本身而言，代表了中国僧人不断追求信仰的精神境界。更加难能可贵的是，他们所留下的旅行记录，不仅为我们纷呈了五彩的大千世界，而且也形成了旅行书写的传统。法显与玄奘不仅在西行求法史上有重要意义，他们的《佛国记》与《大唐西域记》两部行记也同样具有开创意义。《佛国记》奠定了后世僧人行记撰写的基本模式，《大唐西域记》则是僧人行记类创作的巅峰之作。

《佛国记》叙述了法显十五年的西行求法历程，全书以法显的行走为主线，以其所经之国、所过之地为支脉，事件穿插其中，以行程连贯前后，结构井然，统摄有张有弛。综观全文的行文风格，文字简略，叙事平易，很能体现行记"实录"的一面。在这种"实录"之下也不乏生动。例如，对沙河的一段描述："沙河中多有恶鬼、热风，遇则皆死，无一全者。上无飞鸟，下无走兽。遍望极目，欲求度处，则莫知所拟，唯以死人枯骨为标识耳。"② 寥寥数字，将沙河酷热难耐，绝无生机，恐怖死寂的环境描述得极为生动。后描写玄奘在过莫贺延碛时，也有类似的一段文字，这段文字显然也受到了《佛国记》的影响，我们节录如下："从此已去，即莫贺延碛，长八百余里，古曰沙河，上无飞鸟，下无走兽。……是时四顾茫然，人鸟俱绝。夜则妖魑举火，烂若繁星，昼则惊风拥沙，散如时雨。虽遇如是，心无所惧，但苦水尽，渴不能前。是时四夜五日无

---

① （唐）义净著，王邦维校注：《大唐西域求法高僧传校注》卷上，中华书局1988年版，第1页。

② （晋）法显撰，章巽校注：《法显传校注》，第6页。

一滴沾喉，口腹干焦，几将殒绝，不复能进，遂卧沙中默念观音，虽困不舍。"① 前者简约不失生动，后者繁饰不显冗余，各有特点。再如法显在翻越小雪山时写道："住此冬三月，法显等三人南度小雪山。雪山冬夏积雪。山北阴中遇寒风暴起，人皆噤战。慧景一人不堪复进。口出白沫，语法显云：'我亦不复活，便可时去，勿得俱死。'于是遂终。法显抚之悲号：'本图不果，命也奈何！'复自力前，得过岭。"② 通过简单的环境渲染和片言只语的对话将绝境中的人物形象跃然纸上，令人动容。中国古代的诗文创作讲求"缘情"，一些应用文体虽因使用场合的不同对"情"有所疏离，但也不排斥"情"。僧人给常人的印象是离"情"的，但《佛国记》中的这些简短记载，却很能彰显僧人的真性情。这样的描写在《佛国记》中并不少见，如法显行到无畏山僧伽蓝时，在一座玉像旁见到了晋地商人供奉的白绢扇，看到此景，他想起形影单吊，孤身异域的自己，便"泪下满目"③。这种"为情造文"，毫无矫饰的真情流露，也是《佛国记》的艺术亮点之一。

当然，质朴如《佛国记》者，也有佛法灵验的记载。如法显行到僧伽施国，有一段记载：

> 住处有一白耳龙。与此众僧作檀越。今国内丰熟，雨泽以时，无诸灾害，使众僧得安。众僧感其惠，故为作龙舍，敷置坐处，又为龙设福食供养。众僧日日众中别差三人，到龙舍中食。每至夏坐讫，龙辄化形作一小蛇，两耳边白。众僧识之，铜盂盛酪，以龙置中。从上座至下座行之。似若问讯，遍便化去，年年一出。④

这段文字写众僧报恩白耳龙的故事。法显之所以采录这一故事，是为宣教服务的。佛教重因果报应，佛教徒也会借助一些载体去宣扬这种理论，

---

① （唐）慧立、彦悰：《大慈恩寺三藏法师传》卷一，中华书局2000年版，第16—17页。
② （晋）法显撰，章巽校注：《法显传校注》，第43页。
③ 同上书，第128页。
④ 同上书，第53页。

佛教文献中大量出现的报恩故事就是佛教徒借以宣教的重要素材。文以载道，僧人行记对佛法灵验的记载当然也有"载道"的目的。虽说行记从本质上是以真实为基础的，但一定程度的虚构会使作品的可读性增强，吸引更多的读者。僧人行记对佛迹灵异的记载是其特点之一。他们长途旅行，到达佛教盛行之地，非常留意此类传说，将其录入行记自在情理之中。与佛经相比旅行记的阅读群体更为广泛，其中记载的一些佛法灵异传说自然会达到一定的宣教功能。鲁迅在谈到印度佛教对六朝小说的影响时说："释氏辅教之书……大抵记经像之显效，明应验之实有，以震耸世俗，使生敬信之心，顾后世或视为小说。"① 那么，从行记对佛法灵验的记载来看，也有一定的辅教功能。从这个意义上来讲，行记与志怪小说的创作动机有一定的相似之处。后来的《大唐西域记》更是延续了这种"虚构"的传统，将很多佛验故事写得绘声绘色，引人入胜，里面的一些故事也为后世小说加以改编。从六朝其他僧人行记的佚文来看，佛法灵异依然是他们记录的重点之一。

四库馆臣曾对《佛国记》的叙事作了评价，认为"其叙事古雅，亦非后来行记所及"②。以笔者的理解，这里所谓的古雅就是承袭了先秦以来的叙事传统，追求实用简练，文字省约。章巽认为《佛国记》的文字"如山月松风，质朴明畅"③，道出了法显行记的语言风格。《佛国记》在六朝骈文流行的文学背景之下，却能以古雅示人，风格质朴，文字省炼，不用典，无藻饰，尤显平畅省净的珍贵。魏晋南北朝时期的僧人行记，多数都具有简约明了的特点。

六朝文学"踵事增华"④，以追求华丽为尚，僧人行记却以质朴简约为主，显然与这一文体的实用性有关。僧人行记是记录僧人远足旅行的作品，就其内容而言除了纪行这一显著特点外，还记录沿途的地理、风土人情，特别是与佛教相关的内容。他们创作的动机不是为"文"而

---

① 鲁迅：《中国小说史略》，第32页。
② （清）永瑢等：《四库全书总目》卷七十一，第630页。
③ （晋）法显撰，章巽校注：《法显传校注》序，第29页。
④ （南朝梁）萧统：《文选》序，上海古籍出版社1986年版，第1页。

"文",形式上的华丽整饬并不重要,重要的是如何很好地表达旅行途中的所见所闻。从僧人行记的写作传统来看,更多沿袭了"史"的写法,但是这种"史"却是掺杂了信仰的"史"。史实与信仰的高度统一是僧人行记追求的一种写作理想,能在多大程度上实现这种理想,与僧人的文化修养有关。

自古以来有很多西行求法的僧人,但他们中留下行记的并不多,这为数不多的行记却对后世的行记产生了深远的影响。

二 征伐随行记

六朝时期,除了僧人行记之外,另一个行记创作的重要群体就是随军征伐的文人,他们在随军征战的过程中也创作了一定数量的行记。这些行记与僧人行记的面貌完全不同,其中除了明确的行踪记载之外,对文化遗迹的关注是此类行记的重要特点。我们根据目录学著作以及后世文献对此类行记的引述情况发现在所有的征伐随行记中,刘裕北伐南燕慕容超与后秦姚泓时随行文人所创作的行记占十之八九。六朝时期的北伐并不只有刘裕,桓温等人北伐的影响绝不在刘裕之下,而唯独刘裕北伐时出现如此多的随行记,值得留意。这些行记的出现是当时的文学现象之一,惜乎这一现象在学界尚无专门讨论,一些文学问题也一直被隐没。我们欲通过对此类行记的考察,来分析与此相关的文学问题。

六朝时期的随行记都没有完整保存下来,但是后来的一些目录著作以及其他各类文献中大量引用了这类行记,这就为我们的研究提供了重要的基础。《隋书·经籍志》中著录的征伐随行记主要有:郭缘生《述征记》二卷、戴延之《西征记》二卷、戴氏《宋武北征记》一卷[1]、姚最《序行记》十卷、李绘《封君义行记》一卷、诸葛颖《北伐记》七卷。其实,从后来其他一些著述的引录情况来看,这类行记还有一些,

---

[1] 该志中又著录戴祚《西征记》一卷,其实戴祚、戴延之、戴氏皆为一人。姚振宗:"戴延之即戴祚,有《西征记》二卷,又一卷并见于前。按:宋武西征姚泓入长安,在晋安帝义熙十二年,此北征慕容超犹在前七年。是役也,延之以僚属从,故为此记。同时从行者裴松之、孟粤、徐齐民,并有《北征记》,伍缉之有《从征记》,邱渊之有《征齐道里记》,见章氏辑诸书所引。"(《隋书经籍志考证》,见《师石山房丛书》,上海开明书店1926年版,第368页)

清人章宗源和姚振宗都据此著录了这些行记，章宗源所著录的六朝随行征伐记主要有：郭缘生《续述征记》，裴松之《西征记》《述征记》，徐齐民、伏滔[①]、孟粤分别著有同名的《北征记》，伍缉之《从征记》，邱渊之《征齐道里记》，以及没有撰人的《东征记》[②]。姚振宗在《隋书经籍志考证》中著录的随行记与章氏所著录的基本一致。这些随行记中，大多数为征伐随行记，且刘裕北伐时所撰的行记占了相当的比例。戴延之、郭缘生、裴松之、徐齐民、孟粤、伍缉之、邱渊之等人都有随刘裕北伐的经历，这些行记正是他们北征随行途中的所见所闻。戴延之等人都是刘裕幕府中的僚从，但他们大多数人官位不高，正史记录较少，其他文献中所存资料也不多，致使我们的研究面临不少困难。我们试图通过研究刘裕北伐的背景以及他们的行记佚文，对此文学现象做一解读。

（一）刘裕"造宋"与晋宋之际征伐随行记

田余庆认为刘裕北伐"必须建立对北敌的疆场功勋，求取信于朝野，

[①] 伏滔的《北征记》，李德辉判断也是随刘裕北伐时所作，而且认为此伏滔与《晋书·文苑传》中的伏滔不是同一人。他判断的依据是：其"《北征记》所记路线与戴延之《宋武北征记》所记路线同"（李德辉：《晋唐两宋行记辑校》，辽海出版社2009年版，第9页）。我们不赞同此说，首先，《晋书》中记载伏滔曾在桓温幕府中，且可以推定他曾跟随桓温第三次北伐。《晋书·文苑传》有伏滔"从温伐袁真，至寿阳"的记载，桓温何以伐袁真呢？其实，桓温在第三次北伐前燕之时，袁真也随同桓温北伐，桓温命袁真进军谯、梁，欲攻下被前燕占据的石门，引黄入汴渠，沟通淮、泗，为日后退回淮水作准备。但燕军坚决狙击，石门未能开通。桓温带领主力前行，不料后勤保障线被前燕军队截断，不得已退兵。但是，石门未通，水路无法退回，桓温只能从陆路退回，结果被埋伏的燕军突袭，惨败，退居广陵而驻。桓温将此次失败归罪于袁真，袁真降燕，占据寿阳。由此来看，伏滔跟随桓温伐袁真正是北伐失败不久之后的事，伏滔应该前后参与了此次北伐。即使是没有参与北伐，但他跟随桓温伐袁真确有其事，也属于北征。其次，从伏滔《北征记》的佚文来看，有姑孰、金城、广陵、都梁山、僮县、峄阳、清河、广陵、下邳、彭城、峄阳、颖阴、睢阳等地，与桓温第三次北伐的路线大体一致。所以，不能根据"与戴延之《宋武北征记》所记路线同"，就判断伏滔也跟随刘裕北征。最后，与伏滔同在桓温幕府的袁宏有《北征赋》，《初学记》引桓温《北征赋》言："于是背梁山，截汶波，泛清济，傍祝阿。"［(唐)徐坚：《初学记》卷六，中华书局1962年版，第131页］从其中的地名判断，此正是桓温第三次北伐时所经之地。《太平寰宇记》卷九十引了伏滔的《北征赋》，伏滔与袁宏同在桓温幕府，疑两人同时跟随桓温北伐，故分别作《北征赋》。总之，没有任何证据表明伏滔的《北征记》是跟随刘裕北伐时所写，李德辉言《晋书·文苑传》的伏滔"为另一人，无关本书"的判断值得商榷。我们以为，伏滔的《北征记》就是跟随桓温北伐时所作。

[②] （清）章宗源：《隋经籍志考证》，清光绪元年湖北崇文书局刻《三十三种丛书》本。

并于其中物色可以随同'造宋'的人物"①，道出了刘裕北伐的真正目的。刘裕物色"造宋"的人物中很多是文臣，其中不乏世家大族。这些人物之所以由鄙夷刘裕而渐次靠拢之，很重要的原因就是他们在北伐行军途中有强烈的文化体验。刘裕的北伐与其说是一次军事行动，对这些文人来说毋宁是一次文化寻根过程。戴延之等人的征伐随行记正是这次文化寻根的记录文本，就目前所存的佚文来看，其中以文化遗迹与山川风物为主，这与当时兴盛的地记所关注的重点基本相同，地记的产生是世家大族维护自身利益，巩固门第制度的产物，是其所建立的庄园经济在意识形态上的反映②，而征伐随行记亦有重要的政治文化背景，即巩固刘裕的政治地位，拉近他与世家大族之间的关系，为其"造宋"服务。南方的上等士族基本都有属于自己地望的地记，这是身份和文化的象征，但是这些士族的根源多在北方，随着时间的推移他们对北方的记忆逐渐模糊，刘裕北伐时期的征伐随行记正好可以弥补他们的这种缺憾，这类文献对南方的士族有巨大的文化冲击力。可以说，征伐随行记为刘裕的文化"造宋"又增加了筹码。

1. 刘裕文化"造宋"与征伐随行记的产生

刘裕是晋宋易代之际最为关键的人物，他不仅在政治上步步推进，而且在文化上逐步改变着门阀士族压倒性的优势。刘裕深知"得天下"与"治天下"的区别。所以，刘裕在军事"造宋"的同时，也不断文化"造宋"，以终达他最高统治之目的。刘裕是渡江流民的后裔，一直侨居京口，初在北府将领孙无终府任司马，后又被招至刘牢之麾下，做了参军，随军镇压浙东农民起义，功绩渐显。刘裕在与桓玄的斗争中，逐渐成为北府兵的首领。军事上的节节胜利使刘裕野心勃勃，但他的很多不足也逐渐暴露，其中文化方面的缺失对他的影响尤为明显。陈寅恪把北方南渡的士族分为上、次、下三等，刘裕属于次等士族，"为一未进入文化士族之林的豪族（楚子）"③。确实，刘裕虽为士族，但在文化方面的修

---

① 田余庆：《东晋门阀政治》，北京大学出版社1998年版，第300页。
② 仓修良：《方志学通论》，齐鲁书社1990年版，第121页。
③ 陈寅恪：《魏晋南北朝史讲演录》，万绳楠整理，黄山书社1987年版，第180页。

养极为有限，多为史家所诟病①。正因为此，当时的高族名流大都对刘裕有鄙夷之色，不与其为伍，《资治通鉴》所谓"轻狡无行，盛流皆不与相知"②。我们将刘裕与他最主要的竞争者刘毅相比，也能看出他对自身文化不足的焦虑。《宋书》载："毅既有雄才大志，厚自矜许，朝士素望者多归之。"③这里所谓的"雄才"，很重要的一个方面就是他的文化素质。刘毅谈吐儒雅，能与名流谈经论道，自能笼络高族名流。《南史》言刘毅"涉猎记传，一咏一谈，自许以雄豪，加以夸伐，搢绅白面之士，辐凑而归"④，《资治通鉴》亦有类似的记载："裕素不学，而毅颇涉文雅，故朝士有清望者多归之，与尚书仆射谢混，丹杨尹郗僧施，深相凭结。"⑤"搢绅白面""清望者"正是处于政治文化核心圈的上等士族，刘毅与这些人交往越深，对刘裕的威胁就越大。所以，要想改变这种局面，必须从文化入手。随着政治斗争形势的变化，刘裕自身文化的缺失，以及幕府中骨干文化修养的有限，都已经使他处处被动，严重影响进入权力中心。田余庆注意到"与刘裕共义之人并不是那些当年有疆场功勋的北府将领"⑥，以前的人员结构已经完全不适应刘裕霸业的要求。刘裕由车骑将军到中军将军、太尉、相国、宋公，其幕府人员结构也不断发生变化，有一个由武到文的变化⑦，为其"造宋"服务。刘裕不仅吸收一些高门士族加入其幕府，在文化上也不断向高门士族学习，所谓"及为宰相，颇慕风流"⑧。

---

① 关于刘裕的文化修养问题史书中说得极为明白，后人也专门撰文进行讨论，如孙楷第《刘裕与士大夫》（收入《沧州后集》，中华书局2009年版，第200—203页），王永平、孙艳庆《刘宋皇族之"本无学术"及其行为粗鄙化之表现》[《扬州大学学报》（人文社会科学版）2008年第1期] 等文有具体详尽的讨论。

② （宋）司马光：《资治通鉴》卷一百一十三《晋纪》，中华书局1956年版，第3566页。

③ （南朝梁）沈约：《宋书》卷二《武帝纪》，中华书局1974年版，第28页。

④ （唐）李延寿：《南史》卷十七《胡藩传》，中华书局1975年版，第487页。

⑤ 《资治通鉴》卷一百一十六，第3649页。关于刘裕与刘毅诸方面的比较研究，王永平的《刘裕、刘毅之争与晋宋变革》一文有更为详细的论述（载《江海学刊》2012年第3期）。

⑥ 田余庆：《东晋门阀政治》，第299页。

⑦ 陶贤都就刘裕幕府中的职官设置变化作过统计，随着刘裕在军事上的节节胜利，其幕府的僚佐人员结构也逐渐发生由武向文的转变（《魏晋南北朝霸府与霸府政治研究》，湖南人民出版社2007年版，第130—142页）。

⑧ 《宋书》卷六十四《郑鲜之传》，第1696页。

如上所言，刘裕与士族的博弈中文化上的劣势暴露无遗。尽管刘裕很快将自己最主要的对手刘毅除掉，但要想从根本上解决问题，赢得上层士族及名流的支持，必须要有更加长远的策略，而北伐是最好的机会。北伐不仅能在疆场上取得更大的威信，而且对久居南方的士族也是一次文化的洗礼。刘裕迟迟不称帝，而进行北伐，是因为他的"造宋"必须建立在一定的基础之上。《宋书》言："（刘裕）无周世累人之基，欲力征以君四海，实须外积武功，以收天下人望。"①《魏书》也言："裕志倾僭晋，若不外立功名，恐人望不许，乃西伐姚泓。"② 应该说，北伐是刘裕打翻身仗，树立威望的绝好机会。刘裕不顾高门士族的反对，一意北伐，表面看似"外积武功"，实也是一种文化上的策略。田余庆在论及这个问题时说："次等士族刘裕总揽了政治军事权力后，还必须附庸风雅，周旋于按照传统本是被门阀士族长期垄断的文化领域中。"③ 北伐就是他附庸风雅，与门阀士族周旋最好的舞台。跟随刘裕北伐的文人很多，如颜延之、谢瞻、谢晦、何承天、王诞、庾悦、王弘、王华、徐羡之、傅亮、袁湛等，其中多为士族子弟，王、谢两大士族的文人占了相当的分量。刘裕对这些人的倚重也越来越明显，谢晦就是其中一例，刘裕北伐时，"内外要任悉委任之"④。这些文人一方面为北伐搜集情报，探源问路，另一方面在行军途中也时有文化上的活动。如北伐行军中的雅集就是重要的文化活动，考察与刘裕相关的文人雅集活动，主要有四次：义熙十二年（416年）的彭城雅集，义熙十三年（417年）的游张良庙雅集和霸陵雅集，义熙十四年（418年）的彭城送别孔季恭雅集。

刘裕在行军途中最大的一次雅集是彭城诗会。刘裕北伐南燕胜利之后，在攻打后秦途中行军至彭城，就组织了一次文人集会，很多文人唱和酬作。《南史·谢晦传》载："帝于彭城大会，命纸笔赋诗，晦恐帝有失，起谏帝，即代作曰：'先荡临淄秽，却清河洛尘，华阳有逸骥，桃林

---

① 《宋书》卷四十八《傅弘之传》，第1431—1432页。
② （北齐）魏收：《魏书》卷九十七《岛夷刘裕传》，中华书局1974年版，第2133页。
③ 田余庆：《东晋门阀政治》，第326页。
④ 《宋书》卷四十四《谢晦传》，第1348页。

无伏轮。'于是群臣并作。"① 此次盛会高门士族参加者居多，当时的大文人谢晦担心刘裕出丑，先代刘裕作诗，群臣依次作诗相和。从此诗的内容来看，主要是歌颂刘裕北伐战功的，群臣的和诗自然也是围绕这一主题。这次诗会无疑是一种文化造势。同时，东晋朝廷也以谢灵运为使，至彭城慰劳刘裕，谢灵运在此行中写有《撰征赋》一篇，其中这样评价刘裕："宏功懋德，独绝古今。"② 此时，刘裕以相国的身份出征，而谢灵运的撰文则更像是为帝王颂功业，多是溢美之辞。可见，刘裕征伐南燕胜利后，确实威望提高不少，取代晋朝已是顺理成章之事。

义熙十四年刘裕从长安返回时，又在彭城为孔季恭送行，群臣也多有诗作，今存谢灵运与从兄谢瞻同题诗《九日从宋公戏马台集送孔令诗》，其中谢灵运的诗中写道："良辰感圣心，云旗兴暮节。鸣笳戾朱宫，兰卮献时哲。饯宴光有孚，和乐隆所缺。在宥天下理，吹万群方悦。"③ 谢瞻："圣心眷嘉节，扬銮戾行宫。四筵沾芳醴，中堂起丝桐。扶光迫西汜，欢余宴有穷。"④ 九月九日登高赋诗是中国文学的传统，刘裕带领众臣这一天在戏马台赋诗，意义非凡，这其中既有从长安大胜而归激动难平的心情，也有阔别北方多年在重阳节这一重要节日登高的特殊意味。其中所写场面宏大，仪式感强，使多数文人有所震动。虽然这两首诗有讨好刘裕之嫌，但刘裕征伐归来后文人对他态度的转变却是不争的事实。刘裕也逐渐得到一些名流的认可，甚至很多人愿意为他赴汤蹈火，如庾悦、王诞、谢景仁、谢述、袁湛、褚叔度等人，沈约在评价这些人时说："高祖累叶江南，楚言未变，雅道风流，无闻焉尔。凡此诸子，并前代名家，莫不望尘请职，负羁先路，将由庇民之道邪。"⑤

北伐归来，文人对刘裕态度的转变原因主要有二：一是文人在随军途中从未有过的文化触动，二是刘裕"有意"的文化活动。傅亮的两首北伐诗很能代表随军文人的感受，《从武帝平关中诗》："鞠旅扬城，大蒐

---

① 《南史》卷十九《谢晦传》，第 522 页。
② （晋）谢灵运著，顾绍柏校注：《谢灵运集校注》，中州古籍出版社 1987 年版，第 250 页。
③ 同上书，第 23 页。
④ 同上书，第 26 页。
⑤ 《宋书》卷五十二《庾悦传》，第 1506 页。

徐方。旅旌首路，元戎启行。弭楫洪河，总辔崇芒。"① 另一首《从征诗》："息徒西楚，伫楫旧乡。止犹岳立，动则云翔。烈烈群师，星言启行。泛舟掩河，秣马登芒。"② 师旅摇旗北方，声势浩荡，恢复中原，指日可待。征伐随行记的作者戴延之、郭缘生、裴松之、徐齐民、孟粤、伍缉之、邱渊之等都参加了北伐，虽然没有文献直接表明他们的感受，但是他们随行记中的记载正好可以和诗歌等相互补证。诗歌中主观的感受居多，而随行记性质与地记相似，在记写时很少有主观感情的掺杂。随行记与北伐中的雅集活动一样，也是出于"有意"的安排，在文化上为"造宋"服务。随行记作者主要职责就是有所选择地记录文化遗迹和山川风土。这一群体大都官阶不高，在北伐的过程中军事上所起的作用与谢晦、傅亮、徐羡之等人自无法比，但是他们中间也不乏有才情者。以我们所熟知的裴松之而论，《宋书》载："高祖北伐，领司州刺史，以松之为州主簿，转治中从事史。既克洛阳，（松之居州行事，宋国初建，毛德祖使洛阳。）武帝敕之曰：'裴松之廊庙之才，不宜久尸边务，今召为世子洗马，与殷景仁同，可令知之。'"③ 刘裕对裴松之极为赏识。再以戴延之论之，他撰有《甄异传》④。伍缉之有《劳歌》两首，还有《春芳诗》。邱渊之撰有目录书《义熙以来新集目录》⑤，郭缘生有《武昌先贤志》。这些跟随刘裕北伐的行记作者虽不是当时一流的文人，但他们有一定才学，刘裕选中他们跟随北伐，就是看中他们的才学，撰写随行记。

刘裕北伐在军事上的胜利只是表面的现象，而树立威望、笼络文人才是其真实目的。刘裕北伐胜利后，听闻自己在朝廷的亲信刘穆之病危，担心大权旁落，很快便返回朝廷，让自己十二岁的儿子刘守真据守长安。后赫连勃勃攻取长安，刘裕的儿子也撤回江南。以此而论，刘裕北伐最

---

① 逯钦立辑校：《先秦汉魏晋南北朝诗》，中华书局1988年版，第1139页。逯钦立以为宋武帝有平关中姚秦事，无平闽中事，闽、关之讹。这首诗应该刘裕北征关洛之时，傅亮所写。

② 《先秦汉魏晋南北朝诗》，第1139页。

③ 《宋书》卷六十四《裴松之传》，第1699页。

④ 鲁迅对此书有辑录，见鲁迅《古小说钩沉》，编入《鲁迅全集》第八卷，人民文学出版社1973年版，第269—275页。

⑤ 《隋书·经籍志》有著录，但不著撰人，《旧唐书·经籍志》标明了撰人。《世说新语》注引多处，或作《文章录》，或作《文章叙录》，或作《新集叙录》。

大的成果就是使很多文人为其效命，在文化上造势，助他顺利登基。征伐随行记记录了文人在北伐途中的所见，回到朝廷中，这些行记是要展示给未参加北伐的文人观看的，他们读完这些行记，自然也会有不小的触动。这种文化体验，正是刘裕所预期的。

2. 征伐随行记中的文化遗迹与文人心态

永嘉之乱后，琅琊临沂王氏，太原晋阳王氏，陈郡阳夏谢氏和袁氏，颍川鄢陵的庾氏，谯国龙亢的桓氏等北方核心文化区的世家大族以宗族为单位集体迁到建康一带①，他们在南方扎根，过上了优裕的生活，很少有机会重返北方。刘裕北伐有意让诸多士族参加，弥补了他们的缺憾。士族们重返籍里，面对残破的文化遗迹，五味杂陈。跟随刘裕北伐的谢晦、谢瞻、谢灵运、袁湛等出自陈郡阳夏，王华、王昙首、王弘、王诞、颜延之等出自琅琊，郑鲜之出自荥阳开封，他们祖上曾世代生活在北方，这里重要的文化遗迹曾是他们寄托精神的重要场所，被赋予了浓厚的宗族意味。虽然一些征伐随行记的作者出自寒门，但祖上仍在北方，这些文化遗迹同样对他们触动很大，如出自河东闻喜寒门的裴松之体验就很深刻。

刘裕北伐前后有两次：第一次是义熙五年（409年），从建康出发，沿水路北至下邳，从下邳到东海郡，沿沂水北行到琅琊，过东莞郡（莒县），然后越过大岘山，围攻临朐、广固，返回时从济南郡、泰山郡、鲁郡南下。南燕灭亡后，刘裕在齐鲁活动了很长一段时间，随军的文人有机会观瞻遗迹并记录下来。戴延之的《宋武北征记》、邱渊之的《征齐道里记》、伍缉之的《从征记》等都记录沿途的文化景观。且列几条如下：

　　琅琊城，始皇东游至此，立碑铭，记秦功德，云石李斯所刻。（邱渊之《征齐道里记》）②

　　朱灵城东有管宁旧宅，宅前有水，是宁常所澡浴处。（邱渊之

---

① 葛剑雄：《中国移民史》第二卷，福建人民出版社1997年版，第315—316页。
② 《太平御览》卷五百八十九《文部》，第2654页。

《征齐道里记》)①

　　夫子床前有石砚一枚,作甚古朴,盖孔子生平时物也。(伍缉之《从征记》)②

　　广固城北三里,有尧山祠,尧因巡狩登此山,后人遂以名山。(伍缉之《从征记》)③

由于体例所限,这些记录都是平铺直叙,然而对久别北方的文人而言内心是震撼的,因为通过这些遗迹,他们找到了自己的文化续脉。随征南燕的行记中伍缉之的《从征记》是记录比较详细的一种,如其中记录了琅琊的次睢里舍,嬴县的季札儿冢,广固城的尧山祠,淄水西的桓公冢,汶水西的齐襄王墓,莱芜谷,泰山的阁楼、庙宇,孔子居处的石砚等,对齐鲁大地不同历史时期的遗迹都有所涉及。

刘裕第二次北伐是义熙十二年(416年),军分四路前进,王镇恶、檀道济一路自淮、泗之许昌、洛阳,沈林子、刘遵考一路由汴入河,沈田子、傅弘之一路直取武关,王仲德一路由淮入泗,达清、济,再由清济入河,随后刘裕率主力也沿王仲德一路而来,到达洛阳。后几路大军配合,迅速灭了后秦。在此次征伐中,主线从东向西依次是下邳、彭城、梁郡、陈留、荥阳、洛阳、宜阳、陕县、蒲坂、长安。相比第一次北伐,这次横贯中原的行军,对文人的触动更大,随行记也记录得更加翔实。郭缘生的《述征记》和戴延之的《西征记》保留了大量的佚文,我们从这两部行记来看,其中的文化遗迹记载就像点缀在行军路线的明珠一样,格外引人注意。两部行记记录了下邳的峄阳山,彭城郡的崇侯冢、范增冢,萧县的孝山,管城的官渡台,成皋东南的苑陵城,荥阳的板渚津、仓垣台,荥阳南的少室山,山阳县北的嵇康园宅,洛阳的凌云台、广阳

---

① 《太平御览》卷三百九十五《人事部》,第1826页。
② (唐)欧阳询:《艺文类聚》卷五十八《杂文部》,上海古籍出版社1965年版,第1057页。
③ (北魏)郦道元著,陈桥驿校证:《水经注校证》,中华书局2007年版,第624页。

门、平昌门、辟雍坛、太极殿、国学、东城石桥，洛阳东北的伯夷、叔齐祠，邙山的张母祠，新安县的新关、白超垒，蠡城的金门坞，陕县的周、召分职处，潼关的舜庙，蒲坂城外的舜宅，弘农郡附近的柏谷，戏水的周幽王台，长安的宫殿、苑囿，记录体例与地记相似，引述几条如下：

郭缘生《述征记》：

白鹿山东南二十五里，有嵇公故居，以居时有遗竹焉。①

老子庙中有九井，汲一井，八井皆动。②

洛阳太极殿前大钟六枚，父老云曾有欲移此钟者，聚百数长絙挽之，钟声震地，咸惧不敢复犯。③

柏谷，谷名也。汉武帝微行所至，长傲宾于柏谷者也。④

戴延之《西征记》：

洛阳太极殿前左右各三铜钟相对，钟大者三十二围，小者二十五围。⑤

汉武帝于太室山，作登仙台及万岁亭。⑥

梓泽，金谷也。中朝贤达所集，赋诗犹存，是石崇居处。⑦

---

① （北魏）郦道元著，陈桥驿校证：《水经注校证》，第225页。
② （唐）封演著，赵贞信校注：《封氏见闻记校注》，中华书局2005年版，第2页。
③ 《太平御览》卷五百七十五《乐部》，第2597页。
④ 《艺文类聚》卷八十八《木部》，第1515页。
⑤ 《太平御览》卷五百七十五《乐部》，第2598页。
⑥ 《初学记》卷五《嵩高山第七》，第104页。
⑦ 《艺文类聚》卷九《水部》，第176页。

官度台，去青口泽六十里，魏武所造也，破袁绍于此。①

《述征记》和《西征记》中的文化景观是密集的，在诸多遗迹当中，对洛阳的记载占有重要分量，这主要与洛阳长期作为政治文化中心的地位是分不开的，虽然刘裕北伐时，这里已是破败不堪，但文人依然能够通过这些遗迹追溯昔日之辉煌。随行记多是客观书写，很少有文人主观的情绪，但是诗歌却不一样，文人可以随意挥洒，宣泄感情。刘裕北伐时，文人对洛阳一带的观感，就有诗歌的呈现，虽然数量有限，却可补行记之不足。颜延之的两首诗最有代表性，《宋书·颜延之传》载："义熙十二年，高祖北伐，有宋公之授，府遣一使庆殊命，参起居，延之与同府王参军俱奉使至洛阳，道中作诗二首，文辞藻丽，为谢晦、傅亮所赏。"② 颜延之道中所作两首诗即是《北使洛》与《还至梁城作诗》，《北使洛》中写道："改服饬徒旅，首路跼险艰。振楫发吴洲，秣马陵楚山。途出梁宋郊，道由周郑间。前登阳城路，日夕望三川。在昔辍期运，经始阔圣贤。伊瀍绝津济，台馆无尺椽。宫陛多巢穴，城阙生云烟。"③ 另一首《还至梁城作诗》中写道："故国多乔木，空城凝寒云。丘垄填郛郭，铭志灭无文。木石扃幽闼，黍苗延高坟。惟彼雍门子，吁嗟孟尝君。"④ 诗人行走在曾经文化盛极一时的洛、梁一带，已经感觉不到昔日的景象，有的只是空城残宫，丛草掩坟的凄凉，眼前之景使作者自然有文化上回归的强烈意愿。谢灵运也有类似的感情，他在《撰征赋》序文中说："沿江乱淮，逆薄泗、汳，详观城邑，周览丘坟，眷言古迹，其怀已多。……于是采访故老，寻履往迹，而远感深慨，痛心殒涕。"⑤ 谢灵运看到淮河以北战乱之后的城邑、丘坟，顾念古迹，颇多感慨，写《撰征赋》以抒怀，感伤的同时，对刘裕称颂有加，极尽溢美之词。这篇赋中感情也有所转向，谢灵运在未出发前，看到主弱臣强，甚为忧虑。但

---

① 《艺文类聚》卷六十二《居处部》，第1119页。
② 《宋书》卷七十三《颜延之传》，第1891页。
③ 逯钦立辑校：《先秦汉魏晋南北朝诗》，第1234页。
④ 同上。
⑤ （晋）谢灵运著，顾绍柏校注：《谢灵运集校注》，第250—251页。

是北行汴水，一览刘裕的军阵之后，一扫愁绪。洋洋洒洒的《撰征赋》也是以古迹和行程为线索，记载的文化遗迹虽与随行记作者的记载不同，但他们的感情是相似的。看到中原大量的文化遗迹，随行文人的感情也开始发生转向，他们由起初厌恶刘裕开始转为感激，甚至歌颂。当然这种感情在征伐随行记中并未表现，但这些文本背后的作者心态与诗赋作者是一致的。

总之，很多随行文人对此次的出师多有文化上的感慨，刘裕帮他们唤起了故国的情思。所以，刘裕的北伐不仅仅是一次军事行动，也是一次文化俘获文人的行动。长久在南方安身立命的文人返回许多年前仓皇遗弃的故园，自然会唤起诸多的文化记忆，而现在这些祖先的遗迹却被"夷狄"占有，感情上颇难接受，希望尽快恢复故土。刘裕两次北伐的主要地点是山东、河南、陕西一带，这些地方是中国传统文化最为发达的地区，在东晋之前一直是"正统"王朝统治的核心区域，保留了很多名胜古迹，承载了大多文人的政治理想和文化情思。文人每到一处，对文化遗迹格外关注，将这些遗迹记入随行记自在情理之中。这些文化遗迹记录的背后所反映的是文人的心理触动以及恢复"统续"的迫切愿望。

3. 征伐随行记中的陵庙记录与南方士族的"复礼"行为

儒家思想当中，祭祀祖先、先贤，本质所反映的社会秩序的有序建构，事神祀鬼是国家礼乐文化重要的组成部分，也是治理国家和凝聚家族的重要手段。《礼记》言："凡治人之道，莫急于礼。礼有五经，莫重于祭。……以礼，是故唯贤者能尽祭之义。"[①] 祭祀是政权、宗族权和神权的统一，祭祀的废弃意味着这些权力的空缺，对于文化士族而言，充当祭礼中的"贤者"是身份和地位的确认。祭祀也是一种继承权和财产权，门阀制度的形成祭礼起了重要作用。西晋的士族南迁之后，国家和宗族的祭祀场域一度被废止，这意味着在新的地域又必须重建秩序。尽管随着时间的推移这些南迁的士族结合北方的礼乐文化再造了新的礼乐制度，但是那些曾经作为礼乐重要场合的庙宇、祠堂、陵寝等祭祀场合

---

① （汉）郑玄注，（唐）孔颖达疏：《礼记正义》卷四十九《祭统》，第1570页。

依然在北方，在南方的祭祀不一定能传达到鬼神那里。士族们很难忘却这种痛。刘裕北伐，对这些士族来说是千载难逢的机会，他们得以亲自祭拜先贤先祖，寄托哀思，安放心灵。刘裕北伐的进程，也是士族"复礼"的过程，在行军途中每到重要的陵庙，士族多有祭祀活动。

征伐随行记中对坟冢祠庙的记载一方面饱含文人对祭祀废弃的伤痛，另一方面也是对重新建立续统的期望。随行记的作者每到一处，最为关注的就是这些陵庙。兹列几条如下：

> 尧陵在城南九里，中山夫人祠在城南二里，东南六里，尧母庆都冢。尧陵北二里，有仲山甫墓。（郭缘生《述征记》）[1]

> 项羽墓在谷城西北三里半许，毁坏，有碣石"项王之墓"。（郭缘生《述征记》）[2]

> 曹真祠堂在北邙山，刊石既精，书亦甚工。（郭缘生《述征记》）[3]

> 太公冢在尧山西。（郭缘生《续述征记》）[4]

> 嬴县西六十里，有季札儿冢，冢圆，其高可隐也。（伍缉之《从征记》）[5]

> 齐襄王墓在汝水西，墓西有儇公墓，东有四田墓，传云倨、荣、广、布也，墓皆方墓圆坟。（伍缉之《从征记》）[6]

---

[1] （北魏）郦道元著，陈桥驿校证：《水经注校证》，第575页。
[2] 《史记》卷七《项羽本纪》张守节《史记正义》引，第338页。
[3] （唐）虞世南：《北堂书钞》卷一百零二《艺文部八》，中国书店影印1989年版，第390页。
[4] （宋）乐史：《太平寰宇记》卷十八《河南道》，中华书局2007年版，第353页。
[5] （北魏）郦道元著，陈桥驿校证：《水经注校证》，第579页。
[6] 《太平御览》卷五百六十《礼仪部》，第2530页。

东阳门外道北，吴、蜀二主第宅，去城二里，墟墓犹存。又曰：潼关北去蒲坂城六十里，城中有舜庙，城外有宅井及二妃坛。(戴延之《西征记》)①

上所列多是历史人物的陵庙，对他们的祭祀是传统文化的重要部分。晋王朝在北方时，这些陵庙香火不断，王朝南迁后这些场所残破不堪，祭祀中断多年，跟随刘裕北伐的文人看到这些残破的陵庙，难免伤悲，对他们来说能够重新祭拜先贤先圣是莫大的幸事。一些文人在行军途中，除了祭祀先圣先贤外，还请求拜省祖陵，郑鲜之就是一例。《宋书》载："高祖北伐，以为右长史。鲜之曾祖墓在开封，相去三百里，乞求拜省，高祖以骑送之。"②因为刘裕的北伐，郑鲜之能够拜省三百里之外的祖墓。但对大多数文人来讲，行军紧张，官阶不高，并不能享受亲谒祖上陵墓的优待，他们只能感受这种氛围。文人在经过一些陵庙遗迹的时候，常常作诗以寄哀思，这也可补行记中感情记录的缺失，如谢瞻《经张子房庙诗》：

王风哀以思，周道荡无章。卜洛易隆替，兴乱罔不亡。力政吞九鼎，苛慝暴三殇。息肩缠民思，灵鉴集朱光。……逝者如可作，揆子慕周行。济济属车士，粲粲翰墨场。謇夫违盛观，竦踊企一方。四达虽平直，蹇步愧无良。淡和忘微远，延首咏太康。③

郑鲜之《行经张子房庙诗》：

七雄裂周纽，道尽鼎亦沦。长风晦昆溟，潜龙动泗滨。紫烟翼丹虬，灵媪悲素鳞。④

---

① 《艺文类聚》卷六十四《居处部》，第1144页。此引为戴延之《西京记》，据《太平御览》卷一百八十所引，应是《西征记》之误。
② 《宋书》卷六十四，第1696页。
③ 《先秦两汉魏晋南北朝诗》，第1133—1134页。
④ 同上书，第1143页。

范泰《经汉高庙诗》：

> 啸吒英豪萃，指挥五岳分。乘彼道消势，遂廓宇宙氛。重瞳岂不伟，奋臂腾群雄。壮力拔高山，猛气烈迅风。恃勇终必挠，道胜业自隆。①

谢瞻、郑鲜之、范泰都曾跟随刘裕北伐，他们途经一些陵庙时作诗以寄情思。一方面抒发对先贤建功立业，恢复周道隆业的赞叹；另一方面也期待能有这样的人力挽狂澜，统一河山，恢复对山陵的祭祀。参加北伐的文人认为刘裕就是这个再造山河，雪耻祖宗之辱的人。刘裕北伐，大获人心，功高盖主，皇帝也不得以拟策，其策文的褒奖理由就有："永嘉不竞，四夷擅华，五都幅裂，山陵幽辱，祖宗怀没世之愤，遗氓有匪风之思。公远齐伊宰纳隍之仁，近同小白灭亡之耻，鞠旅陈师，赫然大号，分命群帅，北徇司、兖。许、郑风靡，巩、洛载清，伪牧逆藩，交臂请罪，百年榛秽，一朝扫涤。"② 可见，山陵幽辱，无法祭祀的痛楚对多数文人来讲是极其强烈的。

义熙十三年，刘裕在北伐途中也不忘修一些先贤之坟，以博众望，跟随他北伐的文人傅亮也撰有三篇教文《为宋公修张良庙教》《为宋公修楚元王墓教》《为宋公修复前汉诸陵教》，傅亮还撰有一篇表文《为宋公至洛阳谒五陵表》。这四篇文章都是北伐之时，傅亮"为宋公"修先贤陵庙时所作，其主要内容是对百年坟茔未修，宫庙颓毁的痛心，随军之人皆百感交集，热切期盼恢复祀典。正如《为宋公至洛阳谒五陵表》所言："坟茔幽沦，百年荒翳，天衢开泰，情礼获申，故老掩涕，三军凄感，瞻拜之日，愤慨交集。"③ 这四篇文章的政治用意也极为明显，即称颂刘裕之功，俘获文人之心。这些陵庙的修缮，意在笼络文人，使他们的永怀之情得以寄托。与随军征伐行记中对陵庙的记载相比，傅亮的这几篇文

---

① 《先秦两汉魏晋南北朝诗》，第 1143—1144 页。
② 《宋书》卷二《武帝纪中》，第 39 页。
③ （南朝梁）萧统编，（唐）李善注：《文选》卷三十八，第 1726 页。

章更加直接，而这样的感情也是随行记作家所具有的。

不管是随行记中对陵庙的记载，还是诗歌，教、表之文，都从侧面反映了文人在这两次北伐中所受到的洗礼。经过北伐，这些文人对刘裕的反感慢慢降低，也不乏为其唱赞歌者。如谢灵运的《宋武帝诔》：

> 杖钺伐鼓，赫赫明明。乃敕众师，竟执戎昭。诲以《三略》，惠以《六韬》。云微周京，席卷秦郊。复礼前茔，雪愧旧朝。既清西关，将旋东道。中憩徐豫，兼应燕赵。业盛曩代，惠侔大造。泽及四海，功格八表。悠悠声敕，绵绵川陆。①

谢灵运诔文中对宋武帝的赞扬也主要是针对其北伐功绩的。所谓"复礼前茔""绵延声教"等是文人更加看重的。刘裕北伐时期产生的这些随行记，不仅记河山，而且"复礼"意义也很明显。

刘裕北伐时的随行记对文化遗迹的记载确实勾起了很多文人恢复故土的情怀。其中也有为刘裕"造宋"服务的直接证据，如戴延之《西征记》："宋公咨议参军王智先，停柏谷，遣骑送道人惠义疏云：'有金璧之瑞。'公遣迎取，军进，次于崤东。金璧至，修坛拜受之。"又曰："冀州博陵郡王次寺道人法称，告其弟子普严曰：'嵩高皇帝语吾，言江东有刘将军，是汉家苗裔，受天命。吾以三十二璧、金一饼与之。'璧数是刘氏卜世之数也。惠义以义熙十三年入嵩高山，即得璧金献焉。"② 这两则记载显然是为刘裕的政治目的所制造的祥瑞。随行记中的山水描写主要受到了魏晋以来地记的影响，但是这些山水描写中偶尔也会出现一些瑞兆灵验，如郭缘生《述征记》："临淄牛山下有女水。齐人谚曰：'世治则女水流，世乱则女水竭。'慕容超时干涸弥载，及宋武北征而激洪流。"③这条记载与前面的两则记载目的都是一样的，也都是为刘裕"造宋"服务的。当然，这些行记也可为行军打仗提供一些有用的信息。戴延之跟

---

① （晋）谢灵运著，顾绍柏校注：《谢灵运集校注》，第268页。
② 《艺文类聚》卷八十四《玉部》，第1434页。
③ 《太平御览》卷五十九《地部》，第284页。

随刘裕北伐,就曾受命沿洛水探寻水军可行之路,《水经注》载:"义熙中,刘公西入长安,舟师所届,次于洛阳,命参军戴延之与府舍人虞道元即舟溯流,穷览洛川,欲知水军可至之处,延之届此而返,竟不达其源也。"① 以此推测,刘裕北伐时期的文人随行记对山川河流记载,也有实际应用方面的考虑。

综上所述,刘裕北伐时期的征伐随行记,反映了刘裕北伐途中文人的经见,但是这些记录的政治文化背景却是刘裕的"造宋",我们只有将这些行记放在这一背景之下才能更好地理解其内涵。经过两次北伐,文人在北方强烈感受到了文化的衰变与美好山河的旁落,恢复北方,延续文化是他们的迫切愿望。刘裕也更好地利用这一点,在北伐途中使大量的随行文人感到了文化的洗礼。戴延之、郭缘生、裴松之等人正是在随行北伐中写下了这些行记,这些行记主要反映了刘裕北伐途中文人的所见所感,这虽是一个文学和文化现象,但将其放在刘裕北伐这一历史背景下,就会看到这些行记产生的深层原因。

(二)征伐随行记与晋宋之际山水意识的演进

山水之美,古来共谈,对山水的观照是中国自古以来的传统。晋宋之际,随着人们山水审美意识的不断提高,各种文体中都有大量的山水描写。魏晋南北朝时期的行记中也有大量的山水描写,显然与这一时期人们山水审美意识的提高有直接关系。就行记中的山水描写而言,与地记之间有极为紧密的关系。魏晋南北朝时期,地记全面勃兴,所记涉及城邑、山川、道里、遗迹、风俗等各个方面,这与行记的记录内容极为相似。行记与地记最大的区别在于是否纪行,晋宋之际的征伐随行记已经看不到全文,现所存文字行踪记载非常少,这主要与后来征引者的引用目的有关,行踪往往不是引者所看重的,所以很难在这些征伐随行记中寻觅到行踪的描写。行记除了重点记录行程之外,对文化遗迹与自然山水的记载是另外两个重点,而这两点也是地记关注的重点。与地记相比,征伐随行记更加关注前者,对山水之美的欣赏倒是其次。

---

① (北魏)郦道元著,陈桥驿校证:《水经注校证》,第365页。

征伐随行记中的山水记载与地记一样，都是魏晋以来人们山水认识提高的产物。刘裕北伐时期的随行记也关注山水，但多数记载都是极为简略的，与地记那种大篇幅的山水描写有所不同。我们略举几例：

盟津、河津恒浊，方江为狭，比淮、济为阔，寒则冰厚数丈。始冰合，车马不敢过，要须狐行，云此物善听，冰下无水乃过，人见狐行，方渡。(郭缘生《述征记》)①

穀、洛二水，本于王城东北河流，所谓穀、洛斗也。(郭缘生《述征记》)②

柏谷，谷名也。汉武帝微行所至，长愤宾于柏谷者也。谷中无回车地，夹以高原，柏林荫蔼，穷日幽暗，殆弗睹阳景。(郭缘生《述征记》)③

东武县本有东武山，忽因三日昼昏，山移在会籍山阴县，今犹有东武里。(邱渊之《征齐道里记》)④

泰山于所经诸山非最高，而岑崿轩举，凌跨众阜，云霞草木，蔼然灵异，苑囿神奇，故无螫虫猛兽。(伍缉之《从征记》)⑤

嵩高山，岩中也，东谓太室，西谓少室，相去十七里。嵩高，总名也。(戴延之《西征记》)⑥

---

① (北魏) 郦道元著，陈桥驿校证：《水经注校证》卷一，第3页。
② 《水经注校证》卷十六，第391页。
③ 《艺文类聚》卷八十八《木部上》，第1515页。
④ (宋) 乐史：《太平寰宇记》卷二十四《河南道》，第497页。
⑤ 《太平御览》卷三十九《地部四》，第188页。
⑥ 《艺文类聚》卷七《山部上》，第131页。

这些文字对山川的记载都极为简单，虽有一些增饰性的文字，但显得简练整饬，与这一时期的地记并无二致。像这样仅记山川的文字在现存的征伐随行记佚文中不多见。晋宋时期，南方的地记勃兴，如晋时的地记就有张勃的《吴录地理志》《吴地记》，潘岳的《关中记》，顾夷的《吴郡记》，顾长生的《三吴土地记》，伏琛的《齐记》，晏谟的《齐地记》，裴秀的《禹贡九州地域图》，荀绰的《九州记》《兖州记》，袁山松的《宜都山川记》，罗含的《湘中山水记》，王隐的《晋地道记》，伏滔的《地记》，戴延之的《洛阳记》，无名氏的《晋地记》，等等。刘宋时期地记更为发达，如王僧虔的《吴郡地理记》，刘澄之的《扬州记》《江州记》《豫州记》《广州记》《鄱阳记》《荆州记》《梁州记》，郭仲产的《秦州记》《荆州记》《湘洲记》，盛弘之的《荆州记》，庾仲雍的《荆州记》，山谦之的《丹阳记》《吴兴记》，孔灵符的《会稽记》，雷次宗的《豫章记》，等等①。从地记总体创作的情况来看，南方地区的地记占了主要的部分。这些地记中的山水描写很多，写作体例与刘裕时期的征伐随行记相类。征伐随行记的作家伏滔、戴延之两人皆有地记，戴延之的《洛阳记》就是跟随刘裕北伐后所写。地记的兴盛一定对行记产生了影响。对山水的叙写是地记最为主要的内容之一，很多地记作者看到山川之美，往往在作品中会尽情地去描摹。所以，一些地记的山水文字写得极为优美，在六朝时期的散文中占有重要分量。程千帆曾说："史传支流之有关文学者，杂传而外，则推地理之书。……而郦书尤征引繁博，诸家旧作，往往耐之以存。苟能加以籀绎，则六朝地理书文章之美，亦可窥见其大略矣。"②诚如程先生所说，郦道元的《水经注》中保存了一些很优秀的山水散文。就六朝时期的行记而言，其美学特质也与地记一致，文字也颇多相似之处。虽然这些行记中的山水描写分量有限，但也不乏模范山水的美文。我们先看郭缘生《述征记》中的一段文字：

---

① 晋宋时期的地记极多，张国淦有较为详细的考证（见张国淦《中国古方志考》，中华书局1962年版）。

② 程千帆：《闲堂文薮》，《程千帆全集》第七卷，河北教育出版社2001年版，第140页。

> 承县君山有抱犊固，壁立千仞，顶宽而有水。此山去海三百里，天气澄明，宛然在目。山上有池，周回五丈，深可三四尺，春冬水旱，未尝有减。若渐秽污则竭，洁诚祈请则生。上有精庐，每有修定僧居焉。上有地顷余，昔有隐遁者，抱一犊于其上垦种，故以名山。汉名楼山，魏号仙台，高九里，周回四十五里。①

这段文字对抱犊山的由来以及周围的环境作了很生动的叙述。此处所用文字虽不多，却极为生动地将抱犊山山势高险，顶有清池，碧池蓝天的仙居环境描写得很有吸引力，令人神往。我们再看伍缉之《从征记》中的一段文字：

> 汶水出县西南流，又言自入莱芜谷，夹路连山百数里，水隍多行石涧中，出药草，饶松柏，林薱绵濛，崖壁相望，或倾岑阻径，或回岩绝谷，清风鸣条，山壑俱响，凌高降深，兼惴栗之惧，危蹊断径，过悬度之艰。未出谷十余里，有别谷在孤山，谷有清泉，泉上数丈有石穴二口，容人行，入穴丈余，高九尺许，广四五丈，言是昔人居山之处，薪爨烟墨犹存。谷中林木致密，行人鲜有能至矣。又有少许山田，引灌之踪尚存，出谷有平丘，面山傍水，土人悉以种麦，云此丘不宜殖稷黍而宜麦，齐人相承以殖之。意谓麦丘所栖愚公谷也。何其深沉幽翳，可以托业怡生如此也。②

此段文字对莱芜谷、别谷高深幽蔽，山回水绕，别有洞天的环境作了叙写，描写比前面的一段文字更为出色，确实是一段绝佳的美文，仿佛使人置身世外桃源之中，难怪陈寅恪认为陶渊明的《桃花源记》部分内容就是依据"义熙十三年春夏间刘裕率师入关时戴延之等所闻见之材料而

---

① 《太平寰宇记》卷二十三《河南道》，第484页。
② （北魏）郦道元著，陈桥驿校证：《水经注校注》卷二十四，第578—579页。

作成"①，属于纪实。这些文字虽不是独立的山水审美文字，但行记创作者将所见美景写在作品中，说明晋宋时期人们的山水审美意识不断增强。行记中的山水描写只是时人山水审美意识提高的一个缩影。当然，这些优美的山水描写，与后来的山水游记有所不同。征伐随行记是以征伐为目的的，创作者在沿途的行进中，选择记录的往往是对他们触动最大的文化遗迹。优美的山水虽能愉悦心神，但对于这些久居南方的文人来说，如果不是特奇特美的风景，对他们吸引力并不大。因此，在这些行记中山水绝不会成为主角。尽管行记中有一些优美的山水文字，但还不具有独立的审美意识。后来的山水游记情况却完全不同，很多游记作家写文的目的就是记录山川之美，是以审美为中心的，所以他们的旨趣全在山川。不过，这二者之间的交叉演进也是明显的，游记因"游"，故注重行踪叙写，这一点与行记是类似的；而行记因"行"能够亲自欣赏佳山水，这一点又与游记类似。到了宋代，行记与游记之间逐渐融通，出现了一批既类行记又类游记的作品，这类作品多由文人创作，如欧阳修的《于役志》、范成大的《吴船录》、陆游的《入蜀记》、吕祖谦的《入越录》、陈文蔚的《游吴江行记》等就属于这类作品。无疑，晋宋行记为后世山水游记文产生了一定的影响。

三 交聘行记

交聘行记如江德藻的《聘北道里记》，李绘的《封君义行记》，佚名的《李谐行记》《魏聘使行记》《江表行记》等，或亡佚，或所存佚文极为有限，本章不作论述，但是作为行记发展的一途，理当留意。唐宋时期的交聘行记就是沿着这一途发展的。

---

① 陈寅恪：《桃花源记旁证》，见《陈寅恪史学论文集》，第234页。但是，这一观点也遭到了一些学者的质疑，唐长孺《读〈桃花源记旁证〉质疑》一文则认为桃花源的故事源自南方的一种传说，这一传说流行于晋宋之际的荆湘，陶渊明根据所闻加以理想化写成《桃花源记》（《魏晋南北朝史论丛续编》，生活·读书·新知三联书店1959年版，第161—174页）。

小　结

　　行记的产生与先秦的史官文化密不可分，行人、职方氏、土训、诵训等职官都曾记录过"远行"的历史。先秦的一些典籍，如《禹贡》《山海经》《穆天子传》等皆与记录远行有关，这些典籍对行记产生了深远的影响；汉代是行记的初创期，行记内容已经由记录九州之内延伸到了域外；魏晋南北朝时期，僧人行记、征伐随行记、交聘行记成为行记发展的重要途径，这些行记的产生与当时的政治、军事、文化的发展密不可分。

第二章

唐宋行记的文体特点与史学传统

　　行记是人们对远足旅行所作的文字记录。从现代文体的观念来看，这些文字皆可谓之散文，然而从中国古代文体发展的多样性来讲，这样的分类显然过于笼统，不足以说明中国古代文章发展的实际情况。虽然在古代的历史著作分类或者文体分类中都找不到行记的确切位置，但其作为一种独特的书写形式存在于古文献中却是不争的事实。从汉代行记的初创至有清一代，这类著述的数量越来越多，形成了很大的规模。与这类著述的规模相比，我们对这类文体认识还不够明确，所以，有必要厘清这类著述的特点。如何去把握行记，它们到底有什么样的特点呢？行记究竟是怎样形成的呢？古代的史学传统对行记有哪些影响呢？要回答这一系列的问题，并不容易。我们以为，要对这些问题有较为圆满的回答，必须将行记放在中国古代的史学传统与文学发展的背景下进行研究，这样才能得出一个较为满意的答案。唐宋行记虽不是中国古代行记的源头，但却在中国古代行记的发展中有重要的意义。这不仅是因为唐宋行记的内容不断扩大，创作群体增多，而且在体式方面也不断创新，样式增多，后代的行记基本沿袭了唐宋行记的发展。因此，对唐宋行记的整体研究，可以回答行记发展中普遍存在的一些问题。本章我们将以唐宋行记为重点，试图回答这些问题。

第一节　关于行记文体特点的讨论

　　古代关于旅行的记录是具有延续性的，除了诗赋等承担了一部分功能外，更多的则由"文"来承担，即旅行记。《文心雕龙·时序》："时运交移，质文代变，古今情理，如可言乎！"① 又说："文变染乎世情，兴废系乎时序。"② 时代的发展对某类文章产生了重要的影响。行记自不例外，社会发展到一定程度，人们因不同的目的开始探索更远的世界之时，便有了新的体验，记录这些发现和感触成了必要。古代的多数文体是因实用而产生的，行记源于记录出行的功用——以备不忘，记异录奇。以交聘行记而言，就是因为社会发展到一定程度，国与国之间的交往愈发频繁，所以远行的使者开始大规模记录异域的情况，如宋代大量交聘行记的产生就是宋与辽、金之间政治和外交关系的体现；以僧人行记而言，则是佛教发展的一个侧影，佛教自汉代传到中国，中原的佛教徒总是想方设法到佛教的发源地去寻求"本真"的佛法，他们不辞辛劳，杖锡西行，看到了完全不同的世界，他们将这些观感和体验以文字的方式呈现出来，就成了后人所看到的行记；再以宋代的文人行记而言，其中所包含的文化气息更加浓厚，文人远役他乡，沿途登临名山古刹，与文人墨客觥筹唱和，所以产生了文人气息极为浓厚的行记。不同的群体，创作动机不尽相同，他们在行记中所展现的内容也大相径庭。归根结底，这些行记的产生与社会的发展是分不开的。概而言之，行记是随着记录远行的必要而产生的。

　　从一开始，"写什么"是行记所关注的焦点，至于"怎么写"则显得随意性很大。《文镜秘府论·南卷·论体》："凡制作之士，祖述多门，人心不同，文体各异。"③ 这里虽然主要讲文章风格的问题，但就行记的发

---

① （南朝梁）刘勰著，范文澜注：《文心雕龙注》卷九，人民文学出版社1958年版，第671页。
② 同上书，第675页。
③ ［日］弘法大师原撰，王利器校注：《文镜秘府论校注》，中国社会科学出版社1983年版，第331页。

展而言，也存在这样的问题。行记创作之初，没有统一的规范，是随意为之的，重在记录旅行的所见所感，而非"有意为文"，所以不同的创作主体"祖述"更加复杂，这就使行记呈现出庞杂的特点。因创作者身份、视角、体验、文化修养等的不同，行记各有其特点，僧人行记、交聘行记、征伐随行记、文人行役记等不管是内容还是形式都有所不同。他们对内容的过度关注，往往忽略了形式的存在。古代目录学对行记归属的分类歧异也恰巧说明了这一问题。不同于庙堂之文追求博雅和文辞之美，也不同于诗赋的抒情逞才，行记从一开始就走上了更加实际的道路。但这并不是说，行记是排斥文学审美和抒情的，仔细探赜历代的行记，仍不乏生动优美之文。

在古代的文献中，对行记并没有明确的定义，而现代的研究者对行记这一文体的思考也极为有限。或者说，是否能将行记作为一种文体研究呢？答案是肯定的，虽然古代没有任何文学理论著作或者文学总集将行记看作一个类别，但行记本身的特点决定了将其作为一种独立文体研究的必要。黄侃有一段很好的论述，他说："详夫文体多名，难可拘滞，有沿古以为号，有随宜以立称，有因旧名而质与古异，有创新号而实与古同，此唯推迹其本原，诊求其旨趣，然后不为名实玄纽所惑，而收以简驭繁之功。"[1] 所以，我们的研究不能过于拘泥，毕竟行记这类作品有其独立的特点，我们只有追本溯源，明其旨趣，才能对行记有更加深入的认识。学术界对文体的研究愈加细化，这对认识某一类文章自然很有好处。一方面，不断的细化的研究可以认清楚文章发展的多样性以及形成这种多样性的原因；另一方面，将一种文体进行独立研究，可以挖掘出这类文体独立于其他文类的本质属性，解决某些文学和文化现象。既然要深入研究行记，辨明其体制自然是十分必要的。徐师曾在《文体明辨序说》"总论"中引宋人倪思言："文章以体制为先，精工次之。"又引明人陈洪谟语："文莫先于辨体，体正而后意以经之，气以贯之，辞以

---

[1] 黄侃：《文心雕龙札记》，中华书局1962年版，第68页。

饰之。"① 明人吴讷在《文章辨体序说》"凡例"中进一步强调:"文辞以体制为先。"② 这都说明古人对"辨体"的重视,执笔为文,虽有随意为之与有意为之,但是如何以一种合适的方式表达内容是应该慎重考虑的。我们既然研究行记,自然也应该辨明其"体"③。行记,从大的方面来讲,可以将之呼为"记",但这种"记"却是关于旅行的记录,所以以一种恰当的方式记录旅行想必是每个行记作家都曾想过的问题。行记之"记",起初并不是文体的标识,只是一个动词,即"记录"之义,后来随着此类著述的逐渐增多,人们对它们的认识水平也相应提高,"记"才有了文体的意味。而且行记与其他文体之间有道不明、划不清的关系。关于这一点我们在后面将详细论述。

古代的文体一般包括三个层次的问题:体制、语体、体性④。我们也可以从这三个方面来分析行记作为一种文体所具有的特点。

第一,体制。即指"文体的外在形状、面貌、构架,犹如人的外表体形"⑤,它是文体辨析的基本出发点。既然我们认定行记是一种文体,它就有外在的形状、面貌以及构架特点。按照我们的理解,行记的体制主要包含行踪、景观(文化景观与自然景观)、旅行体验,这三者是构成行记最基本的要素。这三要素主要是以叙事的方式来表现的。

---

① (明)吴讷、(明)徐师曾:《文章辨体序说 文体明辨序说》,人民文学出版社1962年版,第80页。徐师曾引文说此系倪思语,其实这是王安石的观念。黄庭坚《书王元之〈竹楼记〉后》:"或传王荆公称《竹楼记》胜欧阳公《醉翁亭记》,或曰此非荆公之言也。某以谓荆公出此言未失也。荆公评文章常先体制而后文之工拙。"(黄庭坚:《豫章先生文集》卷二十六,《四部丛刊》本)

② 同上书,第9页。

③ 文体之"体"在古代是有着复杂的意义,与我们今天所言的文体有很大的差距,"体"包含了多重含义,如题材、风格、语体、谋篇布局,结构、体貌,等等,我们的研究一方面要遵从古人对"体"的认识,另一方面也应当以现代的视角,去认识行记。

④ 郭英德将文体分为四个层次:体制、语体、体式、体性四个方面。他认为体式"指文体的表现方式,犹如人的体态动作",其实,仔细分析,这也是属于体制,即一种文体的外在形态,将它单独列出来不太符合文体发展的规律,故我们此处在论述行记时,是从三个方面来论述的(郭英德:《中国古代文体学论稿》,北京大学出版社2005年版,第4页)。王立群所著《中国古代山水游记》一书中对游记体式的讨论,对我们认识行记很有启发,本书在讨论行记体式时部分借鉴了王立群的一些思路。

⑤ 郭英德:《中国古代文体学论稿》,第4页。

第二章　唐宋行记的文体特点与史学传统　　67

行记区别于其他文体最主要的特点是什么呢？我们以为就是行踪的记写，即有关旅行路线的记录。所有的行记，都是以行走的路线为主干的，旅行者的所见所感都是在行进的路线中完成的。如李翱的《来南录》，作者以简洁的文字记录一条"长安—洛阳—汴州—陈留—雍丘—宋州—永城—埇口—泗州—盱眙—新浦—扬州—润州—常州—苏州—杭州—富春—睦州—衢州—信州—洪州—吉州—虔州—韶州—广州"的路线，作者在这条路线上翻山越岭，过河渡江，穿越了从南至北数千里的路程，用时半年。我们可以从《来南录》中看到极为明细的行程路线。再如，慧立、彦悰的《大慈恩寺三藏法师传》中详细记载了玄奘西行求法的路线。玄奘从长安出发，穿越河西走廊，经伊吾、阿耆尼、屈支、跋逯迦、素叶、呾逻私、赭时、飒秣建、迦毕试、健驮逻、迦湿弥罗、阇烂达罗、曲女城、吠舍里，到达那烂陀寺，然后从那烂陀寺开始巡游，经奔那伐弹那、迦摩缕波、三摩呾吒、耽摩栗底、乌荼、恭御陀、憍萨罗、驮那羯磔迦、珠利耶、恭建那补罗、摩诃剌侘、摩腊婆、瞿折罗、邬阇衍那、摩醯湿伐罗补罗、苏剌侘、信度、茂罗三部卢、钵伐多，返回那烂陀寺，再由曲女城，经阇烂达罗、健驮逻、漕矩吒、佉沙、朱俱波、瞿萨旦那、折摩驮那故国，到达阳关，返回长安。历时十九年，行程数万里。唐代僧人道宣的《释迦方志·遗迹篇》正是借鉴了《大慈恩寺三藏法师传》等一批僧人行记，才总结出了通往印度的主要道路。再如，宋代路振的《乘轺录》，记录了作者大中祥符年间出使契丹的路线，作者从巨马河出发，至涿州，然后从涿州渡胡梁河、流离河，远行至幽州，从幽州北行，过长城，至顺州，翻越辞乡岭，渡栾河，经牛山馆、鹿儿馆、铁浆馆、通天馆，到达中京大定府。可以看出，不管是文人行记、僧人行记，还是交聘行记，都有明确的行踪描写。旅行者按照时间的推移，在特定的空间形成了完整的"踪迹图"。在这张"踪迹图"中，人物以时间先后不断游走在不同的空间。不同景观也是通过旅行者的行踪串联在一起的，所以没有行踪描写就无所谓行记，行踪描写是行记最为关键的因素。甚而有的行记只记行程路线，如保存在范成大《吴船录》中的《继业行程》，只是行踪的简单描写。我们择取其中的一段来看：

> 又西三里，至三迦叶村及牧牛女池。金刚座之北门外有师子国伽蓝。
>
> 又北五里，至迦耶城。
>
> 又北十里，至迦耶山，云是佛说《宝云经》处。
>
> 又自金刚座东北十五里，至正觉山。
>
> 又东北三十里，至骨磨城。业馆于虾罗寺，谓之南印土。诸国僧多居之。
>
> 又东北四十里，至王舍城。东南五里，有降醉象塔。
>
> 又东北，登大山，细路盘纡，有舍利子塔。①

再如，沈括的《熙宁使契丹图抄》中的一段记载：

> 自州东北行三十里至望京馆，望京馆西南距幽州三十里。自馆东行少北十余里，出古长城，又二十里至中顿。过顿，逾孙侯河。又二十里至顺州。古长城，望之出东北山间，至顺州，乃折而南，至顺州负城西走，出望京之北，西南至广信之北二十里。属于西山（谓太行山也）。顺州西距望京馆六十里少南，馆曰怀柔，城依古长城。②

在多数行记中，都有这样明晰的行程记写。一部分行记中的行程描写虽然没有如此突出，但只要仔细寻绎，依然可以找到旅行者的行踪。可以说，行踪记写是行记体式能够成立的关键因素。正因为行记对行踪的关注，所以自古至今成了交通研究者格外关注的材料。从唐宋行记的行踪描写来看，唐代的行记描写的多是远行西域的踪迹，宋代的行记则描写的多是北行至辽和金的路线。旅行者行进路线的选择与当时的文化发展以及对外交往格局有紧密的联系。

当然，行记最为吸引读者的不是行进的路线，而是旅行途中的所见

---

① （宋）范成大：《范成大笔记六种》，中华书局2002年版，第205页。
② 贾敬颜：《五代宋金元人边疆行记十三种疏证稿》，中华书局2004年版，第137—138页。

所闻,即景观。行记选取哪些景观作为描写的对象,是因人而异的,不同的旅行者对沿途景观的选择有很大差距。一般而言,行记中的景观主要包括地理、风土、人情、文化、遗迹等。古人认识世界最有效的途径就是旅行,对他们来说未知空间总是充满诱惑,所以当一个人来到一个从未涉足的空间时,总是对其中陌生的景观充满好奇,而行记中选择描写的多是"不同"的景观。但也有正好相反的,当旅行者在异域世界时,往往有迷失之感,这时候一些"同"的景观反而更能引起他们的注意。行记作者在选择记录"不同"与"同"的景观时,有复杂的原因和背景,大致来说作者的身份和文化教育情况对选择什么样的景观进行记录有很大的影响。以僧人行记为例,他们对佛教文化深有感触,总是不厌其烦地描写与佛教相关的景观。如玄奘的《大唐西域记》,慧超的《往五天竺国传》,圆仁的《入唐求法巡礼记》,成寻的《参天台五台山记》等僧人行记,对佛教景观的关注始终是重点所在。如成寻来中国在金山寺的一段记载:

> 参金山寺,一名浮玉岛,江中孤绝山也,不令女人入山。一一礼拜,烧香诸堂。绕山有行廊,内有诸堂,庄严甚妙,宛如众香城。以绀青、绿青、朱砂等贵丹皆悉画。处处高栏,或有黑漆涂,或有朱涂,如悬镜。二里之间,无隙敷石。廊殿楼台,映日照耀,梁朝同泰,魏代永宁,更不能及。大佛殿丈六释迦像,诸堂十余所岩洞塔婆,最以甚妙,一切经藏实可贵重。僧堂置钵,寝所置衾,或二领三领,八十余所。其外,房房皆以优美。看经院内八十余人,各居经先读一切经。泛海楼内有等身释迦像。如今日见第一庄严寺也。①

文中对金山寺周围的景观做了详细的叙述。而宋代一些文人的行记,则更多彰显的是文人气息。如吕祖谦的《入越录》中的一段记载:

---

① [日]成寻著,王丽萍校点:《新校参天台五台山记》卷三,上海古籍出版社 2009 年版,第 225 页。其中有些标点与笔者的理解不同,引文中已做了修改。

七日,雨,不可出。过詹季章位小阁,因重屋楼板其间,纵三弓,横半之。南北取屋山为明,远山竹树,历历如画。芦簟仰承穹窿,若船背,幽洁极可爱,名以"越舲",其状真类小舟也。

八日,早过大中戒珠寺,王右军故宅也。屋多人少,颇牢落。门有两池,亦称右军鹅池、墨池,略无意趣,政如天章者,皆后人强名之耳。殿后地渐峻,石应之寓居在焉,遂与应之登雪轩。轩占卧佛殿右偏,湖山聚落,皆来献状,以宜于观雪得名。今虽不与雪值,然雾雨空濛,亦奇观也。寺后即蕺山。蕺,菜名。《图经》云:越王嗜蕺,尝采于此。①

吕祖谦的这段文字记录了他入越途中所见的景观,作者笔触细腻,以省炼的文字为我们展现了他所看到的美景。这里既有自然美景的描写,也有文化景观的描写。虽是行记,谓之曰游记也可。显然,这段文字背后的旅行者是一位文化修养极高的文人,他能够将旅行途中的景观写得曲致优美,令人愉悦。但是,我们不能因此说,旅行者的身份决定了他所写的景观。僧人照样也可以写出文人的文化关怀,文人也可以写出僧人的佛教情怀,这二者并没有绝对分途。

旅行体验是旅行者在旅行途中的主观感受,也是行记重要的构成要素之一。就景观的选择而言,本身就是一种体验,所以景观记录中往往有潜在的旅行体验。但是,景观毕竟是具象化的东西,可以以非常清晰的轮廓呈现在读者面前,体验却是主观感情的内化,很难具体捕捉。很多行记力求用比较客观的视角描述旅行途中的所见所感,但时不时也会直观地流露出旅行的体验。日本僧人圆仁历经千辛万苦,到达五台山,看到此情此景,便有深刻的体验,他在行记中写道:"未入院中,向西北望见中台,伏地礼拜。此即文殊师利境地。五顶之圆高,不见树木,状如覆铜盆。望遥之会,不觉流泪。"② 这是一位虔诚佛教徒感情的总爆发。

---

① (宋)吕祖谦:《入越录》,《吕祖谦全集》第一册,浙江古籍出版社 2008 年版,第 230 页。
② [日]圆仁撰,白化文、李鼎霞、徐德楠校注:《入唐求法巡礼行记校注》卷二,花山文艺出版社 2007 年版,第 261 页。

再如，唐人刘元鼎于长庆二年（822年）出使吐蕃，他在《使吐蕃经见纪略》中所描述的情形也令人动容。他这样写道："逾成纪，武川，抵河广武梁，故时城郭未隳，兰州地皆秔稻。桃李榆柳岑蔚，户皆唐人，见使者麾盖，夹道观。至龙支城，耋老千人拜且泣，问天子安否？"① 曾经的唐土，尽归吐蕃，看到沦陷区的唐人依然问候天子的情况，刘元鼎的心情可以想见。一些看似客观的描述，其实也包含作者深刻的文化体验，如宣和乙巳（1125年）奉使入金的许亢宗在其行记《许亢宗行程录》中的一段描写："出榆关以东，山川风物，与中原殊异。所谓州者，当契丹全胜时，但土城数十里，居民百家及馆舍三数椽，不及中朝一小镇，强名为州，经兵火之后，愈更萧然。"② 此处看似描写山川风物之异及一州兵燹之后的萧瑟景象，实表达作者身处异域的文化疏离之感。总之，旅行体验在行记中有很多不同的表达方式，细加研读，不难体会。

我们认为，行踪、景观、旅行体验是行记的基本要素，通过这三要素大体可以判定一部散文作品是否为行记之作。其实，这三要素与游记文体极为相似。不过，仔细辨别，行记的三要素与游记还是有一定的差距。与游记不尽相同，行记的"行踪"一般是长距离的行踪，里程路线跨度极大，且行踪描写非常突出；就景观而言，游记是以审美为核心的，写景状物，抒情言志。行记则不然，五花八门的景观皆可录入，随意性强；游记当然也有旅行体验，但由于其旅行目的就是审美，所以作者的体验多是愉悦的。行记作者旅行的主要目的不是审美，因此他们的体验因身份的不同显得非常复杂。当然，行记本身并不排斥审美描写。

行记的主要表现方式则是叙事，即将自己旅行所见所感通过行踪、景观、旅行体验等质素表现出来。从某地到某地完成旅行，本身就是一完整的事件，所以从大的方面来讲，行记就是记一事之始终。但是在整个大事件中，又有很多小事件，大事件与小事件共同构成了行记整体的叙事。刘知幾在《史通·叙事》中说："夫史之称美者，以叙事

---

① （宋）欧阳修、宋祁：《新唐书》卷二百一十六《吐蕃传》，中华书局1975年版，第6102页。
② 贾敬颜：《五代宋金元人边疆行记十三种疏证稿》，第235页。

为先。"① 史书创作的初衷是记事，后来由记事转向了叙事，史家在不断探索选取以怎样的方式来叙事。中国叙事传统的确立，实赖于史书，章学诚说："古文必推叙事，叙事实出史学。"② 叙事不仅对史学来讲是极为重要的，而且其叙事模式对史学之外的文章也产生极大的影响。在长期的实践中，史书形成了编年体与纪传体叙事模式。编年体以时间先后为叙事线索，而纪传体则是以人物为中心来叙事，二者各有优劣。这两种叙事模式，都对行记产生了重要的影响。纪传体以人物活动为中心来叙事，这一点很早就被行记所借鉴，因为行记是记载一个人旅行途中的所见所闻，恰好这种体式可以以旅行者为中心来叙写沿途的见闻，很多僧人行记都用了这种叙事模式；编年体史书对日记体行记的影响是巨大的，自唐李翱的《来南录》创制日记体行记以来，宋代日记体行记层出不穷，取得了很高的成就。而域外的汉文行记，绝大多数也是用日记体来叙事的。当然，并不能简单地说某一种行记使用了那种叙事模式，有时候一部行记既受到了纪传体的影响，也受到了编年体的影响，要具体问题具体分析。关于这一点，我们在下文还要具体讨论。

在一般史学家眼中，史学创作的难度在于叙事，而非辞采议论，如，章学诚就说"盖文辞以叙事为难，今古人才，骋其学力所至，辞命议论，恢恢有余，至于叙事，汲汲形其不足，以是为最难也"③。其实行记也在探索以合适的方式来叙事，其中最早借鉴的就是传体的叙事模式，这种叙事模式就是以人物为中心来叙事，人物的活动是主要的，在行记中随处可以看到人物的踪迹，与史书中的"传"区别不大。到后来又出现了杂述体行记④，人物处在其次的位置，需要突出"所见"，有时人物完全

---

① （唐）刘知幾撰，（清）浦起龙通释：《史通通释》卷六，上海古籍出版社2009年版，第152页。
② （清）章学诚：《上朱大司马论文》，《章学诚遗书》，文物出版社1985年版，第612页。
③ 同上。
④ 杂述体行记是笔者尝试提出的一个概念，它与传体行记相对而言。传体行记就是受史传叙事模式的影响而产生的行记，一般名之曰"传"，如《法显传》《大慈恩寺三藏法师传》等；杂述体行记则是更多受到"杂记"的影响，逐条记录，人物隐而不现，有类笔记。当然这二者之间并没有截然的分途，如《法显传》也名之曰《佛国记》，名称的不同，也说明了视角的不同，"传"者传人，"记"者记国。

被淹没其中，我们看到的文本就是逐条呈现的"所见"，所以有时显得支离破碎，如晋宋之际的征伐随行记就是这样。不管是哪种行记，都是记载旅行之事的，那么它就有统一的叙事线索，这一线索就是行踪。我们第一章在讨论行记起源时，曾就《禹贡》的叙事传统作了一些论述，宋人王应麟强调"序所历"，应当以《禹贡》为范。《禹贡》就是以禹的行踪为线索来叙事的。行记其实也重在"序所历"，随着旅行者行踪的变化，叙事的场景也在不断变化。根据旅行事件的发生过程，将旅行时间、地点、人物、事件诸要素依次叙述出来。由于行记是按照行程来叙事的，所以从一开始其叙事就显得有序，线索也比较明确。可以说，行踪的线索为叙事的向前推进提供了很大的方便。唐宋行记的叙事典范是《大唐西域记》与《大慈恩寺三藏法师传》。前者是杂述体行记，以"国"为单位划分为很多叙事单元。对于每一个"国"的叙事，先述其方圆里数、国都位置、自然地理、稼穑物产，次述其气候环境、风俗人性、语言文字，最后述其宗教发展情况。那些重要的伽蓝、遗迹、传说等，往往穿插其中，有时不惜花费大量的篇幅记载这些。在叙述策略上，玄奘重在突出其国的"特殊性"。其中每个单元又有很多叙事的技巧，尤其是一些故事传说穿插其中，使行记的趣味性大为增强。单从那些足以吸引人眼球的故事传说来看，其叙事的艺术性已经很高了，与佛经当中的同类故事相比，不仅叙事结构有所提升，而且文辞方面也很注重。所以，《大唐西域记》无疑是行记叙事的典范之作。《大慈恩寺三藏法师传》则是传体行记，是以玄奘的活动为中心来叙述，重在突出人物性格、心理、感受诸方面，其艺术成就之高，前辈学者已多有讨论，如梁启超就认为《大慈恩寺三藏法师传》"在古今所有名人谱传中，价值应当推第一"[1]。事实上，这两种叙事模式对唐宋行记都产生了重要的影响，针对具体作品，当具体讨论。

第二，语体。是"指文体的语言系统、语言修辞和语言风格，犹如

---

[1] 梁启超：《支那院内精校本〈玄奘传〉书后——关于玄奘年谱之研究》，载《佛学研究十八篇》，江苏文艺出版社2008年版，第367页。

人的语言谈吐"①。一些语言学家认为"由于交际的目的、内容、范围不同,在运用民族语言时也会产生一些特点,这种特点的综合而形成的风格类型,叫做'语体'"②。从功能方面对语体作了释义,也就是说由于不同的表达需要而形成的语言系统,就是语体。从表层来讲,语体就是文体的存在形态。语言的发展是文体演进的重要动力,行记由于具有"随笔占记"的特点,所以在语言上以形式灵活的散体文为主。行记作家从无意的记载到有意的创作,不断摸索用一套合适的语言系统表达旅行的见闻及感受。总体而言,行记的语言受到了史书语言的影响,追求平铺直叙,典雅质朴。那么,史书到底是怎样的语言系统呢?这一点其实刘知幾就已经论述过,他针对当时史书文辞方面的流弊,发表了自己的一些看法,他说:"昔夫子有云:'文胜质则史。'故知史之为务,必藉于文。自《五经》已降,《三史》而往,以文叙事,可得言焉。而今之所作,有异于是。其立言也,或虚加练饰,轻事雕彩;或体兼赋颂,词类俳优。文非文,史非史,譬夫乌孙造室,杂以汉仪,而刻鹄不成,反类于鹜者也。"③他一方面认为史书表达离不开"文",另一方面也反对"虚加雕饰,轻事雕彩""体兼赋颂,词类俳优"这样不伦不类的表达方式,所以他觉得应该在文与史之间找到很好的平衡,这样才能使史书的语言得体。他认为《五经》和《三史》④在"立言"方面就是典范。也

---

① 郭英德:《中国古代文体学论稿》,第4页。
② 林裕文:《词汇·语法·修辞》,上海教育出版社1960年版,第91页。
③ (唐)刘知幾撰,(清)浦起龙通释:《史通通释》卷六,第167页。
④ 关于《三史》学术界有不同的认识。钱大昕认为这"三史"即是《史记》《汉书》《东观汉记》(《十驾斋养新录》卷六,《钱大昕全集》第七集,江苏古籍出版社1997年版,第147页)。后张舜徽在《史通评议》(见《张舜徽史学三书评议》,华中师范大学出版社2005年版,第427页)、周一良在《魏晋南北朝史论集》(北京大学出版社1997年版,第412页)中也继承了钱氏的说法。但是程千帆在《文论十笺》中注释"三史"时引用了陈汉章《史通补释》关于"三史"的两种界说:一是在《史通·书事》中指《国语》《左传》《史记》;一是在《史通》其他地方指《史记》《汉书》《后汉书》。又引用了程章灿的观点:《史通·书事》中的"三史"颇疑为《左传》《国语》及《史记》(《文论十笺》,武汉大学出版社2008年版,第197页)。程千帆在解释《史通·补注》中的"裴、李、应、晋,训解三史"一句时进一步指出"《东观汉记》固无注"(《〈史通〉笺记》,武汉大学出版社2008年版,第94页)。以此而论,"三史"中不可能有《东观汉记》况且刘知幾在《史通》中对《东观汉记》批评比较激烈,不可能作为模仿的典范,倒是《左传》《国语》《史记》可能性大。

就是说，史书的语言必须与你所叙述的史实相仿，不应受到骈句丽辞的影响，刻意雕饰。具体来说，史书最理想化的语言效果就是："文而不丽，质而非野"①，"体质素美"② 的古文就是史书表达的最佳选择。行记在语言运用方面继承了这一传统，如《佛国记》《大唐西域记》《大慈恩寺三藏法师传》③ 等僧人行记在语言方面颇为典雅质实，显然这与作者所接受的传统史学教育是分不开的。我们且引《大慈恩寺三藏法师传》中的一段完整的文字：

> 从此出那罗僧诃城，东至波罗奢大林中，逢群贼五十余人，法师及伴所将衣资劫夺都尽。仍挥刀驱就道南枯池，欲总屠害。其池多有蓬棘萝蔓，法师所将沙弥遂映刺林。见池南岸有水穴，堪容人过，私告法师，即相与透出。东南疾走可二三里，遇一婆罗门耕地，告之被贼，彼闻惊愕，即解牛与法师，向村吹贝，声鼓相命，得八十余人，各将器杖，急往贼所。贼见众人，逃散各入林间。法师遂到池解众人缚，又从诸人施衣分与，相携投村宿。人人悲泣，独法师笑无忧戚。同侣问曰："行路衣资贼掠俱尽，唯余性命，仅而获存。困弊艰危，理极于此，所以却思林中之事，不觉悲伤。法师何因不共忧之，倒为欣笑？"答曰："居生之贵，唯乎性命。性命既在，余何所忧。故我土俗书云：'天地之大宝曰生。'生之既在则大宝不亡。小小衣资，何足忧吝。"由是徒侣感悟。其澄波之量，浑之不浊如此。④

这一段文字确实非常精彩，通过叙述玄奘与众人如何躲过贼人的一个场

---

① （唐）刘知幾撰，（清）浦起龙通释：《史通通释》卷六，第152页。
② 同上书，第139页。
③ 《大慈恩寺三藏法师传》记载了玄奘一生的事迹，从本质而言其属于"僧传"，能否将其作为行记看待呢？我们的答案是肯定的。原因是：此传原本五卷，为玄奘弟子慧立所撰，主要记述玄奘印度求法旅行中的所见所闻，不载回长安以后诸事。这就说明这部书的最初就是专记玄奘旅行的。后玄奘的另一弟子彦悰感觉此传颇有缺失，故操翰补齐玄奘回长安后诸事，才多出了后五卷。
④ （唐）慧立、彦悰：《大慈恩寺三藏法师传》卷二，第46页。

景,将玄奘取经途中的惊险以及人格魅力完美地呈现了出来,文中同侣与玄奘的对话尤能突出玄奘的坚毅豁达。观这段文字,无任何形式上的藻饰,省练紧凑,尽显平易畅达,古雅质朴之美,读来毫无乏味之感,这正体现了"素美"的特点。朱东润认为《大慈恩寺三藏法师传》纪行的前五卷"信笔记事,无意为文"①,道出了《法师传》文辞方面的特点。质实的文辞只要使用得体,同样会取得良好的艺术效果,通过这一段文字的渲染,玄奘这一人物形象立体感增强,类似小说。

行记除了追求"素美"之外,还有一个追求就是"省文",这一点在六朝唐宋行记中颇为突出。史书在表达上忌繁芜,崇尚简约,刘知幾在《史通·叙事》中说:"叙事之工者,以简要为主。简之时义大矣哉!历观自古,作者权舆,《尚书》发踪,所载务于寡事;《春秋》变体,其言贵于省文。斯盖浇淳殊致,前后异迹。然则文约而事丰,此述作者之尤美者也。"②省文简约是史书所一贯追求的。史书由于"实录"的要求,在语言上追求"真",务去浮言。章学诚在讨论史书的文辞时也认为:"文士撰文,惟恐不自己出;史家之文,惟恐出之于己;其大本先不同矣。史体述而不造,史文而出于己,是为言之无征,无征且不信于后也。"又说:史文"记言记事,必欲适如其言其事,而不可增损"③。章氏以为史书的语言是"述"而非"造"。行记本身是"述行"的,所以在语言上也讲求"述",排斥"造",应当尽量放弃一些藻饰。历代的行记受史学的影响尤深,所以在语言表现方面大体都有文约事丰的特点,以描述性的语言为主,这种描述性语言的运用正是行记的品格之一。我们大致可以将行记的语体发展勾勒出两条线索:一是受史传影响,语言表达借鉴了史传的表达方式;二是受到了杂述的影响,随笔占记,语言形式灵活多样。尤其是在六朝时期,这两者的分野比较明显。如,《佛国记》《惠生行传》《游行外国传》《历国传》等僧人行记,完全承袭了史

---

① 朱东润:《大慈恩寺三藏法师传述论》,《文史杂志》1941年第1期。
② (唐)刘知幾撰,(清)浦起龙通释:《史通通释》卷六,第156页。
③ (清)章学诚:《与陈观民工部论湖北通志》,张树棻纂辑,朱士嘉校订《章实斋方志论文集》,山东省地方志编纂委员会1983年重印,第267—268页。

第二章 唐宋行记的文体特点与史学传统

传的语言系统,朴实雅洁,使得叙述更加客观、准确、明晰,《佛国记》很有代表性,我们在第一章已经讨论过它的语言特点,即叙事古雅,质朴明畅,此处不再赘述。受杂述影响产生的《述征记》《续述征记》《西征记》《北伐记》《从征记》《征齐道里记》等征伐随行记,从现存佚文来看其语言类似地记,前后逻辑联系不强,逐条记录,但文字依然典雅明畅,如郭缘生《续述征记》中的一段描写:

> 碣石梁孝王冢,斩山穿椁,以石为藏。行一里许,到藏中,中数尺水,有大野鱼,有灵,不敢犯。到藏,皆累齐而进,不齐者,至藏辄有兽噬之,兽难得见者似豹。①

这样的文字在征伐随行记中随处可见,清丽质朴,与地记相类。这类行记的语言形式更多是横向渗透的结果,很难具体说受到某类文章的影响。行记创作的主要动机并不是为"文",主要是为了记录交通里程以及独特的地理文化风情,这样的功用是其语言系统形成的直接原因。随着文学的演进,唐宋行记的语言风格不再单一,既有古雅质朴之作,也有藻饰繁芜者。自从行记诞生之初,作者们在长期的创作实践中不断寻求用最恰当的语言形式表现旅行的所见所闻。在追求功用的同时,也有美学方面的追求。如宋代路振的《乘轺录》、胡峤的《陷辽记》、王曾的《上契丹事》、薛映的《辽中境界》、宋绶的《契丹风俗》、沈括的《熙宁使契丹图抄》、王寂的《鸭绿江行部志》、许亢宗的《许亢宗行程录》、赵良嗣的《燕云奉使录》、马扩的《茆斋自叙》、沈望之的《靖康城下奉使录》、程卓的《使金录》等交聘行记在语言上都是简约明了,重在描述远行的里程、道路、所见风俗诸事,赘言不多。我们且看胡峤《陷辽记》中的一段记载:

> 又东,女真,善射,多牛、鹿、野狗。其人无定居,行以牛负

---

① 《北堂书钞》卷九十四《礼仪部十五》,第359页。

物,遇雨则张革为屋。常作鹿鸣,呼鹿而射之,食其生肉。能酿糜为酒,醉则缚之而睡,醒而后解,不然则杀人。①

作者在叙述女真的情况时,用语非常简练,寥寥数语,将女真人的物产、饮食起居、性格特点等表现了出来,所包含的信息量不少。我们再看宋人卢襄《西征记》中的一段描写:

自桐君祠而西,有群山蜿蜒,如两蛇对走于平野之上,三江之水,并流于两间,惊波斗驰,秀壁双峙。上有东汉故人严子陵之钓台。孤峰特操,耸立千仞,奔走名利,汨没为尘垢中。客者一过其下,清风袭人,毛发为竖,使人有轻视功名之意。乃作诗以歌之曰:"无欲戴蝉冠,蝉冠械我首。无欲披衮衣,衮衣囚我身。贫贱自闲暇,功名多苦辛,君不见大将军,功盖天下,一朝饿死垣墙里。又不见穰侯贵咸阳,朝为卿相暮匹夫。争如春风秋月一竿竹,万古溪山看不足。胜他宫殿锁千门,细草新蒲为谁绿?"②

这是卢襄在哲宗元符三年(1100年)春从衢州赴京应试时的纪行之作,在语言方面与六朝及唐代的行记相比,有很大的差别,作者重在为"文",不在记事,文章功能的改变使其语体也有了不同的面貌。作者的主观感受增强,融情于景,文辞经过明显的凿饰,叙事、写景、抒情、议论有机结合,且将诗作融入记载当中,完全可以将其看作游记。李淦把韩愈的《送董邵南序》、王安石的《读〈孟尝君传〉》与《西征记》进行了比较,认为韩、王二文"短而转折气长",卢襄此文"长而

---

① 贾敬颜:《五代宋金元人边疆行记十三种疏证稿》,第28页。
② (明)陶宗仪等编:《说郛三种》之《说郛一百卷》卷二十四,上海古籍出版社据涵芬楼百卷本影印2012年版,第437页。《文渊阁四库全书》所收宋人编《锦绣万花谷》前集卷四十中也收录了此文,文字与涵芬楼百卷本略有差异(影印《文渊阁四库全书》子部,第924册,第507—508页)。本处所引据上海古籍出版社影印涵芬楼百卷本。

简直气短"①。前两文写人,词约义丰,层层转折,气势宏伟,掷地有声;卢文主写景,文长而转折者少,读来过于简单直接,显得气短。李淦的这一评价,虽然是对韩、李之文与卢文内在精神的评价。但是这种评价背后也有语体的考量,我们只要细读这三篇文章,就会发现韩、王之文"惟陈言之务去",用语简约,卢文却通过"增饰"以达情,用语繁冗。当然,李淦的评价不一定得当,毕竟文体有别,语言运用自然不同。卢襄的《西征记》是受地记与游记的双重影响的结果,与议论之文在表达方式上还是差距很大。宋代行记的语言特色类似于卢文的很多,这一方面是文学演进的结果,另一方面则也是受到社会文化的影响。

行记在语言使用方面虽然有大致的特点,但总体来看显得自由灵活,不拘一格。就是在同一部行记中,往往在表达上也有差异。如,玄奘的《大唐西域记》,"或直书其事,或曲畅其文"②,直书其事者,如玄奘在写阿耆尼国的情况时:

> 阿耆尼东西六百余里,南北四百余里。国大都城周六七里,四面据山,道险易守。泉流交带,引水为田。土宜糜、黍、宿麦、香枣、蒲萄、梨、柰诸果。气序和畅,风俗质直。文字取则印度,微有增损。服饰毡褐,断发无巾。货用金钱、银钱、小铜钱。③

或有曲畅其文者,如作者写健驮逻国下娑罗睹逻邑及波你尼仙时其中有文字:

---

① (元)李淦:《文章精义》,人民文学出版社1960年版,第77页。关于此书的作者与时代,有不同的意见。王利器在校勘《文章精义》时,利用北图所藏元至顺三年(1332年)于钦止序刊本为底本,即认为作者系李涂。其实,元人《雪楼集》之《故国子助教李性学墓碑》中有重要信息,其中明确言"性学,名淦",其作者当系元人李淦无疑。后有学者陆续发文,如陈杏珍《〈文章精义〉考辨》(载《北京图书馆馆刊》1994年第Z2期)、王树林《〈文章精义〉作者考辨》(载《文学遗产》2000年第6期)、马茂军《〈文章精义〉考》[载《华南师范大学学报》(社会科学版)2005年第6期]、袁茹《〈文章精义〉作者、编者补考》[《安徽师范大学学报》(人文社会科学版)2014年第3期]等讨论《文章精义》的作者问题,可参看。
② (唐)玄奘、辩机原著,季羡林等校注:《大唐西域记校注》卷十二,中华书局2000年版,第1049页。
③ 《大唐西域记校注》卷一,第48页。

> 遂古之初，文字繁广，时经劫坏，世界空虚。长寿诸天，降灵导俗，由是之故，文籍生焉。自时厥后，其源泛滥。梵王、天帝，作则随时，异道诸仙，各制文字。人相祖述，竞习所传，学者虚功，难用详究。①

上所引第一段文字，平铺直叙，省简事明，而第二段文字骈散结合，则有明显的藻饰。第一段文字代表了《大唐西域记》文字的总体风格，像第二段这样的文字在全书中也屡见不鲜。这说明两种风格的文字并不是不能融合在一起，只要组织合理，表述适当，也会有很好的效果。《大唐西域记》的语言，一方面受到了典雅质实的史书表达传统的影响，另一方面也受到魏晋以来所流行的骈体文的影响。一部行记的语言表达尚且如此，不同的行记语言方面自然也有不小的差异。旅行者的身份、处境、思想、心情、文化修养等要素也会对行记的行文特点产生一定的影响。综观唐宋行记，在语言上除了尽力保持史书的书写品格之外，也难免受到时文的影响，尤其是到了宋代，很多文人行记，受到时代精神与文学风气的影响，语言上的审美追求更为明显，文人化的色彩也逐渐浓厚。

总之，行记的语体是社会性与个人性双重作用的结果，它的发展受到很多因素的制约。我们在看到共性的同时，也应重视其差异，这样才能更好地把握这些行记的特点。

第三，体性。是"指文体的表现对象和审美精神，犹如人的心灵、性格"②。这一点是最能体现作家个性的。《文心雕龙·体性》："然才有庸俊，气有刚柔，学有浅深，习有雅郑，并情性所铄，陶染所凝，是以笔区云谲，文苑波诡者矣。故辞理庸俊，莫能翻其才；风趣刚柔，宁或改其气；事义浅深，未闻乖其学；体式雅郑，鲜有反其习；各师成心，其异如面。"③ 作家的才、气、学、习等会对作品的风格产生重要影响。行记作者的才学、性情、文化修养等也不尽相同，这势必会对他们的作

---

① （唐）玄奘、辩机原著，季羡林等校注：《大唐西域记校注》卷二，第262页。
② 郭英德：《中国古代文体学论稿》，第4页。
③ （南朝梁）刘勰著，范文澜注：《文心雕龙注》卷六，第505页。

第二章　唐宋行记的文体特点与史学传统

品产生影响。行记作者在进行创作时，也往往将自己的心灵、性格等内化于文本，使他们的作品呈现出不同的风貌。我们且以唐代的两部僧人行记《大唐西域记》与《往五天竺国传》为例来看作品风貌的问题。《大唐西域记》是玄奘归国以后奉敕呈进的一部行记，其中的记载多是通过回忆所录，所以作者在创作时是经过深思熟虑，反复推敲的。而作为执笔者辩机，在文辞方面的润饰也功不可没。总体来看，《大唐西域记》表现手法成熟，叙述严谨，文辞典雅，显得比较理性；慧超的《往五天竺国传》也是以国为单位，也记旅行各国的自然地理、社会状况、文化生活诸方面，但由于他没有"奉敕"的压力，写法上比较随性，往往能写出一些感性的文字。我们试举一例：

> 见向小拂临国住也。为打得彼国，复居山岛。处所极牢，为此就彼。土地出驼骡羊马，叠布毛毺。亦有宝物。衣著细叠宽衫，衫上又披一叠布，以为上服。王及百姓衣服，一种无别。女人亦著宽衫。男人剪发在须，女人在发。吃食无问贵贱，共同一盆而食，手亦把匙箸取。见极恶。云自手煞而食，得福无量。国人爱煞事天，不识佛法。国法无有跪拜法也。①

这一段文字叙述小拂临国地理位置、物产、衣食、装扮、信仰等情况，用语不多，但大致已经勾勒出了该国的情况，写法有类《大唐西域记》。所不同者，这里作者将自己的主观喜好通过"见极恶"三字表现得非常明白，而且语言也很有特点，全文虽以书面语为主，然也时杂口语②，如"打得""在须""在发""吃食""共同""煞"等词都是日常的口语。

---

① （唐）慧超撰，张毅笺释：《往五天竺国传笺释》，中华书局2000年版，第108—116页。这一段文字"为打得彼国，复居山岛"原卷作"为打得彼国彼国复居山岛"，中间多"彼国"两字，藤田和弗克斯从两个"彼国"中间断句，张毅认为其中一个"彼国"是衍文。我们通读全文和相关的历史背景，觉得张毅的判断似更合情理，故予以采信。

② 关于《往五天竺国传》中语言的口语化倾向，日人高田时雄有过详细的研究。他通过研究其中的介词"共""向"，表示场所的结尾词"里"，量词"个"，被动结构以及"足"字的特殊用法等详细论述了《往五天竺国传》语言运用的一些特点（高田时雄：《慧超〈往五天竺国传〉之语言与敦煌写本之性质》，钟翀等译，载《敦煌·民族·语言》，中华书局2005年版）。

我们在这部行记中往往能看到鲜活的作者,慧超行到某地,如果感触较深,往往即兴赋诗,如行到吐火罗国,遇雪,便以诗抒怀,其诗言:"冷雪牵冰合,寒风擘地烈。巨海冻墁坛,江河凌崖啮。龙门绝瀑布,井口盘蛇结。伴火上骸歌,焉能度播蜜。"① 作者通过诗歌将天寒地冻的场面写得极为形象。像这样的诗歌在他的行记中有五首,都是随物感触,即景抒情之作,饱含作者的情绪。《大唐西域记》和《往五天竺国传》的风貌为什么会有如此不同呢?我们觉得作者各自的才、气、学、习对作品风貌产生重要的影响。玄奘自幼接受了中国传统文化的良好教育,才华横溢,壮年时期踌躇满志,决意西行,回国后奉敕撰述的《西域记》没有过多的主观感受,却能在文本中处处透露出他的敏锐、才学和意志力,显然我们从文本背后能够看到一位轻松驾驭材料,思致缜密的学者形象;《往五天竺国传》的慧超承袭了《西域记》的写作体例,然在叙述与文辞方面却可以看到一个外国僧人的生涩。慧超二十多岁远迈西行,血气方刚,文中感性认识时见笔端,毫无掩饰。

我们再来看宋代的两部文人行役记,欧阳修的《于役志》和张舜民的《郴行录》。《于役志》是欧阳修景祐三年(1036年)被贬为夷陵令赴任途中的见闻记录,全用史笔写成,无着意刻画之痕迹。明人萧士玮《〈南都纪事〉序》云:"往余尝读欧公《于役志》、苏公《仇池笔记》随意挥洒,取适临时,纵笔疾书,任吾曲折,心所欲然,借书于手,盖性生而文随地可出者也。"② 欧阳修这种随笔性的文章确实写得挥洒自如,得心应手,很符合他的性格特点。《宋史》说欧阳修:"天资刚劲,见义勇为,虽机穽在前,触发之不顾。放逐流离,至于再三,志气自若也。"③《于役志》虽写在贬谪途中,"机穽在前",但其"志气自若",无丝毫呻吟。我们引其中一天的记载,略观之:

  甲申,与君玉饮寿宁寺。寺本徐知谏故第,李氏建国,以为孝

---

① (唐)慧超撰,张毅笺释:《往五天竺国传笺释》,第140页。
② (明)萧士玮:《春浮园集》文集卷上,清光绪刻本。
③ (元)脱脱等:《宋史》卷三百一十九《欧阳修传》,中华书局1977年版,第10380页。

先寺，太平兴国改今名。寺甚宏壮，画壁尤妙，问老僧，云周世宗入扬州时，以为行官，尽朽漫之，惟经藏院画玄奘取经一壁，独在，尤为绝笔，叹息久之。①

这是欧阳修在寿宁寺中的一段记载，观览壁画是他此日活动的重点，全天作者就选这一件看似平常的事情作记录，所用笔墨很少。综观全文，像这样有观感的文字并不多，多数文字只简单记行程和人际交往，符合其为文"言简而明，信而通"②的特点。全篇采用史书纪传体例，逐日排事，细小但不嫌繁琐，途中与友朋会饮酬唱，观览弹唱，毫无贬谪的郁闷，与李翱的《来南录》相比，也看不到欧阳修拖家带口，沿途劳顿的不易。《郴行录》的体例上承李翱《来南录》和欧阳修的《于役志》，记张舜民于神宗元丰六年（1083年）自汴州赴郴州贬所途中的见闻。张氏在记行方面有很多作品，如《使辽录》《南迁录》等都是专门纪行的作品，但针对不同的旅行目的，张氏也有不同的表现手法。《郴行录》也是逐日纪事，作者在贬谪途中，登临山水，畅游古迹，"说诗揽胜，无复行役之劳"③。文中有写景揽胜之丽句，如：

> 庚子，晚霁。与辛大观涉淮南，登山寺会景亭，乃见临淮形胜，类蒲关。寺后因山，嵌为方丈，天然奇制，盛夏凛然。南北游人，刊志殆遍。凡久居京师，厌倦尘土，乍尔登舟沿流，已觉意思轩豁。然汴岸荒疏，无可观览，未有超然清思。及出汴入淮，始见山水之胜。历目稍旷而适口鲜繁，竟日之间遂忘迁流之怀也。④

作者登山临淮，见山水之胜，仿佛置身尘外，乐而忘忧。每到一处，作者除了欣赏风景之外，往往对文化遗迹情有独钟，详加考辨，如丙寅日

---

① （宋）欧阳修著，李之亮笺注：《欧阳修集编年笺注》（七），巴蜀书社2007年版，第97页。
② 《宋史》卷三百一十九《欧阳修传》，第10381页。
③ （宋）周煇撰，刘永翔校注：《清波杂志校注》卷四，中华书局1994年版，第140页。
④ （宋）张舜民：《画墁集》卷七，《知不足斋丛书》本，据明《永乐大典》本刻。

游览的一段记载：

> 丙寅，同刘官苑游台城寺观、辱井、三品石、三阁遗址。晚，就铁塔寺具食。台城寺在府城内，北附城埵，隳圮殆不堪处，即东宫故地也。辱井在佛殿前，深可寻丈，上加石槛，红痕点染若胭脂……旧闻台城辱井石上有胭脂泪痕，久未之信，今见之，似是淋漓涂抹之迹，失笑不已，因成此句："平居已无奈，仓卒故难任。井上痕犹浅，水中痕更深。问鳖何至此，下石尔甘心。不及马嵬袜，犹能致万金。"①

这一段考辨性的文字，非常生活化，读来不嫌繁琐乏味，且能顺手以诗入文，饶有趣味。《郡斋读书志》云："其文豪重有理致，而最刻意于诗。"② 从《郴行录》一文来看，不但有理致，而且有情致。"最刻意于诗"似乎从他的《郴行录》中得到解释，他到一些名胜之地不仅格外留意古人的诗作，而且自己也即兴赋诗。《郴行录》保存了张舜民的十二首诗，这些诗歌《画墁集》多所不载。诗歌与文章相得益彰，互为补充，增加了行记的表现力。这样一篇看似随性散漫的文章，能够浑然成篇，应该是作者不断构思的结果。张氏的《郴行录》已比欧阳修的《于役志》涵盖了更多的内容，显得更加丰满。后来，陆游、范成大、吕祖谦等人更是将这类行记不断发扬光大。清人李慈铭《越缦堂读书记》："《骖鸾录》笔意疏拙，远不及其《吴船录》。然自放翁《入蜀记》、张芸叟《郴行录》外，亦鲜有匹者。"③ 这里虽然评价的是陆游的《吴船录》，但也无意中肯定了《郴行录》的创作。

不同类型的行记风貌往往大异，僧人行记、文人行役记、交聘行记、征伐随行记等各有体貌，就是同一类型的行记有时也大相径庭。影响行记体貌的因素是多方面的，大到作家的旅行动机、出行路线、阶层、文

---

① （宋）张舜民：《画墁集》卷七。
② （宋）晁公武撰，张猛校证：《郡斋读书志校证》卷十九，第1012页。
③ （清）李慈铭：《越缦堂读书记》四"地理"类，中华书局2006年版，第471页。

化背景等，小到作家的情绪、性格、修养、出身、文笔等。我们在注意"类"的同时，也当留意"别"。

文体功能对文体的体制、语体、体性等有决定性的影响。行记体式的选择，归根结底是由于旅行的需要而产生的，所以行记的功能决定了它的体制、语体和体性。一种文体在某种程度上与人认识和感受世界的方式有对应性，认识和感受方式的变化一般会内化在作者的作品中。行记作为一种文体，它是作者旅行经验的文本呈现，被用来记录旅行，其实就是选择了一种认识和阐释世界的方式。我们应当从两个方面来理解行记：一是表层的，即语言系统和组织结构；二是内在的，即这种文体所承载的时代文化精神及旅行者本身的个性魅力。

这里我们可以给行记下一个比较明确的定义：专门真实记录长途旅行的散体文著作就是行记，它主要包括行踪、景观、旅行体验三大要素①。按照创作群体的不同，我们大致可以将行记分为僧人行记、征伐随行记、交聘行记和文人行役记四大类。既然行记有这样的特点，那么它的特点是怎样形成的呢？这就是我们下面要重点讨论的问题。

第二节　唐宋行记的史学传统

我们在第一章讨论行记起源时已经多次提到，从一开始行记与中国古代史学的发展就有紧密的联系，在先秦时期对旅行的记录是史官文化的一部分，也是史官采录资料的重要来源之一。汉代行记的初创期，张骞《出关志》等书也成为司马迁《史记》有关西域记录的重要资料，刘宋范晔所撰《后汉书·西域传》则尽采班勇《西域诸国记》一书，这至少说明班勇的西域行记在内容和形式上都与史书极为相似。唐宋时期，

---

① 唐宋时期还出现一种名之曰"行记"的文章，但这绝不是我们所研究的行记，如《游中岩行记》《游泸州合江县安乐山行记》《西山南浦行记》《游罗浮山行记》《题折桂院行记》等，这类文章属于记体文的一类，是游览者行到某处，在山壁、庭院、石头等处所记的文字，有类于亭台楼阁记之类。还有命名为"行记"者，则类于行状，即对某人一生道德功业的记写，如独孤及《郑驸马孝行记》、蔡景《述二大德道行记》、杜殷《花岩寺杜顺和尚行记》、海云《大法师行记》《唐故终南山灵感寺大律师道宣行记》等。

行记规模不断扩大，这些行记在广记异闻的同时，写作模式也逐渐定型。在古代的目录学分类系统中，行记要么归属于"地理类"，要么归于"传记类"，要么归于"伪史类"，要么归于"杂史类"，这样的归类说明，行记类作品与史学之间有撇不清的关系。从大的写作方面来看，行记受史学传统的影响尤为明显。或者，我们可以说史学著作就是行记的近亲。行记写作动机虽各有差别，然其表层结构和内在精神都可以从史书那里找到发展线索。行记之作在史学的纵向影响与横向渗透中，不断发展演变。可以说，行记正是植根于中国史学这块肥沃的土壤，才会不断开花结果。唐宋时期行记体式进一步完善，形成了一种相对稳定的文体。

一　体例选择

（一）"传"与"记"与行记体式

我们在第一章讨论行记起源时，就曾经讨论过《禹贡》《山海经》《穆天子传》等具体作品对行记的影响，其实这种影响很重要的一点就表现在体例方面。而这三部作品共同的特点就是以"行踪"为线索的，既然是"行踪"，自然就有旅行的主体，《禹贡》和《山海经》主于记事，但所有之事都是通过人的行程串联的，《穆天子传》本身就是以周穆王的行踪为重点的，通过行踪串联事件。所以，我们如果以人物为中心来看，这三部作品就有了"传"体的特点，而如果以事件为中心则有了"记"体的特点。而中国古代的行记其实兼有"传"与"记"两个方面的特点。李德辉在《六朝行记二体》[①]一文中，已经注意到了"记"体行记和"传"体行记的差别，文章很有启发意义，但是作者过多注重差别的一面，却对相同的一面有所忽视。

早期"传"和"记"之间并没有明显的界域，二者的分途是文体不断演变的结果。关于这一点，章学诚的论述很有见地，他说："传记之书，其流已久，盖与六艺先后杂出。古人文无定体，经史亦无分科。《春秋》三家之传，各记所闻，依经起义，虽谓之记可也。经《礼》二戴之

[①] 李德辉：《六朝行记二体论》，《文学遗产》2012年第3期。

记，各传其说，附经而行，虽谓之传可也。其后支分派别，至于近代，始以录人物者，区为之传；叙事迹者，区为之记。盖亦以集部繁兴，人自生其分别，不知其然而然，遂若天经地义之不可移易。此类甚多，学者生于后世，苟无伤于义理，从众可也。然如虞预《妒记》《襄阳耆旧记》之类，叙人何尝不称记？《龟策》《西域》诸传，述事何尝不称传？"① 章氏以为古人文无定体，不管是"依经起义"的"传"，还是"附经而行"的"记"，既可谓之"传"，也可谓之"记"。皮锡瑞也说："孔子所定谓之经；弟子所释谓之传，或谓之记。"② 所以，疏解经义的文章皆可谓之传，或者记。至于以人物为"传"，以叙事为"记"的区分则是唐宋以来的传统。而且章氏还进一步举例来说明这一问题。在中国古代的史学发展中，这种情况也是客观存在的。如，古代正史中对异域的记载，虽然是叙事，也都是以"传"的形式存在的，《史记》中的《匈奴列传》《西南夷列传》《东越列传》《南越列传》，《汉书》中的《匈奴传》《西域传》《西南夷两越朝鲜传》，《后汉书》中的《东夷列传》《南蛮西南夷列传》《西羌传》《西域传》《南匈奴列传》《乌桓鲜卑列传》，《晋书》中的《东夷传》《南蛮传》《西戎传》，《宋书》中的《索奴传》《鲜卑吐谷浑传》《夷蛮传》，《隋书》中的《东夷传》《南蛮传》《西域传》《北狄传》，以至到后来的诸多史书都将四夷放在列传的位置。从这些记载的内容来看，都是以事件为中心，人物处在其次的位置。以列传记四夷是中国史学的一大传统。行记创作的初衷也是记录"异邦"的，就很自然地借鉴了这种体例。这从一些僧人行记的命名就能够清楚地看到，《法显传》《游行外国传》《外国传》《历国传》《历国传记》《惠生行传》、《道荣传》《大隋翻经法师婆罗门传》《交州以南外国传》等行记之作皆是以"传"来命名的，但它们多是以"事"为中心的，重在对异质文化的记载，人物处在其次的位置。所以在《大藏经》中多将这些作品归之于"游方记抄"。所谓"记抄"，当然是以纪事为主。《开元释教

---

① （清）章学诚著，叶瑛校注：《文史通义校注》卷三《传记》，中华书局1994年版，第248页。

② （清）皮锡瑞著，周予同注释：《经学历史》，中华书局2008年版，第67页。

录》则多将这些作品归之于"史传"。以此观之,六朝时期行记以"传"称,并不一定以人物为中心。其实在六朝的文学观念中,也见不到"传"须记人的规定。《文心雕龙·史传》:"丘明同时,实得微言,乃原始要终,创为传体。传者,转也;传授经旨,以授予后,实圣文之羽翮,记籍之冠冕也。"①刘勰以为,传体为左丘明所创,本身是传授经旨,其特点则是"原始要终"。"传体"之"传"非"传记"之"传",传体是纪传体与编年体共有的叙事范式。从传体的创立之作《左传》来看,叙事仍然是第一要义,人物刻画并不在突出的位置。清人赵翼说:"列传叙事,古人所无。古人著述,凡发明义理,记载故事,皆谓之传。……汉时所谓传,凡古书及说经皆名之,非专以叙一人之事也。"②从中国古代史传的发展进程来看,也确实如此,虽然司马迁创制了传叙一人之事的"传",但是他的著作中也保留了叙"异邦"之事的传,目的就是对华夏之外的邦国作"原始要终"的考察。六朝时期的僧人行记重点也不在传人,而重在记旅行这件事本身,对异质文化的关注才是重点,所以旅行途中的诸多邦国之事,就是串联行记的基本元素。李德辉说"行传和行记的界限在于:行记是用笔记体写成的旅行记录,为古笔记之一种,主要的目的和用途是记事而不是写人;行传体则以写人为主,人物活动和游履踪迹是它的中心,旅途见闻被包裹在旅程和游踪当中,章法要严谨得多"③,这其实是一种误会,不管是所谓的"行传体"还是"行记体"主要用途都是记事的。法显所著的《法显传》或《法显行传》,还有《佛国记》《历游天竺记》《法明游天竺记》《释法显游天竺记》等异名,晋时将具有行记性质的《穆天子传》又称为《周王游行记》。不管是《法显传》还是《穆天子传》,创作的动机并不是为某人作"传",而重点在于记异闻趣事,所以可谓之曰"传",也可谓之曰"记"。况且东晋时期也没有僧人为自己作传的风气,独法显何以为自己作传呢?即使到了唐代,僧人为自己作传也极为罕见,以玄奘为例,他的传记也不是自

---

① (南朝梁)刘勰著,范文澜注:《文心雕龙注》卷四,第284页。
② (清)赵翼:《陔余丛考》卷五,中华书局1963年版,第85页。
③ 李德辉:《六朝行记二体论》,《文学遗产》2012年第3期。

己所写，而是他的弟子慧立和彦悰所作。其实我们仔细辨别，会发现《佛国记》的性质更加类似于《大唐西域记》，而不是《大慈恩寺三藏法师传》。六朝时期，所谓的"行传体"，以人物为中心，这是不确切的。

到了唐代，这种传统依然延续，一些专门记录国外之事的行记，也被名之曰"传"，如《大唐西域记》在《法苑珠林》中作《大唐西域传》《西域行传》，王玄策的《中天竺国记》或作《西国行传》，或作《西国传》，或作《王玄策传》。这两部书也都重在记事，但以"传"命名。不过，这样的异名只出现在了个别著作中，已经不像六朝时期那么普遍了。为什么会出现这种现象呢？这是文体演变的结果，到了唐代，传与记的分界逐渐明晰。刘知幾说："夫纪传之兴，肇于史、汉。盖纪者，编年也；传者，列事也。编年者，历帝王之岁月，犹《春秋》之经；列事者，录人臣之行传，犹《春秋》之有传。《春秋》则以传释经；史、汉则以传释纪。"[①] 在刘氏眼中，"传"主要"列事"，所列之事为"人臣之行传"。司马贞《史记索隐》："列传者，谓叙列人臣事迹，令可传于后世，故曰列传。"张守节《史记正义》："其人行踪可叙列，故曰列传。"[②] 司马贞和张守节也都认为"列传"主要是记人事迹的。这说明，唐代传体的内涵有变化，外延在缩小。唐代传体的功能有所减弱，一部分的记事功能则由记体分担，这也是文体演变的必然结果。到了清代，人们已经将传、记分得极为清楚了，《四库全书总目》这样概括："传记者，总名也。类而别之，则叙一人之始末者，为传之属；叙一事之始末者，为记之属。"[③] 这里的"传"已经类似于西方的所谓"传记"了。所以，到了唐宋极少将行记之作称为"传"，而多以"记"或"录"命名，这是文体发展逐步细化的结果。

（二）地记与行记

这里还有一个问题需要讨论，就是六朝时期的征伐随行记和交聘行记体制的问题。六朝时期的这两类行记数量很多，但完整保存下来的几

---

① （唐）刘知幾撰，（清）浦起龙通释：《史通通释》卷二，第41页。
② 《史记》卷六十一《伯夷列传》，第2121页。
③ （清）永瑢等：《四库全书总目》卷五十八，第431页。

乎没有，致使我们今天已经无从全面认识这类著作，但是遗留下来的一些残篇断文，依然对我们研究此类行记有相当的助益。《隋书·经籍志》以"记"命名的主要集中在"杂传"和"地理"两类，"杂传"有32部，"地理之记"有79部。这说明"记"类文章在隋之前已有相当的规模。唐代之前的行记，大多保留在这两个部类当中，其中"地理之记"①中占了大多数。这一方面是因为记载内容与地理相关，另一方面则是书写体例的相似性。刘知幾在《史通·杂述》中就讨论过地记，他说："汝、颍奇士，江、汉英灵，人物所生，载光郡国。故乡人学者，编而记之，若圈称《陈留耆旧》，周斐《汝南先贤》，陈寿《益部耆旧》，虞预《会稽典录》，此之谓郡书者也。"又说："九州土宇，万国山川，物产殊宜，风化异俗，如各志其本国，足以明此一方，若盛弘之《荆州记》，常璩《华阳国志》，辛氏《三秦》，罗含《湘中》，此之谓地理书者也。"②刘氏这里所讲的郡书和地理书，其实就是地记。换言之，地记有侧重于风土的记载，也有侧重于人物的记载。正因为有这样的区别，所以《隋书·经籍志》在分类之时，将一些地记放在"地理之记"，而另一些则放在"杂传"中。刘知幾的分类标准与《隋书》对行记的分类高度一致。地记的名称也不尽一致，有志、录、传、记等异称，记是最为通行的称呼。如魏圈称的《陈留耆旧传》、晋习凿齿的《襄阳耆旧传》、陈寿的《益都耆旧传》、刘秀下令编纂的《南阳风俗传》、北齐宋孝王的《关东风俗传》等虽称为传，但不是单纯的人物传记，其性质就是地记，《襄阳耆旧传》也称为《襄阳耆旧记》或《襄阳记》，魏刘敞的《徐州人地录》也称为《徐州记》，江敞的《陈留人物志》也称《陈留志》，所以地记既记人，也记事。这也再一次说明传、记之间的通融。魏晋南北朝的地记数量极夥，目录学著作中有的将其列为"杂传"，有的列为"地理"，这一点又与我们的研究对象行记是一致的。志（即记）、传两体的结合，形

---

① 《隋书》中所言的"地理之记"与我们此处讨论的地记外延不一样，前者的范围更大，后者则涵括在前者之中。具体而言，地记就是指地方性的地理著作，重点记某地的地域风俗以及人物风貌，有时候也称为地理书或郡国书。

② （唐）刘知幾撰，（清）浦起龙通释：《史通通释》卷十，第254—255页。

成了地记①，行记何尝不是记、传两体的结合呢？

我们从今天所存的佚文来看，魏晋南北朝时期的征伐随行记与交聘行记确实与地理之书没有太大的差距，重在记述风土遗迹，且所记的范围有限，远不如僧人行记，多限于南北地理交通。其实，仔细寻绎，"地理之记"中的地记与行记之间的关系甚为紧密，二者的创作，都有很强的政治背景。地记对一方人物、山川、遗迹、沿革、掌故、习俗等有全面涉及，堪称是一个地方的"百科全书"。地记的兴盛与豪族的兴起和地方经济的发展密不可分。豪族的兴起是地记繁盛的社会基础和政治条件，地方经济的发展则是地记兴盛的经济条件。仓修良说：世家大族"为了巩固其在政治、经济上的地位与特权，维护门第制度，自然要寻找能够为其制造舆论的工具，史学便成为他们选中的对象"②。道出了地记产生的深层次原因，就是制造舆论，巩固大族在地方的既得利益。我们前面已经讨论过征伐随行记，它们的产生也是有强烈的政治目的，刘裕北伐时期产生的大量征伐随行记正是为其"造宋"服务的。而其他的征伐随行记也都有一定的政治目的，不是随意为之的。地记的作者往往是地方高官或者一些名流，他们史学修养较高，与征伐随行记和交聘行记的情况极为相似。如，刘裕北伐时跟随的戴延之、郭缘生、裴松之、徐齐民、孟粤、伍缉之、邱渊之等行记作家，都是一些重要的文官，文学和史学修养都高，他们在地记熏染的风气中记载旅行之事，其行记之作呈现出地记的特点也就不足为奇了。这一时期交聘行记的产生是出于情报搜集的目的，为将来恢复故土做准备。总之，不管是地记还是行记，都是在特定的政治背景下产生的，体现了"经世致用"的特点。行记多被划归为"地理之记"就是因为其形式与地记之间没有什么大的差别。

要探讨六朝时期征伐随行记与交聘行记的体例特点，也需从地记的源起说起。一般追溯记体的源头，都会追溯到《尚书》中的《禹贡》和《顾命》两篇，吴讷《文章辨体》引西山语云："记以善叙事为主，《禹

---

① 仓修良：《方志学通论》，方志出版社2003年版，第125页。
② 同上书，第105页。

贡》《顾命》乃记之祖。"①《禹贡》记地理,《顾命》记成王临死遗命之事。如果这一说法成立,那么我们可以说《禹贡》开启了地理之记的先河,《汉书·地理志》承其流波,以郡国区分地理,至魏晋南北朝记载一方之事的地记大行。地记的发展脉络与六朝的征伐随行记、交聘行记一致。我们在前文已经讨论过《禹贡》与行记之间关系,此处从略。行记一般以行踪为线索将前后的事情有序串联起来,形成一种相对稳定的叙事结构。然而,今所存征伐随行记与交聘行记的佚文却看不到这样一个结构,他们在体例方面倒与地记极为相似,随笔逐条记录。晁公武在著录《襄阳耆旧记》时说:"《隋经籍志》曰《耆旧记》,《唐艺文志》曰《耆旧传》。观其书纪录丛脞,非传体也,名当从《经籍志》云。"②晁氏认为《耆旧记》非传体,当以志命名,这一点我们不一定赞同。但是他所说的"记录丛脞"的特点却道出了地记的普遍特点,这恰恰也是六朝征伐随行记与交聘行记的体例特点。"丛脞"者,即杂乱、琐碎也,逐条记录,前后不一定有连贯性。这一"丛脞"特点的形成究竟是其本色呢,还是亡佚所造成的呢?这已经很难判断,今天的佚文多是引用者根据自己的需要引录的,与全文的面貌一定有不小的差距。我们且引地记与行记中的佚文来看。先列地记:

> 甘陵,故清河。清河在南十七里,今于甘陵县故城东南,无城以拟之。直东二十里有艾亭城,东南四十里有此城,拟即清河城也。(应劭《地理风俗记》)③

> 襄阳旧楚之北津,从襄阳渡江,经南阳,出方关,是周、郑、晋、卫之道,其东津经江夏,出平皋关,是通陈蔡齐宋之道。(盛弘之《荆州记》)④

---

① (明)吴讷、(明)徐师曾:《文章辨体序说 文体明辨序说》,第41页。
② (宋)晁公武撰,孙猛校证:《郡斋读书志校证》卷九,第364页。
③ (北魏)郦道元著,陈桥驿校证:《水经注校证》卷五,第144页。
④ 《后汉书》卷一百一十二《郡国志》注,第3481页。

第二章 唐宋行记的文体特点与史学传统

於潜县东七十里,有印渚,渚旁有白石山,峻壁四十丈。印渚盖众溪之下流也。(山谦之《吴兴记》)①

平乡江东径峨眉山,在南安县界,去成都南千里,然秋日清澄,望见两山,相峙如峨眉焉。(李膺《益州记》)②

五美水在长沙县东二十五里,光武时有五美女居于此溪之侧,后因为名。(罗含《湘中记》)③

再列行记:

洛东北去首阳山二十里,山上有伯夷、叔齐祠,或云饿死此山。今河东蒲坂南又谓首阳,亦有夷齐祠,未详饿死所在。(戴延之《西征记》)④

西去夏侯坞二十里,东一里即襄乡浮图也。(郭缘生《续述征记》)⑤

山阳县城东北二十里,魏中散大夫嵇康园宅,今悉为田墟,而父老犹谓嵇公竹林地,以时有遗竹也。(郭缘生《述征记》)⑥

自邵伯埭三十六里至鹿筋,梁先有逻。此处足白鸟,故老云,有鹿过此,一夕为蚊所食,至晓见筋,因以为名。(江德藻《聘北

---

① (南朝宋)刘义庆著,(南朝梁)刘孝标注,余嘉锡笺疏:《世说新语笺疏》卷上之上《言语》刘孝标注引,中华书局1983年版,第164页。
② (北魏)郦道元著,陈桥驿校证:《水经注校证》卷三十六,第822—823页。
③ 《太平御览》卷六十五《地部》,第311页。
④ 《太平御览》卷四十《地部》,第191页。
⑤ (北魏)郦道元著,陈桥驿校证:《水经注校证》卷二十三,第557页。
⑥ 《太平御览》卷一百八十《居处部》,第877页。

道记》)①

　　新乡城西有汉桂阳太守赵越墓，墓北有碑，碑有石柱，东南有亭，以"石柱"为名。(卢思道《西征记》)②

　　将前一组所引的地记和后一组所引的行记进行对比，看不出任何差异。按理说，行记应该将行踪的记载放在重要的位置，但是从这些行记中只能看到粗略的踪迹，而这些踪迹的记载在地记当中也有，故不能以此来区分二者。我们知道，六朝时期的征伐随行记与交聘行记，多是南方人对北方的记载，这一群体当中有一部分是从北南渡的人，另一小部分是出生在南方的人。总体来看，这一群体对北方的交通地理还是比较熟悉，那么在行记当中忽略行踪介绍也是可以理解的。当时地记蓬勃发展，行记的创作者基本沿袭了地记的体例，作品所呈现的风貌与地记差异不大。《艺文类聚》《初学记》《太平御览》等类书在归类山川、遗迹、风土等条目时，也往往会引用地记与行记这两类作品，如果不注明出处，就很难判断哪些是地记，哪些是行记。不管是地记还是行记，它们都是史学的一个旁支，多偏向史书的叙事模式，写作风格也追求雅素。按照刘知幾的观点，地理书应该具备"言皆雅正，事无偏党"③ 的品质，这也正是地记与行记所追求的品质。这两类作品在写法上又类似于后来的笔记，杂而散，一事一条，前后不必连贯。以"记"命名，正体现了杂而散的特点。但是，到了宋代，人们开始有意区分地记与行记，不再将其简单地混杂在一起。《玉海》"地理书"之下"唐地理六十三家"条谈到《新唐书·艺文志》"地理类"的六十三种书时，对其进行了详细的分类，分为地图、地志、山川、异物、征行、异域六类，其中"述征行"则有《庙记》《舆驾东幸》《循抚扬州》《西征》《述征》《述行》《入洛》《聘使行记》及《圣贤冢墓》之记；"述异域"则有《魏国以西十一国》《南越》《西域道

---

① (唐)段成式：《酉阳杂俎》续集卷四《贬误》，中华书局1981年版，第237页。
② (唐)封演著，赵贞信校注：《封氏见闻记校注》卷六，第60页。
③ (唐)刘知幾撰，(清)浦起龙通释：《史通通释》卷十《杂述》，第256页。

里》《赤土国》《中天竺》《游行外国》《历国》《日南》《林邑》《真腊》《交州以来外国》《高丽》《西南蛮》《入朝首领记》及《高丽风俗》。李播《方志图》以下"纪征行"则有《燕吴行役》之记,"记异域"则《西域》《新罗》《渤海》《戴斗诸蕃》《云南》《海南诸蕃》《北荒君长》《四夷》及《黠戛斯朝贡图传》《蛮书》《南诏录》①。这里的分类已经非常明细,而且有了专门的类目"征行"。这里所谓的"征行"主要是指传统方国之内的远行,诸蕃及外国则被放在"异域"类当中。从"异域"类所列书的性质来看,也不乏行记之作,如《魏国以西十一国》《中天竺》《游行外国》《新罗》《渤海》《南诏录》,等等。地记完全被剥离了出来,这是一种进步。郑樵《通志·艺文略》则将地记多放在"地理""都城宫苑""郡邑"之类,专门辟出了"行役"一类,其中除了张骞的《出关志》外,其他的也是传统邦国之内的旅行记。诸蕃及国外的行记则被划分到了"朝聘"或"蛮夷"类当中。在唐代我们尚找不到这样具体的分类,而到了宋代不仅将行记与地记区别看待,而且把国内旅行和国外旅行也分得很清楚了。这说明宋人已经注意这类作品的特殊性了,他们以旅行的范围为标准划分行记。

既然行记是述行类的作品,它们终究与地记还是有区别的,这个区别就是组织材料的线索,地记一般先记某地的地理位置、历史沿革,再述名山大川、风土人情,而行记却是按照行程的延续来组织材料,所有的材料都被牵在行程这条线上。如,唐代的代表行记《大唐西域记》,既有笔记的写法,也有行记的线索。就玄奘所历的一百余国来说,每一个国家都是独立的单元,对某一单元的叙述体例与地记相类,方位地理、山川河流、稼穑物产、风俗人情、文化信仰等分条陈列,这些正是地记的要素。但是,对一百余国来说,它们是一个整体,这些国家被串联在玄奘的行程线上,这一点又不同于地记。王玄策的《中天竺国行记》、杜环的《经行记》、慧超的《往五天竺国传》等皆是此类。

(三) 日记体行记

行记与日记之间有紧密的关系,行记从其源头来看,就与日记结下

---

① (宋)王应麟:《玉海》,广陵书社影印浙江书局刻本2003年版,第292页。

了不解之缘。关于日记起源的三说①：第一说陆贾、张骞、苏武等人的远行记录，第二说东汉马第伯的《封禅仪记》，第三说韦执谊的《西征记》。这三说都与行记有莫大的关系或者说其本身就是行记作品，以致后来学界所公认的最古日记李翱的《来南录》，也是行记。日记体行记说到底还是受到了编年体史书的影响。编年体史书是非常古老的史书叙事形态，甚至可以追溯到结绳记事。甲骨文和金文虽然没有完整的系统，但其以干支系事，编年特征初见端倪。早期的史官也是以编年的方式记录国史，直到出现第一部编年体史书《春秋》，这一传统一直延续不辍，对史学产生了深远的影响。按年月日的顺序记载历史事件，是一种最简单、直接，且符合历史发展轨迹的记事方式。这种以时间为顺序的叙事方式，可以将事件精确到每一天，显得紧凑，毫无凌乱之感。刘知幾在评价编年体史书说："系日月而为次，列岁时以相续。中国外夷，同年共世，莫不备载其事，形于目前。"② 从时间来看，以日月为次排列事件；从空间来看，不同事情在不同的空间展开。这种叙事方式非常符合行记的特点，行记选用这种体式是一种必然。旅行是按照时间顺序向前推进的，随着旅行的推进，每一件事情在不同的空间逐日展开，形成了一个完整的叙事系统。这一叙事系统，以日系事，正好避免了笔记的那种涣散，也可以很自然地将人物融入每天的行程中，记人记事都特别方便。所以，行记很早就选用了逐日纪事的方式，难怪学界在追溯日记起源时，所列作品多是行记。毫无疑问，率先诞生的日记之所以是行记，与行记逐日推进的行程安排和写作的体例有很大的关系。宋代日记的蓬勃发展也多赖于行

---

① 关于日记的起源，历来有很多不同的说法。一是源于西汉说，张荫恒就认为日记起源陆贾使越，苏武使匈奴，张骞使西域，陈汤、甘延寿使郅支（张荫恒：《张荫恒日记》，任青、马忠文整理，上海书店出版社2004年版，第50页）。二是东汉说，俞樾就认为是东汉马第伯的《封禅仪记》。俞樾在《日本竹添井井〈栈云峡雨日记〉序》中说："文章家排日纪行，始于东汉马第伯《封禅仪记》，其造语之奇，状物之妙，洵柳州游记之滥觞，然所记不过登岱一事耳。至唐李习之《南行记》，宋欧阳永叔之《于役志》，则山程水驿次第而书，遂成文家一体。"（《春在堂杂文》续编卷三，清光绪二十五年刻本）三是唐代说，唐太宗时期的政治家韦执谊有《西征记》。陈左高进一步指出："李翱作《来南录》，排日载来岭南的行役，则被一致认为日记存于今世的最早篇章，且为宋代以后日记作者所延续。"（陈左高：《中国日记史略》，上海翻译出版公司1990年版，第1—2页）

② （唐）刘知幾撰，（清）浦起龙通释：《史通通释》卷二《二体》，第25页。

记。自李翱的《来南录》创制日记体行记以来,这种体制获得了极大的发展,尤其是到了宋代更是前所未有的勃兴。李翱的《来南录》叙事略微简单,很多事情都是一笔带过。不过,李翱稍后入唐巡礼的日僧圆仁,他所著的《入唐求法巡礼行记》却极为翔实,从中可以看出日记体行记强大的表现功能。此行记从开成三年(838年)六月写起,终于大中元年(847年)十二月,足足记述了九年多的旅行诸事。圆仁足迹踏遍大半个中国,历今江苏、安徽、山东、河北、山西、陕西、河南诸地,充分展示了一个外国僧人眼中的唐代社会,涉及唐代的政治、经济、文化、历史、宗教等很多层面。其中一些细节描写尤能体现日记体行记表现的灵活性。如,圆仁对冬至节的记载:

> 二十七日,冬至之节,道俗各致礼贺。住俗者,拜官,贺冬至节。见相公即道:"晷运推移,日南长至。伏惟相公尊体万福。"贵贱官品并百姓皆相见拜贺。出家者相见拜贺,口叙冬至之辞,互相礼拜。俗人入寺,亦有是礼。众僧对外国僧,即道:"今日冬至节,和尚万福。传灯不绝,早归本国,长为国师"云云。各相礼拜毕,更道"严寒"。或僧来云:"冬至,和尚万福。学光三学,早归本乡,常为国师"云云。有多种语。此节并与本国正月一日之节同也。俗家、寺家各储希膳,百味总集,随前人所乐,皆有贺节之辞。道俗同以三日为期贺冬至节。此寺家亦设三日供,有百总集。①

此处记载了一段冬至节过节的情况,其中杂以对话,富有生活气息。作者在日记中很自然地呈现出了冬至这一天的情况,显得非常方便,毫无突兀之感。到了宋代,日僧也有一些日记体行记的创作②,其中以成寻的《参天台五台山记》为代表,这部著作自熙宁五年(1072年)成寻在日

---

① [日]圆仁撰,白化文、李鼎霞、徐德楠校注:《入唐求法巡礼行记校注》卷一,第78页。
② 目前所知的日僧旅宋日记,除了成寻的《参天台五台山记》之外,尚有奝然的《入唐巡礼行记》、寂照的《来唐日记》、戒觉的《渡宋记》,这几部或存佚文,或亡,都不及《参天台五台山记》完整。

本搭乘宋商船写起，四月在杭州登陆，五月巡礼天台山，并申请在国清寺修行三年，获得准许。八月离开国清寺，十月抵京城开封，十一月巡礼五台山。熙宁六年（1073年）二月，赴明州，六月成寻将神宗的御笔文书、新译经卷等托付给了一起巡礼的赖缘等人，赖缘等乘商船归国。日记至此结束，前后共一年四个月，四百六十八篇，几乎每天都有记录，非常完整地记录了成寻一行在宋旅行的所见所闻。与《入唐求法巡礼行记》相比，《参天台五台山记》是在一年多时间内的记录，与圆仁在唐朝九年旅行记录相比，更加具有延续性。其中又很留意细节，如对宋人乘轿习俗的记载尤为详细①，这些记载与《宋史》的记载有出入，是弥足珍贵的史料。由唐至宋，日本僧人所撰写的日记体行记已相当成熟。明清时期的朝天录和燕行录，多数是用日记体写成，创作数量之夥，信息量之大，蔚为壮观。

　　与日人的日记体行记相比，宋人的日记体行记也很多，但单作规模无法与《入唐求法巡礼行记》和《参天台五台山记》相比。宋代的日记体行记是一道独特的文学风景，不仅篇幅长，涉及内容广泛，而且在形式上日渐成熟，数量较多，如路振的《乘轺录》，张舜民的《郴行录》，欧阳修的《于役志》，徐兢的《使高丽记》，黄庭坚的《黔南道中行记》，陶宣幹的《河东逢虏记》，郑望之《靖康城下奉使录》，陆游的《入蜀记》，范成大的《揽辔录》《骖鸾录》《吴船录》，沈琯《南归录》，李正民的《己酉航海记》，周必大《归庐陵日记》《泛舟游山录》《奏事录》《南归录》，楼钥的《北行日录》，吕祖谦的《入越录》《入闽录》，周煇的《北辕录》，程卓的《使金录》等皆是日记体行记。就其内容来讲，有涉及使辽、使金、使高丽等地的交聘行记，也有文人在国内的行役记；就表现手法而言，也比前代有很大的进步，这些行记的作者已不再满足于史书那种平铺直叙，他们力求在行记中注入个性化的东西，尤其是在记载行程经见的同时，抒发强烈的个人感情和旅行体验，说诗揽胜，使行记的表现功能增强。我们下面略举几例：

----

① ［日］成寻著，王丽萍校点：《新校参天台五台山记》卷三，第187—188页。

> 三十日，发富阳。雪满千山，江色沈碧，夜，小霁。风急，寒甚，披使虏时所作绵袍，戴毡帽，坐船头纵观，不胜清绝。剡溪夜泛，景物未必过此。①

这是一段非常简短的写景的文字，寥寥数语，将富阳冬天的景色展现在了读者面前，而船头穿绵袍、带毡帽的行者，使人极易联想到"孤舟蓑笠翁，独钓寒江雪"的景象。这里人的存在与自然景象融为一体，与六朝行记独关注自然的情形完全不同。

> 戊申，焚黄毕。赴州，会于面山堂后圃，宛然记旧游，二十八年矣。时章思召为郡守，外家犹盛，今惟败其室者与孟女存耳。予既久失慈训，而妣之乳母孟，亡弟子柔，予之乳母姚婢永寿，无一在者。诵"无人论旧事"之句，堕泪久之。②

这一段文字是周必大在归庐陵之时，路过旧日的外家之地，看到残败的景象，睹物思人，想起母亲、母之乳母、亡弟子柔及己之乳母，竟无一人在，谁能与己论旧事呢？想到此处，泪滴不辍，令人唏嘘不已。这是一处纯粹抒情的文字，作者毫不掩饰自己当时的心境，读来真切感人。

> 是日便风，击鼓挂帆而行。有两大舟东下者，阻风泊浦溆，见之大怒，顿足诟骂不已。舟人不答，但抚掌大笑，鸣鼓愈厉，作得意之状。江行淹速常也，得风者矜，而阻风者怒，可谓两失之矣。③

上面陆游的一段文字所记录的是逆风行舟与顺风行舟者的心态对比，逆风而行者行进艰难，心烦意闹，看见乘风破浪的顺风者，便顿足大骂，

---

① （宋）范成大：《骖鸾录》，《范成大笔记六种》，第 44 页。
② （宋）周必大：《归庐陵日记》，《文忠集》卷一百六十五，《文渊阁四库全书》本。
③ （宋）陆游：《入蜀记》，《渭南文集》卷四十四，《陆游集》，中华书局 1976 年版，第 2420 页。

但顺风而行者行舟如箭，心情大好，对逆风行驶者的诟骂不予理睬，得意之色展露无遗。完全是一幅非常生活化的画面，极为生动形象。最后作者以议论作结，对此事进行了评价。我们再引一处：

> 十日，史志道饷谷帘水数器，真绝品也，甘腴清冷，具备众美。前辈或斥《水品》以为不可信。《水品》固不必尽当，然谷帘卓然非惠山所及，则亦不可诬也。水在庐山景德观。晚别诸人，连夕在山中，极寒，可拥炉。比还舟，秋暑殊未艾，终日挥扇。①

此处是陆游八月十日一天的记载，首先作者对谷帘水的品质赞不绝口，对欧阳修认为《水品》所载帘谷水不实的情况予以纠正。接着作者写山中昼夜温差之大的气候特点。观陆游的这两处文字，皆源于性情，信手拈来，读来饶有兴味。行文雅洁，毫无拖沓冗余之感，确实是难得的美文。其实，我们从头至尾读陆游的《入蜀记》，能够感受到其中记载的庞杂，而且作者能够将自己的才性很好地融入作品中。

宋代行记表现功能的增强与选择日记这种灵活的体式有很大的关系。可以看出，不管行程多远，行时多长，日记体行记总可将诸事统归起来，显得有条不紊。细读宋人的日记体行记，其中所包含的内容极为广泛，大小诸事通过作者的选材加工，在行记中以恰当的方式呈现，看似随意，然则作者对所择取之事也多经过思量。唐代之前的行记，要么写地理风光，要么写文物古迹，要么写故事传说，所记内容也很广泛，但容量自无法与宋人行记相比。宋人行记最为突出的创新就是将"自我"融入旅行当中，他们的行记中时刻能够看到作者的才、性、情、识。

清人周中孚《郑堂读书记》在评价《骖鸾录》时说："随笔占记，事核词雅，实具史法。"② 这一评价抓住了范成大《骖鸾录》的特点。事实上，这样的评价放在整个宋代的行记中也同样适用，宋代的行记多是随笔占记，又特别注意叙事方式，力求简练，在文辞方面以追求雅化的

---

① （宋）陆游：《入蜀记》，《渭南文集》卷四十六，《陆游集》，第2436页。
② （清）周中孚：《郑堂读书记》卷二十四，《民国吴兴丛书》本。

古文为趣向。宋代史学极为发达，行记自然也受到史书的熏染，具有"史法"。日记体行记的发展是人们在编年体史书体例的影响下自觉创造的一种文体，这种文体既可以像笔记一样，随笔占记，也可以像编年体史书一样，通旅行之变，是非常实用的一种文体。宋代行记占了日记的半壁江山，说明行记对日记的发展起了至关重要的作用。当然，日记逐日记载的表现方式也使行记能够自由灵活地展示行程中的所见所感，二者相互促进。

二 对异域记录的史学传统

何休在《春秋公羊传解诂》中说：《春秋》"将以理人伦，序人类，因制治乱之法……内其国而外诸夏，先详内而后治外，录大略小，内小恶书，外小恶不书"[1]。这是"春秋笔法"的具体化，其中有一个很重要的原则就是内外有别，录大略小。《春秋》的记述原则由国到诸夏，再到夷狄，重点有所不同，夷狄似乎被放可有可无的地步。但是，从《春秋》的实际叙事原则来看，夷狄其实也是其叙事的重点之一，因为只有夷狄的存在才可以建构"中国"。在中国的古史系统中一方面对夷狄抱有深深的偏见，另一方面史书书写者也特别留意夷狄，尽力书写，从而在"内""外"对比中形成一套治乱之理。异域在史书系统中虽不重要，但不能少。所以，对异域的记录是中国古史重要的组成部分，也是古人了解外部世界的最好材料。自张骞通西域以来，对"异邦"的记录已然成为史学的重要传统。行记作品所留意的重点也在"异邦"，对异质文化的兴趣是行记产生的直接动力。魏晋六朝以至唐宋的僧人行记所记皆是域外，交聘行记也多载域外[2]。可以毫不夸张地说，行记集中展示了中国古代的异质文化。概而言之，行记是对古代史学异域记录传统的延续，或可将其看作对史书异域记录的进一步独立。

---

[1] （汉）何休：《春秋公羊传解诂》，《十三经注疏》本，中华书局1980年版，第2200页。
[2] "域外"一般是指中国的疆土之外，在中国历史上多个政权并存的时代，也有一些交聘行记产生，这些行记往往是一个政权的使者到另一个政权出使时所经见，这些行记的地域我们并不称为"域外"。对于那些出行使者而言，他们的行记所看重的是"异质"文化。

正史对异域世界的记录，始于《史记》，司马迁在《史记》中专门开辟了东越、南越、朝鲜、大宛、西南夷等列传，记录异域之事。自此之后，异域作为记录对象在正史中一直延续。其中，西域①世界是历代记录的重中之重，这主要与西北的交通格局以及地缘政治有关。西域自古是一个文化、语言、宗教交会的十字路口，各种文明在那里相互激荡，形成了一个多元的世界。中国古代的史书和行记对西域世界的关注完全超过了其他区域。魏晋南北朝时期记载域外的行记也多是西域。所以，有关西域的行记在六朝以至隋唐的行记中占了绝对的分量。班固首次以"西域"命名有关西域诸国的列传，他以"国"为单位进行叙事，大致记述某国的王城、与中原间的里数、户口、军队、职官、风土、物产、民俗、信仰诸方面。以后的史书也基本沿袭这一书写模式。随着历代对西域的开拓与经营，正史对西域世界的记载已经形成了相当的规模。佛教传入中国之后，僧人成了记载西域世界的主力军，他们亲历西方诸国，以史书的书写范式记录旅行见闻，形成了很有特色的僧人行记，如《隋书·经籍志》当中所著录的《佛国记》《惠生行传》《历国传》《外国传》《游行外国传》《大隋翻经婆罗门法师外国传》等。另外，《通典》中所录的有道安《释氏西域记》、支僧载《外国事》等行记。随着人们对西域世界认识的不断扩大，西域作为一个单独的书写对象被记录，特别是唐人对西域的认识有了前所未有的突破，相应此时文献对西域的记载自然更加全面深入，产生了《大唐西域记》《大慈恩寺三藏法师传》《往五天竺国传》《中天竺国行记》《经行记》等颇具影响的行记，而一些著作也借行记得以成书，如道宣的《释迦方志》，贾耽的《皇华四达记》《古今郡国县道四夷述》《吐蕃黄河录》，许敬宗负责编修的《西域图志》，以及正史的《西域传》和《地理志》等多参考行记之作。有关西域行记的大量产生，自然会引出两个问题：为什么会产生如此数量可观的西域行记呢？这些行记与史学之间又有什么样的互动关系呢？从内因来看，之所以产生这么多西域行记，与自古以来人们对西域世界的

---

① 西域有广义和狭义之分，狭义上主要指今新疆及中亚一带，广义上包括今之新疆、中亚、西亚、印度半岛、欧洲东部、非洲北部。

热情是分不开的。先秦时期，西方一直是一个神秘的世界，神话和寓言等文献中保留大量有关西方世界的构想，周穆王西游就是典型一例。直到汉代，记录由想象转向征实，真正开启了认识西域的历程。从此以后，随着国家对外开拓重点向西北的转移以及佛教等外来文明的介入，西域由模糊逐渐清晰。西域行记的产生从根本上来说是政治与文化双重作用的结果；从外因来看，西域行记的产生则与异域记录的传统密不可分，对异域的记录是史学重要的一部分，西域则被史家作为异域的重点加以记述。这种书写范式的形成，自然就使那些远去西域的人们有了一套记录的经验，他们借鉴这些经验记载异域的见闻。这些书写者多数都受过史学教育，史学书写的模式和史学的精神自然会渗透到他们的行记中。行记的问世也为史书的异域记录提供了可靠的资料，尽管很多史学家对这些材料颇有微词，但他们还是尽可能地吸收行记中的一些有益成分。我们可以举例来说明，如唐代刘元鼎所写的《使吐蕃经见纪略》，在两唐书"吐蕃传"的编纂中就被充分利用。《新唐书·地理志》"陇右道"之"鄯州"条下对唐蕃古道里程的一段记载，也是取自行记。《通典》在编纂"边防典"时也充分利用了行记，像杜环《经行记》这样价值极高的行记被大量引入其中。宋人所写的使辽、使金行记也成了编纂宋、辽、金史的重要资料。总之，行记与史书对异域的记录是双向互动、相互影响的。

历代人们构建异域世界的史料来源情况比较复杂，有的来源于他国的使者，有的来源于朝廷派出去的使者，有的来源于战争过程中的经见，有的来源于商人，有的来源于宗教人员，不一而足。但是，行记占了很重要的分量。葛兆光说："古代中国对于异域的想象，也是从自身已有的古典，以及所负载的历史和经验开始的。"① 行记在构建异域世界的时候，也是从已有的古典所负载的历史和经验开始的。异域记录的史学经验，是行记可资借鉴的最直接经验。这些历史和经验对行记作品的内容和形式都产生了深远的影响。

---

① 葛兆光：《宅兹中国——重建有关"中国"的历史论述》，第85页。

三 行记的实录精神与经世致用

(一)"实录"是行记的基本精神

刘知幾《史通·曲笔》中说:"盖史之为用也,记功司过,彰善瘅恶,得失一朝,荣辱千载。苟违斯法,岂曰能官。但古来唯闻以直笔见诛,不闻以曲词获罪。是以隐侯《宋书》多妄,萧武知而勿尤;伯起《魏史》不平,齐宣览而无谴。故令史臣得爱憎由己,高下在心,进不惮于公宪,退无愧于私室,欲求实录,不亦难乎?"① 史书编纂实录最为难得,实录向来是中国史书所追求的核心精神,历朝历代的史学家在史学实践中不断追求这一精神,而对一个史学家的评判,"实录"是很重要的标准。行记因为是旅行的见闻,所以从一开始就有了实录的品格,所谓"眼见为实"恰当地反映了行记的实录精神,尤其是日记体行记逐日排事的写作方式,将实录精神发挥到了极致。

录楼钥《北行日录》以见一斑:

> 十七日,戊辰,晴,风。三更,车行二十五里,三角路上换驴马。一路可入滑州。又四十五里,武城镇早饭,马行至黄河,去程所行李固渡口,以冰泮水深,柴路不可行。又稍上三四里,先横过中滩上,入水牵挽数里,抛过南岸,待车船至方行。循河至浮桥边扫岸,又行荒草陂泽中四十五里,宿胙城县。②

这是楼钥使金时的一段行程记写,一天所行的里数、交通工具、道路状况等悉数道来,完全是客观地记写。总观历代的行记,行程的记写最为实录,来不得半点虚掩,因为这一纪录是后来旅行者重要的参考资料。行记作者对沿途所见所闻之事,也常常态度谨慎。

如,郑刚中对陕西土洞的考察:

---

① (唐)刘知幾撰,(清)浦起龙通释:《史通通释》卷七,第185页。
② (宋)楼钥:《攻媿集》卷一百一十二,清《武英殿聚珍版丛书》本。

陕西往往为洞，皆所不及。穿洞之法：初若掘井深三丈，即旁穿之，自此高低横斜无定势，低处深或四五十丈，高处去平地不远，烟水所不能及。凡洞中土皆自初穿井中出之，土尽洞成，复筑塞其井，却别为入窍，去窍丈许为仰门，陈劲弩，攻者遇箭即毙。如是者数重。时于半里、一里余，斜气穿道谓之"哨眼"，哨眼或因墙角与夫悬崖积水之旁，人不能知，其下系牛马，置硙磨，积粟凿井，无不可者。土久弥坚，如石室，但五年前一洞压死者千余人。僧云："此亦天数。"然今陕西遗民半是土洞中生，今人居者颇惩覆压之祸，于洞下多立柱，布仰板矣。[1]

这一段文字是作者经过陕西武功时，看到当地的地下土洞，甚为惊奇，便进行了一番考证，其中对土洞的开凿、结构、环境等有详细的考究。因为是亲眼所见，亲自探究，所以能将土洞的情况如实还原，非道听途说者所能道。

宋代的行记，诸如此类的考证屡见不鲜，尤其是文人行役记对文化遗迹和名胜的考证，往往能够在不经意间道出，令人信服。行记正因为目有所睹，身有亲验，所以能够给人一种非常真实的感觉。当然，行记不光是在内容上追求"眼见为实"，而且在笔法上也追求质实。我们翻检六朝时期的征伐随行记和交聘行记，看到的皆是对眼前景象的再现，笔法与地记如出一辙，平铺直叙，极少掺杂个人情感，这实际上也是实录的体现。唐宋时期大量的交聘行记很少有主观的玄想，尽可能呈现眼前事物的本真面貌。相对来说，文人行役记在笔法上并不显得那么质实，尤其南宋时期陆游、范成大、周必大、张舜民、陈文蔚等文人的行记创作，更多融入了文学的元素，也不刻意隐没个人感情，显得别有生气。然而，这些文人行记的文学渲染与"实录"精神并不冲突，他们所秉承的依然是"实录"精神。至于僧人行记，史学家往往对其真实性颇有微词，但他们所追求的还是史学的基本精神——实录。我们可以以最具代

---

[1] （宋）郑刚中：《西征道里记》，民国《续金华丛书》本。

表性的《大唐西域记》来看这类行记对实录精神的追求。玄奘在《西域记》的创作中始终秉承"实录"精神，以一个史家的眼光来观察世界。玄奘在《进〈西域记〉表》中言："窃以章亥之所践藉，空陈广袤，夸父之所陵厉，无述土风。班超侯而未远，张骞望而非博。今所记述，有异前闻。虽未及广大之疆，颇穷葱外之境，皆从实录，非敢雕华。谨具边裁，称为《大唐西域记》，凡一十二卷，缮写如别。望班之右笔，饰以左言，掩博物于晋臣，广九丘于皇代。"① 玄奘西行不仅记前所未记，穷葱岭之外，而作者很强调"非敢雕华"、谨慎书写的"实录"精神。作为《大唐西域记》的执笔者，辩机在为玄奘所写的《记赞》中也说："书行者，亲游践也；举至者，传闻记也。或直书其事，或曲畅其文。优而柔之，推而述之，务从实录，进诚皇极。"② 可以看出，不管是玄奘还是辩机都特别强调"实录"，实录在他们的眼中是第一位的。我们以具体的例子来看，如《大唐西域记》对"僧伽罗国"的记载，先总括了该国的基本情况：

> 僧伽罗国周七千余里，国大都城周四十余里。土地沃壤，气序温暑，稼穑时播，花果具繁。人户殷盛，家产富饶。其形卑黑，其性犷烈。好学尚德，崇善勤福。③

作者用极其简净的文字把僧伽罗国的情况叙述出来，的确体现了他"非敢雕华"的创作精神。紧接着作者认为有必要详写的地方又进行了详细的叙述，如该国之下所记"执师子传说"和"僧伽罗传说"就用大量的篇幅写了两个生动的故事，第一个故事是人们关于僧诃罗族的起源以及本国人类繁衍的认识，第二个是僧伽罗与众罗刹女相斗的故事。虽然这两个故事看起来荒诞不经，但却道出了该国人性的彪悍以及商业传统。最后作者所记的是该国佛教部派与佛教遗迹的情况。《大唐西域记》对一

---

① （唐）慧立、彦悰：《大慈恩寺三藏法师传》卷六，第134—135页。
② （唐）玄奘、辩机原著，季羡林等校注：《大唐西域记校注》卷十二，第1049页。
③ 《大唐西域记校注》卷十一，第866页。

百三十八国的描写，基本上都是按照这个模式来写的，只不过详略有别罢了。作者在书写之时，完全以史之"实录"精神来叙写，如果是一些故事传说，作者会很清楚地标明这是"故事"或"传说"。如果是一些民间传说或传闻，作者会审慎地加上"闻诸先志曰"，或"闻诸土俗曰"，或"闻诸耆旧曰"的字样，以示此故事的资料来源。玄奘每到一处，必亲临一些遗迹，做一番实地考察。如，他在听闻无忧王建造窣堵波遗迹的传说时，就抱着怀疑的态度进行了考察，经过考察，发出了"循古所记，信得其实"[①] 的感叹。玄奘曾在憍赏弥国听闻如来伏毒龙的故事，他如此记载："城西南八九里毒龙石窟，昔者如来伏此毒龙于中留影。虽则传记，今无所见。"[②] 玄奘对西域世界的观照，就是想达到"邈矣殊方，依然在目"[③] 的效果。再如，玄奘在劫比罗伐窣堵国对二古佛本生处的考察，他这样记这两处遗迹：

> 城南行五十余里，至故城，有窣堵波，是贤劫中人寿六万岁时迦罗迦村驮佛本生城也。城南不远，有窣堵波，成正觉已见父之处。城东南窣堵波，有彼如来遗身舍利。前建石柱，高三十余尺，上刻师子之像，傍记寂灭之事，无忧王建焉。
>
> 迦罗迦村驮佛城东北行三十余里，至故大城，中有窣堵波。是贤劫中人寿四万岁时迦诺迦牟尼佛本生城也。东北不远，有窣堵波，成正觉已度父之处。次北窣堵波，有彼如来遗身舍利。前建石柱，高二十余尺，上刻师子之像，傍记寂灭之事，无忧王建也。[④]

作者对两处遗迹的方位、形制、装饰等做了详细的考察，然后用简练的文字写下考察的重点。观《大唐西域记》全书，皆是这种实地考察的文字，可信度高，研究印度六世纪至七世纪历史地理的学者之所以将《大

---

① （唐）玄奘、辩机原著，季羡林等校注：《大唐西域记校注》卷八，第639页。
② 《大唐西域记校注》卷五，第472页。
③ 《大唐西域记校注》序一，第9页。
④ 《大唐西域记校注》卷六，第514—515页。

唐西域记》奉为圭臬，与玄奘务从"实录"的追求是分不开的。中国古代史学一向重视实地考察，司马迁为写《史记》足迹遍及大江南北，但是对遥远的西域世界也只能借人之言。直到汉代，对西域才有了可信的实地考察。汉代对西域的开拓，除了张骞具有首创之功外，班氏家族功不可没，班超更是在西域活动多年，对西域有深入的了解。延光二年（公元123年）拜班勇为西域长史，东汉在西域的经营迎来了一次新的高潮。班勇父子亲履西域，为人们进一步认识西域提供了更加可靠的信息。班勇撰有《西域诸国记》一书，范晔在撰《西域传》时多录取了其中的资料。玄奘延续了汉代以来对西域实地考察的传统，每到一处，总会亲自寻踪往日遗迹，细探究竟，他的记录使人们对西域的认识提高了一个层次。玄奘之后，僧人对西域的热情没有降低，一批又一批的僧人杖锡远迈，不远万里西行求法。一些僧人不忘如实记录旅行的见闻，为后人认识西域世界提供了可靠的资料。除《大唐西域记》外，唐僧慧立、彦悰的《大慈恩寺三藏法师传》、常愍的《游天竺记》、圆照的《悟空入竺行记》、慧超的《往五天竺国传》，宋僧行勤等人的《西天路竟》[①]、继业的《西域行程》等也是有关于西域的行记。这些行记皆以"实录"为依归，道行程里数、风土人情，是研究西域文化的珍贵资料。唐宋时期的其他僧人行记，如诸僧到五台山巡礼的行记《五台山行记》[②]，日僧圆仁的《入唐求法巡礼行记》、真人元开的《唐大和上东征传》、圆珍的《行历抄》、成寻的《参天台五台山记》等，行文也极为质实，客观叙述见闻，力求达到"实录"。

行记因现实中某人或某个群体的旅行而产生，其本身具有征实的性质。在没有旅行之前，人们对"他方"世界的构筑多是来自间接经验，对一件事情的记载想象加上想象，令人迷惑。旅行一旦实现，这些想象逐渐远去，代之而来是真实的景象。行记以实录的方式集中展示了这些

---

① 敦煌遗书S.0383。黄盛璋有《〈西天路竟〉笺证》一文，对此文书有详细的考证（《敦煌学辑刊》1984年第2期）。

② 敦煌发现的《五台山行记》有多种，P.3973、P.4648、S.0397等都是僧人前往五台山礼佛的行记。除此而外，还有P.3931《印度普华大师游五台山记》、S.0259《诸山圣迹志》、P.3926《印度地理》等行记。

景象，读者对其深信不疑。行记因亲践其地而产生，所以相对来讲，容易做到实录，这一点与史书还不完全一样。史书编纂者不可能对每一件事情作巨细无遗的考察，很多记载多来自一些现成的资料，这些资料不一定可靠，有些编纂者会不加辨证悉数引进史书。而且史书编纂者还有一个倾向的问题，其中或有刻意的隐晦，或有有意的贬损，或有特意的拔高，都很难达到实录。行记在一定程度上可以避免这些。

（二）"实录"与"虚隐"

"实录"在行记中体现得尤为充分。但是，这并不意味着行记就是旅行中所见所闻的客观再现。不同的旅行者旅行目的不尽一致，他们的心境、个性、遭遇等也有差异，因此行记作者在取舍材料和记录景象时很难做到实录，有时会虚构一些事情，有时也会有一些偏见和隐晦。我们第一章在论述晋宋之际的征伐随行记时就讨论过：晋宋之际看似客观如地记的征伐随行记，事实上是刘裕"造宋"的产物。历朝历代的交聘行记是一国的使者到另一国出使时完成的旅行记录，也难免对"异邦"抱有偏见。我们先看唐宋交聘行记中的一些记载：

> 十九日辛未……建道场于总持院，七昼夜仍降御香，宣祝于显仁助顺渊圣广德王祠，神物出现，状如蜥蜴，实东海龙君也。[1]

> 凡三日，至思谷，曰避风驿，本俗法试出诏押御风，御风乃息。（王延德《西州使程记》）[2]

> 又北，牛蹄突厥，人身牛足。（胡峤《陷辽录》）[3]

---

[1] （宋）徐兢：《使高丽录》，《宣和奉使高丽图经》卷三十四，《丛书集成初编》本，中华书局1985年版，第118页。
[2] （宋）王明清：《挥麈录·前录》卷四，中华书局1961年版，第37页。
[3] 贾敬颜：《五代宋金元人边疆行记十三种疏证稿》，第32页。唐代杜环所著的《经行记》中说："可萨北又有突厥，足似牛蹄，好噉人肉。"（张一纯笺注：《经行记笺注》，中华书局2000年版，第65页）与胡峤所记略同。

就坐乐作……舞者六七十人,但如常服,出手袖外,回旋曲折,莫知其止,殊不可观也。(《许亢宗行程录》)①

可以看出,这些行记有时掠异记奇,有时对异邦的文化抱有一定的偏见,并非"实录"。不过,这样的记载在唐宋的交聘行记中并不多见。倒是僧人行记,由于创作者特殊的身份,他们往往将佛验或灵异录入行记,我们试看几例:

昔者,代州刺史性暴,不信因果,闻有地狱,不信。因游赏,巡台观望到此处,忽然见猛火焚烧岩石,黑烟冲天而起。焚石火炭,赫奕而成围廊。狱卒现前,怂恸。刺史惊怕,归命大圣文殊师利,猛火即灭矣。②

国内有一龙池,彼龙王每日供养千一罗汉僧。虽无人见彼圣僧食,亦过斋已,即见饼饭从水下纷纷乱上。以此得知。迄今供养不绝。③

次礼佛牙堂……见彻瑠璃,佛牙放光,希有之,不可思议,悲泪无极。④

法师欲往求请,乃买种种花,穿之为鬘,将到像所,至诚礼赞讫,向菩萨跪发三愿:"一者,于此学已还归本国,得平安无难者,愿花住尊手;二者,所修福慧,愿生睹史多宫事慈氏菩萨,若如意者,愿花贯挂尊两臂;三者,圣教称众生界中有一分无佛性者,玄奘今自疑不知有不,若有佛性,修行可成佛者,愿花贯挂尊颈项。"语讫,以花遥散,咸得如言。⑤

---

① 贾敬颜:《五代宋金元人边疆行记十三种疏证稿》,第243页。
② [日]圆仁撰,白化文、李鼎霞、徐德楠校注:《入唐求法巡礼行记校注》卷三,第285页。
③ (唐)慧超撰,张毅笺释:《往五天竺国传笺释》,第61页。
④ [日]成寻著,王丽萍校点:《新校参天台五台山记》卷四,第326页。
⑤ (唐)慧立、彦悰:《大慈恩寺三藏法师传》卷三,第78页。

第二章 唐宋行记的文体特点与史学传统　　111

　　释常愍，发愿寻圣迹，游天竺日，至中印度鞞索迦国。王城南道左右，有精舍，高二十余丈，中有毗卢遮那像，灵验揭焉，凡有所求，皆得满足。若有障难者，祈请必除。（常愍《游天竺记》）①

上文所引皆是佛法灵验，这在僧人行记中比较普遍。僧人远行，除了记录沿途山川、道路、地理、风俗、文化等外，特别留意与佛教相关的遗迹，他们每到一处，最关心的莫过于这些。为了宣扬佛教的需要，他们的旅行记中难免会有佛法灵验的记载。正因为如此，人们在评价僧人行记时，往往贬多褒少。如杜佑就认为人们在记载西域的事情时，多引僧人行记，如法明的《游天竺记》、支僧的《载外国事》、法盛的《历诸国传》、道安的《西域志》、法显的《佛国记》、昙勇的《外国传》、智猛的《外国传》、支昙谛的《乌山铭》、翻经法师的《外国传》等，但这些行记"皆盛论释氏诡异奇迹，参以他书则纰缪"②，不足为信史。晚清学者叶昌炽也有类似的言论，他说："《西域图经》汉以前无闻，《隋书·经籍志》有张骞《出关志》一卷，疑好事者为之也。又有《西域图》三卷，裴矩撰。《新唐书·艺文志》有程士章《西域道里记》三卷。唐显庆中，高宗尝遣使康国、吐火罗，访其风俗、物产、画图以闻，诏许敬宗等撰次为《西域国志》六十卷，其书皆不传。传者惟释法显《佛国记》、释辩机《西域记》，然皆出于缁流，其言不雅驯。"③ 叶氏以为《西域图经》《西域图》等记载西域之事的书没有流传下来，甚为可惜，然流传下来者如《佛国记》《大唐西域记》等出于僧徒手中，不足道。显然，他们对僧人行记的价值并不认同，主要是他们过多地放大了这些行记中的佛法灵验，忽视其中实录的部分。然以我们今天的眼光来看，法显《佛国记》、玄奘《大唐西域记》等僧人行记价值已为历来的研究者所肯定，绝不是杜佑、叶昌炽等人这些简单的评价所能否定的。信仰与实录的统一是僧

---

①《三宝感应要略录》，[日]高楠顺次郎主编《大正新修大藏经》第51册，台北：新文丰出版公司影印1983—1985年版，第833页。
②《通典》卷一百九十一，第5199页。
③（清）叶昌炽：《汉西域图考序》，《奇觚庼文集》卷上，民国十年刻本。

人行记的特点之一。我们不能因为这些行记宣教，记载一些佛法灵验，而一概抹杀其"实录"精神。

行记记录的是远行的所见所闻，不管作者的身份是什么，他们都对异质文化格外关注。异质文化的记载是行记的特点之一。这些异质文化，多为作者亲眼所见，而有些是凭借先前所积累的知识进一步想象附会的结果，这一点葛兆光也注意到了，他说："这些本来应当是实录的东西，由于作者自身的知识和经验，常常把原来的记忆和资源带进自己的记录中，所谓'耳听为虚'常常遮蔽'眼见为实'，特别他们对异域之'异'的格外兴趣，总使他们的旅行记不由自主地把'实录'变成'传奇'。"[①] 但是，总的来看行记的传奇成分还是很少的，它们依然是我们了解古代外部世界的最可靠资料。

（三）行记与经世致用

经世致用是中国古代史学的重要传统，讲求史学要为现实社会服务。史书编纂者希望史书能够惩恶扬善，有资于治道，所谓"裁成义类，惩恶劝善，多识前古，贻鉴将来"[②]。经世致用的思想在古代史学中有牢固的基础，每一位史书编纂者心领神会，他们在经意不经意中总践行这一理念。史学的经世致用，从大的方面来讲，无非是两个方面：为政与为人。国家既可以从史书中了解治乱之理，用之于国；个人可以从史书中汲取经验，修身养性。行记既然受史学的影响最深，自然也有经世致用的考虑。其实，从行记最初创作的动机来看，致用是第一位的。先秦时期行人备采远方的风土善恶之事，上报国家，统治者利用这些记述在朝堂之上就可以运筹帷幄，处理远方之事，周必大所谓"由来笔下三千牍，可胜军中十万夫"[③]。汉代以降，人们旅行的路途越来越远，记录异风异俗更加必要，甚至在正史当中辟出专门的版块记录异域之事。在人们的观念中，闭门造车难有作为，周知天下之事与国家的强大之间有某种关

---

① 葛兆光：《宅兹中国——重建有关"中国"的历史论述》，第70—71页。
② （五代）刘昫等：《旧唐书》卷七十三《令狐德棻传》，中华书局1975年版，第2597页。
③ （宋）周必大：《送洪景卢舍人北使》，《文忠集》卷二，《文渊阁四库全书》本，第1147册，第43页。

第二章 唐宋行记的文体特点与史学传统

联。行记的产生最先是从国家开始的,而非个人,说明国家非常重视远行所得的信息,诸如行军打仗的大事都可能要参考行记,"识外邦之情伪,知山川之形胜"①,只有知己知彼,方能决胜于千里之外。

当然,不同类型的行记,其作用也大不相同。僧人行记一方面为远行的僧人提供有用的资讯,以备远行;另一方面这些行记并不像佛教教义那么深奥,往往能吸引更多普通的读者,所以利用行记宣教不失为一种好的选择。我们选取《大唐西域记》来看僧人行记是如何经世致用的。玄奘在《大唐西域记》的《序论》中说:

> 我大唐御极则天,乘时握纪,一六合而光宅,四三皇而照临。玄化滂流,祥风遐扇,同乾坤之覆载,齐风雨之鼓润。与夫东夷入贡,西戎即叙,创业垂统,拨乱反正,固以跨越前王,囊括先代。同文共轨,至治神功,非载记无以赞大猷,非昭宣何以光盛业?玄奘辄随游至,举其风土,虽未考方辩俗。信已越五逾三。②

玄奘认为,唐一统天下,业超三皇五帝,理应有文献大书特书唐代的盛业。玄奘杖锡远迈,记异域风土,这也是唐代盛业的体现。这里虽多是拔高吹捧之辞,但也反映了《大唐西域记》创作的政治意义。玄奘回国之初,太宗就曾经详细询问西域的情况,玄奘对答如流,甚为熟知。《大慈恩寺三藏法师传》记载:玄奘"自雪岭已西,印度之境,玉烛和气,物产风俗,八王故迹,四佛遗踪,并博望之所不传,班、马无得而载。法师既亲游其地,观觌疆邑,耳闻目览,记忆无遗,随问酬对,皆有条理"③。正因为如此,所以唐太宗觉得玄奘应该写一部书,以详细报告在西域的所见所闻,以弥补正史对西域记载的不足。刘知幾说:"史文有阙,其来尚矣。"④ 正史虽大而全,努力做到面面俱到,但始终不能达到

---

① 《宋史》卷二百七十三《何承矩传》,第9331页。
② (唐)玄奘、辩机原著,季羡林等校注:《大唐西域记校注》卷一,第32页。
③ (唐)慧立、彦悰:《大慈恩寺三藏法师传》卷六,第129页。
④ (唐)刘知幾撰,(清)浦起龙通释:《史通通释》卷五《采撰》,第106页。

全面深入，需要各种文献做补正。受传统史学与夷夏观念的影响，异域自古以来是记录的薄弱环节。但是，伴随着统治者开拓疆土的需要，对异域知识的了解显得颇为重要。唐初，国土未远，人们对西域的了解多限于以前的知识，想象的层面更多。玄奘西行之初，唐代立足未稳，最西的疆界只在玉门关一带。等到玄奘归国之时，他对西域诸国已有深入的了解，而此时恰逢唐代疆土扩张的关键时期，所以他的资讯有很重要的价值。玄奘到长安后不久，唐太宗就不断从他的口中探寻西域的消息，并令其尽快撰写一书，以全面记录他在西域的见闻。《大慈恩寺三藏法师传》中记载了这一事实，唐太宗对玄奘说："佛国遐远，灵迹法教，前史不能委详，师既亲睹，宜修一传，以示未闻。"[①] 唐太宗认为前史不能备西域之详，既然玄奘深入西域腹地，对西域自然了解很深，应当修一书以广见闻。事实上，在唐初的很长一段时间里，人们对西域的了解，多赖于《大唐西域记》。唐代以后的地理学家，更是以此书为轨范。可以毫无夸张地说，《大唐西域记》的创作推动了唐代僧人的西行与西域地理学的发展。

至于交聘行记，其致用思想更为明显。宋朝甚至有规定，出使回国，应当将沿途所见及在外廷的酬答应对写成文字上报朝廷。交聘行记所继承的是先秦以来记录传统，载山川之险夷，道路之曲折，异邦之文化，备使者出使之用。徐兢《宣和奉使高丽图经序》对交聘行记的传统讲得极为清楚，他说："行人之官络绎道路，若贺庆牺禬之类。凡五物之故，莫不有治，若康乐厄贫之类。凡五物之辨，莫不有书，用以复命于王，俾得以周知天下之故，外史书之以为四方之志，司徒集之以为土地之图，诵训道之以诏观事，土训道之以诏地事，此所以一人之尊，深居高拱于九重，而察四方万里之远如指诸掌。"[②] 行人之官在古代极为重要，他们通过出行，收录四方信息以成书，供外史、司徒、诵训、土训等用，皇帝一书在手，便可观览天下。宋代外患严重，疆土不断缩小，强烈的忧患意识使他们急于了解外面的世界，以图国家强大。所以，宋人使辽、

---

① （唐）慧立、彦悰：《大慈恩寺三藏法师传》卷六，第129页。
② （宋）徐兢：《宣和奉使高丽图经》，第1页。

使金回来，必撰相关行记以备国家之用。沈括《熙宁使虏图抄》所谓："山川之夷险远近卑高横从之殊，道途之涉降纡屈南北之变，风俗车服名秩政刑兵民货食都邑音译觇察变故之详，集上之外，别为《图抄》二卷。以备行人以五物反命，以周知天下之故。"① 每一位使者除了顺利完成朝廷交付的任务之外，还需撰述行记。这些行记除了帮助国家在大的方面运筹帷幄外，也会有更加实际的效用，最直接的用途就是作为出行指南遗惠于后人。王延德《西州使程记》自叙云："此虽载于国史，而世莫熟知。用书于编，以俟通道九夷八蛮将使指者，或取诸此焉。"② 以是而观，一般交聘行记编纂的潜在读者就是未来的使者。《宋史·范坦传》也说："使于辽，复命，具以语录献。徽宗览而善之，付鸿胪，令后奉使者视为式。"③ 皇帝不但要亲自阅览这些行记，而且阅读这些行记也是准备出使者的必选课程。

除了国家之用外，行记还可供宴会闲谈之资或供清闲时观览，如《甲戌使辽录》的著录目的："其始，以备私居宾友燕言之助，今偶尘圣选，辞不免行，因简括旧牍，此书尚在。其间所载山川、井邑、道路、风俗，至于主客之语言，龙庭之礼数，亦以备清闲之览观。"④ 这与当时文人风气有关。一些文人行役记，更多是为了消遣。范成大《桂海虞衡志序》云："航潇湘，绝洞庭，溯滟滪，驰驱两川，半年达于成都。道中无事，时念昔游，因追记其登临之处与风物土宜，凡方志所未载者，萃为一书。蛮陬绝徼见闻可纪者，亦附著之，以备土训之图。"⑤《桂海虞衡志》的创作动机就是打发行旅途中的时间。但是，这样的创作实际上也可备观风俗，补史志之阙，供土训之用。行记亦然。

总之，不管是出于强烈目的而成的行记，还是随手占写的行记，一旦成书，其实际的作用并不仅是我们所说的这些，不同的读者往往各取所需，为己所用。

---

① 贾敬颜：《五代宋金元人边疆行记十三种疏证稿》，第123—124页。
② （宋）王明清：《挥麈录·前录》卷四，第39页。
③ 《宋史》卷二百八十八，第9680页。
④ （宋）张舜民：《投进使辽录长城赋札子》，《画墁集》卷六，《知不足斋丛书》本。
⑤ （宋）范成大：《范成大笔记六种》，第81页。

小　结

　　虽然行记在古代的文体中并没有被独立出来，但是它有区别于其他文体自身的特点。行记的体制包括行迹、景观与旅行体验，表现方式则为叙事；语体以形式灵活的散体文为主，风格（即体性）多元化。要认清楚行记的文体特点，须将行记放在史学传统下来分析，因为这一文体的产生受到史学的影响最大，一方面从体例来看，行记与"传""记"有说不明道不清的关系，另一方面从内容来看，行记所具有的史学品格也更多。

第三章

宋代文学演进与文人行役记

　　中国古代的史学与文学之间，总是有说不明，道不清的关系。大致西汉以前文史不分，自从《汉书》建立"正史"书写的范式后，史学与文学的分途越来越明显。然这种"有意"的分化却始终无法廓清文、史的界域。所以，史学家在史书创作中，一方面尽力按史家的标准要求自己，另一方面却难免"误入"文学的道路。刘知幾在《史通·核才》中说："昔尼父有言：'文胜质则史。'盖史者当时之文也，然朴散淳销，时移世异，文之与史，较然异辙。故以张衡之文，而不闲于史；以陈寿之史，而不习于文。其有赋述《两都》，诗裁《八咏》，而能编次汉册，勒成宋典。若斯人者，其流几何？"[1] 刘知幾以为能够自由游刃文学与史学之间，的确难能可贵。考察中国古代的史书，除体式方面与文学有较清晰的界限外，其他诸方面与文学的发展密不可分。然而能够将史笔与文笔都运用得自如娴熟，自有不小的难度。魏晋六朝以降，史笔与文笔的分途是大势所趋，其界限也渐趋明朗。但是在史书编纂中并不排斥文学。行记虽然在多方面受到了史学传统的影响，然而文学的发展对行记也产生了重要的影响。唐宋时期是文学大发展的时期，这一时期的行记在继承魏晋南北朝行记发展传统的同时，难免受到文学发展的影响。宋代的行记主要有交聘行记和文人行役记两大类。前者可看作宋代交聘制度的一部分，出于官方的规定，记出行的道路里程，沿途经见，他国制度、

---

[1]（唐）刘知幾撰，（清）浦起龙通释：《史通通释》卷九，第232页。

文化、风俗等，平铺直叙，极少润色，其价值重在史料方面；后者出自文人之手，所历在邦国之内，文化观照是其重心所在，重在审美，文学意味强。本章我们将重点探讨文人行役记。

第一节　行记与游记的会通

　　旅行和游览本身是两种不同的行为。旅行目的很多，如求法、游宦、出使、贬谪、征伐、游览、考察，等等，历朝历代的旅行者为了不同的目的而出行；游览的目的就是在较短的时期内获得快感，以审美为中心，是一种精神活动。《艺文类聚》在"人部"中有"行旅"和"游览"两类，这说明编纂者非常清楚这两类行为的区别。《文选》在赋类之下有"纪行"和"游览"两类，观纪行赋，其多描写长途远行，行程较远，所历空间广阔，行程间由众多旅行点组成，所涵括的内容更加丰富多彩，篇幅大；游览赋多描写短途出行，游程较短，所历空间有限，重点突出某游览之地，篇幅小。《文选》所选纪行赋为班彪的《北征赋》、班昭的《东征赋》和潘岳的《西征赋》，游览赋则选王粲的《登楼赋》、孙绰的《游天台赋》和鲍照的《芜城赋》三篇。可以很清楚地看到，前者所描写的空间是极为广泛，旅行途中所涉及的景观很多，后者则仅限于楼、天台、芜城等较狭小的空间。《文苑英华》继承了《文选》的分类原则，在四十二类赋中也有"纪行"与"游览"。《文选》对诗歌的分类中，也有"行旅"和"游览"两类。行旅诗收录十一位诗人的三十五首诗，多是宦途行役之作，所表现的往往是思乡、疲顿、归隐等主题，如谢灵运的《过始宁墅》、陆机的《赴洛道中作二首》等皆是此类；游览诗录十一位诗人二十三首诗歌，所表现的全是观览游赏审美体验，如其中所选谢灵运的《登池上楼》、谢玄晖的《游东田》等诗皆以写景抒情为主。可以看出，古人不仅对行旅和游览两项行为分得很清楚，而且这种分类意识在赋和诗中得到了很好的体现。《文选》编选之时，赋和诗作为两类重要的文体，数量很多，编纂者对这两类作品做了进一步的细化，其中对行旅和游览的划分确是卓识。为什么文章中并没有这样的分类呢？当时记体文的发展还不成熟，且创作数量有限，所以在《文选》中并没有记体，更何况是游记之类。可以借赋和诗两种文体表现行旅和游览的不同，当然文章也可以表现这两种行为的不同。然而，当时还没有形成一种固定的文章体式来记录这两种行为。唐代之前，记载游览的散体文一般由书、序等承担，记体还不是游记最惯常的表现手段。就行记而言，僧人行记和征伐随行记等行记虽然已经产生，但前者多以传体来写，后者与地记无别，且一些行记篇幅大，多以单书呈现，《文选》中自不会收录。

《文选》中对诗、赋的分类意识有助于进一步厘清游记和行记的关系。行记多记长途旅行，沿途所见所闻变幻莫测，不管是令人愉悦的景观，还是令人厌恶的景观都会纳入作者的视野，尤其是对异质文化有浓厚的兴趣。行记中作者往往表现出复杂的旅行体验，不管是愁思、痛苦、厌恶、惊恐、沮丧等情感，还是快乐、闲适、喜爱、亢奋、淡然等感触皆可融入其中。在表现手法上，行记有类笔记，显得灵活多样；游记多属短途旅行，作者在有限的时间和空间里，凝练创作主题，尽量呈现那些能给人强烈印象的审美体验，让读者在景观欣赏中暂时忘却烦忧，作品中所表现的主要情感是愉悦。关于行记与游记的区别，有学者已有很好的论述，如王立群以为"行记与游记的区别主要还是看山水描写是否侧重。以故，行记与游记很难截然划分，二者之间是交叉的，尤其是唐代以后的行记与游记经常重叠。行记过多地描摹山水则为游记，游记如果淡化自然强化行踪则为行记"[①]。王立群以为山水描写是判断行记和游记界域的关键，而他对唐以后游记和行记融合趋势的判断是很准确的。李德辉认为："行记与游记的差别在于，游记都有着明显的纪游赏景的审美意识，所记乃是一种旅游观光，一种山水审美，旅行的快感在作品中始终居于中心位置，社会见闻和路线里程等实在的内容反倒不太重要。游记最能体现作者才情气质，作者可以写景如画，作品可以情灵摇荡，但不一定都具实感；写成的文字有很高的美学价值，但多不具史料品格。"

---

① 王立群：《中国古代山水游记研究》（修订本），中国社会科学出版社2008年版，第98页。

"多数行记都是怀着考实和取信的目的来编撰的，写作时首先要考虑的是可据以考实，取信于人，而不是别的，自然不可能具有强烈鲜明的审美意识。"① 李德辉以是否有鲜明的审美意识来区别行记和游记，抓住了二者的本质区别。

从文体发展的角度来看，行记的成型要早于游记，东晋法显的《佛国记》已经是相当成熟的行记作品了，贞观二十年（646年）成书的《大唐西域记》则更使僧人行记的创作达到了顶峰。游记真正作为一种文体是从中晚唐开始的，直到柳宗元才确立了游记创作的典范。宋人在编纂文学总集时已经有了游记的位置，如《文苑英华》"记"类下有就"宴游"类，其中就收录了游记。南宋陈仁玉专门编纂了游记选本《游志》一书，从其中所列的书目来看，所包含的内容较为庞杂，山水记、山水诗赋序、楼阁亭台记等也涵括在其中，就是没有一篇行记，诸如李翱的《来南录》、欧阳修的《于役志》等皆不在其收取范围。元末明初的陶宗仪所编的《游志续编》所收行记也极为有限，仅卢襄的《西征记》、刘祁的《北使记》等极少数篇章。《游志》和《游志续编》所收录的文章并不是文体意义上的游记，而是内容上有关山水描写的文章。收文的标准是以审美为主记游的文章。陈仁玉《游志》序将收文的标准说得很清楚："因怀自古山川之美，人物之胜，登览游从之适，虽其有得于是，有感于是者，不能尽同，而皆超然，无有世俗垢氛物欲之累。意谓古今乐事，无过此者。"② 即"超然"和使人摆脱"世俗垢氛物欲之累"的文章。《游志续编》沿袭了这一标准。非以审美为中心的行记自然不在其收取范围。宋人张舜民的《郴行录》，陆游的《入蜀记》，范成大的《吴船录》《骖鸾录》，周必大的《泛舟游山录》，陈文蔚的《游吴江行记》等行记中虽不乏登临游赏，然也未在收录之列③。游记为专门游览某地而作，形制多为单篇文章，唐宋以来此类文章逐渐增多，在记体中占有重

---

① 李德辉：《六朝行记二体论》，《文学遗产》2012年第3期。
② 《游志》一书亡佚已久，不过其序文有赖后人的征引得以保存。我们此处所征引据清人张金吾《爱日精庐藏书志》卷十七（中华书局2012年版，第239页）。
③ 张金吾在《〈游志续编〉提要》中认为，范成大的《骖鸾录》《吴船录》等之所以在未收之列，因"世有传本，故存其目而未录其文"（《爱日精庐藏书志》卷十七，第239页）。

要位置，故在文章总集和相关选集中被单独列出；但是行记不同，时间跨度和空间跨度都很大，一般不可能在有限的单篇文章中将整个旅行的经见悉数写出，所以其形制多为单独的著作。有少数的行记也以单篇文章的形式出现，如刘元鼎《使吐蕃经见纪略》，李翱的《来南录》，欧阳修的《于役志》，李复《冯翊行记》，黄庭坚的《黔南道中行记》，孙觌的《荆溪行记》，周必大的《归庐陵日记》《泛舟游山录》《奏事录》《南归录》，吕祖谦的《入闽录》《入越录》等。这些规模不大的行记一般收在作者个人的文集或者文章总集中。还有一些收录在类书中，如卢襄的《西征记》等就载于《说郛》中，后人从中抄出别行。以文章形式呈现的行记数量少，还不足以构成单独的一个类别，不像数目庞大的游记能在文章中占得一席之地。正因为游记多以文章的形制呈现，故在目录学的著作中也很少能觅其踪迹，像《徐霞客游记》以单书呈现的大型游记还是很少，也构不成一个目录类别。

　　游记与行记确有明显的区别，是不容忽视的，然这二者之间也有横向的交互渗透。梅新林、崔小敬认为"游记文体的发生既需要'游'的审美意识、'游'的实践活动、'游'的文学创作，三者依次推进，又需要'游'的文学创作中游程、游观、游感三大要素的同时兼备"[1]。王立群认为游踪、景观、情感是游记文体的三大基本要素[2]。梅、崔所言的游程、游观、游感与王氏所言的游踪、景观、情感只是名称不同罢了，实无甚区别。我们在第二章讨论行记文体成立时已经讨论过行记的三大要素：行踪、景观、旅行体验，其实这三大要素与游记的三要素非常相似，所不同者游记的游踪（或游程）书写在游记中并没有那么突出，且所行路程较短。游记的景观（或游观）主要是那些能够给人带来审美快感的自然山水或人文遗迹。游记的情感（或游感）多是一种超脱或升华后的愉悦；行记从行踪看，跨度极大，有的甚至多达百余国（如《大唐西域记》）。行记所描写的景观内容远大于游记。行记的旅行体验也是多重的，愉悦只是其中的一部分。行踪是行记能否成立的关键要素，这一点对游

---

[1] 梅新林、崔小敬：《游记文体之辨》，《文学评论》2005年第6期。
[2] 王立群：《游记的文体要素与游记文体的形成》，《文学评论》2005年第3期。

记有很大的启发。山水描写在六朝的地记、诗序、书札中早已出现,但是这些描写往往缺乏"游"的线索,即行踪的记写,而行踪描写在行记之中早已出现,这为游记的发生提供了现成的书写范式,游记可以借行记的行踪描写来处理游踪。行记以行踪为线索向前推进的写作方式,恰巧是游记所需要的,不过游踪在游记中似隐似现,并不处于主体地位,甚至一些游记中不能看到游踪记写。行记和游记中的景观也存在着交互影响的现象,例如行记自从初创以来就不乏山水、遗迹之美的叙写,这对游记有一定的启发。相反,游记中对景观的表现手法也会对行记产生影响。至于游记要素中的情感,则可包含在行记的旅行体验中。一些行记被顺理成章地看作游记,如张舜民的《郴行录》,陆游的《入蜀记》,范成大的《吴船录》《骖鸾录》等亦可作游记看。一些名之曰"行记"的作品,其性质更接近游记,如蒋继的《巴东龙昌洞行记》、陈文蔚的《游吴江行记》、孙觌的《荆溪行记》等即是此类。唐宋时期的多数行记并不具备游记的性质,但是到了南宋时期这种情况发生了一些变化,文人在长途旅行中不再像李翱《来南录》那样只记写行程,忽略风光。他们将行程记写和湖光山色的书写有机结合在一起,创造出了充满文化关怀的行记。他们在行记中的审美感知不断增强,因此这些行记具有了游记的性质。如果从游记的角度看,行记书写体式的运用使游记的表现力得到了极大的增强。我们从陆游的《入蜀记》、范成大的《吴船录》等行记中所看到的景观不光是山水、遗迹之美,似乎作者旅行途中的一切景观都可以写入其中。他们作品中的旅行体验兼及愉悦、伤感等多种情绪。《入蜀记》《吴船录》等作品已不是简单的模范山水,它们有更高的审美追求。唐宋古文家对散文体裁的不断拓展,是游记和行记能够贯通融合的大背景。这种长途旅行的记载,既继承了行记的传统,也融合了游记对自然山水的观照,所以形成了文化意味极强的文人行役记,这是一种新的创造。行记创作的动机并非审美,但不排斥审美;游记创作的动机就是审美,一般会排斥非审美因素。总之,行记与游记排斥的同时,还有互相渗透的一面,它们二者之间的逻辑关系可用下图表示:

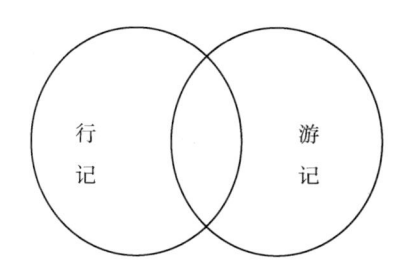

多数行记作品与游记之间有明显的分界，但是二者交叉的部分具有行记和游记两属性质。四库馆臣在评价陆游《入蜀记》时的一段话很好地诠释了行记与游记之间的融通，具有一定的普遍意义，其言："因述其道路所经，以为是记游。本工文，故于山川风土，叙述颇为雅洁，而于考订古迹，尤所留意。……其他搜寻金石，引据诗文以参证地理者，尤不可殚数。非他家行记徒流连风景，记载琐屑者比也。"① 《入蜀记》"因述其道路所经"，所以可理所当然谓之行记，然而其又有"游"的品格。在四库馆臣眼中，流连风景的行记，其实就是纯粹的写景游记。《入蜀记》考证遗迹、地理，非一般游记可比。值得注意的是四库馆臣称《入蜀记》以及一些流连风景的游记为行记，所留意的正是游记与行记之间的会通性。

现代的一些研究者将行记也归入了游记，如梅新林、俞樟华主编的《中国游记文学史》将《经行记》《于阗国行程记》《陷虏记》认为是"准游记"作品②，李翱的《来南录》被认为是最早的日记体游记。而贾鸿雁的《中国游记文献研究》径直将唐宋时期的《于阗国行程记》《陷虏记》《西域行程记》《使高昌记》《乘轺录》《于役志》《北行日录》《使契丹图抄》《使高丽记》《北辕录》《使金录》《西天路竟》等行记看作游记，并分为宦游记、出使记、域外游记三类③，显然混淆了行记与游记二者的内涵，致使游记的外延无限扩大。行记与游记之间确实存在交叉关系，但二者绝不是等同关系。一些以审美为主的行记，自然可以归到游记一类，但是其中有审美描写便将其归入游记，难免偏误。当然一

---

① （清）永瑢等：《四库全书总目》，第529—530页。
② 梅新林、俞樟华主编：《中国游记文学史》，学林出版社2004年版，第75页。
③ 贾鸿雁：《中国游记文献研究》，东南大学出版社2005年版，第58页。

些贯穿审美主线的行记，也可以看作游记，如《入蜀记》《吴船录》《郴行录》《西征记》等具有两属性质。

王水照在论及宋代文体丕变时指出："各种文体的特性总又处于不断的变异之中，他们之间还发生互相融摄、渗透和贯通的现象，从而直接影响文学的时代面貌。这在宋代文学中尤为突出、特殊和重要。"① 确实，游记与行记之间的会通就是很好的例子。创作者能在尊体与破体之间寻找到恰当的平衡，创造出更有艺术魅力的作品。宋代文人所创作的日记体行记，已不是简单的行程记写，他们在行记中同时糅合了游记的表现手法，使得作品的文学色彩和表现力增强，形成了独具特色的文人行役记；同时，行记也为游记的创作提供了温床，游记汲取了很多行记的营养。总之，二者之间是融摄、渗透和贯通的。当然它们之间也有界限，即游记是因游览而产生的文本，重在构建人与自然之间的审美关系。行记是因旅行而产生的文本，重在记录长途旅行的所见所感。

第二节　宋代文人行役记由纪行到文化胜览的美学转变
——以陆游《入蜀记》为中心

文学的发展有其自身的规律，但这种发展不是孤立的，一定会受到整个社会文化大环境的影响。宋代立国之初，统治阶级就确立了右文政策，重文抑武，士大夫阶层处于国家权力中心，引领社会风尚，文化发展达到了顶峰。关于宋代文化的发展，前贤已多有评论，如王国维说："故天水一朝人智之活动与文化之多方面，前之汉唐，后之元明，皆所不逮也。"② 陈寅恪说："华夏民族之文化，历数千载之演进，造极于赵宋之世。"③ 宋代文化的繁盛已为学界共识，不必多言。作为宋代社会中坚的士大夫阶层，他们的文化品位和审美能力也有目共睹，官吏文人化、学

---

① 王水照：《文体丕变与宋代文学新貌》，《中国文学研究》1996 年第 4 期。
② 王国维：《宋代之金石学》，载《王国维遗书》第五册《静庵文集续编》，上海书店 1983 年版，第 70 页。
③ 陈寅恪：《金明馆丛稿二编》，上海古籍出版社 1980 年版，第 245 页。

者化的倾向也极为突出。例如，欧阳修、苏轼、司马光、王安石、陆游等人集诗、词、文、史、画、书于一身，堪称通才。文学文本本身是文化的重要组成部分，在一定程度上体现着时代的文化精神。宋代文学盛极一时，各类文体都获得了长足的发展，文人行役记自不例外，这些作品不断努力尝试新的艺术审美形式，创造出了文化内涵丰富的文学体式。宋代的文人行役记所承载的文化信息远超前代，其中的审美精神也迈越往昔。这些文人行役记，在纪行与审美之间找到了一种恰当的平衡，呈现出独特的风貌。具体来讲，宋代文人行记出现了由纪行到胜览的美学转变。

唐五代时期已经出现了文人行役记，如韩偓的《南征记》，李翱的《来南录》，张氏的《燕吴行役记》，王仁裕的《入洛记》《南行记》等，除了李翱的《来南录》之外，其他行记几乎丧失殆尽，只剩片言只语。这些文字已经有文化胜览的倾向了。我们略引几例：

> 入嘉陵道上，如行青萝帐中。(韦庄《蜀程记》)[1]

> 六月下瞿塘，水高于堆，不知其几。至峡口，则水汹涌逆流，舟人相顾失色。(韦庄《峡程记》)[2]

> 瞿塘水涨，一泻千里，故太白诗云："朝辞白帝彩云间，千里江陵一日还。"(《峡程记》)[3]

> 峡乃三峡之门，两崖并峙，中贯一江，滟滪当其口，真天险也。(《峡程记》)[4]

---

[1] (宋)洪炎:《西渡集》卷上，影印《文渊阁四库全书》集部，第1127册，第358页。
[2] (明)陶宗仪等编:《说郛三种》之《说郛一百二十号》号六十五，第3031页。
[3] 同上。
[4] 同上。

> 滟滪堆乃积石所成，江心突兀而出。《水经》所载白帝城西有孤石，冬月石出，二十余丈，夏即没。世俗相传："滟滪大如象，瞿塘不敢上。滟滪大如马，瞿塘不敢下。"（《峡程记》）①

> 淮南上元三夜，灯火排户，命河市壮女，画杖击球，至于捽髻毁肤，破额流血者，止之方罢。（张氏《燕吴行役记》）②

由于唐五代所存文人行役记太少，我们尚不能窥见其整体的面貌，但是从仅剩的文字看，自然景观和文化景观是这些行记描写的重点。其实，这些书写承接六朝地记、征伐随行记而来，在山水和文化遗迹描写上突破不多。北宋时期，出现了欧阳修的《于役志》、蒋㮚的《巴东龙昌洞行记》、李复的《冯翊行记》、张舜民的《郴行录》、卢襄的《西征记》等文人行役记，《于役志》承李翱《来南录》，重点突出行程，记录较为简略，其中对游览观光的记载甚少。《巴东龙昌洞行记》是蒋㮚于仁宗至和二年（1055年）游龙昌洞时所撰行记，文章对行程的记写较少，主要写龙昌洞及其周围的风光之美，也是一篇文笔优美的游记。《冯翊行记》记李复元丰五年（1082年）赴冯翊出任途中所经见，作者在行进途中探山涉水，考订遗迹，行记已经具有了文化胜览的特色，只不过文章较短，容量有限，不具有代表性。到了张舜民的《郴行录》则情况大为改观，作者沿途说诗揽胜，已看不到行役之苦。《郴行录》是承前启后的文人行役记，不仅篇幅容量大增，而且在艺术表现手法上更加精进。作者以行程为线索，观览胜迹，摹山写水，说诗考证，显得丰厚沉淀，韵味十足。南宋时期，文人行役记数量增多，出现了像陆游《入蜀记》，范成大《吴船录》《骖鸾录》，周必大《归庐陵日记》《泛舟游山录》《奏事录》《南归录》，吕祖谦《入越录》《入闽录》等作品，其中陆游和范成大所创作的行记，堪称典范，在文学史上有不小的影响。下面我们将以陆游的《入蜀记》为重点，分析宋代文人行役记由纪行到文化胜览的转变。

---

① （明）陶宗仪等编：《说郛三种》之《说郛一百二十号》号六十五，第3031页。
② （明）陈耀文编：《天中记》卷四，影印《文渊阁四库全书》子部，第965册，第175页。

一 《入蜀记》的文化胜览倾向

文人亲近山水遗迹，由来已久，魏晋南北朝时期已形成一种文化现象。宋代文化胜览风气不减，很多文人怡情山水古迹，在名胜山水中寻找心灵的慰藉。正是在这种文化氛围下，宋代出现了一种特殊的地理书——"胜览型"地理总志，这种地理书所反映的审美精神和文人行役记是一致的。宋代以前的各类行记，对山川古迹的记载，多为平铺直叙式的描写，尚没有大量征引诗文的现象。到了宋代，文人在行役过程中对山水古迹的感知，主要通过自己的体验和历代文学家的描写进行双重建构，这样就使得原本比较平淡的自然山水有了厚重的文化内涵，而一些文化遗迹的浑厚感进一步加强。客体本身并没有太多的象征意味，但是随着审美主体的不断阐释，这些客体的文化意味渐浓。宋代文人行役记的这种文化转向，与胜览型地理总志的出现内在精神是一致的。南宋的胜览型地理总志大量引用诗文、四六等文学作品，反而对地理总志所关心的州郡地理及沿革情况记录较为简略，这是一种非常明显的文化审美倾向。南宋所编纂的胜览型地志是王象之的《舆地纪胜》和祝穆的《方舆胜览》，这类地理书就是在宋代文化风气影响下产生的，比较集中地反映了宋人审美趣向的转变①。这些胜览所

---

① 关于这种地理书出现的原因，已有专门的讨论。如李勇先在《〈舆地纪胜〉研究》中就指出四点原因：一是以往的地理书都是统治阶级经邦纬国之用，王象之立志编写一部为文人服务的地理书；二是通过文人的赋咏文字本身反映各地的自然和人文特征；三是南宋各地编纂地记已成为一种风气，出现了大量的地方志，这些方志查阅不便，很难广备；四是此书的编纂不仅仅是将天下山川精华和记咏词章荟萃于一编，为骚人才士之用，还要使地理书成为一种有用之学（巴蜀书社1998年版，第14—16页）。郭声波认为李氏所言是以文化现象解释文化现象，不能道明其中的深层次原因。因此，他总结了"胜览型"地记出现的四个深层次原因。一从政治领域观察，南宋朝廷及上层官僚已放弃编修地理总志，转由下层官僚、文人编修。官方修志，不便涉及北方。另外，朝廷中的一些势力期盼恢复故土，如果官修地理总志不包括北方，会遭到这些人的反对。这样致使南宋下层私修地理总志的风气盛行，但是这些地理总志显得寡淡无味、支离破碎，很难流传下来。倒是符合文人口味的可供操翰弄墨、游山玩水之用的胜览型地理总志因其新颖的体例、丰富的文化资料而大受欢迎。二从经济领域观察，印刷术在宋代发展迅速，大量文辞典故的胜览型应该是比朴实无华的地记型好销售。三从社会领域观察，宋代特别是南宋民间社会生活中，对普及型的文化地理工具书的需求日益增长，胜览正好承担了这一功能。四文人以启札相尚和州县兴修地方志的风气，也是胜览型地理总志出现的重要原因［郭声波：《唐宋地理总志从地记到胜览的转变》，《四川大学学报》（哲学社会科学版）2000年第6期］。其实，这种地理总志的出现所反映的就是宋代的一种审美取向，行记也出现这种审美转向，虽然原因不同，但本质是相似的。

记的基本内容就是山川形胜、亭台楼阁、寺观祠庙、墓碑铭刻、官宦名贤等，记载多是通过引证大量诗文实现的，历代的吟咏使这些自然景观和文化景观都负载了更多的文化信息。当然，这类书一旦编纂完成则会给文人的诗文写作提供很大的方便，一册在手便可胜览天下景致，为进一步的创作积累了资料。王象之在《舆地纪胜序》中说："世之言地理者尚矣，郡县有志，寰宇有记，舆地有记，或图两界之山河，或纪历代之疆域，其书不为不多，然不过辨古今，析同异，考山川之形势，稽南北之离合，资游谈而夸辨博，则有之矣。至若收拾山川之精华，以借助于笔端，取之无禁，用之不竭，使骚人才士于一寓目之顷，而山川俱若效奇于左右，则未见其书，此胜览之编所以不得不作也。"① 王氏对以前的地理书很不满意，认为前代的地理书只不过讲历代疆域沿革，考察山川形势而已。《舆地纪胜》的改变在于汇聚笔端之山川精华，形成一个胜览资料库，使文人得以寓目。《方舆胜览》的编纂情形也大致相同，《方舆胜览》吕午序："各州风物见于古今诗歌记序之佳者，率全篇登入；其事实有可拈出者，则纂辑为俪语，附于各州之末。较之录此而阙彼，举略而遗全，寻讹而失实，泛滥于著述而不能含咀其英华者，万万不侔也。信乎其为胜览矣！学士大夫端坐窗几而欲周知天下，操弄翰墨而欲得助江山，当览此书，勿庸他及。"② 可以看出，《方舆胜览》也搜集大量的古今诗歌记序、俪语，含咀英华，以备文人吟咏所用。文人对风土名胜知识的追求是这两部书编纂的直接动力。这两部书的编纂体例较之前代的地理书，发生了很大的变化，其以州县沿革、风俗形胜、景物、古迹、官吏、人物、仙释等为主体结构，使地理书的功能有了改变。正如清人张金吾在讲到《方舆胜览》时所言："是书叙述详赡，凡沿革、风俗、形胜、景物、古迹、官吏、人物、仙释、碑记、诗文分门胪取，上可作考证地理之资，下可为登临题咏之用。"③ 这样的分类虽然有资于考证地理，但最主要的作用恐怕就是"登临题咏之用"了。《方舆胜览》中

---

① （宋）王象之：《舆地纪胜》，中华书局影印1992年版，第19页。
② （宋）祝穆：《方舆胜览》，中华书局2003年版，第1—2页。
③ （清）张金吾：《爱日精庐藏书志》卷十五，第199页。

收录了大量的记、序、奏议、碑志、传、书、铭、赞、颂、檄、赋、乐府、杂说、杂文、祭文、杂志、小说、诗歌，对自然景观和文化景观的构建通过文学作品来实现。以诗文的方式呈现地理体验改变了先前地理志那种略微单调、乏味的叙述方式，正好符合文人的审美情趣。

宋代文人行役记，尤其是南宋的文人行役记，与胜览型地理总志所蕴含的审美精神高度一致，充满着浓烈的文化意味。行记不同于胜览型地理总志，并不是一种资料的汇编，而是一种地理的实证。但是，这种实证不仅白描眼前的景观，而且还通过历史的记录以"文化传承"来写景，因此宋代的文人行记可以说是一种文化胜览之作，陆游的《入蜀记》就是其中的杰作。乾道五年（1169年）末，陆游得朝廷报差通判夔州，但是由于得病，无法立即前行，只能改由第二年（乾道六年，1170年）闰五月十八日出行，他于十月二十七日到达夔州，用时五个多月，一百六十天，《入蜀记》所记正是他这段时间到夔州赴任途中的所见所感。全文逐日记录沿途的山川、古迹、风土、人情、交往、生活诸方面，所涵括的信息极为广泛。全文内容充实，文史结合，张弛有度，是一部难得的佳作。《入蜀记》作为行记之作，承袭了前代文人行役记的一些写法，然文史结合，体例更加完备。

《入蜀记》中的景观描写很有特色，处处显示出文化胜览的倾向。陆游对景观的叙写通过三种方式：一是面对自然山水平铺直叙，二是通过前人之笔来呈现眼前之景，三是生活化景观的描写。

首先，《入蜀记》对自然山水的平铺直叙，为数不多，这不像唐宋以来所形成的游记常体，往往对山水景物进行集中的描摹铺陈，极尽笔力展示美景。《入蜀记》中的写景大多都极为简短，随笔起意，一笔带过，很少做大篇幅的景观描写。陆游入蜀，溯江而上，沿途的景观多为历代文人所赏析，并无什么新奇，《入蜀记》中的景观就是在"前人题诗在上头"压力下完成的，但作者并没有被这种压力所羁绊，反倒能将一些常见的景象写得动人可爱。特别是一些随手拈来的写景，我们来看几例：

（1）（六月）十一日……自是夹河皆长冈高垄，多陆种菽粟，或

（2）（六月）二十二日……东望京山，连亘抱合，势如缭墙，官寺楼观如画，西阚大江，气象极雄伟也。②

（3）（六月）二十八日……午间，过瓜洲，江平如镜。舟中望金山，楼观重复，尤为巨丽。中流风雷大作，电影腾掣，止在江面，去舟才丈余，急系缆。③

（4）（七月）四日……烟帆映山，缥缈如画。有顷，风愈厉，舟行甚疾。过瓜步山，山蜿蜒蟠伏，临江起小峰，颇巉峻。④

（5）（七月）十三日……州正据姑熟溪北，土人但谓之姑溪，水色正绿，而澄澈如镜，纤鳞往来可数。溪南皆渔家，景物幽奇。⑤

（6）（七月）十四日，晚晴，开南窗观溪山。溪中绝多鱼，时裂水面跃出，斜日映之，有如银刀。⑥

（7）（七月）二十二日……自离当涂，风日清美，波平如席，白云青嶂，相远映带，终日如行图画，殊忘道涂之劳也。⑦

（8）（八月）十五日……自富池以西，沿江之南，皆大山起伏如涛头。⑧

（9）（八月十五日）……夜与诸子登岸，临大江观月。江面远与天接，月影入水，荡摇不定，正如金虬，动心骇目之观也。⑨

（10）（十月）八日……夹江千峰万嶂，有竞起者，有独拔者，有崩欲压者，有危欲坠者，有横裂者，有直坼者，有凸者，有洼者，有罅者，奇怪不可尽状。⑩

---

① 《渭南文集》卷四十三，《陆游集》，第 2410 页。
② 同上书，第 2412 页。
③ 同上书，第 2414 页。
④ 《渭南文集》卷四十四，《陆游集》，第 2416 页。
⑤ 同上书，第 2421—2422 页。
⑥ 同上书，第 2422 页。
⑦ 《渭南文集》卷四十五，《陆游集》，第 2427 页。
⑧ 《渭南文集》卷四十六，《陆游集》，第 2437 页。
⑨ 同上书，第 2438 页。
⑩ 《渭南文集》卷四十八，《陆游集》，第 2453 页。

(11)（十月）二十三日……天宇晴霁，四顾无纤翳，惟神女峰上有白云数片，如鸾鹤翔舞徘徊，久之不散，亦可异也。①

(12)（十月）二十六日，发大溪口，入瞿唐峡。两壁对耸，上入霄汉，其平如削成。仰视天，如匹练然。水已落，峡中平如油盎。②

第一则写夹河两岸的植被，作者用"窘隘"一词，极为传神，"窘"是一个拟人化的词，即为难、窘迫之意，"隘"者狭小，说明菽粟和灌木那种狭小的生存空间，这些植被的生存状态正如一位遭遇尴尬、窘迫，无处遁形的人。第二则写形成环绕之势的京山，楼寺点缀其中，与大江构成俯势，雄伟异常。第三则写行舟江中，以舟中的视角观察两岸壮丽的楼观，忽遇闪电雷鸣，急系舟江边。其中用"腾掣"一词将电光在江面迅速飞腾的状貌惟妙惟肖地展示在读者面前。第四则写舟行青山眉黛之间，山如游龙，蔓延起伏，小峰突起，颇为峻拔。第五则写姑溪水澈如镜，小鱼乘空可见的景象。第六则写溪中的游鱼，写得最妙的是鱼跃出水面，在阳光照射下所形成的形象——银刀，以静写动，想象逼真。第七则写白云青山间，景物相互映衬，如水墨画一般。第八则用浪涛形容大山，以动写静，绘出了山的气势。第九则写水天相接，月入大江的形象，作者用金虬形容月在水中，摇摆不定的情形，金光灿灿的小龙将月影入水的景象绘声绘色地呈现了出来。第十则写夹江两岸山的形态，用"竞起"写一山突出众山的气势，用"独拔"写孤山特立的景象，用"崩欲压""危欲坠"写山势险峻、壁立侧倾的情形，用"横裂"和"直坼"写山如刀劈的情态，用"凸""洼""罅"写山凸出、凹陷、裂陷等形态。第十一则描写神女峰上的舒云如同鸾鸟、白鹤飞翔徘徊，轻灵飞动。第十二则写观瞿塘峡的感受，两岸绝壁直插云霄，从下视天，天如一匹白练。瀑布从高处落下，水静如同油盎。像上文所引这样直接写景的文字在《入蜀记》中并不算太多，但这些文字往往能将模糊的风景具

---

① 《渭南文集》卷四十八，《陆游集》，第2458页。
② 同上书，第2459页。

象化，特别是运用一些比喻，使山水的意象显得活泼灵动，如形容绵延之山用蛇爬行之状，形容阳光照射下的鱼用银刀，形容山势用涛头，形容月影在水中的摇动用金虬，形容白云用鸾鹤，形容峡上之天用匹练，形容水的平静用油盎，等等，这些生动形象的比喻如果不经过细致深入的观察是无法写出的。陆游这样的写景在《入蜀记》中信手拈来，很是随意，但是这些看似无心插柳的描写，往往能给人带来美的享受。明人萧士玮认为"陆放翁《入蜀记》随笔所到，如空中之雨，大小萧散，出于自然"①。这一评价非常到位，《入蜀记》中这种随手拈来的写景文字确实出于自然，具有"大小萧散"的特点。

当然，《入蜀记》中也有非常完整如一篇游记者，如作者在七月十七日这一天的描写：

> （七月）十七日……早饭罢，游青山。山南小市有谢玄晖故宅基，今为汤氏所居。南望平野极目，而环宅皆流泉奇石，青林文筱，真佳处也。遂由宅后登山，路极险巇，凡三四里，有两道人持汤饮迎劳于松石间。又里许，至一庵，老道人出迎，年七十余，姓周，潍州人，居此山三十年，颧颊如丹，须鬓无白者。又有李媪，八十矣，耳目聪明，谈笑不衰，自言尝得异人秘诀。庵前有小池曰谢公池，水味甘冷，虽盛夏不竭。绝顶又有小亭，亦名谢公亭。下视四山，如蛟龙奔放，争赴川谷，绝类吾乡舜山。但舜山之巅，丰沃夷旷，无异平陆，此所不及也。亭北望正对历阳。周生言，元颜亮入寇时，战鼓之声，震于山中云。夜归舟次，已一鼓尽矣。坐间，信伯言桓温墓亦在近郊，有石兽石马，制作精妙，又有碑，悉刻当时车马衣冠之类，极可观，恨不一到也。②

这段文字可以在《入蜀记》中单独拎出，成为一篇首尾完整的游记，具备游踪、景观、情感三要素。随着游踪的推进，各种景观依次展开，既

---

① （明）萧士玮：《春浮园集》文集卷上《南归日录》小序，清光绪刻本。
② 《渭南文集》卷四十五，《陆游集》，第2424页。

有清泉石上，翠林修竹的林泉小景，又有山势奔放，争赴川谷的大景。而一些人文景观穿插其中，丰富了单调的山川景象，谢玄晖古宅基、谢公池、谢公亭都使这片山水有了灵气。作者又听说了桓温墓这一极有观赏价值的文化遗迹，只恨没能成行。在这段景物描写中，值得注意两处人物描写：一是"颧颊如丹，须鬓无白"七十岁的老道人，二是"耳目聪明，谈笑不衰"八十岁的李媪。这两位老者，虽已高龄，但气韵不减，陆游正好从人物的角度映衬神仙般的环境。景、人、遗迹三者在这段文字中融通无缝，毫无突兀之感。

其次，在《入蜀记》中还有一种写景的方式，即借前人对某地的咏怀来写景。这样的景观建构方式在《入蜀记》中极为常见，有类于胜览型地理总志中的诗文类聚。这种叙写方式不仅能够准确描写景观，而且还能增强景观的历史文化内涵。我们且看几例：

> 戒坛额曰崇胜戒坛寺，古谓之瓦棺寺。有阁，因冈阜，其高十丈，李太白所谓"钟山对北户，淮水入南荣"者，又《横江词》"一风三日吹倒山，白浪高于瓦棺阁"是也。[①]

这是陆游对建康城瓦官阁的描写，用语极为简单"因冈阜，其高十丈"，但是这样的描写并不足以说明瓦官阁地势的险胜，所以作者引用了李白的两首诗，前一首诗《登瓦官阁》，是李白登上瓦官阁，极目远眺金陵城之所见，钟山像一条苍龙一样盘踞在金陵东方，秦淮河南面长流。瓦官阁处在秦淮河入长江口北岸江边的一座山岗上，前瞰大江，后据重岗，六朝遗迹尽收眼底，极具气势。瓦官阁的形胜正是通过李白的两句诗来表现的。陆游后又引《横江词》，虽然此诗主要是说明横江之恶的，但是也从另一面说明瓦官阁之高。这两处诗的引用为作者描写瓦官阁地势的险要节省了不少笔墨，同时也无形增加了瓦官阁的历史厚重感。

---

① 《渭南文集》卷四十四，《陆游集》，第 2419 页。

> 采石一名牛渚，与和州对岸，江面比瓜洲为狭，故隋韩擒虎平陈及本朝曹彬下南唐，皆自此渡。然微风辄浪作不可行。刘宾客云"芦苇晚风起，秋江鳞甲生"，王文公云"一风微吹万舟阻"，皆谓此矶也。①

这是陆游对采石矶的描写，作者引刘禹锡《晚泊牛渚》主要表现采石矶晚风吹来，芦苇飘动的景象，江面上微风吹起的波纹，如同鱼鳞一般。存储在陆游记忆中的诗句可以恰当地反映他当时所见到的景象。牛渚一带江面狭窄，水势汹涌澎湃，微有风起，便舟阻难行，王安石"一风微吹万舟阻"所描绘的正是这种险境。

> 两小山夹江，即东梁西梁，一名天门山。李太白诗云："两岸青山相对出，孤帆一片日边来。"王文公诗云："崔嵬天门山，江水绕其下。"梅圣俞云："东梁如仰蚕，西梁如浮鱼。"徐师川云："南人北人朝暮船，东梁西梁今古山。"皆得句于此也。②

此处所描写的是天门山的胜境，作者自己几乎没有着笔写此处的风光，全借他人之笔。李白诗所描写的是博望、梁山两山对峙如门，作者乘舟行于江中，不觉舟动，只见山来，主体与客体之间移形换位。孤舟穿过天门，到了一片广阔的水面，遥望远处，一片孤帆从日边使来，形成了壮丽雄伟的诗境。相对于李白的描写，后所引王安石的诗句略显平淡，只是对天门山形势的白描。而梅尧臣的两句诗，用"仰蚕"形容东梁，用"浮鱼"形容西梁，形象生动。徐俯之诗则写的是天门山的历史感。这四首诗共同构成了天门山的胜境，其中以李白之诗境界为高。

陆游在引诗写景时有自己的判断标准，并不是将很多著名诗人写某地的诗歌悉数列出。我们试看一例：

---

① 《渭南文集》卷四十四，《陆游集》，第2420页。
② 《渭南文集》卷四十五，《陆游集》，第2424—2425页。

第三章　宋代文学演进与文人行役记

> 九华本名九子，李太白为易名。太白与刘梦得皆有诗，而刘至以为可兼太华、女几之奇秀。南唐宋子嵩辞政柄，归隐此山，号九华先生，封青阳公，由是九华之名益盛。惟王文公诗云"盘根虽巨壮，其末乃修纤"，最极形容之妙。大抵此山之奇，在修纤耳。①

这是《入蜀记》中对九华山的描写，李白和刘禹锡都曾经在此地写了诗歌，文中也已提到，李白在《改九子山为九华山联句并序》中"削其旧号，加以九华之目"，并在诗中写道："妙有分二气，灵山开九华。"② 刘禹锡《九华山歌并引》："昔予仰太华，以为此外无奇；爱女几、荆山，以为此外无秀。"③ 同时在诗中大赞九华山的美景。但是，李、刘二人的诗歌中的句子陆游并没有引用，他所引乃王荆公"盘根虽巨壮，其末乃修纤"，认为此句独得九华山之妙。如果把九华山比作一棵树，山基盘根错节，无比巨壮，山巅纤巧修长，富于灵动。显然王安石在《答平甫舟中望九华》一诗中的两句最能契合陆游对九华山的观感。九华山虽属于自然景观，但因李白、刘禹锡、宋子嵩、王安石等人与此山沾染的关系，所以九华山便有了气韵。可以说，九华名胜的形成是几个文化名人共同熔铸的结果，陆游自此一笔，使九华的文化内涵进一步提升。

> 二十七日。郡集于南楼。……鄂州楼观为多，而此独得江山之要会，山谷所谓"江东湖北行画图，鄂州南楼天下无"是也。下阚南湖，荷叶弥望。中为桥，曰广平。其上皆列肆，两旁有水阁极佳，但以卖酒，不可往。山谷云"凭栏十里芰荷香"，谓南湖也。④

这里是陆游对鄂州景观的描写。鄂州南楼雄伟壮观，气吞云梦，周围风光静雅秀丽，黄庭坚在鄂州逗留一年有余，多次登上南楼，对这里的美

---

① 《渭南文集》卷四十五，《陆游集》，第2427页。
② （唐）李白著，瞿蜕园、朱金城校注：《李白集校注》卷二十五，上海古籍出版社1980年版，第1448页。
③ （唐）刘禹锡：《刘禹锡集》卷二十六，中华书局1990年版，第347页。
④ 《渭南文集》卷四十七，《陆游集》，第2443页。

景赞赏有加，曾写过《鄂州南楼书事四首》《庭坚以去岁九月至鄂，登南楼，叹其制作之美成长句。久欲寄远，因循至今，书呈公悦》等诗赞美这里的盛景。陆游这里即借用了黄庭坚的诗句，第一处引用说明鄂州楼观所营造的雄伟画图，其中南楼独步天下。从南楼弥望南湖，则是十里荷花的美景。第二处引用描绘了登楼远眺，满眼芰荷的壮观景象。东晋名士庾亮曾在武昌为官，一次他闲游至南楼遇到登楼赏月的下属，其下属见到庾亮便慌忙远避，庾亮笑阻，并与下属坐胡床一起吟咏①，故此楼又名庾亮楼。这一文化记忆使过往的很多名流常在此登楼观望，历史镜像与眼前之景交错在一起，令人浮想联翩。唐代很多诗人都有与此楼有关的诗句，如李白、杜甫、权德舆、李逢吉、白居易、杜荀鹤、罗隐、郑谷等都有吟咏此楼的作品，此后宋人也不断吟咏。我们细读这些诗歌，确实能够体会到，山谷的几首诗是南楼最好的写照，就连李白的《陪宋中丞武昌夜饮怀古》也有所不及。陆游《入蜀记》中选取山谷的句子来描绘南楼的景观，确实独具慧眼。

　　《入蜀记》借用前人的诗句，来描绘所见的景观，是一大特色。陆游对前辈的诗歌极为熟悉，他每到一处看到眼前之景就会想到诗歌中的情景。以前在书斋阅读有关长江沿线的诗歌，最多是一种想象，而现在能够真切欣赏到这些风景，想象之景与眼前之景相呼应，使自己的审美多了一重维度。这种审美方式，不仅可以将焦点凝聚到某一处景观，用多首诗歌全方位阐释这一景观，而且也可以随着行程的推进，一景一诗。作者如果对历代的诗歌没有相当的把握，很难就眼前之景俯拾即诗。下面的这段文字引诗于无意之间，即景即诗，很有特色，我们引用如下：

　　　　（八月）十九日。早，游东坡。……正南有桥，榜曰小桥，以"莫忘小桥流水"之句得名。……东一井曰暗井，取苏公诗中"走报暗井出"之句。……郡集于栖霞楼，本太守闾丘孝终公显所作。苏公乐府云："小舟横截春江，卧看翠壁红楼起。"……酒味殊恶，苏

---

① （南朝宋）刘义庆著，（南朝梁）刘孝标注，余嘉锡笺疏：《世说新语笺疏》卷下之上《容止》，第618页。

公斋汤蜜汁之戏不虚发。郡人何斯举诗亦云："终年饮恶酒，谁敢憎督邮。"然文潜乃极称黄州酒，以为自京师之外无过者。故其诗云："我初谪官时，帝问司酒神，曰此好饮徒，聊给酒养真。去国一千里，齐安酒最醇。失火而得雨，仰戴天公仁。"岂文潜谪黄时，适有佳匠乎？……楼下稍东，即赤壁矶，亦茅冈矣，略无草木。故韩子苍待制诗云："岂有危巢与栖鹘，亦无陈迹但飞鸥。"此矶，图经及传者皆以为周公瑾败曹操之地，然江上多此名，不可考质。李太白《赤壁歌》云："烈火张天照云海，周瑜于此败曹公。"不指言在黄州。苏公尤疑之，赋云："此非曹孟德之困于周郎者乎？"乐府云："故垒西边，人道是当日周郎赤壁。"盖一字不轻下如此。至韩子苍云："此地能令阿瞒走。"则真指为公瑾之赤壁矣。①

这是陆游八月十九日这一天的行程，作者引用了大量诗词赋来描绘这一天的所见所感，如此密集的引用，我们很难在同类作品中看到这样的现象。第一次游至小桥，引东坡《如梦令·春思》之句，说明"小桥"之名的由来。第二次引东坡《东坡八首》其二之句，说明"暗井"一名的由来。第三次引东坡《水龙吟》，通过梦境描述乘舟横渡春江，卧观岸边高楼的情景。接着引何斯举与张耒的两首诗，前诗说明在苏轼和何斯举看来，黄州的酒是极差的；后引张耒《冬日放言》中的诗句说明张耒眼中的黄州酒醇香美味，张氏的看法与苏、何二人的看法正好相反，所以陆游怀疑：难道张耒被贬黄州时，恰逢这里有好的酒匠？后所引诗文皆是考察赤壁地理环境和位置的。这段文字写景与考证相结合，所见所感与历史的记忆高度重合，作者看到的不仅是眼前的景观，而且是一种文化的体悟。这里的每一处景观都深深打上了前代文人墨客的印迹，陆游到此一游是文化的延续，他既在看风景，又是风景中的一环，所以感同身受，陶染其中。苏轼曾贬谪到此地，很多景观便有苏轼的文化印痕，陆游引了大量苏轼的诗文，其实就是对苏轼深深的缅怀，当然这也是自

---

① 《渭南文集》卷四十六，《陆游集》，第 2439—2440 页。

己文化亲近感的体现。苏轼贬谪于此，对他来说这既是不幸的，也是幸运的。被遗弃的土地和无人欣赏的美景，正好与他被弃用的处境是相似的。苏轼在这里欣赏自然山水，描摹美景画图，山水帮助作者暂时处于放松的境地。陆游虽不属于贬谪，但入蜀为官终究也是政治上的失意。所以，想到苏公在黄州的情景，陆游感触颇深。这段看似客观的文字，其实正是陆游与前辈诗人之间的一种共鸣。

怡情山水是古代文人一贯的传统，他们登临吟咏，说今怀古，对山水遗迹有一种深情。到了宋代，文人的这种倾向更加明显，陆游对山水的钟爱代表了一代文人的审美取向，他晚年诗中所谓"醉翁无诗不说山"①，虽是戏谑之词，但也道出了自己一生钟情山水的事实。明人何宇度认为《入蜀记》："载三峡风物，不异丹青图画，读之跃然。"② 这句话是对《入蜀记》描写三峡风光的一种赞美，其实用这句话评价《入蜀记》全篇也不为过，因为我们可以从中随处找到画图一样的景象，读来令人愉悦。山水之美，不仅在于其本身之美，而且在于观者之愉悦，陆游对山水遗迹的审美层次很高，徜徉于山水遗迹之间，他能感觉到前所未有的释然，回到一种本真状态，正如他在《独游城西诸僧舍》一诗中所写："我是天公度外人，看山看水自由身。藓崖直上飞双屐，云洞前头岸幅巾。万里欲呼牛渚月，一生不受庾公尘。非无好客堪招唤，独往飘然觉更真。"③ 尘世的纷扰消散在空谷幽兰中，作者登崖攀岩，呼风唤月，飘然而往，在独自的旅行中一个本真的自我逐渐清晰。

以诗歌的方式写景是《入蜀记》运用最多的手法之一，我们翻检全文，随处可以看到陆游利用前人诗歌所建构的景观文化。自然山川的地理意义削弱，风景"被记录"，所有的景观皆着有浓厚的文化因素。魏晋南北朝时期山水作为独立的审美对象被发现，士大夫们在主客互动中获得了一种前所未有的审美体验。唐宋时期，山水审美进一步独立，出现

---

① （宋）陆游著，钱仲联校注：《剑南诗稿校注》卷二十一《饮酒望西山戏咏》，上海古籍出版社1985年版，第1623页。
② （明）何宇度：《异部谈资》卷上，清钞本。
③ 《剑南诗稿校注》卷四，第315页。

了专门写山川之美的游记文体。综观唐代的山水描写,还多停留在形象描摹的阶段,宋代的山水在此基础上强化了文化的表现,主体的阐释与体悟被放到更加重要的位置,士大夫们在山水中间融入了脉脉的温情,自然景观和人文景观有机结合。一方面,只有当自然景观进入人类视野,被注入更多文化内涵时,它们才有了审美的意义,以此观之自然景观也是文化景观;另一方面,一切人文景观处在自然景观之中,自然景观为人文的审美提供了物质基础。《入蜀记》中几乎所有的自然景观都染上了浓厚的文化色彩。人们在欣赏山川之美时,除了这些美景本身给他们的愉悦外,在历史长廊中所积淀的前人审美感知是一种文化审美的延续,具有厚重的人文意义。这些山川形胜所承载的是厚重的历史感,陆游在写景时不断引用前人的诗歌,正是一种文化的追溯。陆游曾在《醉歌》一诗中写道:"千古兴亡在眼前,郁郁关河含暝色。"[1] 他溯江入蜀,追寻古人的踪迹,千古遗迹不断出现在眼前,这时他的心里有了一种归属感。长江沿岸客观存在的美丽风景其实是一种集体的建构,自魏晋以来,很多著名的文人在沿途咏怀,留下了大量篇章,这些篇章已不是简单的写景之文,而是诸多士大夫人格、性情、理想、遭遇之外化。我们同样能够从《入蜀记》的这种写景之中看到这些集体建构。周裕锴在论及宋诗的人文倾向时说:"由于长期沉醉于书斋翰墨之间,宋人的审美心理逐渐形成一种定势,即对人文意象表现出超乎寻常的敏感,以至于面对自然物象,老是联想起文艺作品或是其他文艺产品。"[2] 其实宋代的散文何尝不是如此呢?陆游看到自然景物就想起前代的诗歌,《入蜀记》中引用了大量的诗歌来写自然景物,正说明其浓重的人文化倾向。

最后,生活化的景观描写。与唐代开拓进取、博大浑融的美学精神相比,宋代的审美开始转向内省、细腻的层面,有了更多生活化倾向,具有内倾的特征。人的价值并不体现在扬马策鞭的大漠沙场,相反书斋庭院成了阐释时人文化品格重要场所。审美意象也由唐代的大美变为柔美。宋代以前的行记,多写"大"的景观,很少留意那些生活化的场景,

---

[1] 《剑南诗稿校注》卷二,第147页。
[2] 周裕锴:《宋代诗学通论》,上海古籍出版社2007年版,第106页。

但是到了宋代一些文人既写"大"的景观，也随手将一些生活化的场景写入行记，从而使宋代的文人行役记具有了"闲趣"的特点。陆游的《入蜀记》在写一些典型景观的同时，会随手写一些生活化的景观，读来饶有趣味，我们略举几例：

（六月）八日……过合路，居人繁夥，卖鲊者尤众。道旁多军中牧马。运河水泛溢，高于近村地至数尺。两岸皆车出积水，妇人儿童竭作，亦或用牛。妇人足踏水车，手犹绩麻不置。①

这是作者在过合路时看到的场景，这里人口繁盛，临时形成的鲊市随处可见。道旁军中的牧马闲庭信步。运河水患为灾，水漫两岸，妇女儿童在尽力清理积水。妇女足踏水车，手中纺线。这里所表现的场景极具生活气息。

（八月）十四日……抛大江，遇一木筏，广十余丈，长五十余丈。上有三四十家，妻子鸡犬臼碓皆具，中为阡陌相往来，亦有神祠，素所未睹也。舟人云："此尚其小者耳，大者于筏上铺土作蔬圃，或作酒肆，皆不复能入夹，但行大江而已。"②

这里所描写的是江民生活的景象，巨大的木筏之上三四十家形成一个聚落，聚落中鸡犬之声相闻，神祠肃立，阡陌交通。陆游从未见到过如此的景象，所以随笔记下了这样一段，而在文中他又借舟人之言进一步描述这种木筏的广大。

十月一日。过瓜洲坝、仓头、百里洲，泊沱灪。皆聚落，竹树郁然，民居相望。亦有村夫子聚徒教授，群童见船过，皆挟书出观，

---

① 《渭南文集》卷四十三，《陆游集》，第 2409 页。
② 《渭南文集》卷四十六，《陆游集》，第 2437 页。

亦有诵书不辍者。①

这也是江边的一处景象，在竹树掩隐的村落中，村夫子聚徒讲学，一些儿童看到江边有船往来，便辍读观船，而另一些儿童依然沉浸在书本中。作者寥寥数语，为我们呈现了极具生活气息的场景。这样的描写看似随意，但恰恰反映了作者在行役之中闲适的心态。作者暂时放下了功名富贵，挫折伤痛，以一种悠然的心态关怀身边的事物。适意的生活情趣使心灵完全摆脱了功利的羁绊，人在行役心却闲。宋人对生活的关注和如此闲适的心态，说明他们善于在眼前的细小事物中寻找乐趣，架构一种生活化的审美风尚。

《入蜀记》中除了这种生活化的场景描写外，作者在写景的时候也往往注入一些生活画面，让人感觉这些美景就在眼前，不必远足到人迹罕至的地方去寻找更为原始的风景，只要留心，脚下即是美景。且看几则：

(1)（六月）四日……寺西庑有莲池十余亩，飞桥小亭，颇华洁。池中龟无数，闻人声，皆集，骈首仰视，儿曹惊之不去。②

(2)（七月）十九日，便风，过大小褐山矶。奇石巉绝，渔人依石挽罾，宛如画图间所见。③

(3)（八月）六日甲夜，有大灯球数百，自溢浦蔽江而下，至江面广处，分散渐远，赫然如繁星丽天。土人云，此乃一家放五百碗以禳灾祈福。盖江乡旧俗云。④

(4)（八月）十四日……是日，逆风挽船，自平旦至日昳，才行十五六里。泊刘官矶旁，蕲州界也。儿辈登岸，归云：得小径，至山后，有陂湖渺然，莲芰甚富，沿湖多木芙蕖。数家夕阳中，芦藩茅舍，宛有幽致，而寂然无人声。有大梨，欲买之，不可得。湖中

---

① 《渭南文集》卷四十七，《陆游集》，第2450页。
② 《渭南文集》卷四十三，《陆游集》，第2408页。
③ 《渭南文集》卷四十五，《陆游集》，第2425页。
④ 同上书，第2432页。

小艇采菱，呼之亦不应。①

（5）（九月）四日……过纲步，有二十余家，在夕阳高柳中，短篱晒罾，小艇往来，正如画图所见，沌中之最佳处也。泊毕家池，地势爽垲，居民颇众。有一二家，虽茅荻结庐，而窗户整洁，藩篱坚壮，舍傍有果园甚盛，盖亦一聚之雄也。②

（6）（九月）六日……并水皆茂竹高林，堤净如扫，鸡犬闲暇，凫鸭浮没。人往来林樾间，亦有临渡唤船者，使人恍然如造异境。③

（7）（十月）九日……庙后丛木，似冬青而非，莫能名者。落叶有黑文，类符篆，叶叶不同，儿辈亦求得数叶。④

第一则写寺院一角的亭桥莲池，其中写得最为生动的是龟骈首仰视与小儿扰龟相映成趣的场景，静态与动态的景象融成意趣盎然的场面。第二则不光写"奇石巉绝"的自然风光，而且也写"渔人挽罾"的生活场景，二者和谐相宜。第三则描写江乡放碗禳灾祈福的旧俗，灯球数百从江面漂荡而来，宛若漫天的星辰。这里是自然景象和生活景象所营造的一幅山水风俗画。第四则是借儿辈之口描绘的一幅景象：从小径入山，看到一处碧波荡漾的宽阔湖池，水映莲芰，木芙蕖连片。夕阳之中，民户相次，欲求梨，但呼之不应。前为自然景象，后为生活景象，二者融为一体。第五则也是生活化的场景：在斑驳的夕阳中，小舟往来江中，沿岸是"短篱晒罾""茅荻结庐"的田园风光。第六则写茂林修竹，鸡闲鸭戏，人往来穿梭渡头，既是"异境"，也是生活中常见的景象。第七则作者所留意的并不是什么奇景，就是地上的落叶，落叶上的黑纹有如符篆，小辈在捡那些纹样不同的叶子，亲切有味。这些景观，长江沿岸处处可见，陆游随手写在自己的行记之中却别有一番风味。

审美向生活化方向的转变，是宋代文化内倾的表现之一，文人士大

---

① 《渭南文集》卷四十六，《陆游集》，第2437页。
② 《渭南文集》卷四十七，《陆游集》，第2445页。
③ 同上书，第2446页。
④ 《渭南文集》卷四十八，《陆游集》，第2454页。

夫一方面先天下之忧而忧，积极入世，在国家的政治生活中寻求济世之道；另一方面他们也不忘性情，在琐碎的生活中回归本我，体察细微之美。这种二重文化心理结构反映在宋人生活的各个方面。《入蜀记》作为灵活自由的行记之作，作者除了对那些典型的景观作重点的描写之外，一些生活的细节也被载入文中，但是这些琐细的观察并没有冗余之感，反而使文章活泼灵动，富有人情味。这给我们以新的启示：人迹罕至的仙境固然有超尘脱俗之感，但柴米油盐的琐屑生活中也不乏诗情。这正是宋人的一种美学转向，《入蜀记》是对这一美学转向很好的诠释。陶文鹏在讨论宋人的山水诗时，说过一段话，也道出了宋代审美的这种转向，不妨引用如下："宋代诗人笔下的自然景象，已很少有晋宋间诗人如谢灵运诗中那些榛莽丛生、虎豹出没，使人不识蹊径、莫辨晨昏的蛮荒山林，而更多地是随处可见的溪桥野渡、渔村小市、竹篱茅舍、游人络绎的湖山名胜，或是诗人日常起居的官廨园林等。也就是说，宋代山水诗已从超尘出世的原始山林回到了亲切有味的世俗人间。"[1] 的确，宋代文人的行役范围多限于南方，他们很少有魏晋隋唐时期文人那种探幽掠奇的经历，他们笔下的山水之美往往在不经意间道出，有些景物描写又夹杂着非常浓厚的生活化意趣。

总之，《入蜀记》中的景观主要包括自然景观、文化景观和生活景观，这些景观共同构成了一幅包含人文关怀的长卷。简言之，《入蜀记》出现了由纪行向文化胜览的美学转变。陆游在《严州重修南山报恩光孝寺记》说："予行天下多矣，览观山川形胜，考千载之遗迹，未尝不慨然也。"[2] 他又在《东楼集序》中说："余少读地志，至蜀汉巴僰，辄怅然有游历山川、揽观风俗之志。私窃自怪，以为异时或至其地以偿素心，未可知也。岁庚寅，始溯峡至巴中，闻竹枝之歌。后再岁，北游山南，凭高望鄠。万年诸山，思一醉曲江滇陂之间，其势无由，往往悲歌流涕。又一岁，客成都唐安，又东至于汉嘉，然后知昔者之感，盖非适然也。"[3]

---

[1] 陶文鹏：《论宋代山水诗的绘画意趣》，载《中国社会科学》1994年第2期。
[2] 《渭南文集》卷十九，《陆游集》，第2153页。
[3] 《渭南文集》卷十四，《陆游集》，第2097—2098页。

为什么陆游在览观天下山川形胜，考千载之遗迹时会慨然呢？而他在巴蜀一带游览时，为什么会"悲歌流涕"，"然后知昔者之感，盖非适然"呢？这与陆游的文化素养与文化情怀是分不开的。他深受儒家文化熏陶，对传统抱着一种敬畏之心，当他登临山水，览观古迹时，深化在内心的文化传统与眼前的景观统一起来，引发千古幽思，这些景观已经不是简单的事物，而是被历代不断阐释的景观，所以陆游在欣赏这些景观的时候，怀有深切的同情之心，与古人心有灵犀，遥相呼应。总观宋代的文人行役记，都有这样的文化情怀，《入蜀记》是其中的代表作，它对景观的观照，与其说是一种自然情怀，毋宁说是一种文化情怀。宋人有丰富的精神文化生活，其中文化胜览是展示宋人文化生活很好的一方面，他们徜徉于山水遗迹之间，在现实的夹缝中不忘内心深处的温情。我们通过《入蜀记》即可了解这一点。

二 《入蜀记》中的旅行体验与诗学

中国古代的诗歌品评本来属于相对独立的一类文章，或谓之诗话、诗论、诗品，一般都有专门的著作来讨论诗歌的题材、艺术手法、风格、优劣等问题，但是其他的文章中也会涉及这方面的问题，尤其到了宋代，不但出现了诗话[①]，而且在笔记、游记、序跋、书札等文体中也有大量的诗歌评论，这些评论也是宋代诗学非常重要的组成部分。宋代诗话产生的最初动机是"以资闲谈"，在其他文体中所出现的诗歌评论，其实也具有闲谈的性质，反映着士大夫的学术修养与精神生活。《入蜀记》作为一部行记，虽然其中的诗歌品评不能与诗话等专门的诗歌批评著作相比，但其中对诗歌的体悟与批评也很有特色，值得注意。写景是《入蜀记》的重点之一，其中所引诗歌多为写景所设，作者引用大量的诗歌来表现沿途的景观，这些诗歌一方面准确地写出了眼前之景，有利于读者对沿

---

① 诗话，作为诗歌批评的一种体裁，本来具有博杂的性质，举凡诗歌鉴赏、风格、源流、订误、趣味，等等，无所不包，其中以摘句评论为多，作为书名是从欧阳修的《六一诗话》开始的，而诗话体例的完善与发展也是在宋代。宋代文人诗歌品评风气很盛，这既体现在大量的诗话著作中，也体现在其他的一些文章中。

途风光遗迹的深入理解；另一方面这些景观描写为我们重新解读诗歌找到了门径，选择哪些诗歌来塑景本身就包含对诗歌的评价，而且作者在文中对所引诗歌还有直接的体悟与批评，这恰恰反映的是作者在诗学方面的造诣。

陆游在《入蜀记》中对诗歌最为常规的体悟就是每到一处，看到眼前的景观，他总能找到非常契合的诗句进行描写。这种方式在《入蜀记》中随处可见，作者往往用一种简明的判断句来表达自己的观感，我们试举几例：

> 远山嶻然，临大江者，即铜官山。太白所谓"我爱铜官乐，千年未拟还"是也，恨不一到。①

> 是日风静，舟行颇迟，又秋深潦缩，故得尽见杜老所谓"幸有舟楫迟，得尽所历妙"也。②

> 岸土赤而壁立，东坡先生所谓"舟人指点岸如赪"者也。③

> 鄂州楼观为多，而此独得江山之要会，山谷所谓"江东湖北行画图，鄂州南楼天下无"是也。④

> 水色澄澈可鉴。太白云"楚水清若空"，盖言此也。⑤

> 自此遂不复有山。太白诗："山随平野尽，江入大荒流。"盖荆渚所作也。⑥

---

① 《渭南文集》卷四十五，《陆游集》，第2426页。
② 同上书，第2430页。
③ 同上书，第2431页。
④ 《渭南文集》卷四十七，《陆游集》，第2443页。
⑤ 同上书，第2444页。
⑥ 同上书，第2446页。

自公安至此六十里，自此至荆南陆行十里，舟不复进矣。老杜诗云："买薪犹白帝，鸣橹已沙头。"刘梦得云："沙头樯干上，始见春江阔。"皆谓此也。①

隔江南陵山极高大，有路如线，盘屈至绝顶，谓之一百八盘，盖施州正路。黄鲁直诗云："一百八盘携手上，至今归梦绕羊肠。"即谓此也。②

初冬草木皆青苍不凋，西望重山如阙，江出其间，则所谓下牢溪也。欧阳文忠公有《下牢律》诗云："入峡水渐曲，转滩山更多。"即此也。③

这是陆游通过风景来感悟诗歌，通过诗歌来反观风景，是他对宋代诗学"熟参"理论的实践。《沧浪诗话》开篇即云："先需熟读《楚词》，朝夕讽咏以为之本；及读《古诗十九首》，乐府四篇，李陵苏武汉魏五言皆须熟读，即以李杜二集枕藉观之，如今人之治经，然后博取盛唐名家，酝酿胸中，久之自然悟入。"④严羽认为要对诗歌的体悟达到一定水平，必须对其发展脉络有清楚的把握，远至楚辞，近至李杜，皆需熟读方可。而在另一段论述中，他表达了类似的看法，并提出了熟参的理论，他说："吾评之非僭也，辩之非妄也。天下有可废之人，无可废之言，诗道如是也。若以为不然，则是见诗之不广，参诗之不熟耳。试取汉魏之诗而熟参之，次取晋宋之诗而熟参之，次取南北朝之诗而熟参之，次取沈宋王杨卢骆陈拾遗之诗而熟参之，次取开元天宝诸家之诗而熟参之，次独取李杜二公之诗而熟参之，又取大历十才子之诗而熟参之，又取元和之诗而熟参之，又尽取晚唐诸家之诗而熟参之，又取本朝苏黄以下诸家之诗

---

① 《渭南文集》卷四十七，《陆游集》，第2448页。
② 《渭南文集》卷四十八，《陆游集》，第2458页。
③ 同上书，第2453页。
④ （宋）严羽著，郭绍虞校释：《沧浪诗话校释》，人民文学出版社1983年版，第1页。

而熟参之,其真是非自有不能隐者。"① 不管是创作,还是鉴赏、批评,"熟参"历朝诸家之诗,诗歌的优劣才能显现。严羽的这两段论述,代表了宋人的普遍认识,面对唐诗的巨大压力,宋人只有在精熟前人诗歌的基础上才能有所突破。陆游的认识与严羽极为相似,他说:"文章要法,在得古作者之意。意既深远,非用力精到,则不能造也。前辈于《左氏传》、《太史公书》、韩文、杜诗,皆熟读暗诵,虽支枕据鞍间,与对卷无异。"又说:"楚人杨梦锡才高而深于诗,尤积勤杜诗,平日涵养不离胸中,故其句法森然可喜。"② 不管作文、作诗,前人作品烂熟于心是基本要求,他认为杨梦锡的诗歌之所以"句法森然",与其平日不断的"涵养"是分不开的。陆游在《入蜀记》中运用前人诗歌信手拈来,不但引用恰到好处,而且还有精彩的点评,这与他熟读暗诵前人诗歌,平日不断涵养密不可分。《入蜀记》这种随手引诗的方式,正是对"熟参"诗歌理论的实践。其实历代给这些山川遗迹作诗的诗人大有人在,为什么陆游独选李白、杜甫、梅尧臣、苏轼、黄庭坚等人的诗歌作为观照景物的句子,而不选一些名不见经传的诗歌呢?我们觉得这其实正是南宋"熟参"诗歌理论在陆游身上的具体体现。"熟参"是诗歌品评的基础,也是诗歌批评最为有效的途径。我们翻阅陆游的《入蜀记》发现其中引用最多的诗人是李白,这不是偶然现象。陆游对李白的诗歌极其熟悉,不仅在创作中学习李白,而且看到眼前之景,关联最多的也是李白。陆游对李白之诗情有独钟,钱锺书很早就论及了这一点,他说:"放翁颇欲以'学力'为太白飞仙语,每对酒当歌,豪放飘逸,若《池上醉歌》《对酒歌》《饮酒》《日出入行》等篇,虽微失之易尽,如桓宣武之于刘越石,不无眼小面薄声雌形短之恨,而有宋一代中,要为学太白最似者,永叔、无咎,有所不逮。"③ 认为陆游学李,虽有瑕疵,但在整个宋代他最似太白。而且钱先生以为陆游是以"学力"学李白之诗的,所谓"学力"即是"熟参",达到心领神会。事实上,在陆游的诗歌创作中学习李白之处

---

① (宋)严羽著,郭绍虞校释:《沧浪诗话校释》,第12页。
② 《渭南文集》卷十五《杨梦锡集句杜诗序》,《陆游集》,第2108页。
③ 钱锺书:《谈艺录》,生活·读书·新知三联书店2008年版,第321页。

确实很多，如他的乐府、歌行《关山月》《战城南》《妾薄命》《日出入行》《长歌行》《短歌行》《草书歌行》《古意》《对酒》等诗不仅诗题与李白的相同，而且诗歌主题、意脉也颇多相似，甚至李白诗歌中那种恣意挥洒，豪放飘逸的格调也是陆游所效仿的。《入蜀记》中引用李白诗歌近四十处，当朝引用较多的为梅尧臣、王安石、苏轼、黄庭坚等人的诗歌。陆游选取这些诗歌并不是随意为之的，正是"独取李杜"、次参"苏黄诸家"诗学理论的体现。陆游所引诸家诗名远扬，"熟参"他们的诗歌是南宋诗坛的风气。

陆游除了观眼前之景，随即引诗入文这种最为直接的批评方式之外，他有时借眼前之景还会对所引诗歌作进一步的评价，其中也不乏鲜明的倾向。这可算作是更深一层的诗歌批评，如：

> 是夜，月白如昼，影入溪中，摇荡如玉塔，始知东坡"玉塔卧微澜"之句为妙也。①

> 惟王文公诗云"盘根虽巨壮，其末乃修纤"，最极形容之妙。②

> 北望正见皖山。太白《江上望皖公山》诗云："巉绝称人意。""巉绝"二字，不刊之妙也。③

> 泛彭蠡口，四望无际，乃知太白"开帆入天镜"之句为妙。④

> 与儿辈登堤观蜀江，乃知李太白《荆门望蜀江》诗"江色绿且明"为善状物也。⑤

---

① 《渭南文集》卷四十四，《陆游集》，第2423页。
② 《渭南文集》卷四十五，《陆游集》，第2427页。
③ 同上书，第2429页。
④ 同上书，第2431页。
⑤ 《渭南文集》卷四十七，《陆游集》，第2450页。

《入蜀记》中所引大多诗句可以准确地描摹作者看到的风景，但是能达到"妙"的并不多。"妙"是更高层次的艺术鉴赏，一定是在知识积累和生活积累达到一定程度后才能有这种体会，具有"只可意会，不可言传"的特征。严羽《沧浪诗话》认为宋代诗坛"以文字为诗，以议论为诗，以才学为诗"的风气是诗歌的不幸，所以他以禅喻诗，强调诗道在于"妙悟"。对于写景状物的诗句来说，能够传达常人难以捕捉的景象，便足以为妙。正如苏轼所言："求物之妙，如系风捕影，能使是物了然于心者，盖千万人而不一遇也，而况能使了然于口与手者乎？是之谓辞达。"① 能够状难写之景如在目前，臻于妙境，这是千里挑一，很难觅求。陆游在书斋中读到这些诗歌，并没什么新奇，然当他亲临现场，切身欣赏时，才妙悟到了这些诗句的禅机。如"玉塔卧微澜"之句正是陆游看到月影入溪，在微波中荡漾，顿然理解了"玉塔"原来是喻水中月影，令陆游赞叹不已。"玉塔卧微澜"是苏轼在惠州西湖所写《江月五首》其一中的句子，其诗曰："一更山吐月，玉塔卧微澜。正似西湖上，涌金门外看。"② 查慎行注曰："玉塔即大圣塔，在丰湖上栖禅寺东南。"③ 陆游自认为如果不是看到这一场景，很难读懂"玉塔"之真义。此玉塔非指大圣塔（或曰泗州塔），而是指月影在水中形似玉塔的景象。陆游觉得这句写得妙，就妙在将水中的月影比作玉塔，刘克庄在评价这句诗时说："不知若个丹青手，能写微澜玉塔图。"④ 如果这句真是玉塔倒影在水中的景象，想必刘克庄也不会如此评价。陆游以切身的体会突然领会了"玉塔"之真义，不管这种理解是否是苏轼的本义，但这都为我们理解苏轼的诗歌提供了一种新见。然而，遗憾的是陆游《入蜀记》中的这则材料

---

① （宋）苏轼：《答谢民师推官书》，《苏轼文集》卷四十九，中华书局版1986年版，第1419页。
② （宋）苏轼著，（清）冯应榴辑注：《苏诗合注》卷三十九，上海古籍出版社2001年版，第2040页。
③ （宋）苏轼著，（清）查慎行补注：《苏诗补注》，凤凰出版社2013年版，第1211页。
④ （宋）刘克庄著，辛更儒校注：《刘克庄集笺校》卷十二《丰湖三首》其二，中华书局2011年版，第706页。

向来被忽略①,"玉塔"在人们心目中理所当然地成了泗州塔。

这就说明,有些诗歌即使反复吟咏,才能再卓绝,也不能尽解其中之味,亲身的体验可能使平时不大明白的一些诗句豁然开朗。李白用"巉绝"形容皖公山之险绝,王安石用"修纤"形容九华山的形状,李白"开帆入天镜""江色绿且明"等句皆能状景新奇,令人叹服。这正是陆游亲身体验的实证诗学。明人胡应麟认为"诗家妙境"是"神动天随,寝食咸废,精凝思极,耳目都融,奇语玄言,恍惚呈露,如游龙惊电,掎角稍迟,便欲飞去,须身诣其境知之"②。陆游能够体会众诗家的妙境,也是"身诣其境"所得。陆游的这种亲身体验,不仅使他体悟了一些诗句的妙处,而且他还能借这种旅行经验对相同题材的诗歌作出比较。《入蜀记》中对诗歌的比较批评,也是陆游亲身体验的心得,文中时有出现。我们来看几例:

---

① "玉塔微澜"今为西湖八景之一,几乎所有介绍这一景点的书都将"玉塔"理解为大圣塔。一些学术著作,对这句诗的理解也一般认为是实体之塔,如周汝昌在《红楼梦新证》(增订本)中引曹雪芹《雪霁次些山韵》中"春城人未着春衣,玉塔微澜半夕晖"一诗时说:"我读这一首至此,便觉得这写的是北海的白塔。"(中华书局2012年版,第127页)邓广铭在初次校注稼轩词"对玉塔微澜深夜"一句时,也没有注意陆游《入蜀记》中的这条材料,不过在后来的增订本中录入了这条材料,并特别强调了这则材料,校注中说:"对玉塔句"苏轼惠州作《江月五首》其一云"一更山吐月,玉塔卧微澜。正似西湖上,涌金门外看。"辛词此句即用苏轼意,谓福州西湖亦似杭州西湖也。"玉塔"非实指某塔,乃指月在水中的倒影而言。查慎行注苏诗,谓玉塔指惠州丰湖旁之大圣塔,非是。陆游《入蜀记》七月十六日:"是夜月白如昼,影入溪中,摇荡如玉塔,始知东坡'玉塔卧微澜'之句为妙也。"又元好问《济南杂诗》:"白烟消尽冻云凝,山月飞来夜气澄。且向波间看玉塔,不须桥畔觅金绳。"此均可证玉塔为指月在水中倒影为达诂也〔(宋)辛弃疾著,邓广铭笺注:《稼轩词编年笺注》(增订本)卷三,上海古籍出版社1993年版,第312页〕。陈振鹏增入的这些材料,确实为理解苏诗、辛词中的"玉塔"提供更为准确的解释。然而莫名其妙的是有学者既看到了陆游《入蜀记》中的材料,也看到了邓书中补入的材料,并表示赞同这种观点,但行文中还是将"玉塔"理解为实体之塔,如李剑雄在《缘于性情 出于天然——一部隽永的游记〈入蜀记〉》一文中写道:"苏轼的妙句通过陆游的印证,其意豁然明白,'玉塔'是形容倒在清澈的溪水中,摇曳拉长的塔影,其形容确实很妙。……邓广铭的《稼轩词编年笺注》注辛词《贺新郎》(觅句如东野阕)中的'对玉塔微澜深夜'一句时,曾引用苏轼的'一更山吐月,玉塔卧微澜'两句为证,是。但没有对'玉塔'的形象作进一步的解释,读者仍未能得确诂。后来此书出版校订本时,陈振鹏帮助校阅,补入了陆游《入蜀记》上面的一段描写,其意思便豁然显露,深为邓先生所赞赏。"(载《历史文献研究》总第22辑,华中师范大学出版社2003年版,第383页;又载《中国历史文献研究会成立30周年纪念集》,华中师范大学出版社2009年版,第412页)

② (明)胡应麟:《诗薮·外篇》卷一,上海中华书局1958年版,第126页。

第三章 宋代文学演进与文人行役记

二十八日,同章冠之秀才甫,登石镜亭,访黄鹤楼故址。……太白诗云:"谁道此水广,狭如一匹练。江夏黄鹤楼,青山汉阳县。大语犹可闻,故人难可见。"形容最妙。黄鲁直"宵征江夏县,睡起汉阳城",亦此意。①

这里举了两首诗:一是李白《江夏寄汉阳辅录事》中的诗句,二是黄庭坚《十二月十九日夜中发鄂渚晓泊汉阳亲旧携酒追送聊为短句》中的句子。此处所引两处诗都是写江岸相对的两座城市江夏与汉阳之间关系的。前者言长江狭窄犹如一匹白练,江岸两座城市相对,在一方大声说话,另一方都能听见;后者言晚行江夏,早起汉阳,形容二者距离之近。二诗虽然表达的意思一样,但陆游认为李白的诗更为形象生动。

犹见黄牛峡庙后山。太白诗云:"三朝上黄牛,三暮行太迟。三朝又三暮,不觉鬓成丝。"欧阳公云:"朝朝暮暮见黄牛,徒使行人过此愁。山高更远望犹见,不是黄牛滞客舟。"盖谚谓:"朝见黄牛,暮见黄牛。一朝一暮,黄牛如故。"②

这里排比了李白和欧阳修的诗歌,还列了谚语。前两首诗皆是借谚语之意进一步的提升,作者在这里虽没有做出主观的判断,但是如果在黄牛峡行走过的读者,看到这两首诗,自有一番体验。

二十六日,解舟,过长风沙、罗刹石。李太白《江上赠窦长史》诗云:"万里南迁夜郎国,三年归及长风沙。"梅圣俞《送方进士游庐山》云:"长风沙浪屋许大,罗刹石齿水下排。历此二险过溢浦,始见瀑布悬苍崖。"即此地也。又太白《长干行》云:"早晚下三巴,预将书报家。相迎不道远,直到长风沙。"盖自金陵至此七百里,而

---

① 《渭南文集》卷四十七,《陆游集》,第2443页。
② 《渭南文集》卷四十八,《陆游集》,第2455页。

室家来迎其夫，甚言其远也。①

这里列举了有关长风沙的三首诗歌，第一首李白的诗歌只是写自己的经历，第二首梅尧臣的诗歌主要是写景，第三首是李白的《长干行》。陆游通过亲身经历对此诗做了注脚。这首诗所描写的是一位妇女思念在长江上游经商的丈夫，而此妇得知丈夫归来的消息，从金陵溯江而上七百里迎接丈夫，相对这位妇女的心情而言，这七百里不算远，而陆游认为李白诗中所道的其实正是远。

> 晚过道士矶，石壁数百尺，色正青，了无窍穴。而竹树进根交络其上，苍翠可爱，自过小孤，临江峰嶂，无出其右。矶一名西塞山，即玄真子《渔父辞》所谓"西塞山前白鹭飞"者。李太白《送弟之江东》云："西塞当中路，南风欲进船。"必在荆楚作，故有中路之句。张文潜云："危矶插江生，石色擘青玉。"殆为此山写真。又云："已逢妩媚散花峡，不泊艰危道士矶。"盖江行惟马当及西塞最为湍险难上。②

这是陆游对西塞山的一段描写，其中作者引用了四首诗。张志和的《渔歌子》（即《渔父辞》）是千古传诵的名句，在唐代《渔歌子》已备受重视，宋以降更是影响很大③，陆游在面对这一景观时，自然会引此词，显

---

① 《渭南文集》卷四十五，《陆游集》，第2429页。
② 《渭南文集》卷四十六，《陆游集》，第2438页。
③ 张志和的《渔歌子》在当时就盛名一时，颜真卿、陆羽等名流纷纷唱和，共有二十五首《渔歌子》，收在颜真卿所编的《吴兴集》中，后陈振孙"因以颜鲁公《碑述》、《唐书》本传以至近世用其词入乐府者，集为一编"，名《玄真子渔歌碑传集录》。"宪宗元和年间，张志和《渔歌子》传至日本，嵯峨天皇及皇女智子内亲王，滋野贞主各有和作5首，见夏承焘《域外词选》。宋高宗亦有和作，可见其影响之大。"[见巩本栋师《唐五代唱和诗词总集叙录》，载《唱和诗词研究——以唐宋为中心》第二章，中华书局2013年版，第28页；又载《西南大学学报》（社会科学版）2013年第4期] 关于《渔歌子》的传播和影响还可参看陈耀东《张志和〈渔歌子〉的流传和影响》[《浙江师范学院学报》（社会科学版）1983年第4期]、罗莹《张志和〈渔父〉词在唐宋时期的传播情况考述》（《船山学刊》2007年第2期）、邓乔彬《唐宋渔父词的文人化发展》（《文史哲》2009年第1期）等文章。

然这首词的文化意义是最为主要的。对李白的两句诗作者只作了"必在荆楚作，故有中路之句"的判断。陆游以为最能为西塞山写真的则是张耒《道士矶》中的两句诗，"插"和"擘"两个动词用得尤为恰当，前者说明西塞山的险峻，后者则说明矶的形态，以动写静，确实写出了西塞山的特点。《二十三日即事》中的两句则言江行西塞的艰险。

> 慈姥矶，矶之尤巉绝峭立者。徐师川有《慈姥矶》诗，序云："矶与望夫石相望，正可为的对，而诗人未尝挂齿牙。"故其诗云："离鸾只说闺中恨，舐犊谁知目下情。"然梅圣俞《护母丧归宛陵发长芦江口》诗云："南国山川都不改，伤心慈姥旧时矶。"师川偶忘之耳。圣俞又有《过慈姥矶下》及《慈姥矶山石崖上竹鞭》诗，皆极高奇，与此山称。①

这一处引文是描写慈姥矶的。徐俯以为关于慈姥矶前人尚未有诗传世，且人们只诉说与慈姥矶相对的望夫石所象征的闺中之情，对慈姥矶所蕴含的舐犊之情却视而不见。针对这一说法，陆游举梅尧臣的《护母丧归宛陵发长芦江口》一诗批评徐俯，认为写慈姥矶的诗不是没有，而是徐俯忘记了，而且陆游认为梅尧臣的《护母丧归宛陵发长芦江口》《过慈姥矶下》《慈姥矶山石崖上竹鞭》三诗皆"高奇"，正与此山相称。作者列出的这些诗歌，就是在体验的基础上对前代诗歌的重新认识。就写慈姥矶的诗而言，陆游认为梅尧臣的诗歌艺术水准更高。

> 李太白集有《姑熟十咏》，予族伯父彦远尝言东坡自黄州还，过当涂，读之抚手大笑曰："赝物败矣，岂有李白作此语者！"郭功父争以为不然，东坡又笑曰："但恐是太白后身所作耳。"功父甚愠。盖功父少时，诗句俊逸，前辈或许之，以为太白后身，功父亦遂以自负，故东坡因是戏之。或曰《十咏》及《归来乎》《笑矣乎》《僧

---

① 《渭南文集》卷四十四，《陆游集》，第 2420 页。

伽歌》《怀素草书歌》，太白旧集本无之，宋次道再编时，贪多务得之过也。①

> 李太白往来江东，此州所赋尤多，如《秋浦歌》十七首及《九华山》《青溪》《白笥陂》《玉镜潭》诸诗是也。《秋浦歌》云："秋浦长似秋，萧条使人愁。"又曰："两鬓入秋浦，一朝飒已衰。猿声催白鬓，长短尽成丝。"则池州之风物可见矣。然观太白此歌，高妙乃尔，则知《姑熟十咏》决为赝作也。杜牧之池州诸诗正尔，观之亦清婉可爱，若与太白诗并读，醇醨异味矣。②

此处所举两则都是有关李白诗歌的问题。第一则所记载的是关于苏轼与郭祥正对于李白《姑熟十咏》真伪问题讨论的一件逸事，苏轼认为《姑熟十咏》不是李白的作品，陆游进一步强调：李白的旧集中没有此诗，宋次道在重新编纂李白集时贪多，致使现有的集子中保存了这一伪作。正因为这一逸事，所以从北宋开始对《姑熟十咏》的真伪问题形成了两种相反的意见，此后对这一问题也屡有争论③。在第二则记载中陆游列举了李白的《秋浦歌》《九华山》《青溪》《白笥陂》《玉镜潭》诸诗，《秋

---

① 《渭南文集》卷四十四，《陆游集》，第2422页。
② 《渭南文集》卷四十五，《陆游集》，第2428页。
③ 苏轼在《书李白十咏》中说："过姑孰堂下，读李白《十咏》，疑其语浅陋。见孙邈，云闻之王安国，此乃李赤诗，秘阁下有赤集，此诗在焉。白集中无此。赤见柳子厚集，自比李白，故名赤。卒为厕鬼所惑而死。今观此诗，止如此，而以比太白，则其人心恙已久，非特厕鬼之罪。"（《苏轼文集》卷六十七，第2096页）苏轼的判断来自两个证据：一是自己主观方面感觉《姑孰十咏》比较浅陋，另一是通过孙邈之口引用了王安国的说法。陆游在具体感知的基础上，进一步肯定了苏轼的说法。明人胡震亨在《李诗通》卷一中说："其李赤《姑熟十咏》……混入者，并改正。"认为是李赤的作品（见《李杜诗通》，顺治七年刻本）。明高棅《唐诗品汇》所收《姑熟杂咏》作者也是李赤。清人延续了这种说法，如王琦以为此诗是"南唐时另有一翰林学士李白"所作（《李太白全集》卷三十《诗文拾遗》，中华书局1977年版，第1437页）。李白研究专家詹锳《李白诗文系年》将《姑熟十咏》列为"存疑之作"（人民文学出版社1984年版，第179页）。郁贤皓对这十首诗也是存疑［《〈夜泊牛渚怀古〉与〈横江词六首〉考释》，《南京师大学报》（社会科学版）1988年第1期］。当然，历史上很多人认为这组诗的作者就是李白的也大有人在，此处不再赘举。这两种观点的争论发端于苏轼和郭祥正，陆游支持苏轼的观点。争论双方都没有可靠的证据，因此这也成为中国文学史上的一段公案。

浦歌》中的描写尤令陆游赞叹不已,此诗不仅状池州风物,非常形象,而且在境界上也极为"高妙"。陆游又将《秋浦歌》与《姑熟十咏》作对比,认为后者艺术水准差,应当是赝作。而且他还将《秋浦歌》与杜牧在池州所写的诗歌①作了对比,认为杜牧的诗歌具有"清婉可爱"的特点,与李白的诗歌风格迥异。这种比较是建立在作者亲身体验的基础上的,所以他面对眼前之景尤能深入体味李、杜诗歌风格的不同。值得注意的是,对《姑熟十咏》的讨论,是一个文学的公案,仁者见仁,智者见智。苏轼和陆游从诗歌鉴赏的角度出发,都认为《姑熟十咏》浅陋,绝非李白之诗。二人对这两首诗真伪的判断都是通过体悟所得,并没有直接的证据,但这也是传统的诗歌批评方法之一,必须建立在对诗歌文本精熟的基础上。陆游的判断应该受到了苏轼的影响。诗歌的比较鉴赏,可以是一位诗人和另一位诗人的比较,也可以是一位诗人不同作品的比较。陆游在《入蜀记》中对不同诗人同题材诗歌的比较最多,然也不乏对同一位诗人诗歌的比较。这种比较依然是读书经验与实践体悟的结合,因而在批评上更能体现诗论的深度。

考证和辨误是诗歌批评的形式之一,历代非常重视对诗歌的考证、辨误。宋代学术发达,诗人在诗歌批评中也很注意对诗歌的考证和辨误。陆游《入蜀记》有很多诗歌考证和辨误,这些考辨是作者旅行体验和读书经验的结合,故能给人以更大的启发。借助于这种旅行体验,陆游往往能够解决一些读诗时不能解决的问题,可帮助读者很好地理解这些诗歌。我们看几例《入蜀记》中的一些考辨:

(1) 过新丰,小憩。李太白诗云:"南国新丰酒,东山小妓歌。"又唐人诗云:"再入新丰市,犹闻旧酒香。"皆谓此,非长安之新丰

---

① 杜牧在池州所作诗歌很多,既有送别诗,也有写景咏怀之作,如写池州风物的诗《题池州弄水亭》《春末题池州弄水亭》《登池州九峰楼寄张祜》《九日齐山登高》《池州春送前进士蒯希逸》《池州废林泉寺》《池州清溪》《游池州林泉寺金碧洞》《题池州贵池亭》《鹭鸶》《斫竹》《秋浦途中》《将赴池州道中作》《登九峰楼》《郡楼望九华》《九华楼观景咏叹之作》《九华山》《贵池亭》《清明》等等[(唐)杜牧著,吴在庆校注:《杜牧集系年校注》,中华书局2008年版]。

也。然长安之新丰,亦有名酒,见王摩诘诗。①

(2) 又有玩鞭亭,亦当时遗迹。唐温飞卿有《湖阴曲》叙其事。近时张文潜以为《晋书》所云"帝至于湖阴察营垒",当以于湖为句,飞卿盖误读也。作《于湖曲》以反之。②

(3) 老杜《潭州道林》诗云:"殿脚插入赤沙湖。"此湖当在湖南,然岳州华容县及此,皆有赤沙湖。盖江湖间地名多同,犹赤壁也。③

(4) 江州至此七百里,溯流,虽日得便风,亦须三四日,韩文公云:"盆城去鄂渚,风便一日耳",过矣,盖退之未尝行此路也。④

以上我们所列举四则就是陆游在《入蜀记》中信手拈来的一些考证和辨误。第一则引李白《出妓金陵子呈卢六四首》⑤ 其二中的句子,又引朱彬《丹阳作》(一作陈存),认为这两首中的"新丰酒"非长安的新丰酒,长安的新丰酒见王维的诗歌中,即《长安行》:"新丰美酒斗十千,咸阳游侠多少年。"陈铁民在注王维的这句诗时,引用了梁元帝萧绎的一首诗:"试酌新丰酒,遥劝阳台人。"⑥ 其实此诗写南国的新丰酒,非长安的新丰酒,引在此处不恰当。唐宋诗歌中写新丰酒的诗歌很多,然一些诗歌笺注以及鉴赏作品中屡屡将南国新丰误作长安的新丰,以致以讹传讹。清人王琦在注李白《出妓金陵子呈卢六四首》其二时也辨析得相当明白,他说:"梁元帝诗:'试酌新丰酒,遥劝阳台人。'陆放翁《入蜀记》:早发云阳,过新丰小憩。李太白诗云'南国新丰酒,东山小妓歌',又唐人诗云'再入新丰市,又闻旧酒香',皆谓此地,非长安之新丰也。"⑦ 不难看出,王琦的辨析是借用了陆游的成果。陆游旅行到了此处,

---

① 《渭南文集》卷四十三,《陆游集》,第 2411 页。
② 《渭南文集》卷四十五,《陆游集》,第 2425 页。
③ 《渭南文集》卷四十六,《陆游集》,第 2436 页。
④ 同上书,第 2441 页。
⑤ 李白有六首诗赞美了新丰酒,有的写南方的新丰,有的写长安的新丰,非唯一处。李白特别在"新丰"前加"南国"似乎有意区别两个地方。
⑥ (唐)王维著,陈铁民校注:《王维集校注》卷一,中华书局 1997 年版,第 33 页。
⑦ (唐)李白著,(清)王琦注:《李太白全集》卷二十五,中华书局 1977 年版,第 1196 页。

专门指出长安的新丰非丹阳的新丰，正是针对诗歌中的误读加以指正，确实难能可贵。

第二则是对温庭筠《湖阴曲》的辨误。温庭筠在《湖阴词》序中说："王敦举兵至湖阴，明帝微行，视其营伍，由是乐府有《湖阴曲》。而亡其词，因作而附之。"① 从序文可以看出，温庭筠此诗乃是据"明帝视察王敦营伍"一事而作，其直接的史料来源是《晋书·明帝纪》，其中有载："（太宁二年）六月，敦将举兵内向。帝密知之。乃乘巴滇骏马微行，至于湖，阴察敦营垒而出。"② 但是温庭筠对《明帝纪》中的这句话出现了断句错误，以致将"于湖"作"湖阴"。芜湖县令寄赠张耒温庭筠《湖阴曲》，张耒读之，认为有误，故实地考察，他在《于湖曲》序中说："顷余游'芜湖'，问父老'湖阴'所在，皆莫之知也。然则'帝至于湖'当断为句。乃作《于湖曲》以遗之，使证其是非云。"③《于湖曲》正是纠温庭筠之错而作。张耒不仅查阅文献，而且访问乡老，证明温庭筠确系断句之误。陆游显然对张耒的这种实证精神非常赞赏，所以此处专门记录此事。北宋黄朝英对此有详细考辨④，后明人杨慎也记录了此事⑤。

第三则认为杜甫《潭州道林》中"赤沙湖"应该在湖南岳州华容县，和自己所经过的江州赤沙湖，并非一处，当区别对待。诗歌中的地名应当特别留意，就像我们前面所论述的新丰，也是此类情况。要不是作者

---

① （唐）温庭筠著，刘学锴校注：《温庭筠全集校注》卷一，中华书局2007年版，第82页。
② （唐）房玄龄等撰：《晋书》卷六，中华书局1974年版，第161页。
③ （宋）张耒：《张耒集》卷三，中华书局1990年版，第28页。
④ 黄朝英考辨全文如下：唐温庭筠尝补古乐府《湖阴词》，其序云："王敦举兵至湖阴，明帝微行，视其营伍，由是乐府有《湖阴曲》，而亡其词，因附之"云云。按前史《王敦传》云："敦至芜湖，上表。"又云："帝将讨敦，微服至芜湖察其营垒。"又："司徒导与王含书曰：'大将军来屯于湖。'"《明帝纪》云："敦下屯于湖。"又，《周琦传》云："王敦军败于于湖。"又，"甘卓进爵于湖侯。"又，王允之"镇于湖"。案《晋书·地理志》，丹阳郡统县十二，有芜湖县。读史者当以帝微行至于湖为断句，谓之微行，则阴察其营垒可知，不当云湖阴也。然则古乐府之命名，既失之矣，而庭筠当改曰《于湖曲》，乃为允当（《靖康缃素杂记》卷三，中华书局2014年版，第21页）。
⑤ 明杨慎在《湖阴曲题误》中说"王敦屯于湖，帝至于湖，阴察营垒而去。此晋纪本文。于湖今之历阳也，'帝至于湖'为一句，'阴察营垒'为一句，温庭筠作《湖阴曲》，误以'阴'字属上句。张耒作《于湖曲》以正之"（王大厚笺证：《升庵诗话新笺证》卷二，中华书局2008年版，第83页）。

亲到新丰和赤沙湖,恐怕也会出现混淆这些地名的情况。

第四则是对韩愈《除官赴阙至江州寄鄂岳李大夫》一诗中"盆城去鄂渚,风便一日耳"两句的辨误。读到此句,陆游觉得即便是顺风,从盆城(江州)到鄂州也不可能一日到达。以他自己在这段路行走的经验来看,从江州之鄂州约七百里,至少需三四日,怎么可能一日到达?陆游由此推断韩愈没有行走这段路程。但也有人对陆游的这种看法表示反驳,如清人方成珪说:"陆游《入蜀记》……按《元和志》:'江州西至鄂州,五百九十三里。'诚非一日可至。然公诗特极言其速,与李太白《早发白帝城》诗'千里江陵一日还'同意。若改作'风便三日耳',便不成话。陆说似失之泥。"① 陆游是从地理知识的角度来考察这首诗歌的,而方成珪则是从诗歌艺术手法的角度来谈这句诗的。按照地理知识,从江州到鄂州绝不能一日到达,陆游以此来评价韩愈的诗歌,正是以实证进行诗歌批评的一种方法。

陆游《入蜀记》中的一些精到的考辨,多系亲证所得,读罢使我们对一些不太明了的诗歌顿然开豁。下面的两则考证,就有这样的效果。

> 是日早,见舟人焚香祈神,云,告红头须小使头长年三老,莫令错呼错唤。问何谓长年三老,云梢工是也。长,读如长幼之长。乃知老杜"长年三老长歌里,白昼摊钱高浪中"之语,盖如此。因问何谓摊钱,云:博也。按梁冀能意钱之戏,注云:即摊钱也。则摊钱之为博,亦信矣。②

> 泉上亦有庞氏祠,然欧阳文忠公不以为信,故其诗曰:"丛林已废姜祠在,事迹难寻楚语讹。"又此篇首章云:"江上孤峰蔽绿萝。"初读之,但谓孤峰蒙藤萝耳,及至此,乃知山下为绿萝溪也。③

---

① (唐)韩愈著,(清)方成珪笺证:《韩集笺正》卷二,《续修四库全书》第1310册,据民国十五年瑞安陈氏湫漻斋刊本影印,上海古籍出版社2002年版,第601页。
② 《渭南文集》卷四十七,《陆游集》,第2445页。
③ 《渭南文集》卷四十八,《陆游集》,第2452页。

上所引第一则陆游旅行到了夔州，江行中对杜甫《夔州十绝句》"长年三老长歌里，白昼摊钱高浪中"两句诗作了考证解读。首先是对"长年三老"的解读，"长年三老"是蜀人的方言，意即艄公，陆游亲自询问当地人予以证实。宋代对这句诗的理解就有一定的问题，据宋人赵与时记载，世人在读杜诗时，多以长字为平声，所以专录陆游"长读如长幼之长"的这条记载以纠正之①。陆游又询问了"摊钱"的意思，当地人解释乃赌博之意，这才使他对《后汉书》注"意钱"为"摊钱"②深信不疑。陆游此处的解读，是对杜甫这两句诗最好的注解。钱谦益在注杜甫的这句诗时就用了陆游的这条材料③，一下使诗意明确了。

第二则是对欧阳修《和丁宝臣游甘泉寺》中两句诗的解读，以前陆游读到这一句时，以为绿萝是植物，亲到此地后，才知道原来的理解有误。陆游在《老学庵笔记》中针对韩子苍的错误，对欧阳修的这句诗歌也有考证，他说："欧阳公谪夷陵时，诗云：'江上孤峰蔽绿萝，县楼终日对嵯峨。'盖夷陵县治下临峡，江名绿萝溪。……予入蜀，往来皆过之。韩子苍舍人《泰兴县道中》诗云：'县郭连青竹，人家蔽绿萝。'似因欧公之句而失之。此诗盖子苍少作，故不审云。"④不光是这一句的解读为欧阳修的诗作了很好的注解，而且陆游在《入蜀记》中对甘泉寺这一段行程的记载对理解《和丁宝臣游甘泉寺》全篇也很有帮助，洪本健在笺注这首诗时多次引用了陆游《入蜀记》和《老学庵笔记》中的记载⑤，显然陆游在此地的旅行记录是欧阳修此诗最好的注解。

这种看似琐细的考证，是古代诗学非常重要的部分。陆游以自己广博的知识，或以诗证景，或以景证诗，为我们重新解读一些诗歌提供了很大的帮助。

---

① （宋）赵与时：《宾退录》卷四，上海古籍出版社1983年版，第54页。
② 《后汉书·梁冀传》言梁冀好"意钱之戏"，唐李贤等在注这句话时引何承天《纂文》："诡亿一曰射意，一曰射数，即摊钱也。"（《后汉书》卷三十四，第1178页）
③ （清）钱谦益笺注：《钱注杜诗》卷十四，上海古籍出版社1979年版，第502页。
④ （宋）陆游：《老学庵笔记》卷七，中华书局1979年版，第87—88页。
⑤ （宋）欧阳修著，洪本健笺证：《欧阳修诗文集校笺》之《居士集》卷一，上海古籍出版社2009年版，第15页。

陆游对诗歌认识的深化，来自两个方面，一是书本知识，二是实践知识，所谓"读万卷书，行万里路"，前者是间接经验的积累，作者在反复阅读前人诗歌的基础上，不断提高自己对诗歌的审美能力，面对眼前之景，作者将描写这些景观的诗句，拿过来反复涵泳，以对这些诗歌做重新的解读。后者则是直接经验，作者身体力行，除了不断验证书本上的知识之外，还能获得新的体验。陆游在《感兴》一诗中道："文章天所秘，赋予均功名。吾尝考在昔，颇见造物情。离堆太史公，青莲老先生。悲鸣伏枥骥，躃蹋失水鲸。饱以五车读，劳以万里行。险艰外备尝，愤郁中不平。山川与风俗，杂错而交并。……故其所述作，浩浩河流倾，岂惟配诗书，自足齐夔夔。"① 他以为文章的成功不仅要"饱以五车书"，而且还要"劳以万里行"，并大赞司马迁、李白这种备尝辛苦，体味山川风俗的经历，正是这种体验使他们诗文颇具气象。对诗歌的体验式阐释也是理解诗歌非常重要的手段，古人在品味诗歌时强调反复涵泳，即沉浸其中，不断体味。既要对诗歌文本有准确的理解，更重要的则是突破前人的束缚，以获得突破性的认识。对于写景状物的诗歌来说，要想获得突破性的认识，现场体悟尤为重要。刘勰在评价屈原的诗歌时说："若乃山林皋壤，实文思之奥府，略语则阙，详说则繁，然屈平所以能洞鉴风骚之情者，抑亦江山之助乎？"② 刘勰以为山川林泉，是文章的源泉之一，屈原的作品之所以能够独领风骚，山川江河也有相当的帮助。宋代的诗歌批评中也非常讲究"体验诗学"，杨万里就是一个激进的例子，他以为"闭门觅句非诗法，只是征行自有诗"③，闭门读书并不能真得诗之三昧，只有不断地亲近山水才能创作出更好的诗歌，他在诗文中多次表达了这样的看法④。陆游虽然没有像杨万里那么极端，但他同样非常重视征行体验。先前在书本上所得到的知识毕竟是抽象的，能够在现场体会

---

① （宋）陆游著，钱仲联校注：《剑南诗稿校注》卷十八，第1433页。
② （南朝梁）刘勰著，范文澜注：《文心雕龙注》卷十《物色》，第694—695页。
③ （宋）杨万里著，辛更儒笺校：《杨万里集笺校》卷二十六《下横山滩头望金华山》，中华书局2007年版，第1356页。
④ 关于杨万里的"体验诗学"，周裕锴已在《宋代诗学通论》"乙编第一章"中有论述，可参看（第127—131页）。

曾经读过的诗句，自然对这些诗歌会有进一步的认识。这些实践也会为诗歌的创作提供丰富的经验。陆游认为写好诗歌，并不在于充分掌握诗歌的形式，而在于诗歌之外，正如他在《示子遹》一诗中所言："汝果欲学诗，工夫在诗外。"① 诗歌品格的高低，在于诗人的阅历、见解、才智、学养，等等。对于山水行旅诗而言，切身的体会就是"诗外功夫"，能使诗歌的艺术水平有很大提升。陆游在他的诗歌中也多次表达这一观念，如他在《题庐陵萧彦毓诗卷后》中说："君诗妙处吾能识，正在山程水驿中。"② 认为萧诗之妙在于"山程水驿"之间。《遣兴》："江山好处得新句，风月佳时逢故人。"③ 美丽的风景能够催生新的诗句。《予使江西时以诗投政府丐湖湘一麾会召还不果偶读旧稿有感》："挥毫当得江山助，不到潇湘岂有诗？"④《夜闻雨声》"我似骑驴孟浩然，帽边随意领山川。"⑤ 凡欲得山川之美，必身临其境。《入蜀记》就是对山川遗迹之美的一次胜览，这次长时间的旅行，不仅使陆游的诗歌创作有了新的面貌，而且他在诗歌理论方面也有了一些新的认识。《入蜀记》往往能将山川遗迹与诗歌结合，相互引发，释疑解惑，其中不乏精到的评论。此作可谓读万卷书，行万里路的典型，对后人体悟诗歌有很好的示范作用。

陆游的诗歌创作先是从学习江西诗派入手的，但是他又不拘泥于此，而是突破规矩，自开格局。蜀中之行，既是一次旅行体验，也是一次诗歌涵泳的过程。他在入蜀途中花费时间一百五十七天，创作诗歌六十余首，与他以前的诗相较这些诗歌别有风貌。这种创作的转向是建立在他对前代诗歌深层把握和切身体验基础上的。《入蜀记》中这种看似随意的诗歌品鉴，是陆游诗学重要的组成部分，理当引起重视。

三 《入蜀记》的学术品格

由唐入宋，社会结构发生了很大的变化，文化生产方式也随之变动，

---

① （宋）陆游著，钱仲联校注：《剑南诗稿校注》卷七十八，第4263页。
② 《剑南诗稿校注》卷五十，第3021页。
③ 《剑南诗稿校注》卷四十三，第2693页。
④ 《剑南诗稿校注》卷六十，第3474页。
⑤ 《剑南诗稿校注》卷六十九，第3847页。

学术的转向是非常重要的变动之一。宋人在承接前代学术的基础上，自开格局，有了新的气象。王国维曾言："宋代学术，方面最多，进步亦最著。"① 柳诒徵在《中国文化史》中说："有宋一代，武功不竞，而学术特昌。上承汉、唐，下启明、清，绍述创造，靡所不备。"② 文人以博学而自豪。他们饱读诗书，自创新见，形成了良好的学术氛围。陆游虽不是宋代最具代表性的学术人物，然而他学问渊博，见解独特，在学术上有很高的造诣。

陆游之祖父陆佃是王安石的学生，精于典章制度，名物考证，是名噪一时的经学家。其父陆宰也是著名的藏书家和学者，如他承陆佃《春秋后传》著《春秋后传补遗》一卷，在学问上有一定的造诣。陆氏家族的这种学术传统，对陆游产生了很大的影响，他从小耳濡目染，承续家学，取得了令人瞩目的成就。在陆游的诗文创作中，这种学术的影响也极为明显。

当然，陆游的学术主要来自后天的努力。陆游一生酷爱读书，甚至达到痴迷的程度，这种长期的积累使自己的学术涵养不断加深。他的诗歌中有关读书的诗歌很多，可以构成一个类别，这正从一个侧面说明他学术的积淀。已有学者对该类诗进行了研究③。陆游出自书香门第，嗜书如命，长年累月勤奋苦读，对经史子集皆有广泛深入的涉猎。陆游读书的情形在他的《书巢记》中有一段描述："吾室之内，或栖于椟，或陈于前，或枕藉于床，俯仰四顾，无非书者。吾饮食起居，疾痛呻吟，悲忧愤叹，未尝不与书俱。宾客不至，妻子不觌，而风雨雷雹之变，有不知也。间有意欲起，而乱书围之，如积槁枝，或至不得行。"④ 这种一日不能无书的学者形象，在他的诗歌中勾画得更为具体，莫砺锋已有精彩论

---

① 王国维：《宋代之金石学》，载《王国维遗书》第五册《静庵文集续编》，第70页。
② 柳诒徵：《中国文化史》，中国大百科全书出版社1988年版，第503页。
③ 如童炽昌《读陆游的读书诗》（《文史知识》1984年第6期）、艾思《陆游论读书》[《包头师专学报》（社会科学版）1987年第1期]、骆守中《陆游读书治学诗话》（《陕西教育》1994年第10期）、莫砺锋《陆游"读书"诗的文学意味》（《浙江社会科学》2003年第2期）等文对陆游的读书诗进行了一定的研究。
④ 《渭南文集》卷十八，《陆游集》，第2143页。

述①。陆游读书不是漫无目标的，自有其方法，他在《万卷楼记》中说："学必本于书。一卷之书，初视之若甚约也。后先相参，彼是相稽，本末精粗，相为发明，其所关涉，已不胜其众矣。一编一简，有脱遗失次者，非考之于他书，则所承误而不知。同字而异诂，同辞而异义，书有隶古，音有楚夏，非博极群书，则一卷之书，殆不可遽通。此学者所以贵夫博也。"②由博返约，触类旁通，相互发明，这是陆游读书的心得，也是他学问精进的原因。陆游在不断泛读与精读的基础上，学问日渐精进。陆游的学识也处处体现在他的文学创作中，所以他的诗文可看作学者之诗文。刘壎曾评陆游诗文："凡此皆以议论为文章，以学识发议论。非胸中有千百卷书，笔下能挽万钧重者不能及。"③道出了陆游诗文的特点。其实，我们细读《入蜀记》，如果没有宏博的学识，很难写出这种融考证与文学为一体的文章。

历来谈陆游的学术，比较注重《南唐书》和《老学庵笔记》，前者记述史实，钩沉南唐王朝的事迹，总结南唐成败兴亡的历史规律，考订博洽，颇见功夫；后者是一部笔记，记载了很多唐宋时期的名物典章与逸闻趣事，考证严谨，补遗纠谬，有很高的学术价值。《入蜀记》常常被看作一部游记，往往忽略其学术价值，然细读该书，其中也不乏严肃的考辨和仔细的推敲，处处体现着陆游深厚的学术素养，是一部具有学术品格的行记。我们前一部分所论述的陆游的"体验诗学"就是他学术的一部分，除此之外，其中还有很多学术的闪光点。我们大略论述如下。

首先，《入蜀记》中有广阔的学术视野和严谨的考辨。融入学术思辨，在历代的行记作品中并不多见，即便在学术发达的宋代，能够将一些琐细的考辨如此密集地带入行记作品中，也是比较独特的。与宋代其他的文人行役记相比，陆游的《入蜀记》也因其学术品格，独树一帜。作者抱着求真的严谨态度，对诸遗迹进行了一番考证。这种随意的考证在《入蜀记》中俯拾即是，有的短小精悍，随行记写，有的篇幅较长，是经

---

① 莫砺锋：《陆游诗中的学者自画像》，载《南京师范大学文学院学报》2003年第2期。
② 《渭南文集》卷二十一，《陆游集》，第2179页。
③ （清）刘壎：《隐居通议》卷二十一《骈俪》，清《海山仙馆丛书》本。

过缜密思考而形成的。为了能够清晰地了解陆游在《入蜀记》中精到博洽的考证，我们引一段完整的考证文字：

> 藏殿后有南齐王简栖碑，唐开元六年建。苏州刺史张庭圭温玉书。韩熙载撰碑阴，徐锴题额，最后云：唐岁在己巳，武昌军节度观察留后知军州事杨守忠重立，前鄂州唐年县主簿秘书省正字韩虁书。碑阴云："乃命犹子虁，正其旧本，而刊写之。"以是知虁为熙载兄弟之子也。碑字前后一手，又作"温"字不全，盖南唐尊徐温为义祖，而避其名，则此碑盖虁重书也。碑阴又云："皇上鼎新文物，教被华夷，如来妙旨，悉已遍穷，百代文章，罔不备举，故是寺之碑，不言而兴。"按此碑立于己巳岁，当皇朝之开宝二年，南唐危蹙日甚，距其亡六年尔。熙载大臣，不以覆亡为惧，方且言其主鼎新文物，教被华夷，固已可怪。又以穷佛旨，举遗文，及兴是碑为盛，夸诞妄谬，真可为后世发笑。然熙载死，李主犹恨不及相之。君臣之惑如此，虽欲久存，得乎？唐制，节度使不在镇，而以副大使或留后居任，则云知节度事，此云知军州事，盖渐变也。唐年县，本故唐时名，梁改曰临夏，后唐复，晋又改临江，然历五代，鄂州未尝属中原，皆遥改耳。故此碑开宝中建，而犹曰唐年也。至江南平，始改崇阳云。简栖为此碑，骈俪卑弱，初无过人，世徒以载于《文选》，故贵之耳。自汉魏之间，骎骎为此体，极于齐梁，而唐尤贵之，天下一律，至韩吏部、柳柳州，大变文格，学者翕然慕从。然骈俪之作，终亦不衰。故熙载、锴号江左辞宗，而拳拳于简栖之碑如此。本朝杨、刘之文擅天下，传夷狄，亦骈俪也。及欧阳公起，然后扫荡无余。后进之士，虽有工拙，要皆近古。如此碑者，今人读不能终篇，已坐睡矣，而况效之乎？则欧阳氏之功，可谓大矣。若鲁直云："惟有简栖碑，文章岿然立。"盖戏也。①

---

① 《渭南文集》卷四十六，《陆游集》，第2441—2442页。

第三章　宋代文学演进与文人行役记　　165

这是陆游对南齐王简栖碑的一段考证文字，文中先对简栖碑历代重刻、碑阴题刻、撰额等变迁进行了梳理：简栖碑最早立于开元六年，初为唐人张庭圭所撰，后唐韩熙载又撰碑阴，徐锴撰额。后唐己巳，武昌节度杨守忠重立，韩夔书写。陆游对此碑前后的变迁进行了详细的考察，当他读到碑阴的一段记载时，认为南唐危如累卵，此碑的记载"夸诞妄缪"，不足为道。同时，作者借碑文考察了"知节度事"一官到"知军州事"的变化。此外，陆游还附带讨论了唐年县的地名变迁。尤应引起注意的是文末对此碑正文的思辨和议论，正表达了他对骈文、古文的看法。陆游把简栖碑放在文章学发展的大背景下，认为简栖碑本无过人之处，只是当时骈文还处于起步阶段，所以《文选》选入此碑，才引起了大家的注意。唐代骈文大行，后唐辞宗韩熙载、徐锴，宋初之杨亿、刘筠皆大推骈文，韩愈、柳宗元、欧阳修等人能在此背景下倡导古文，实开文章之风气。这令陆游极为感慨，大赞欧阳修之功。由此碑所引发的探寻考证与思辨批评，真可谓是一篇学术小文。

其次，对碑刻的格外注意。对碑刻的考证是《入蜀记》用力较多的，作者每到一处对碑刻格外留意，往往会对碑刻作巨细无遗的记载。这些碑刻承载了很多人文信息，也是作者的兴味所在。王国维在讨论宋代的金石学时说："士大夫亦各有相当的素养，赏鉴之趣味与研究之趣味，思古之情与求新之念，互相错综。"[①] 其实，陆游在《入蜀记》中对碑刻的留意，正是他赏鉴与研究兴味的体现，也是他作为学者与文学家双重身份的映照。他对碑刻处处关心，如，六月五日："游宝华尼寺，拜宣公祠堂，有碑，缺坏磨灭之余，时时可读，苏州刺史于頔书。大略言……"[②] 六月九日："县治有石刻曾文清公渔具图诗，前知县事柳楥所刻也。渔具比《松陵倡和集》所载，又增十事云。"[③] 八月九日："寺极大，连日游历，犹不能遍。唐碑亦甚多，惟颜鲁公题名，最为时所传。"[④] 九月十四

---

① 王国维：《宋代之金石学》，载《王国维遗书》第五册《静庵文集续编》，第74页。
② 《渭南文集》卷四十三，《陆游集》，第2408页。
③ 同上书，第2409页。
④ 《渭南文集》卷四十六，《陆游集》，第2435页。

日:"有碑言邑人一夕同梦二神人……然碑无年月,不知何代也。"① 十月九日:"欧诗刻石庙中。又有张文忠一赞,其词……"② 十月十五日:"有熙宁中谢师厚、岑岩起题名,又有陈尧咨所作记,叙此洞本末,云唐天宝中,猎者始得之。"③ 十月十九日:"旧有石刻'宋玉宅'三字,近以郡人避太守家讳,去之。或遂由此失传,可惜也。"④ 十月二十日:"观唐天宝元年碑,载明皇梦老子事,巴东太守刘瑫所立。字画颇清逸,碑侧题当时郡官吏胥姓名,字亦佳。又有周显德中荆南判官孙光宪为知归州高从让所立碑。"⑤ 十月二十六日:"肩舆入关,谒白帝庙,气象甚古,松柏皆数百年物。有数碑,皆孟蜀时所立。庭中石笋,有黄鲁直建中靖国元年题字。"⑥ 两宋不仅搜求金石碑刻,而且还进行广泛深入的研究,金石学可谓一时之风气。这种对碑刻的格外留意,与整个宋代的学术文化背景相一致。宋代的学术研究,在秉承了前人的基础上,不断反思,疑古。可以说,金石学的兴起与疑古思潮之间有内在的联系。我们如果将陆游的这种行为放在整个宋代学术发展的大背景下来看,这其实正是一代文人求真求信精神的体现。

最后,文献与实物相印证。"二重证据法"是王国维在研究古史时提出的一种方法,即文献和考古材料的相互印证。其实古人有意无意中也在使用这种方法,南宋时期的陆游在入蜀旅行中也使用这种方法,考证遗迹,文献与实物相互发明,令人耳目一新。我们且看几例:

此山多峭崖如削,然皆土也,国史以为石壁峭绝,误矣。⑦

初问王守仪真观去城远近,云在城南里许。方怪与国史异,既

---

① 《渭南文集》卷四十七,《陆游集》,第2447页。
② 《渭南文集》卷四十八,《陆游集》,第2454页。
③ 同上书,第2456页。
④ 同上书,第2457页。
⑤ 同上。
⑥ 同上书,第2459页。
⑦ 《渭南文集》卷四十三,《陆游集》,第2412页。

归，亟往游，则信城南也。有老道士出迎，年七十余，自言庐州人，能述仪真本末。云旧观实在城西北数里小土山之麓，祥符所铸乃金铜像，并座高三丈，以黄麾全仗道门幢节迎赴京师，皆与国史合。①

最后至凤凰山延禧观，观废于兵烬者四十余年，近方兴葺。羽流五六人，观主陈廷瑞，婺州义乌县人，言此古青华观也。有赵先生……太宗皇帝召见，度为道士，赐冠简，易名自然，给装钱遣还，遂为观主。……先生恳求还山养母，得归，一日，无疾而逝。门人葬之山中，行半途，棺忽大重不可举，其母曰："吾儿必有异。"命发棺，果空无尸，惟剑履在耳，遂即其处葬之。今冢犹在，谓之剑冢。自然，国史有传，大概与廷瑞言颇合，惟剑冢一事无之。②

第一则是陆游对北固山形态的记写，陆游所看到的是"峭崖如削，然皆土也"，与本朝历史文献中所记的"石壁峭绝"不一致，他认为这是国史的错误。第二则是陆游对仪真观的考察，他通过打听得知此观在城南，与国史的记载有出入。后他又在仪真观访问老道士，才知晓此观旧址确不在城南，而在城西北。观中的铜像等遗迹皆与国史相合。第三则是陆游从延禧观观主陈廷瑞那里所听昔日观主赵先生自然的事迹，自然的故事颇具传奇色彩，陆游通过国史考证，认为这个故事大致可信，唯"剑冢一事"本朝文献没有记载，值得怀疑。从这三条记载来看，陆游一方面通过亲自调查，对国史的一些记载提出质疑，另一方面他从耆旧口中获取一些传闻，以证国史。他不偏听偏信，对很多事情都有自己的看法。

除了利用国史的材料，陆游也很重视方志、图经等文献。如：

携统游东园。……昔之闳壮巨丽，复为荆棘荒墟之地者四十余年，乃更葺为园。以记考之，惟清晏堂、拂云堂、澄虚阁粗复其旧，

---

① 《渭南文集》卷四十四，《陆游集》，第 2415—2416 页。
② 《渭南文集》卷四十五，《陆游集》，第 2426—2427 页。

与右之清池、北之高台尚存。①

又有祭悟空禅师文曰："保大九年，岁次辛亥九月，皇帝以香茶乳药之奠，致祭于右街清凉寺悟空禅师。"按南唐元宗以癸卯岁嗣位，改元保大，当晋出帝之天福八年，至辛亥，实保大九年，当周太祖之广顺元年。则祭悟空者，元宗也。《建康志》以为后主，非是。②

塔西南有小轩，曰木末。其下皆大松，髯甲夭矫如蛟龙，往往数百年物。木末，盖后人取王文公诗"木末北山云冉冉"之句名之。《建康志》谓公自命此名，非也。③

此矶，图经及传者皆以为周公瑾败曹操之地，然江上多此名，不可考质。④

荆南，图经以为楚之郢都，梁元帝亦尝都焉。⑤

第一则是陆游游东园时的记载。东园经过长期荒废后，后又重建，陆游查阅了相关文献，认为这里建成后的面貌已与原来大别。陆游所说的"记"应该是当地的地方文献。陆游对当代人所恢复的前代遗迹，抱着谨慎的态度考察，绝不信以为真。第二则是对《祭悟空禅师文》的一段考证，陆游对南唐史极为熟悉，他经过考辨认为祭悟空者，应为元宗，并对《建康志》中所记后主祭祀悟空事予以纠正。第三则是陆游对钟山道林真觉大师塔西南王安石小轩命名问题的考证，认为"木末"之名是后人根据王安石的诗句所拟，非《建康志》所言王安石自己拟命。第四

---

① 《渭南文集》卷四十四，《陆游集》，第2415页。
② 同上书，第2418页。
③ 同上。
④ 《渭南文集》卷四十六，《陆游集》，第2440页。
⑤ 《渭南文集》卷四十七，《陆游集》，第2448页。

则是对图经及传关于"赤壁矶为周公瑾败曹操之地"记载的质疑,陆游以为江上地名重复很多,图经和传的记载未必准确。第五则借图经之载以记荆南。

其实,《入蜀记》中的学术表现绝不止这些,我们细读全文会发现作为学者和文学家双重身份的陆游,他将自己的学问融通在文学表达中,让我们时时能够感受到南宋文人对学问的一种态度。可以说,《入蜀记》就是一部学术与文学结合的典范之作。清人张淏的评价颇为中肯,他说:陆游"自少颖悟,学问该贯,文辞超迈,酷喜为诗。其他志铭记序之文,皆深造三昧,尤熟识先朝典故沿革,人物出处,以故声名震耀当世。"①正因为他"学问该贯,文辞超迈",所以能够创造出《入蜀记》这样兼具学术品味的文学之作。我们从学术的角度考察《入蜀记》,并不在于探求其中的学术价值,而是在于了解宋代文人行役记所具有的学术倾向,这一倾向所反映的正是文人行役记区别于其他行记的独有品格。其实我们考察诸多宋代的文人行役记,多少都具有这样的特点,如张舜民的《郴行录》,范成大的《吴船录》《骖鸾录》等,只不过这些行记在学术倾向上并没有《入蜀记》这么突出罢了。

陆游之所以被称为"中兴大家",固然他在诗歌方面的成就令人刮目,其实他散文的成就同样突出,《入蜀记》就是一部难得的佳作。明人评陆游的散文说:"放翁文笔简健,有良史风,故为中兴大家。"② 诚然,放翁散文用史笔写来,萧散自然,不愧为"中兴大家"。莫砺锋也对《入蜀记》有很高的评价,他以为:《入蜀记》"不但成了陆游的散文创作中最为引人注目的一部分,而且成了宋代笔记体散文中不可多得的佳作。后人非常重视陆游在巴蜀的生活经历对其诗歌成就的影响,却很少认识到巴蜀之游对陆游散文创作的巨大作用。陆游曾说:'古乐府有《东武吟》,鲍明远辈所作,皆名千载。盖其山川气俗,有以感发人意,故骚人墨客得以驰骋上下,与荆州、邯郸、巴东三峡之类,森然并传,至于今

---

① (清)张淏:《会稽续志》卷五,清嘉庆十三年刻本。
② (明)祝允明:《书新本渭南文集后》,《渭南文集》后序,《四部丛刊初编》本,上海商务印书馆缩印江南图书馆藏明华氏活字印本,第440页。

不泯也。'《入蜀记》就是在自浙东至于巴东的数千里'山川气俗'的感发下写成的一部杰作,它与作者安坐在故乡书斋里所写的散文作品有着不同的艺术风貌。"① 巴蜀之游不仅对陆游的诗歌来说是一次重要的契机,而对他的散文来说也吸收了"山川气俗",因而别具风貌。

小 结

　　宋代的文人行役记在继承前代创作的基础上,形成了自己的特色。一方面与游记的界限变得更为模糊,创作者将目光投向了长江以南诸地,他们在日常的山水中重新发现美、诠释美,虽说是行役,也不乏审美的愉悦;另一方面,这些文人行役记,突出彰显了宋代的文化精神,正如我们本章所论述的《入蜀记》一样,具有鲜明的文化胜览倾向。宋代的文人行役记产生于一个文化昌盛的时代,时代特点如涓涓细流一般浸润每一部记。我们细读宋代的文人行役记,如《郴行录》《西征记》《入蜀记》《吴船录》《骖鸾录》《黔南道中行记》《归庐陵日记》《南归录》《入闽录》《入越录》等作品都会感觉有一种时代之气的润泽。这些行记的作者不仅是文学家,而且是学者、官员,这种复杂的身份使他们创作的行记不同于魏晋南北朝以及隋唐的行记,形成了独烙宋代印记的文化型行记。由于国家政治形势的变化和个人生活旨趣的改变,宋代的文人并不把域外作为探索的重点,他们在自我的审美世界中开始重新审视身边的风景,追寻往昔的文化记忆。这些行记不仅有文学之美,而且也具有文化之根。李慈铭在评价范成大的《吴船录》、陆游的《入蜀记》时说:"范陆二公所作皆极经意。山水之外,多征古迹;朝夕之事,兼及朝章;脍炙艺林,良非无故。"② 山水描写与征寻古迹是其基本内容,然一山一水,一碑一寺中皆反映着士大夫的家国情怀。这些行记之所以在宋代文学中占有一席之地,除了文辞的优美外,其所包含的文化精神才是其内核。

---

　　① 莫砺锋:《读陆游〈入蜀记〉札记》,载《文学遗产》2005年第3期。
　　② (清)李慈铭:《越缦堂读书记》十二"札记"类,第1267页。

第四章

唐宋交聘行记与夷夏之辨

　　交聘行记是唐宋行记中数量较多的一类行记，交聘行为本身是由官方主导的，所以由此而产生的旅行记录，多有浓厚的官方色彩。交聘行记的创作主体是官员，这种身份决定了他们行记的视角。唐代的交聘虽属于国家层面的行为，但旅行的记录却较为随意，不像宋代使辽、使金必有行记，已经成为一种定制。唐代的交聘行记，按交聘对象的不同，大致可以分为两种：一是旅行到域外所产生的行记，我们姑且称为域外交聘行记，如王玄策的《中天竺国行记》、顾愔的《新罗国记》、李宪的《回鹘道里记》、刘元鼎的《使吐蕃经见纪略》、张建章的《渤海国记》、陆贽的《遣使录》以及佚名的两部行记《奉使高丽记》和《两京道里记》等；二是旅行到与唐之间有藩属关系的蛮夷之地所产生的行记，我们且成为旅蕃行记，如达奚通的《海南诸蕃行记》、袁滋的《云南记》、徐云虔的《南诏录》、窦滂的《云南行记》、韦齐休的《云南行记》、佚名的《戴斗诸蕃记》等。唐代的交聘行记多是随意之作，并不像宋代的交聘行记有制度的保证，所以唐代的交聘行记显得涣散，不成体系，而交聘的对象也不像宋代那样单一。唐代的交聘行记今所存者极为有限，我们已无法全面窥探其整体面貌，只能借助片言只语，以存梗概。所以，本章虽题为"唐宋交聘行记与夷夏之辨"，然在具体的论述中不得不侧重于宋代的交聘行记。宋代的交聘行记，多是在制度保障下产生的语录体行记，也有少数在交聘过程中产生的私人行记。这二者共同构成了宋代交聘行记的全貌。宋代交聘的重点在辽金，故交聘行记十之八九是关于辽金的，只有极少数涉及西域、河湟、高丽诸地。这些行记有一定的规模，然亡佚也非常严重，今完整保存者也数量有限，不过我们依然能从这些保存下来的行记中看到宋代文化的一些风貌。

夷夏之辨是一个古老的话题，大致形成于春秋时期，后由于时事和政治形势的不同，又有新的内涵。夏代开始对异族就有了一定的认识。夏是一个松散的联盟，与周边部族的关系错综复杂，常常呼周边的民族为"夷"，如风夷、黄夷、白夷、淮夷、赤夷、玄夷、方夷、莱夷、堣夷、阳夷、岛夷、畎夷、皮服岛夷，等等。"夷"泛指四夷，并非指东方的部族。以文化而论，也有发展程度很高的部族，如东夷[①]。夏代夷夏之辨尚未形成，也无所谓以文化或地理来区别夷夏。商代后期疆域范围不断延展，较之夏有了很大的开拓，在此拓展过程中，商一方面逐步兼并融合周边的部族，另一方面又与周边的部族冲突不断。商人凭借其在制度、军事、文化、经济诸方面的优势地位，逐渐自信，并形成了以我为中心的"天""帝"观念[②]，他们认为商就是天、帝的代表，周围诸族理当服从。西周时期夷夏区分还极为狭隘，陈致指出夏就地理而言主要指岐周、宗周一带，夷则指周边的部族。就人群而言，夏指所谓王人周人西方之人；而夷或为群体概念，或为个体概念，或为社会地位与身份的标识。西周关于夷夏的区别尚停留在比较狭隘的层面，"在地理与民族概念上既非春秋的'中国'与周边民族之分，文化上也绝非春秋以后的'华夏'与'夷狄'之分"[③]。夷夏之辨正式形成于春秋时期，这一时期是国家重组与构建的关键时期。西周末年，周边部族纷纷内徙，华夏与蛮夷杂居错处。人们对夷夏的区别，既非地理也非种族，而是文化，更为准确地说是"礼"，这一点在《左传》之中有明确的反映[④]。可以看

[①] 可参看栾丰实《东夷考古》，山东大学出版社1996年版；张福祥《东夷文化通考》，上海古籍出版社2008年版。
[②] 郭沫若：《郭沫若全集·历史编》第一卷，人民出版社1982年版，第324页。
[③] 陈致：《夷夏新辨》，载《中国史研究》2004年第1期。
[④] 笔者曾撰一文《从〈左传〉看春秋时期的夷夏观念》（未刊稿），就此问题作过专门的讨论。我们在综合分析《左传》中关于夷夏问题有关材料的基础上，认为《左传》中的夷夏观念是以"礼"为内核的。

出，先秦夷夏之辨的形成与人们对天下、空间的认识是密不可分，然经过不断反省与思考，最终落实到了文化这一根本问题上。后代的夷夏之辨也基本沿袭了先秦的思维，形成了两个主要论题：一是严夷夏之防，即将夷限制在固定的空间，防止与夏的融合；二是以夏变夷，天下一家，即通过文化的渗透逐渐使夷人同化，最终达到一统的局面。

外交旅行群体是古代旅行中非常重要的一个群体，他们作为官方的使者，须克服重重困难完成国家交付的任务，他们一般都沿着固定的路线出使外邦，沿途总有一些典型的文化景观留在他们的印象中，所以在这一活动中逐渐形成了集体文化记忆。而这一活动本身又有强烈的个人色彩，不同的个体对同一事物并不一定都有相同的感受，所以这一旅行又属个人的记忆。这两种记忆交织在一起共同形成了一幅异域的图景。使者们有时除了撰写旅行记之外，还会将自己在异域的所见、所感、所闻陈述给史官，以便编纂史书。在很长一段时间里，人们的域外知识多是来自外交使者。然外交使者也不可能全面准确地反映自己在域外的观感，他们记录的选择、感受等都会深深打上自己文化的烙印。地域、文化、心理的差异在旅行中变得极为具体，尤其是一直以正统文化自居的中原王朝的使者，会强烈地感受到异域文化的冲击，通常会有一些文化景观引起他们的不适，这主要源自他们所见文化景观的"异质性"，或者说是"夷性"。中国自古以来所形成的夷夏观念，就是对"异质"文化所作的思考与总结。这一观念的形成有着复杂的族群记忆与地域变迁背景，现实中与异域的交往又不断丰富和发展着夷夏的界说。作为异域记录的交聘行记，一方面是一种客观的记录，另一方面却掺杂着根深蒂固的夷夏观念。这类行记无疑是反映夷夏问题的绝好材料。本章的研究除了勾勒传统夷夏观念影响下的文化景观之外，还要重点考察不同历史背景下夷夏观念的嬗变以及形成这种变化的原因。

第一节　唐代的交聘行记与夷夏之辨

唐初，夷夏之防尤为松动，唐太宗曾这样认识夷狄，他说："夷狄亦人耳，其情与中夏不殊。人主患德泽不加，不必猜忌异类。盖德泽洽，则四夷可使如一家。"①太宗不断强调他对夷狄的态度，所谓华夏戎狄，爱之如一②。其实这一思想是汉代以来所形成的大一统思想的延续。太宗之后，这种观念保持了一段时间。到了唐玄宗时期，异族文化大量输入，胡化甚至成为一时之风气。安史之乱，起于异族，自此之后夷夏之防渐严。关于唐代夷夏观念之演变，傅乐成已有详细论述③。确实，唐代开国之初，夷夏之界甚为宽松，尤其是在太宗朝时人对外来文化抱着非常宽容的态度，异域文化也大量输入中原。在此背景下，一些走出国门的旅行者对异域的观感也没有太多歧视，表现出一种包容的态度。这从一些行记中便可看到，如《大唐西域记》与《大慈恩寺三藏法师传》两部行记是玄奘以僧人的身份去印度学习佛教文化时的旅行体验，但是他没有因为向别人学习而有自卑之感，相反我们在这两部行记中能无形感受到玄奘的自信，这种自信的背后其实所潜隐的正是唐人对自己文化的底气，对异域文化的一种包容。另外，在佛教徒心目当中，印度是他们信仰的归宿，他们对宗教文化的认同在一定程度上淡化了对本土文化的强调。所以，在佛教文化景观的记写中，僧人行记有意无意模糊了国家的观念，淡化了对本族文化的认同。但唐代的交聘行记并不像僧人行记将那种文化的自信隐藏于无形之中，他们往往更为强烈地表达文化的自豪感，身在域外，文化气度不减。太宗、高宗朝曾四度出使印度的王玄策就有很强的文化自信，从来没有感受到异族文化威胁。我们通过他第二次出使天竺时的一件事就能看到这种文化的自信。贞观二十二年（648年），王玄策出使到天竺国，会中天竺国王新死，国内大乱，臣子阿罗那顺篡位自立，此王发兵抓获了王玄策及其随从，王玄策深夜逃遁至吐蕃，借吐蕃及泥婆罗兵近万人进攻中天竺，俘获新王阿罗那顺④。这件事引起了天竺国极大的震动，使唐代的国威远扬。显然，王玄策这一行

---

① （宋）司马光：《资治通鉴》卷一百九十七《唐纪》"贞观十八年"，第6215—6216页。
② 《资治通鉴》卷一百九十八《唐纪》"贞观二十一年"，第6247页。
③ 傅乐成：《唐代夷夏观念之演变》，《大陆杂志》第25卷第8期，1962年。
④ 《旧唐书》卷一百九十八《天竺传》，第5308页。

第四章 唐宋交聘行记与夷夏之辨

为的背后就是国势的强大与文化的自信。而王玄策回国后所撰的《中天竺国行记》[①]中也时而流露出对异域文化的态度。其中载汉使奉敕，在摩伽陀国的一个寺院里立碑，其碑有言："大唐牢笼六合，道冠百王。文德所加，溥天同附。是故身毒诸国，道俗归诚。皇帝愍其忠款，遐轸圣虑。乃命使人朝散大夫行卫尉寺丞上护军李义表、副使前融州黄水县令王玄策等二十二人，巡抚其国。……皇帝远振鸿风，光华道树，爰命使人届斯瞻仰。此绝代之盛事，不朽之神功。如何寝默咏歌，不传金石者也！乃为铭曰：大唐抚运，膺图寿昌。化行六合，威棱八荒。身毒稽颡，道俗来王。"[②]后又观佛圣迹，在山为铭，其言："大唐出震，膺图龙飞。光宅率土，恩覃四夷。化高三五，德迈轩羲。高悬玉镜，垂拱无为。道法自然，儒宗随世。安上作礼，移风乐制。发于中土，不同叶裔。"[③]这两处碑铭虽然是官样文章，但我们依然能够感受大唐的那种气势。在唐人的世界里，四夷对唐根本构不成威胁，皆是被归化的对象，此处所谓"文德所加，溥天同附""化行六合，威棱八荒""光宅率土，恩覃四夷"，

[①] 关于王玄策出使印度一事，学界已经有很多研究成果。柳诒徵对王玄策关注很早，并撰有《王玄策事辑》一文（《学衡》1925年第39期），后陆续有学者对王玄策的事迹进行钩沉和研究，如冯承钧《王玄策事辑》（《西域南海史地考证论著汇编》，中华书局1957年版）。陆庆夫和孙修身二人对王玄策之事研究用力颇多，如陆庆夫的《论王玄策对中印交通的贡献》（《敦煌学辑刊》1984年第1期）、《关于王玄策研究的几点商榷》（《敦煌研究》1994年第3期），孙修身《王玄策事迹钩沉》（新疆人民出版社1998年版）、《唐朝杰出外交活动家王玄策史迹研究》（《敦煌研究》1994年第3期）、《唐敕使王玄策使印度路线再考》（《中国历史地理论丛》1997年第2期）等都对王玄策的出使印度一事有详细讨论。1990年，西藏自治区文管会文物普查队在西藏吉隆发现了王玄策第三次出使天竺时勒石记功的碑铭《大唐天竺使出铭》，学界以此铭的出土为契机，对王玄策的事迹又做了进一步的研究。霍巍围绕此碑发表的一系列成果最具代表性，如《西藏吉隆县发现唐显庆三年〈大唐天竺使出铭〉》（《考古》1994年第7期）、《〈大唐天竺使出铭〉及相关问题的研究》（《东方学报》第66册，1994年）、《〈大唐天竺使出铭〉相关问题再探》（《中国藏学》2001年第1期）等。此碑在文献研读方面有林梅村《〈大唐天竺使出铭〉校释》（《汉唐西域与中国文明》，文物出版社1998年版）、郭声波《〈大唐天竺使之铭〉之文献学研识》（郭氏认为原来碑名中的"出"应为"之"。《中国藏学》2004年第3期）等文。此处我们所论的《中天竺国行记》是王玄策出使印度回国后写成的行记，又名《西国行传》《王玄策传》《西国行记》等，此书早已亡佚，然《法苑珠林》中引录颇多。

[②] （唐）道世著，周叔迦、苏晋仁校注：《法苑珠林校注》卷二十九《感通篇》，中华书局2003年版，第908页。

[③] 同上书，第911页。

强调通过文化归服远人，也正是唐初夷夏观念的体现。《中天竺国行记》多为《法苑珠林》引录而存，所以我们所能看到的记录多是记载佛教之事。

安史之乱后则情况大不一样，唐在西北所受异族的压迫日益严重，曾经一度河西、陇右尽陷吐蕃。唐与吐蕃连年战争，双方都已筋疲力尽。长庆元年（821年）吐蕃遣使请求会盟，唐同意与吐蕃会盟，双方约定分别在长安、逻些两地会盟。长安会盟结束后，大理卿刘元鼎作为唐王朝会盟使前往逻些会盟，他于长庆二年（822年）从逻些返回，并将自己在途中的所见所感写成简短的行记《使吐蕃经见纪略》。刘元鼎这篇行记虽然不长，但是体验强烈，其中最令人印象深刻者，是他对遗民的感受。刘元鼎看到唐陇右故地皆为吐蕃占有，这里的遗民每天都盼望着唐收复故地，一些遗老碰到刘元鼎出使的团队，含泪询问大唐的情况，并委婉探寻唐是否忘记了他们，急切盼望唐军收复失地。刘元鼎对遗民的这种感受在敦煌没蕃诗人的诗歌中最为强烈[①]，可以和行记相参看。刘元鼎在赤岭看到"张守珪所定封石皆仆，独虏所立石犹存"。这是唐和吐蕃以前的边界，但是当刘元鼎出使吐蕃时这里却变成吐蕃的纵深地带。土地的失去意味着文化的变迁，在沦陷区杂糅着胡汉两种文化，常常让行人有一种文化的错位感。刘元鼎在吐蕃王庭除了感受吐蕃文化的影响之外，他在会盟仪式上所看到的景象，似乎显示出了一些文化的自信。"饭举酒行，与华制略等，乐奏《秦王破阵曲》，又奏《凉州》《胡渭》《录要》《杂

[①] 没蕃诗中最有代表性的诗歌保存在 P. 2555 和 P. 3812 两个经卷中，这些诗歌最先为王重民发现并整理，很多学者对这些诗作过誊录和研究，如舒学《敦煌唐人诗集残卷》（载《文物资料丛刊》第 1 辑，文物出版社 1977 年版）、潘重规《敦煌唐人陷蕃诗集残卷校录》（《幼狮学志》1979 年第 4 期）、《敦煌唐人陷蕃诗集残卷作者的新探测》（载《汉学研究》第 3 卷第 1 期，1985 年）、《敦煌唐人陷蕃诗集残卷研究》（《敦煌学》第 18 辑，1988 年）、张锡厚《敦煌文学》（上海古籍出版社 1980 年版）、高嵩《敦煌唐人诗集残卷考释》（宁夏人民出版社 1982 年版）、柴剑虹《敦煌唐人诗集残卷（伯 2555）初探》（载《新疆师大学报》1982 年第 2 期）、《敦煌伯 2555 卷"马云奇诗"辨》（《中华文史论丛》1984 年第 2 辑）、项楚《敦煌诗歌导论》（台北：新文丰出版有限公司 1993 年版）、张先堂《敦煌唐人诗集残卷（P. 2555）新校》（《敦煌研究》1995 年第 3 期）、邵文实《吐蕃占领时期敦煌没蕃诗人及其作品》（《东南大学学报》1999 年第 3 期）、徐俊《敦煌诗集残卷辑考》（中华书局 2000 年版）、顾浙秦《敦煌诗集残卷涉蕃唐诗综论》（《西藏研究》2014 年第 3 期）等。

第四章 唐宋交聘行记与夷夏之辨

曲》，百伎皆中国人。"① 在吐蕃安排的宴会上，乐舞与唐王朝的没有太大的区别，这让刘元鼎一行有种文化的归属感。此处值得注意的是宴会上所奏《秦王破阵乐》，是歌颂李世民统一天下丰功伟业的。《秦王破阵乐》借用的是隋末唐初的军歌《破阵乐》，后由乐工填上歌颂李世民的新词，是为《秦王破阵乐》。因为这一音乐要登上大雅之堂，所以后又对此进行过一定的改造②。《秦王破阵乐》风靡一时，并且传播到了域外的很多地方，如玄奘求法天竺时戒日王就询问了《秦王破阵乐》的情况，大赞秦王"平定海内，风教遐被，德泽远洽，殊方异域，慕化称臣"③。后拘摩罗王招请玄奘时因在印度诸国听闻《秦王破阵乐》又询问起了此乐的情况，并表示对唐"常慕风化，东望已久"④。这两件事使玄奘感到非常自豪。可见，在唐初《秦王破阵乐》已远播印度，从《大唐西域记》中所透露的信息来看，这一音乐的流行并不在于音乐本身的价值，而是唐代文化强盛的一种象征。刘元鼎在国土大面积沦丧于吐蕃之手的背景下，听到此乐，想必一定会有微妙的感情变化。大唐在安史之乱后，国势衰微，使者远行至强大的敌国，已不可能明显表现出睥睨一切的气势，他们会将那种遥远的文化记忆深藏在心底，以偶尔慰藉心灵。

唐代有很多旅蕃行记，这是与宋代截然不同的。宋与辽、金等多数时候保持着对等的外交关系，但在一些时候姿态更低，委曲求全。所谓的"蕃"其实已经很少了，相应旅蕃行记也少之又少。唐在当时亚洲的影响毋庸置疑，除了与那些有隶属关系的羁縻都督府保持着实质性的朝贡关系外（如靺鞨人建立的渤海国也接受唐的册封，与唐有着实在的朝贡关系），南诏的朝贡使团亦经常往返于唐与南诏之间。中亚地区的九姓胡也与唐代之间保持着紧密的关系。这些蕃邦入唐朝贡主要集中在武德

---

① （清）董诰等编：《全唐文》卷七百一十六，中华书局影印1983年版，第7360页。《新唐书》卷二百一十六《吐蕃传》，《旧唐书》卷一百九十六《吐蕃传》也收录该文，但文字有差异。

② 《旧唐书》卷二十八《音乐志》，第1045页。《唐会要·破阵乐》《新唐书·礼乐志》等文献也对该乐的情况有记载。

③ （唐）玄奘、辩机原著，季羡林等校注：《大唐西域记校注》卷五，第436页。

④ 《大唐西域记校注》卷十，第797—798页。

至永徽朝，及开元、天宝年间①。唐初，朝贡的使团络绎不绝，如武德九年（626年）："新罗、龟兹、突厥、高丽、百济、党项并遣使朝贡。"② 贞观十三年（639年）："高丽、新罗、西突厥、吐火罗、康国、安国、波斯、疏勒、于阗、焉耆、高昌、林邑、昆明及荒服蛮酋，相次遣使朝贡。"③ 贞观二十年（646年）："铁勒回纥、拔野古、同罗、仆骨、多滥葛、思结、阿跌、契苾、跌结、浑、斛薛等十一姓各遣使朝贡。"④ 贞观二十一年（647年）："堕婆登、乙利、鼻林送、都播、羊同、石、波斯、康国、吐火罗、阿悉吉等远夷十九国，并遣使朝贡。"⑤ 这样的政治外交格局是一种实际的秩序，使唐人在观察周围的世界时不像宋人那么敏感，他们所持有的态度更为积极、包容。尽管我们已经无法全面了解唐人旅蕃行记中对异族文化的态度，但是《渤海国记》、《奉使高丽记》、《新罗国记》、《海南诸蕃行记》、《云南记》、《南诏录》、《云南行记》（窦滂）、《云南行记》（韦齐休）、《戴斗诸蕃记》、《入蕃道里记》等旅蕃行记中所保存的片言只语更似风土记，很少如宋人交聘行记那样流露出对立的情绪。

第二节　宋代的交聘行记与夷夏之辨

宋辽的交聘是极其频繁的，据傅乐焕统计"自澶渊之盟（1005）迄燕云之役（1122）凡一百十八年，益以开宝迄太平兴国间之和平（974—979，凡六年），综凡一百二十四年。估计全部聘使约一千六百余人。《长编》《辽史》所载者约一千一百五十人，以其他文集补苴者一百四十余人，待考者尚有三百二三十人"⑥。宋金之间的交聘也很频繁，已有学者

---

① 许序雅：《唐代与中亚九姓胡关系演变考述——以中亚九姓胡朝贡为中心》，《西域研究》2012年第1期。
② 《旧唐书》卷二《太宗本纪上》，第32页。
③ 《旧唐书》卷三《太宗本纪下》，第51页。
④ 同上书，第59页。
⑤ 同上书，第60页。
⑥ 傅乐焕：《宋辽聘使表稿》，载《辽史丛考》，中华书局1984年版，第232页。聂崇岐《宋辽交聘考》一文对宋辽两国之间的交聘制度有详细论述，其中在文末也附有两国之间的使者信息（载《宋史丛考》，中华书局1980年版，第283—375页）。

对此作过详细统计①。这样频繁的使者往来附带产生了大量具有重要价值的交聘行记。宋代的交聘行记，名称比较混杂，或曰"行程录"，或曰"语录"，或曰"行录"，或曰"使录"，或曰"奉使录"，或曰"使某某录"，等等，不一而足。贾敬颜将这些行记称为"边疆行记"，李德辉将这些行记统称为"使蕃行记"。我们觉得贾先生将这些行记称为"边疆行记"与当时的情形有些不符，如宋金之间往往以"南朝""北朝"相称，况且这些行记都是记载辽、金统治下的地方，并非边疆。而使用"使蕃行记"也不太合适，因为辽、金等政权与宋在外交上都是对等的关系，无所谓蕃国。我们再三斟酌，觉得"交聘"一词比较能反映这类行记的特点，姑且命名为"交聘行记"。这类行记的研究已为学界所注意②，但成果主要集中在史学与文献学方面。我们本书的研究，主要是通过交聘行记来看宋人对于异域文化的直观感受以及背后所反映的夷夏观念。宋代交聘的重点在辽、金，所以我们所讨论的交聘行记基本上是以使辽、使金行记为中心的。

宋代的交聘行记按照时间，大致可以分为三段：第一段是澶渊之盟后北宋与辽交聘而产生的行记，第二段是北宋灭亡之前宋与金围绕灭辽及辽灭后土地归属等问题进行交涉而产生的行记，第三段是绍兴和议后南宋与金交聘而产生的行记。时势政治、疆域范围、文化发展等在这三

---

① 赵永春：《金宋关系史研究》附录三《金宋交聘表》，吉林教育出版社1999年版。后李辉在此基础上，列出了《南宋国信使表》及《金朝国信使表》（见博士学位论文《宋金交聘制度研究》附录一、附录二，复旦大学，2005年）。二文基本涵括了宋金二国之间的使者往来。

② 这类行记最早为法国学者沙畹所留意，如他在19世纪就翻译了富弼的《富郑公行程录》（事实上，此书已不存，此为伪书）、宋绶的《契丹风俗》、许亢宗的《奉使行程录》、王曾的《王沂公行程录》，发表在《东亚学报》上；20世纪初他又翻译了周辉的《北辕录》，在《通报》上发表。后陆续有一些宋代交聘行记被翻译成英、德、俄等文。这些翻译，都是在西方对中亚以及中国西部探险考察的文化背景下进行的。翻译这些行记，只是他们对中国"周边"研究热情的拓展。在国内，最早对这些行记进行关注的，则是王国维，他对这些行记的研究先是从校注、笺证开始的。而对这些行记进行总体研究的主要代表性文章有：赵永春《宋人出使辽金"语录"研究》（《史学史研究》1996年第3期），刘浦江《宋代使臣语录考》（载张希清等主编《世纪中国文化的碰撞与融合》，上海人民出版社2006年版，第253—296页），李德辉《论宋人使蕃行记》（《华夏文化论坛》2008年第2辑），赵永春《宋代出使辽金"语录"的史学价值》[《淮阴师范学院学报》（社会科学版）2013年第3期]等文。钱云撰有一文《百年来两宋出使行记之研究》对宋代交聘行记的研究有很详细的介绍，可参看（《汉学研究通讯》第31卷第4期）。

段时间有一定的差异,所以导致这三段时期的交聘行记各有特点,背后所反映的夷夏观念也不尽相同。

一 宋代交聘行记中的汉人与遗民

宋代交聘行记中对辽、金统治区的汉人和遗民是很关注的,这些人的生活情状、文化心理在一定程度上反映着宋代文化的影响力和人心向背的问题。如果这些人胡化深,说明汉文化已经变得消淡,这就不仅仅是领土失去的问题了,而是胡文化对汉文化的胜利,这对宋人来说是很难接受的;另外,辽金统治区的汉人和遗民的心态也是使者们很关心的,他们通过各种渠道了解这些汉人和遗民对大宋的感情,如果这些人能够流露出对宋人的深厚感情,这对使者们来说无疑是很大的安慰,相反如果他们表情冷淡,对宋使不理不睬,这是危险的信号,说明这些人已经安于现状,对宋人收复失地已失去信心。我们这里所讨论的"汉人"主要是指燕云十六州地区的汉人,遗民则指曾受宋人统治后又归金统治地区的人们,主要包括中原地区的民众。

（一）燕云之地"汉人"的情状

后晋石敬瑭割燕云十六州予辽,中原王朝得以依仗的重要屏障长城防线不复存在,中原暴露在辽人的视野之下,这令北宋的君臣非常担心,所以建国之初收复燕云之地是他们最迫切的愿望。北宋先后两次尝试收复燕云十六州,均以失败告终。燕云之地向来是中原的屏障,乃兵家必争之地,宋人对这里有一种很难割舍的情怀,但是现实却非他们所愿,所以宋人来到这一地区,面对眼前的景象总怀有复杂的感情。宋代能够切身感受燕云之地文化的主要群体是出使辽金的使者,他们来到这一地区,对这里的自然景观和文化景观有一番深刻的感受,并将这种旅行体验记录在出使行记之中,这些记录无疑是了解燕云十六州最有价值的资料之一。燕云之地,诸多民族杂居,文化发展极为复杂,这里生活的主要群体是"汉人"①,所

---

① 这里我们所言的"汉人"是特殊历史语境下的一个概念,专指生活在燕云十六州的汉族群体,他们与其他地方所谓的"汉人"在内涵和外延上都不尽一致。这一点刘浦江已有辨析(见《说"汉人"——辽金时代民族融合的一个侧面》,载《民族研究》1998年第6期)。

第四章 唐宋交聘行记与夷夏之辨

以了解这一地区汉人的情况,是解读宋代燕云文化的关键所在。本章我们以宋代交聘行记为中心,观察宋代使者眼中幽州①汉人的状况,了解特殊历史背景下夷夏文化在这里的融合与冲突。

晋末北宋初期,燕云十六州为契丹人所有,但是这里汉文化依然是主流文化,汉人的感情归向在中原。燕云十六州的汉人不仅在燕云地区有着稳固的基础,而且也在契丹文化的中心地带有相当的数量,如晋末陷辽的胡峤在《陷辽记》中对辽之上京的记录:"西楼有邑屋市肆,交易无钱而用布,有绫锦诸工作,宦者、翰林、伎术、教坊、角觝、秀才、僧、尼、道士等,皆中国人,而并、汾、幽、蓟之人尤多。"②西楼市邑文化主要受中原文化的影响,这种文化氛围的形成与燕云之地汉人的北迁有直接的关系。胡峤对燕云之地的汉人有文化上的认同感,认为他们就是"中国人"。在燕云之地,汉文化基础更加牢靠。其实,宋初的很多人都有这样的认识,他们甚至认为如果宋人有一天准备收复燕云之地,这里的汉人一定会作为内应。对于燕云之地的汉人来说,他们对宋的感情也很深,在宋初的很长一段时间他们始终相信宋能够收复燕云之地。路振在《乘轺录》中记载:"太宗皇帝平晋阳,知燕民之徯后也,亲御六军,傅于城下。燕民惊喜,谋欲劫守将出城而降。太宗皇帝以燕城大而不坚,易克难守,炎暑方炽,士卒暴露且久,遂班师焉。城中父老闻车驾之还也,抚其子叹息曰:'尔不得为汉民,命也。'近有边民旧为虏所掠者,逃归至燕,民为敛资给导,以入汉界,因谓曰:'汝归矣,他年南朝官家来收幽州,慎无杀吾汉儿也。'其燕、蓟民心向化如此。"③路振于大中祥符初年出使契丹,他看到燕地之民赋税沉重,水旱虫灾蔓延,统治者恣横的情况,非常惋惜这里为契丹所有,他相信如果宋人统治,一

---

① 燕云十六州是包括幽、蓟、瀛、莫、涿、檀、顺、云、儒、妫、武、新、蔚、应、寰、朔,由于长城和太行山的分割,形成了两大块,其中幽、蓟、瀛、莫、涿、檀、顺州位于东南部分,被称为"山前七州",而云、儒、妫、武、新、蔚、应、寰、朔九州岛位于西北,被称为"山后九州"。我们本书所论及的燕地或者幽州一般是指山前七州。宋代的使者使辽、使金也都是从山前七州经过的。
② 贾敬颜:《五代宋金元边疆行记十三种疏证稿》,第21页。
③ 同上书,第52—53页。

定能够使这里繁荣,别有一番景象。回想起往日百姓那种热切归宋的期盼,路振叹息不已。《乘轺录》所记正是北宋初年燕云之地百姓对宋的态度。宋太宗亲自指挥军队准备攻打燕城,民众听闻皆欲投降,然令民众极为失望的是宋又班师回朝,刚刚燃起的希望之火就此浇灭,所以他们从肺腑中发出了"命也"的叹息。但是,这里的百姓对宋人没有绝望,他们始终相信宋人有朝一日定能收复燕地。路振在总结这段记忆时,用了"民心向化"四个字,无形流露出了宋人对自身文化的自信。在宋立国之初,燕云之地的百姓也面临着抉择,他们在内心世界还是倾向于中原文化。

后唐时被契丹俘获的张砺,辽太宗颇为赏识,他曾经建议辽:"今大辽始得中国,宜以中国人治之。不可专用国人,及左右近习。苟政令乖失,则人心不服。虽得之,亦将失之。"[①] 契丹统治者面对当时燕云之地的形势,在统治策略上多沿袭汉人的政策,"因俗而治,得其宜矣"[②]。争取笼络汉族士俗。辽朝官分南北,南面职官任命为汉人。不仅如此,辽在科举考试中也吸收了很多汉人。同时辽在燕云之地减免赋税,使民众休养生息。总体来看,辽人对汉人采取了较为温和的政策。这些政策的实施,使燕云之地汉人的心态也逐渐发生着变化,慢慢分化出两种不同心态趋向的人:一种是对宋感情不移者,另一种是与宋之间的感情逐渐疏淡者(这些人往往是既得利益者)。随着时间的推移,面对宋人无力收回燕云之地的现实,后者逐渐占了上风。正因为这种变化,所以宋人对燕云之地的汉人表现出了复杂的感情,这里的汉人绝非他们心目中的"汉人",他们在文化心理上已经将这里的汉人隔离开来,认为这些人具有浓重的"胡性",有时候甚至径直将他们看作夷狄;而这里的汉人,在辽金人的眼中,也绝非真正的"我族"。所以,燕云之地的汉人总是处在非常尴尬的文化境地,他们的心理认同也很难具体捕捉。在宋与辽、金风云际变的政治舞台上,他们角色也飘忽不定。

燕地物产丰富,人物繁盛,文化类于中原,南来的使者对这里常常

---

① 陈述辑校:《全辽文》卷四《请用汉人治中原奏》,中华书局1982年版,第70页。
② (元)脱脱等:《辽史》卷四十五《百官志》,中华书局1974年版,第685页。

有良好的印象。徽宗宣和七年（1125年），许亢宗充贺大金皇帝登宝位国信使与童绪、钟邦直等出使金国，道贺金太宗即位，途经燕地，这里给他们一行留下了深刻的印象。如他对涿州如此记载："人物富盛，井邑繁庶。"而燕山府的景观尤令他们无法忘怀，他在行记中写道：

> 金人以朝廷尝遣使海上，约许增岁币，以城归我，迁徙者寻皆归业，户口安堵，人物繁庶，大康广陌，皆有条理。州宅用契丹旧内，壮丽夐绝。城北有三市，陆海百货，萃于其中。僧居佛宇，冠于北方。锦绣组绮，精绝天下，膏腴蔬蓏，果实稻粱之类，靡不毕出，而桑柘麻麦、羊豕雉兔，不问可知。水甘土厚，人多技艺。民尚气节，秀者则向学读书，次则习骑射，耐劳苦。未割弃以前，其中人与夷狄斗，胜负相当。城后远望，数十里间，宛然一带，回环缭绕，形势雄杰，真用武之国，四明四镇，皆不及也。①

燕山府人口众多，人人各归其业，市井货物繁盛，井然有序。这里是游牧文明与农耕文明交会之处，既有风吹草低的游牧景象，又有良畴桑麦的农耕景象。地理上占尽了优势。许亢宗等人对这里民众习性用"尚气节"来总结，给予积极的评价。而且他还认为，这里出类拔萃的人是读书者，其次才是习武者。说明在他们眼中，中原文化的影响力依然不小，这是值得欣慰的。宋人很可惜不能占有这样一块宝地，使者行到这里只能暗自伤怀。尽管这里的人心在悄然改变，但是很多使者不愿意承认这种现实。马扩《茆斋自叙》中有一段与辽朝官员王介儒的对话："二十七日，同王介儒来，起宿涿州，次见走马者数辈，皆夺到南军刀枪鞍马者，又有兵卒往来。介儒云：'两朝太平之久，戴白之老不识兵革。今一旦见此凶危之事，宁不恻怆？南朝每谓燕人思汉，殊不思自割属契丹已近二百年，岂无君臣父子之情？'仆答曰：'兴废殆非人力。今者女真逼燕，燕人如在鼎镬。皇帝念故疆旧民，不忍坐视，是以兴师援救。若论父子

---

① 《许亢宗奉使行程录》，见《五代宋金元边疆行记十三种疏证稿》，第222页。

之情，谁本谓的父耶？知有养父而不知有的父，是亦不孝也。'介儒笑而不答。"① 王介儒认为燕幽之地已经割予契丹二百多年，这里的人民与契丹之间有君臣父子之情，感情已经转向。但马扩不以为然，认为契丹只是养父而已，宋人才是亲父。事实上，经过两百年的胡化，燕地的文化已经呈现出了独特的风貌，而这里汉人的心态也在发生变化，然作为汉人的使者最不愿意看到的就是这种情况。马扩以为宋人是"的父"的观点，可能在燕云初并入辽的情况下确实是存在的，但时间会冲淡一切，在契丹统治的两百年里，幽云与中原之间虽一界之隔，但汉文化已因政治的变迁被阻隔，相反胡文化却悄然在这里铺开。

在这种情况下，燕云之地的汉人归属感不强，他们在宋辽斗争的过程中往往处于观望的态势，正如刘浦江所云，这里的汉人有"诡随"的一面，他还列举了辽朝令史张通古、辽兴军节度使时立爱来说明这个问题②。辽末的其他几个投宋的人物如赵良嗣、董才、李处温、韩昉、张觉等人，也绝非对宋怀有深厚的感情和文化认同，他们往往为当时情势所逼，出于生存层面的考虑。在宋辽博弈的过程中，还有一些人向金投诚，如左企弓、张通古、时立爱、刘彦宗、康公弼等人。刘彦宗在金廷做官期间，对宋人表现出极大的轻视，如他有一次对宋使说："金国只纳楚使，焉之复有宋也？"③ 作为一个特殊的群体，燕人在身份认同上存在着两难境地，生活在文化夹缝中的他们，只能采取更加灵活的方式以求得生存，这就是马扩所谓的"契丹至，则顺契丹，夏国至，则顺夏国，金人至，则顺金人，王师至，则顺王师，但营免杀戮而已"④。

马扩在北行的过程中也记录一些令他欣慰的信息，《茆斋自叙》："五月十八日晚，过白沟。食时至虏界新城县，差到契丹汉儿官一员引伴。须臾，有父老数百人填拥驿外，询使人何处来。仆遂出榜读之，众皆惊愕。有汉儿刘宗吉者，自后窃出相谓云：'使人今夕当宿涿州。宗吉，涿

---

① （宋）徐梦莘：《三朝北盟会编》卷八，上海古籍出版社1987年版，第55页。
② 《说"汉人"——辽金时代民族融合的一个侧面》，《民族研究》1998年第6期。
③ 《三朝北盟会编》卷九十八引《燕云录》，第727页。
④ 《三朝北盟会编》卷十五引《茆斋自叙》，第104页。

第四章 唐宋交聘行记与夷夏之辨　　185

州人也，见隶白沟军中，愿得敕榜副本携示诸人，他日南师入境，愿先开门以献。今夕复当密至驿中。'遂携二副本往。"① 显然，这样的信息是作为使者最愿意看到的，这也多少令马扩有些安慰。刘宗吉是一介小官，在契丹军中的地位无足轻重，但是这种举动与马扩前所回忆的太宗兵临城下的情况是相似的。这里马扩讲明自己的来处后，用了"惊愕"二字形容当地百姓的表情，为什么民众会有这样的表情？是因为许久已经没有看到宋使的原因，还是盼归宋朝的希望之火又重新点燃？马扩虽没有明言民众所"惊愕"者为何，但百姓复杂的感情可以想见。当地百姓并没有明显表现出对宋使者的亲和度，他们也似乎少了几份激动。这些围观的百姓以汉人为主，刘宗吉竟然在众人的围观下讨论起了"南师入境"之事。宋廷有很多人认为这些生活在契丹统治区的汉人对国家有重要的意义，他们希望在燕云之地得到像张良、陈平一样的将才。晁补之的一段话能够代表一部分宋人的看法，他说："今臣以北胡之势言之，山前后之民大概皆思汉并汾之事，王师在燕有谋执其帅而降者，诚能得张良、陈平，不爱千金，以致内应，犹反掌耳。唐周鼎失沙州，州人胡服而臣虏，岁时祀父母，衣中国之服，号恸而藏之；河广武梁，故时城郭未隳，龙支城耋老见唐使者，拜且泣曰：'顷从军没于此，朝廷尚念之乎？'臣读史书至此，则慨然知燕之地士大夫之子孙宜有发愤不辱，饮气南首而望王师者，徒患无以发之耳。……臣度之，燕之人皆谨厚朴茂，世汉种也，终不能胥而胡，白沟新城崎立而相望，汉之俗良美也，不幸而子孙世世为虏。"② 晁补之认为燕云之地的百姓肯定希望宋人收复燕云，如果有内应这就是很容易的事情。燕云之地的情形与唐代吐蕃统治下的沙洲和河湟的情形是一样的，当他读到刘元鼎所记龙支城百姓的情况时，理所当然地认为燕云之地的百姓应该也会有如此的情形。其实，这只是一厢情愿罢了，燕云之地的汉人确实曾有那种遗民的情结，然处在夹缝中的生活现实，使多数人只能割舍感情以求生存。虽然他们对宋朝的感情

---

① （宋）徐梦莘：《三朝北盟会编》卷六，第42页。
② （宋）晁补之：《上皇帝论北事书》，《鸡肋集》卷二十四，《四部丛刊》本，据上海涵芬楼影印明诗瘦阁仿宋刊本，1929年。

还有，但已无"南望王师"的那种强烈心声了。

靖康之难后，宋钦宗、宋徽宗被虏往金廷，在行进的过程中他们遇到的燕云之地的汉人，这些人似乎还对宋朝抱有一定的感情。《北狩见闻录》载："道过尧山县，进早膳，有燕人百余人守太上所乘车舆，语勋曰：'太上活燕民十余万，我辈老幼，感恩极深，愿识天颜。'因具奏闻，为揭帘，见之，皆罗拜曰：'皇帝活燕民十余万，阴德甚多，即见回銮，不须忧悒。'太上曰：'汝等知当时救护之力耶？吾获谤不少，今困陷反甚于汝辈，无食时，岂非天也？'燕人咨嗟再拜而去。太上在路中苦渴，摘道旁桑葚食之。"① 燕人见到宋徽宗的銮舆，求见真颜，并认为太上对燕人"阴德"颇多。其实，这里燕民所言的"阴德"客套的成分居多。澶渊之盟后，燕云十六州保持繁荣的局面，二百余年，无有征伐，宋人以为这全赖于朝廷的决策，如果宋辽之间没有盟约，燕云之地就成为战争的前沿，遭受苦痛最多者是燕云之地的百姓，所以宋人以为这就是他们对燕云之地百姓的"阴德"，或为"阴功"。关于这一点，钟邦直在他的《旧帐行程录》中说得很明白："原夫自古夷狄与中国，迭为盛衰，而夷狄之盛，未有及百年者，惟契丹则逾二百年，而常与中国抗衡。岂以澶渊之盟、隆绪之诚根于心，后嗣累世保守坚固，不复南牧，百余年间，其所活生灵何虑数千百万，阴功岂浅鲜？"② 燕云之地的生灵得以"所活"，皆有赖于澶渊之盟。二帝落难至此，在历史的境遇中这样的情形并不多见，燕民见到如此落魄的最高统治者，免不了感慨唏嘘。赵子砥在《燕云录》中也有类似的记录："九月十三日，二圣同圣眷起发往中京，南人与燕人泣涕送于东门之外，日尽乃还，金人不能禁止，数日为之不市。起发之前，金人纳绢万匹为路费，道君分赐百五十匹与仙露寺宗室仲理以下作冬衣，领之者无不感泣。"③ 南人和燕人见到徽宗、钦宗二帝，仍然表现出强烈的感情。这里所谓的南人是指宋沦陷区下受金人统治的人群。南人与燕人对宋廷的感情差别很大，南人曾长期处在宋人的统治

---

① （宋）徐梦莘：《三朝北盟会编》卷九十八，第723页。
② 《三朝北盟会编》卷十七，第121—122页。
③ 《三朝北盟会编》卷九十八，第724页。

下，现如今在异国看到被俘的君主，那种失去家国的痛苦非燕人所能比。燕人对宋廷的感激，宋人以为主要是"阴德"。至于这种"阴德"在燕云民众的心目中到底有怎样的位置，光凭宋人的记载恐怕不足以为信。

在宋金联合灭辽的过程中，其实燕云之地的汉人对宋极为不满，因为他们背弃盟约，要攻取辽人统治下的燕云。宋朝派遣童贯先后两次攻取燕京皆以失败而告终，但是金人不费吹灰之力就拿下了燕地，这其中与燕人的策应是分不开的。金军来到之际，辽军统帅逃遁，左企弓、刘彦宗等燕人开城迎接金军。《旧帐行程录》云："十二月，金人之师度居庸关，契丹君臣望风而遁。燕民具礼仪以迎金人。"① 攻取燕京之后，按照约定金人将燕京一带的土地交给了宋朝，并驱遣燕人北迁。燕人皆不愿意逃离家园，宋人与金的这一约定对燕人伤害很大，所以燕京一带的民众对宋极度失望。联金灭辽不仅伤害了燕人的感情，就是在宋人内部也意见颇大，如赵子砥就认为："宣、政以来，朝议所多失者，远结金人、近灭契丹之过也。"② 宋人虽然通过与金人缔结的盟约得到了燕京一带的土地，但是民心归向已发生变化。北宋接受燕京一带后，政策也颇有问题，正如许思所谓宋失燕人之心者有三："一换官，二授田，三盐法。换官失士心，授田失百姓心，盐法并失士人百姓心。"③ 所谓换官，即将原本在燕云之地任职的汉人调离，改由宋廷委派的官员；所谓授田，即将燕京一带百姓的土地剥夺过来，送给归降的郭药师；所谓盐法，即将幽州原来的盐价升高。从这些措施可以看出，北宋对燕人是多么的不信任，而且这些措施的实施使幽州百姓的负担比原来更重。事实上，这种局面使金人攻宋的过程中宋人极为被动，甚至多数燕人希望金人能够攻宋，如被金人重用的刘彦宗和时立爱就是典型，《大金国志》载：刘彦宗、时立爱二人"皆燕人也，以坟垄、田园、亲戚之故，愈劝金人南侵"④。而那些北迁的普通民众，也强烈希望回归到故园，马扩在他的行

---

① （宋）徐梦莘：《三朝北盟会编》卷十七，第121页。
② 《三朝北盟会编》卷九十八引《燕云录》，第727页。
③ 《三朝北盟会编》卷二十四，第175页。
④ （宋）宇文懋昭撰，崔文印校证：《大金国志校证》卷三《太宗文烈皇帝》，中华书局1986年版，第44页。

记中就记载了隆庆府义胜军叛宋之事,并"具言中国虚实"[①]。在宋金交涉燕云之地的过程中,宋朝深深伤害了燕民的感情,致使他们的心理发生了很大变化。在金人统治时期,很多燕云之人在金廷做官,燕云之地的民众向来受中原文化的熏陶较多,所以这些人将中原文化带到金廷,对金廷的汉化起到了很重要的作用。

金人陷燕后,燕云一带遭到了严重破坏,汉人的境遇很差,这在一些行记当中也有直接的反映。赵子砥《燕云录》中记载:"比到燕山,无论贵贱壮弱,路途之遥,饥饿之困,死者枕藉,骨肉遍野。壮强者仅至燕山,各便生养,有力者营生铺肆,无力者喝货挟托,老者乞丐于市,南人以类各相嫁娶。燕山有市贾人,凡军兵虏得南人,视人立价卖之。此本朝人陷虏于此可见也。"[②] 这里民不聊生,饿殍遍野,尤其是南人处在社会的最下层,被任意蹂躏。金人在汉族统治区实行了高压的民族政策,造成了严重的民族对立情绪。在女真国主居住之地"供奉使唤,南人居半,衔冤负屈,皆有谋杀叛亡之心"[③]。曾经燕云之地的汉人也不甚好过,其中就有一个叫刘黑忙的年轻燕人,集结大量徒党与金人对抗[④]。当然,燕地的多数民众在宋金交涉的过程中选择倒向金人,确实有情非得已的一面。这里的民众也深知金人不知礼仪,蛮性不改,但是面对当时的形势,他们只能委曲求全。在金人的统治下,他们的地位比南人要高,但多数时候也被金人利用,日子并不好过。

(二) 燕云之地遗民的情状

燕云之地的汉民,不是真正意义上的遗民。南宋时期所谓的遗民就是那些沦陷区的百姓,这一群体以汉人为主,但又不限于汉人,他们的文化心态与燕云之地的汉人差异很大。这些遗民的生活情状也是南宋君臣很关切的。他们主要站在政治的立场,想及时了解这里的情况,以便有合适的机会收复失地。当然,那些富有同情心的士大夫对这些遗民的

[①] (宋)徐梦莘:《三朝北盟会编》卷二十二引《茆斋自叙》,第161页。
[②] 《三朝北盟会编》卷九十八,第725页。
[③] 《三朝北盟会编》卷九十八引《燕云录》,第726—727页。
[④] 同上书,第727页。

关心有国家和个人的双重感情。宋廷南迁后，最有机会接触中原遗民的是南宋的使者，他们在北使金廷的过程中，想方设法从多方面了解遗民的情况，有时候一些小小的细节也不放过，他们欲通过这些细节追寻历史记忆的同时寄托难以附着的感情。

金朝统治时期，对汉人的监管更加严格，而且也严格限制他们与南宋的使者进行接触。南来的使者到金国地界都有接送的馆伴相陪，所行进的路线都是固定的。这样想要了解更多的情报，实在是比较困难。越是这样宋代的使者就越想了解金国的情况。他们往往利用一切机会与金统治区的遗民或者汉人接触，以了解这些人对南宋的感情以及胡化的情况。在众多的行记中，楼钥的《北行日录》对金人统治区的遗民和汉人观察最为细致。首先，这些统治区的遗民与南宋的使者不敢直接接触，他们似乎有很多顾虑和警惕。如，楼钥等人"入南京城，市井益繁，观者多闭户以窥"[1]；范成大行到灵壁县，"民始启户窥观"[2]。金人一直对遗民与宋使之间的接触限制严格，在金人统治之初，连观看也是被禁止的。南宋的使者在北行中常会碰到一些承应人[3]，这些人多是遗民，他们是金人的临时办事人员，在宋使北使的过程中通常会参与一些接应事宜，与宋使之间有较为频繁的往来。但是，这些承应人保持着一定的警惕，言语不多，恐怕引火烧身。楼钥在南京城（北宋时的应天府，金人改为归德府，即今商丘）遇到的一位承应人，他想从此人口中得知更多的消息，但此人只言"姓赵者，不欲穷问之"[4]。不过随着金人统治的逐步稳定，观看的限制有所松动。一些从事杂役的南人与宋使有了接触的机会，楼钥从给自己驾车的一位姓赵的车夫口中得知："向来不许人看南使，近年方得纵观，我乡里人善，见南家有人被掳过来，都为藏了，有被军子搜得，必致破家，然所甘心也。"[5] 从这位车夫的话来看，遗民对宋人还是有很深的感情。有一些遗民甚至不惜性命包藏被金人劫掠的南人。宋

---

[1] （宋）楼钥：《攻媿集》卷一百一十一。
[2] （宋）范成大：《揽辔录》，《范成大笔记六种》，第20页。
[3] 这些所谓的承应人是指由金廷认可，但无职品的具体办事人员。
[4] 《攻媿集》卷一百一十一。
[5] 同上。

旧都汴京的老人,见到宋使也是充满感情,楼钥载:"戴白之老多叹息掩泣,或指副使曰:'此必宣和中官员也。'"① 想必这些戴白老人曾经生活在北宋宣和年间,或许南宋使者的装束勾起了他们的回忆。在真定府楼钥所看到的景象也令人动容,他这样记载:"道傍老妪三四辈指曰:'此我大宋人也,我辈只见得这一次,在死也甘心。'因相与泣下。"② 范成大对遗民的态度也甚为关心,他行到相州,"相州观者甚盛,遗黎往往垂泣,指使人,云:'我家好官。'又云'此中华佛国人。'老妪跪拜者尤多"③。"至宿州,途有数父老,见使车潸然"④。范成大对遗民的观察与楼钥的观察基本一致,这些遗民看见南使路过街头,跪拜哭泣,颇为伤感。楼钥与范成大使金距离靖康之难已经有四十多年了,这些对宋使充满感情的遗黎一定是亲眼经历过这场劫难,看到宋使让他们想到昔日的情形,便情不自禁,声泪俱下。南宋的使者对这些遗民也是极为同情,这一方面是因为在异国见到了曾经属于大宋的百姓,自然心生爱怜,另一方面则在伤感中还有些欣慰,这些百姓因为日子不好过,他们非常惦念宋朝的统治,这必然催生宋使的家国情怀。在历史的进程中,遗民一直是一个特殊的群体,他们生活的现实世界往往与自己的文化认同存在着巨大的反差,他们一直在这种尴尬的境地苟且活着,无法找到心灵的栖身之地。在宋使眼中,蛮夷之人无法给予这些遗民物质和精神的满足,只有大宋这样的礼仪之邦才会使老百姓安身立命。金人在使者眼中始终是夷狄,让夷狄统治"知书达礼"的文明人,宋人是无法接受的。这些遗黎的垂泪跪拜的情形,使者也是愿意看到的,如果有一天,没有这样的场景,说明宋朝的影响力已经渐渐消退,新一辈对金人的统治已然认同。

南宋的使者对生活在金人统治区的南人和汉人的生活状态很关心,因为只有在这种对比中宋统治的优越性才能体现,也才能显示出文明之邦的文化向心力。他们多方观察,总会把那些遗民的不如意记录在他们

---

① (宋)楼钥:《攻媿集》卷一百一十一。
② 《攻媿集》卷一百一十二。
③ (宋)范成大:《揽辔录》,《范成大笔记六种》,第21页。
④ 同上书,第20页。

的行记中。楼钥行至东京（即金人之南京），有这样一段描写：

  承应人有及见承平者，多能言旧事，后生者亦云见父母备说，有言其父嘱之曰："我已矣。汝辈当见快活时。"岂知担阁三四十年，犹未得见。多是市中提瓶人，言倡优尚有五百余，亦有旦望接送礼数。又言："旧日衣冠之家陷于此者，皆毁抹旧告，为戎酋驱役，号'闲粮官'，不复有俸，仰其子弟就末作以自给。"有旧亲事官自言："月得粟二斗，钱二贯短陌，日供重役，不堪其劳。"语及旧事，泣然不能已。①

楼钥这里所言的承应人曾接受过宋朝的统治，对宋时的旧事念念不忘，而且他们将自己在宋朝的见闻传予下一代。老一辈已经渐渐老去，新一辈的年轻人在金人的统治下无法过上幸福生活，这是令这些遗民最为伤痛的。城中的倡优依然行旦望接送之礼。曾经的中低层官员任金人驱使，没有俸禄，生活极为艰难。在金人政府具体办事的人员俸禄也极为有限，劳役繁重。这些曾经接受过北宋统治的社会各阶层，提到宋时的往事，潸然泪下，伤悼不已。这些信息楼钥很是留意，他在相州又从一位承应人那里得到了一些消息：

  是日，相州承应人状貌甚伟，衣冠亦楚楚，呼问之，云姓马，有校尉名目，以少二百千使用，一坐二十年不调，非钱不行也。既无差遣，多只监本州酒税务。又言并无俸禄，只以所收课额之余以自给，虽至多不问。若有亏欠，至鬻妻子以偿亦不恤，且叹曰："若以宋朝法度，未说别事，且得俸禄养家，又得寸进，以自别吏民。今此间与奴隶一等，官虽甚高，未免箠楚，成甚活路！"②

这位承应人过得也很不如意，他是一位有校尉名衔的遗民，无实际权

---

① （宋）楼钥：《攻媿集》卷一百一十一。
② 同上。

力,是一个中层武官,但他二十多年没有升迁,金人不会让他承担重要的事务,只监酒税,平时没有俸禄。如果收课税有长处,尚能得到一些好处;如果收课税不足,就得倾家荡产以补齐。所以,这位遗民对宋人的统治极为怀念,因为在大宋像他这样的位置,也算是高官了,自然有丰厚的收入和很高的地位,但是现在只能如奴隶一般。这是一位中层官员的生活情状,可以想见其他人的生活有多糟糕。程卓在他的行记同样记录了民生之艰,他行到真定府,车坏,到一修车处修理,这里的修车木工对程卓说:"此间官司不睹,一应工役,自备工食,及合用竹木等费,子孙不敢世其业。"听闻此消息,程卓在他的行记中感慨道:"我南朝爱民,不如此。"① 这些遗民生活在金人统治区,社会地位低下,每一个行业都举步维艰,他们显得迷惘无助,看到宋使能够诉说衷情,也算是一种安慰。

金人统治区,还有一个群体值得注意,就是在金人的军队之中从军的汉人,这些人主要是签军②,他们由原宋人统治区的汉人构成,这些人的生活境遇似乎更差。如楼钥载《北行日录》中对签军的记载:

> 又四十五里,宿胙城县,途中遇老父,云女婿戍边十年不归,苦于久役,今又送衣装与之。……又言:"签军遇王师皆不甚尽力,往往一战而散,迫于严诛耳。若一一与之尽力,非南人所能敌。符离之战,东京无备,先声已自摇动,指日以望南兵之来,何为遽去?"中原思汉之心虽甚切,然河南之地极目荒芜,荡然无可守之地,得之亦难于坚凝也。③

---

① (宋)程卓:《使金录》,《续修四库全书》第423册,史部"杂史类",上海古籍出版社2002年版,第446页。

② 签军是指有征戍和边防需要时,下令所征的兵丁。关于南宋时期的签军,张中政曾经有讨论,他说:"我们应当注意宋、金双方使用'签军'一词时,含义有所差别。金朝'签军'一词的使用范围较广,签差不限于某一个民族;而南宋'签军'一词的使用范围较狭、较具体,专指原宋朝统治区的汉军,亦即两河地区人民被强征为军者。"(《汉儿、签军与金朝的民族等级》,载《社会科学辑刊》1983年第3期)

③ (宋)楼钥:《攻媿集》卷一百一十一。

这些汉人签军常年戍守边疆无法归家，家中老人远赴边关为他们送去衣服。为签军送衣的这位老人对南宋有怨怒之色，因为他认为金军内部有很多签军，这些人在战斗中不会尽力，所以宋军应该去攻打金军，定能获胜。发生在1163年的符离之战，金军军心不稳，分裂严重，签军和百姓日夜思盼宋军能够北上，宋军却因一败很快撤退，令中原的遗民失望至极。这种感情是可以理解的，但是作为使者的楼钥却认为中原一带地旷平坦，无险可守，得到中原也很难把守。楼钥这种观点其实代表了当时很多宋人的想法。他们虽然同情遗民，却无法有更多作为。从当时金人统治中原地区的实际情况来看，金军的守备还是比较脆弱的。这些签军怨声载道，希望早日摆脱金人的统治。一些签军往往把守着重要的关口，如果宋人与这些签军里应外合，应该有一定的机会。金人统治时期，蒙古人对他们造成了严重的威胁，金人多利用这些汉人签军守卫边关。但是，这些签军是强迫所征，不可能尽力，有人甚至为了避免作为签军，不惜以生命为代价，楼钥行到柳子镇，"闻有天使，往山东签兵，人不肯从执，天使杀之"①。程卓《使金录》记载："自此数问车夫，以金虏用兵事，或言有诏书，鞑靼已退，或言犹未退，但是多用金军把陇，其言不一。所至车夫等又备言官司科敛频仍，民间贫乏，父子兄弟因金军久不见面，词语怨嗟。"② 程卓行到河北，又载："自河以北，车夫乏，屡金民兵，其数尤多于河南，加之科敷刍粟，民间罄竭，肆言无忌。"③ 金人军中有大量的签军，他们待遇极差，人心不齐，战斗力不强。金人几乎将其统治区内的所有青壮年悉数抓获，以充兵丁。甚至征军已到了人人自危的程度，程卓行至顿卫县，看到一处墙壁上写道："征军逃亡五日不出者死。停藏之家，科以流罪。"④ 有大量的青壮年因为抓丁而逃窜，金人对这些逃亡者和窝藏者施以重刑。楼钥、程卓所看的这些情况，从侧面反映了金人兵制的弊端，刘祁在《归潜志》中说："金朝兵制

---

① （宋）楼钥：《攻媿集》卷一百一十二。
② （宋）程卓：《使金录》，《续修四库全书》第423册，第443页。
③ 同上书，第444页。
④ 同上。

最弊,每有征伐或边衅,动下令签军,州县骚然。其民家有数丁男好身手,或时尽拣取无遗,号泣怨嗟,阖家以为苦。"①

宋时的汉人和遗民在历史的语境里是一群特殊的群体,他们在历史演进中始终处于弱势,所以他们多委曲求全,随物赋形。文化上的两难境地同样让他们心无所依,难有稳定的文化心理。宋朝的使者站在宋人的立场对他们的观察虽不免有政治立场和文化的偏见,但他们所撰的行记依然为我们提供了最直观的材料。人始终是历史进程中最核心的部分,在宋这样一个外患严重的时代,这些汉人和遗民的文化心理结构能够反映出许多问题。行记中对他们的书写其实反映着一个很重要的问题——文化认同,这里所谓的认同既有这些汉人和遗民的文化认同,也有宋代使者的文化认同。不管这种文化认同到底是什么,这些都反映了宋人在新的时代背景下的夷夏观念。

二 宋代交聘行记中的文化景观与夷夏之辨

在宋代的交聘行记中,文化景观是被记录的重点。对于大多数人来说,饮食、服饰、礼仪等是区分夷夏文化最直观的东西。其实,这一点在先秦的文献中已经表述得很清楚了,如《礼记·王制》中说:"凡居民材,必因天地寒暖燥湿,广谷大川异制。民生其间者异俗,刚柔、轻重、迟速异齐,五味异和,器械异制,衣服异宜。修其教,不易其俗;齐其政,不易其宜。中国戎夷,五方之民,皆有性也,不可推移。东方曰夷,被发文身,有不火食者矣。南方曰蛮,雕题交趾,有不火食者矣。西方曰戎,被发衣皮,有不粒食者矣。北方曰狄,衣羽毛穴居,有不粒食者矣。中国夷蛮戎狄,皆有安居、和味、宜服、利用、备器。五方之民,语言不通,嗜欲不同。"② 安居、和味、宜服、利用、备器等各个民族各有特点,地域不同,则文化不同。这些本来比较客观的东西,然人们在具体的认知过程中却无形附着了很多偏见,如"被发左衽"只是一种外在的装扮,但因这样的装扮与汉人的装扮差距大,所以汉人习惯以此来

---

① (金)刘祁:《归潜志》卷七,中华书局1983年版,第77—78页。
② (清)孙希旦:《礼记集解》卷十三《王制》,中华书局1989年版,第358—360页。

区分夷夏,"被发左衽"一词甚至成了夷与夏区别的一个重要文化符号。外在形态本身并不是文明的标识,然人们总是习惯在这些东西上附着自我的文化认知。因此,对异域服饰、饮食、居室、礼俗等的记载,事实上包含很多信息,我们通过这些信息往往能够看到夷夏观念的演变。宋人的交聘行记很注重记载这些文化景观,这些景观的记载有时候比较客观,有时则略显夸张,我们从中也能窥探宋人心态的变化。

服装的产生是人类由荒蛮走向文明过程中非常重要的环节,茹毛饮血的时代,人们无衣遮体,对服饰没有具体的概念。人类每向文明迈进一步,首先会反映在衣着打扮上。我们翻阅古代有关服饰的文献,就会发现在古代文明的演进中服饰文化确实非常重要。如果要从表面区别夷夏,服饰装扮是最为直观的,当然其象征意义远远大于实际或审美方面的作用。中原地区的服饰是在农耕文明的背景下形成的,北方诸族的服饰则是在游猎文明的背景下形成的。实用和审美文化的不同,是造成服饰不同的两大根本原因,在某一文化背景下一旦形成一些固定的衣着打扮,这些衣着打扮会造成一种稳定的民族心理。所以,对异族服装的好恶,更多反映的是一种文化心态。异族的服饰是宋代交聘行记中大量记载的内容之一,这种记载大约来自两种心态:一是好奇,二是厌恶。第一种心态具有普遍意义,每一个民族都会对有异于本族文化的东西产生探知的好奇;第二种心态是在特定的文化语境中产生的,往往含有价值判断的成分。宋代的交聘行记,除了好奇心态大致相同外,文化心态却有特殊性。与前代的其他行记一样,对服饰装扮也格外关注,尽管宋人也有人强调衣着打扮并不是夷夏的界限,应当抛开对异族服饰的偏见,如李觏说:"所谓夷者,岂被发衣皮之谓哉?所谓夏者,岂衣冠裳履之谓哉?以德刑政事为差耳。"[①]但是,在具体的认知实践中,这种观念似乎被完全忽略。

出使契丹的路振,大中祥符元年(1008年)在虏廷武功殿,看到了

---

① (宋)李觏:《庆历民言三十篇·敌患》,《直讲李先生文集》卷二十二,《四部丛刊初编》本。

三十八岁的辽圣宗,其"衣汉服,黄纱袍,玉带鞢,互靴"①,基本上承袭了中原皇帝服饰的特点。但是,国母等女眷则多保留了契丹的衣着风俗。(十二月)二十七日,路振在文化殿拜见了国母,他这样描述道:"国母约五十余,冠翠花,玉充耳,衣黄锦袍小褧袍,束以白锦带。方床累茵而坐,以锦裙环覆其足。侍立者十余人,皆胡婢,黄金为耳珰,五色彩缠发,盘以为髻,纯练彩衣,束以绣带,有童子一人,年十余岁,胡帽锦衣。"② 二十八日,又在辽主的生辰宴会上,"国母当阳,冠翠凤大冠,冠有绥缨,垂覆于领,凤皆浮。衣黄锦青凤袍,貂裘覆足"③。宋绶在他的行记《契丹风俗》中,对契丹统治者的服饰也有详细的描述:

  其衣服之制,国母与蕃官皆胡服,国主与汉官则汉服。蕃官戴毡冠。上以金华为饰,或加珠玉翠毛,盖汉魏时辽人步摇冠之遗象也。额后垂金花织成,夹带中贮发一总。服紫窄袍,加义栏,系鞢鞢带,以黄红色绦裹里革为之,用金、玉、水晶、碧石缀饰。又有纱冠,制如乌纱帽,无檐。不撒双耳,额前缀金花,上结紫带,带末缀珠。或紫皂幅巾。紫穿袍,束带。大夫或绿巾,绿花窄袍,中单多红绿色。贵者被貂裘,貂以紫黑色为贵,青色为次。又有银鼠,尤洁白。贱者被貂毛、羊、鼠、沙狐裘。弓以皮为弦,箭削桦为杆,鞯勒轻驶,便于驰走,以貂鼠或鹅项鸭头为扞腰。④

这是北宋使臣在辽宫廷内看到的衣服之制,胡汉并杂。在很长一段时间内,契丹的衣制都维持着两种形制,汉服主要继承了中原宫廷的制度,《辽史》言:"辽国自太宗入晋之后,皇帝与南班汉官用汉服;太后与北班契丹臣僚用国服,其汉服即五代晋之遗制也。"⑤ 民间的普通人士,衣服也是蕃汉杂并,如,沈括在《熙宁使契丹图抄》记载:"衣冠语言皆其

---

① (宋)路振:《乘轺录》,贾敬颜《五代宋金元边疆行记十三种疏证稿》,第61页。
② 同上书,第64页。
③ 同上书,第65页。
④ 贾敬颜:《五代宋金元边疆行记十三种疏证稿》,第119—120页。
⑤ 《辽史》卷五十五《仪卫志》,第900页。

故俗，惟男子靴足幅巾而垂其带；女子连裳，异于中国。"① 契丹女子的衣着更多保留了原来的风俗，而男子则略有汉化的倾向。在辽人统治的区域，汉服极为常见的，如宋绶经过的惠州地区"人多汉服"②，路振在经过幽州时记载："卢龙等坊，并唐时旧坊名也，居民棋布，巷端直，列肆者百室，俗皆汉服，中有胡服者，盖杂契丹渤海妇女耳。"③ 辽人统治下的汉人依然保留着穿汉服的习惯，但到了金代情况似乎发生了很大的变化。金建国后，在衣制上有了更加严格的要求，如金天会四年（1126年），统治者就下达命令："今随处既归本朝，宜同风俗，亦仰削去头发，短巾、左衽。敢有违反，即是犹怀旧国，当正典刑，不得错失。"④ 在这种高压政策下，金统治区的汉人衣着打扮有了明显的胡化倾向，就连中原的核心地区东京胡化也极为严重。范成大于乾道六年（1170年）出使金国，他在昔日北宋的都城汴京看到民众的服饰，便流露出了一种不安的情绪：

> 民亦久习胡俗，态度嗜好与之俱化。男子髡顶，月辄三四髡，不然亦间养余发，作椎髻于顶上，包以罗巾，号日蹋鸱，可支数月或几年，村落间多不复巾，蓬辫如鬼，反以为便，最甚者，衣装之类，其制尽为胡矣。自过淮已北皆然，而京师尤甚。惟妇人之服不甚改，而戴冠者绝少，多绾髻。贵人家即用珠珑璁冒之，谓之方髻。⑤

百姓久习胡俗的表现首先体现在了服饰打扮上，男子髡顶，而衣服皆为胡装。令范成大稍感欣慰的是女子则还多少保留了原来的装扮。在辽统治期间，汉化程度高，但契丹妇女的衣着打扮多还保留契丹的旧俗；在金统治时，大力推行胡化，但中原妇女的衣着打扮更多保留了汉俗。这

---

① 贾敬颜：《五代宋金元边疆行记十三种疏证稿》，第132—133页。
② （宋）宋绶：《契丹风俗》，见《五代宋金元边疆行记十三种疏证稿》，第113页。
③ （宋）路振：《乘轺录》，《五代宋金元边疆行记十三种疏证稿》，第48—49页。
④ （金）佚名：《大金吊伐录》卷三《枢密院告谕两路指挥》，中华书局1985年版，第74页。
⑤ （宋）范成大：《揽辔录》，《范成大笔记六种》，第12页。

说明，在宋代的胡汉文化交流中，妇女在外形打扮上保持了相对的稳定性。这恐怕主要与妇女在整个社会中所处的地位以及她们在生产劳动中所扮演的角色有关。"男主外，女主内"是大多数民族社会分工的习惯，相较于男人，女人与外界之间的隔阂更多，她们的心理相对稳定，所以这种文化心理会反映在衣着打扮上。宋淳熙三年（1176年），另一位使金者周煇越过淮河就看到了衣着打扮明显的变化，他在《北辕录》中写道："入境，男子衣皆小窄，妇女衣皆极宽大。有位者便服立，止用皂纻丝，或番罗系版缘，与皂隶略无分别，绦反插，垂头于腰，谓之有礼，无贵贱，皆着尖头靴，所顶巾谓之蹋鸱。"① 另一位南宋的使者程卓于嘉定四年（1211年）使金，他路过柏乡县彭川驿，在光武庙看到"壁绘二十八将，皆左衽"②。连墙上的壁画都已经变成异族人的形象了。南宋的使臣在衣着打扮的观察中无形中透露出了更多的担心。金人统治之初，他们满怀希望，始终相信宋人会在短期恢复中原，礼乐文化定能再次辉煌。然当他们看到这些胡化现象时，内心深处的自信被不断蚕食，只能发出无奈的感叹了。宋代使臣对金统治区衣着打扮的观察是直观具体的，他们一定深知这种看似无关紧要的外在变化，所反映的正是文化的不断浸透。范成大的态度最为明显，他形容这些改变装扮的人"蓬辫如鬼，反以为便"，是一种极端的厌恶情绪。这种情绪在他的诗歌中表现得更强烈，如他在《相国寺》中写道："闻说今朝恰开寺，羊裘狼帽趁时新。"③《相州》中写道："秃巾髽髻老扶车，茹痛含辛说乱华。"④ 在《丛台》中道："袨服云仍犹左衽，丛台休恨绿芜深。"⑤ 衣服的改变反映着王朝的盛衰，对于久居南方的范成大来说，最敏感的莫过于衣着打扮。唐人对胡服的态度与宋人全然不同，他们不仅没有对胡服抱以很深的偏见，而且还以穿胡服为风尚，尤其是开元以来"士女皆竞胡衣"⑥。唐代安史之乱

---

① （明）陶宗仪等编：《说郛三种》之《说郛一百卷》卷五十四，第836页。
② （宋）程卓：《使金录》，《续修四库全书》第423册，第445页。
③ （宋）范成大：《范石湖集》卷十二，中华书局1962年版，第147页。
④ 同上书，第150页。
⑤ 同上书，第151页。
⑥ 《旧唐书》卷四十五《舆服志》，第1958页。

前夷夏之防松动，胡人的衣着打扮自然不会被拒之于千里之外。宋代夷夏对立增强，使者们对胡服就会多一种偏见，他们不但拒绝胡服甚至厌恶胡服。

衣着打扮是一个族群非常重要的文化记忆，在某种程度上反映着文化认同，虽然金代统治区的汉人是被强制穿胡服的，但有时候强制也会成为习惯，当一种习惯长久之后很容易引起文化的改变。一代两代人的改变或许不能说明什么，但是当几辈人都改变了，这毫无疑问是一种文化信号。与辽朝统治时期胡汉之服杂并的情况相比，显然金人统治下的汉人胡风更甚，不能不令南来的宋人担忧。孟子说："吾闻用夏变夷者，未闻变于夷者也"[①]，然宋代使者眼中的"夏"遗民，现在却悄然"变于夷"，这确实是他们始料未及的。

自古以来，中原王朝的饮食习惯与周边民族颇为不同，饮食结构、饮食方式、饮食器具、饮食生产等背后都有着复杂的文化背景。游牧渔猎民族与农耕民族生产生活方式的不同，会对饮食文化产生深远的影响，当然民族文化心理也是影响饮食的重要因素。饮食习惯的不同本不会有夷夏的分别，但是自古中原王朝观察夷狄文化饮食是很重要的角度，甚至有时饮食成了区别夷夏的标准。宋代的使者从南至北，很关心辽金饮食的问题，因为他们在出使期间不仅要眼观这些不同于宋人的食物，而且还不得不吃这些食物以满足身体的基本需要。多数饮食令宋人极为不适，这种不适偶尔也会被上升到夷夏对立的高度。宋人的行记中不断记录辽、金饮食的情况，他们似乎很少称赞这些食物的美味可口，相反有时会无意流露出厌恶的情绪。

沈括在《熙宁使契丹图抄》中记载永安山的饮食："食牛羊之肉酪而衣其皮。间啖麨粥。"[②] 这是游牧民族普遍的饮食特点。路振《乘轺录》也载："文木器盛房食，先荐骆麋，用杓而啖焉。熊肪、羊、豚、雉、兔之肉为濡肉，牛、鹿、雁、鹜、熊、貉之肉为腊肉，割之令方正，杂置

---

① （清）焦循：《孟子正义》卷十一《滕文公上》，中华书局1987年版，第393页。
② 贾敬颜：《五代宋金元边疆行记十三种疏证稿》，第127页。

大盘中。二胡雏衣鲜洁衣，持帨巾，执刀匕，遍割诸肉，以啖汉使。"①王曾在《上契丹事》中载契丹人："食止糜粥秒糷。"② 契丹人以食肉为主，间有骆糜、糜粥、麦粥、秒糷等以调和，这对于以米、面为主食的汉人来说，确实很不习惯。辽、金的官方招待宋史的宴会很是隆重，肉食也是重头戏。南宋使者许亢宗等人行至咸州，州守为他们准备了隆重的欢迎宴会，许亢宗这样描写金人的美食：

> 胡法，饮酒食肉不随盏下，俟酒毕，随粥饭一发致前，铺满几案。地少羊，惟猪、鹿、兔、雁、馒头、炊饼、白熟胡饼之类。最重油煮面食以蜜涂拌，名曰"茶食"，非厚意不设。以极肥猪肉或脂润，切大片一小盘子，虚装架起，间插青葱三数茎，名曰"肉盘子"，非大宴不设，人各携以归舍。虏人每赐行人宴，必以贵臣押伴。③

对金人来讲这种接待是非常隆重的礼仪，"茶食"和"肉盘子"都是为重要的客人准备的。但是许亢宗一行对这样的盛宴并没有任何好感。他在另一段文字中直言不讳地表达了自己的情绪："日晚酒五行，进饭用栗，钞以匕，别置粥一盂，钞以小杓，与饭同，不好。研芥子，和醋伴肉，食心血脏瀹羹，芼以韭菜，秽污不可向口，虏人嗜之。"④ 他们觉得一些食物充满膻腥之味，实在难以下咽。这种不满的情绪，在宋诗中也屡被表达，如曾经使北的苏辙："腥膻酸薄不可食，羊修乳粥差便人。"⑤ 苏颂："朝飧膻酪几分饱，夜拥貂狐数鼓眠。"⑥ 这样丰盛的食物，对他们这些南来的使者而言就是一种折磨。而"膻腥"一词也成了夷狄的代名词，如范成大《邯郸驿》："若见膻腥似今日。"⑦ 这些"异样"的食物，自然

---

① 贾敬颜：《五代宋金元边疆行记十三种疏证稿》，第46页。
② 同上书，第103页。
③ 《许亢宗奉使行程录》，《五代宋金元边疆行记十三种疏证稿》，第244页。
④ 同上书，第229—230页。
⑤ （宋）苏辙：《渡桑乾》，《栾城集》卷十六，上海古籍出版社1987年版，第400页。
⑥ （宋）苏颂：《后使辽诗》之《初至广平纪事言怀呈同事阁使》，《苏魏公文集》卷十三，中华书局1988年版，第174页。
⑦ 《范石湖集》卷十二，第151页。

会使南来的使者们难以接受，对食物的抵触情绪所反映的正是对夷狄的厌恶，这与唐人面对胡食的态度完全不同。唐代对胡人的饮食抱着比较开明的态度。很多胡食传入唐代，对人们一贯的饮食起到调剂作用，如饆饠、胡饼、烧饼、福饼、古楼子、搭纳等在长安很流行。一些酒类，如葡萄酒、三勒浆、龙膏酒等在长安也随处可见。还有一些水果，如金桃、阿月浑子、波斯枣、马乳葡萄等也很受欢迎。菠菜、胡瓜、胡芹、酢菜、胡豆等蔬菜也传入中原。《卢氏杂说》云："玄宗命射生官射鲜鹿，取血煎鹿肠食之，谓之热洛河。"[1] 而唐人韦巨源在《烧尾宴食单》"奇异者"中所列菜点，用羊肉和奶酪制成的食物占了近三分之一，而且还有婆罗门轻高面、巨腾奴、天花饆饠、单笼金乳酥等面饼类胡食[2]。我们来看一些菜的配料和做法，如，"五生盘"即用羊、兔、鹿、牛、熊等细治而成，"通花软牛肠"即用羊膏髓灌入牛肠做成的灌肠，"格食"是用羊肉、羊肠及羊内脏缠以豆荚制成，"清凉臛碎"是用封狸肉夹脂做成，这些菜基本都是按照胡法来做的。可以看出，在这份食单的五十八种菜点中胡食占了相当的分量。这种风气先从宫廷贵族开始，然后蔓延到了市井百姓之中，尤其是开元以来，"贵人御馔，尽供胡食"[3]。

宋代的使者除了对辽、金的服装和饮食有深刻的印象外，他们在行记中还记录了对异域乐舞的观感。乐舞是礼仪文化很重要的一部分，自古以来统治者都极为重视，历朝历代都有专门的机构进行乐舞文化建设。可以说，乐舞是"礼仪之邦"非常重要的表现形式。不管是在宫廷朝庙等大雅之堂，还是在酒肆茶舍等民间衢巷，乐舞代表了一种文化价值观。先秦以来，区分夷夏主要是以"礼"为标准，乐舞自然也成为观察的指标之一。唐代胡风盛行，异族的乐舞大量传入中原，使中原的乐舞结构发生了很大的变化，本来陈旧的宫廷音乐呈现出了新的风貌。乐舞的改变正是夷夏之防松动的表现。到了宋代，异域的音乐再也不会像唐代一样大行于宫廷民间，人们对异域的乐舞表现出一定程度的警惕与排斥。

---

[1] 《太平广记》卷二百三十四，第1794页。
[2] （宋）陶毅：《清异录》卷下，（清）李锡龄辑刻，清《惜阴轩丛书》本，第48—51页。
[3] 《旧唐书》卷四十五《舆服志》，第1958页。

对于那些使北的文人来讲，他们有机会在辽、金的宫廷中感受异域的乐舞，这些乐舞对他们来说不再是一种享受，而是一种折磨。南宋的两位使臣楼钥与许亢宗的两段记载很有代表性。我们先看许亢宗的记载：

> 未至州一里许，有幕屋数间，供帐略备，州守出迎，礼仪如制。就坐乐作，有腰鼓、芦管、笛、琵琶、方响、筝、笙、箜篌、大鼓、拍板，曲调与中朝一同，但腰鼓下手太阔，声遂下，而管笛声高。韵多不合，每拍声后继一小声，舞者六七十人，但如常服，出手袖外，回旋曲折，莫知起止，殊不可观也。①

一直以来，皇皇盛大的礼乐文化是中原人得以自豪的资本，出使异域的使者对夷狄的礼乐通常报以不屑的态度。此处许亢宗一行从很专业的角度批判了他们眼中的乐舞，不仅音乐显得杂乱不齐，而且舞蹈也不知顿挫，这样的乐舞，对这些宋人来说就是笑话。这是金人随行间为宋使举行的临时欢迎仪式，如果没有章法，尚能理解，然在大型宴会上举行的仪式，更令宋人感到不适，楼钥《北行日录》中就记载了一次大型宴会上的观感：

> 每上国主酒，系宣徽使敬嗣晖等互进，以金托玳瑁椀贮食，却只覆以金釦红木浅子，令承应人率尔持进，其礼文不伦如此。乐人大率学本朝，惟杖鼓色皆幞头，红锦帕首，鹅黄衣，紫裳，装束甚异，乐声焦急，歌曲几如哀挽，应和者尤可怪笑。②

楼钥不仅大肆批评金人敬酒的仪式，而且对乐舞也是颇有微词，奇装异服，音乐急促，本来欢快的音乐却似哀乐。"怪笑"一词尤能反映楼钥等对金人礼乐的不屑和反感。不知礼仪，是中原人对夷狄一直以来的评价，如果汉人的礼乐能够遥化远人，这对中原人来讲无疑是很自豪的。但是

---

① 《许亢宗奉使行程录》，见《五代宋金元边疆行记十三种疏证稿》，第243页。
② （宋）楼钥：《攻媿集》卷一百一十二。

宋人看到虏廷中的礼乐，似乎没有半点的欣喜感，反而觉得这些都是邯郸学步，不伦不类，实在可笑。辽、金的乐舞主要来自汉人，如契丹灭晋以后，宫廷乐舞方面的人才尽数被掠往上京，乐制也基本承袭了汉制。金人没有攻破汴京前，许亢宗奉使贺登位，这时金人的音乐已经与中朝很相似了，他在《许亢宗奉使行程录》中记载："乐如前所叙，但人数多至二百人云，乃旧契丹教坊四部也。……酒三行则乐作，鸣钲击鼓，百戏出场，有大旗狮豹，刀牌砑鼓，踏索上竿，斗跳弄丸，挝簸旗筑球，角抵、斗鸡、杂剧等，服色鲜明，颇类中朝。"① 金人攻破汴梁后，将大量教坊乐工及王公贵族的歌妓等乐舞人员悉数劫掠到了他们的宫苑之中，金廷的乐舞基本以这些人为班底发展起来的，所以楼钥说"乐人大率学本朝"。范成大在真定对金人的乐舞感触颇深，并在《真定舞》诗注中说："虏乐悉变中华，惟真定有京师旧乐工，尚舞高平曲破。"诗云："紫袖当棚雪鬓凋，曾随广乐奏云韶。老来未忍耆婆舞，犹倚黄钟衮六幺。"② 范成大用"未忍"一词表达了对金人乐舞的不屑。礼乐文明转移到了夷狄之邦，本来应该是一件高兴的事情，正好能说明"我"之文化的强大，但是宋人由于国势衰微，领土偏安一隅，所以这种文化的自信最终不能变成一种海纳百川的包容，相反他们对异邦学习本朝乐舞，表现出了极为鄙夷的一面。范成大在《揽辔录》中说："虏既蹂躏中原，国之制度，强慕华风，往往不遗余力，而终不近似。"③ 这是一种普遍的心理，乐舞之所以可怪、可笑，因为是"强慕"的结果，虽不遗余力，但终走不上正路。由于辽、金的乐舞多承汉制而来，所以当南宋的使者亲自观赏这些音乐的时候，总是表现出一种文化自信。这些乐舞对于南来的使者而言，早已在宋代的宫廷宴会上耳濡目染，突然在异地欣赏到这些乐舞，眼光自然挑剔，他们从内心深处认为这些胡虏在学习汉文化的过程中只粗得皮毛，永远无法学到其中的精髓。

行记中对文化景观的记载有时并不全是实录，往往会据传闻记载一

---

① 贾敬颜：《五代宋金元边疆行记十三种疏证稿》，第253页。
② （宋）范成大：《范石湖集》卷十二，第154页。
③ （宋）范成大：《范成大笔记六种》，第16页。

些荒诞之事。一些使者即使到了异域，他们还会重新强化先前在书本上得到的知识，或者对很多传闻信以为真，因为在他们眼中这些蛮夷之人就是"荒蛮怪诞"的代名词。如晋末陷辽的胡峤在《陷辽记》中据传闻记载："又北，牛蹄突厥，人身牛足。"[①] 其实，胡峤此处听闻多来自先前的知识，杜环在《经行记》曾载："可萨北又有突厥，足似牛蹄，好噉人肉。"[②] 显然，这里借用了杜环的记载。行记虽属实录，但也时不时用已有的知识体系重新阐释所见所闻，尤其是对荒蛮之地的想象一时很难改变。旅行者自身的文化介入这些记载之中，常会使一段传说有新的内涵。如狗国的故事在汉文化系统中经久不衰，胡峤来到契丹之境，也听闻了一段狗国的传说："又北狗国，人身狗首，长毛不衣，手搏猛兽，语为犬嗥。其妻皆人，能汉语，生男为狗，女为人。自相婚嫁，穴居食生，而妻女人食。云尝有中国人至其国，其妻怜之，使逃归。与其箸十馀只，教其走十馀里遗一箸。狗夫追之，见其家物，必衔而归，则不能追矣。其说如此。"[③] 这一传说中最引人注意的是汉文化的引入，狗国男人的妻子"能汉语"，且此狗国有与汉人交往的历史。仔细推绎，这一故事无疑是汉族群体构述的一个故事，在某种程度上也反映着民族融合和汉夷通婚的现实。狗国传说在南方诸族的文化谱系中影响更为深远，尤其是在苗、瑶诸族中盛行的盘瓠故事，是狗国故事中最为典型的形态。虽然，就这一传说本身而言，包含了一个民族图腾崇拜的文化因素，但在汉文献的叙述传统中，其主要凸显的是汉文化的优越地位。不管胡峤的这段记录来自哪里，毋庸置疑这一故事的背后所要构建的是中原文化的先进性。这背后反映的实质问题是文明程度的高低和夷夏之辨。这些夸张的叙事是中原之人勾画异域风情的手法之一，遮蔽在异域的面纱随着人们认识的加深，不仅不会除掉，而且更显朦胧。宋人与东北部族的交往最为频繁，对他们来说这一地区虽没有西域、南海那么遥远，但仍然充满着很多荒蛮与怪诞。宋人文化的优越，在这种时空转移中得到了很好的

---

① 贾敬颜：《五代宋金元边疆行记十三种疏证稿》，第32页。
② （唐）杜环著，张一纯笺注：《经行记笺注》，中华书局2000年版，第63页。
③ （宋）胡峤：《陷辽记》，贾敬颜《五代宋金元边疆行记十三种疏证稿》，第35页。

阐释。宋人交聘行记中对"蛮夷"文化这种夸张的叙写，是宋人对自我文明的认证。

国势衰微的自卑与文化方面的自信往往交织在一起，使宋人的心态显得很是微妙。许亢宗行记中的两段记载，将他作为宋使的文化自信表现得淋漓尽致。我们再看他与金人之间的一段争论：

> 是日押伴贵臣被酒，辄大言，诧金人之强，控弦百万，无敌于天下。使长折之曰："宋有天下二百年，幅员三万里，劲兵数百万，岂为弱耶？某衔命远来贺大金皇帝登宝位，而大金皇帝止令太尉来伴行人酒食，何尝令大言以相罔也？"辞色俱厉，虏人气慑，不复措一辞。及赐宴毕，例有表谢，有曰"祗造邻邦"，中使读之，曰："使人轻我大金国。"《论语》云"蛮貊之邦"，表辞不当用"邦"字。请重换，方肯持去。使长正色而言曰：《书》谓"协和万邦"，"克勤于邦"，《诗》谓"周虽旧邦"，《论语》谓"至于他邦"，"善人为邦"，"一言兴邦"，此皆"邦"字，而中使何独只诵此一句以相问也？表不可换！须到阙下，当与曾读书人理会。中使无多言。虏人无以答。①

宋金联合灭辽的合作中，宋人军事方面的无能尽暴露于金人，所以此次许亢宗使金，金人对宋使表现出极其傲慢的态度，但是宋人却也振振有词，认为宋江山历经两百年，幅员辽阔，并不弱。事实上，宋人军事上的"硬实力"在整个灭辽的过程中已经被金人看穿。宋使虽然表面理直气壮，但内里却毫无底气。倒是关于国书措辞问题的争论，让他们暂时扬眉吐气。国书中用"邦"字称金人，引发了金人的不满，宋方的使者从先秦的典籍中举了很多关于"邦"字的用法，以驳斥金人，最终令金人无言以对。在这一争辩的过程中，宋人对金人的轻视显而易见，认为金人读书不多，终归是"夷狄"。然在武治方面，宋人有时候也似乎很是

---

① 《许亢宗奉使行程录》，贾敬颜《五代宋金元边疆行记十三种疏证稿》，第244—245页。

自信,马扩宣和四年(1122年)以副使的身份随同赵良嗣使金商议割燕山诸事。阿骨打在一次打围射猎中与马扩等讨论宋人的武功问题,阿骨打发出了"我闻南朝人止会文章,不会武艺"的疑问,马扩向阿骨打详细讲述了宋武人选取方面的策略,并因阿骨打的邀请在打围中一箭射中跃起的麏鹿,这令阿骨打对宋使刮目相看,对宋人的武功也不再贬低①。马扩所叙述的这件事,所要表达的中心意思就是宋人武功不差,但是这恰恰反映的是宋人武功自卑的心态。宋代重文轻武是大家共知的事实,经过了数百年,宋人在武事方面的能力已为周边诸族所轻视,面对对方的言语挑衅,宋人想极力证明武功不弱这一事实。极力去证明自己的强大,在一定程度上可能所反映的正是自己还不够强大。无论如何文化上的自信是宋人在外交活动中处处所流露的,就是在诸族杂居的现实中,他们认为汉文化依然占据着主导地位,许亢宗在黄龙府有一段文化观感,我们引录如下:

> 第三十三程,自黄龙府六十里至托撒孛董寨。府为契丹东寨,当契丹强盛时,虏获异国人则迁徙、杂处于此。南有渤海,北有铁离、吐浑,东南有高丽、靺鞨,东有女真、室韦,东北有乌舍,西北有契丹、回纥、党项,西南有奚,故此地杂诸国风俗。凡聚会处,诸国人语言不能相通晓,则各以汉语为证,方能辨之,是知中国被服先王之礼仪,而夷狄亦以华言为证也。②

黄龙府杂居着很多民族,诸族之间不能互通语言,在这种情况下汉语作为一种"国际语言"成为诸族间交流最主要的工具。一种语言能够成为一种通行语言,无疑说明这种语言后所隐藏的文化优势,契丹统治下黄龙府汉语的影响力所反映的正是汉文化的强势存在。这令许亢宗等非常自豪,所以他以为"夷狄亦以华言为证"是中原王朝作为礼仪之邦最好的体现。作为文化正宗的"中国",在一代一代的传承中,礼仪的线脉从

---

① (宋)徐梦莘:《三朝北盟会编》卷四引《茆斋自叙》,第29—30页。
② 《许亢宗奉使行程录》,见《五代宋金元边疆行记十三种疏证稿》,第248—249页。

未中断,在很多时候这种影响力会施及四夷。在宋使眼中,能够切身体会中原语言文化的影响力,对他们就是一种安慰。

春秋时期,礼是夷夏之辨的核心,诸侯用夷礼则以夷对待之,如果礼之下移则从"野"求礼。夷狄只要认真学习中原的礼乐,他们就有文化的主导权。宋人夷夏之防变严,一些人认为夷狄再怎么学习礼乐文化,最终还是夷狄,这是其本性使然。北宋出使契丹的宋㮋与路振就有这样的偏见。我们先看宋㮋《上房中事》中的记载:"契丹所居曰中京,在幽州东北,城垒卑小,鲜居人,夹道多蔽以墙垣。宫中有武功殿,国主居之,文化殿,国母居之。又有东掖、西掖门。大率颇慕华仪,然性无检束,每宴集有不拜、不拱手者。"① 契丹的宫廷建筑,文化武功都是模仿中原王朝的,但是他们无意之中会透露出本性中的东西,所谓"性无检束"。路振在《乘轺录》中有类似的看法:"岁开贡举,以登汉民之俊秀者,榜帖授官,一效中国之制。其在廷之官,则有俸禄;典州县,则有利润庄。藩、汉官子孙有秀茂者,必令学中国书篆,习读经史。自与朝廷通好已来,岁选人材尤异聪敏知文史者,以备南使。故中朝声教,皆略知梗概。至若营井邑以易部落,造馆舍以变穹庐,服冠带以却毡毳,享厨爨以屏毛血,皆慕中国之义也。夫惟义者可以渐化,则豺虎之性,庶几乎变矣。"② 契丹的选官制度效仿中原,而且那些贵族子弟也阅读经史,学习中国的文化艺术,这些确实对他们本性中的东西改变不少,有可能渐化。但路振在后面又用了"庶几乎",说明他们的"豺虎之性"还是没有彻底改变。苏轼说:"夷狄不可以中国之治治也。譬若禽兽然,求其大治,必至于大乱。"③ "禽兽"之性不改,很难统治他们。另外,契丹之所以轻视北宋,在宋人眼中不仅在于他们军事上的强盛,而且还在于他们认为自己学习汉文已经到了相当的水平。韩琦的一段话能够说明这个问题,他说:

---

① (宋)李焘编:《续资治通鉴长编》卷六十八,中华书局 2004 年版,第 1527 页。
② 贾敬颜:《五代宋金元边疆行记十三种疏证稿》,第 74—75 页。
③ (宋)苏轼:《王者不治夷狄论》,《苏轼文集》卷二,中华书局 1986 年版,第 43 页。

> 契丹宅大漠，跨辽东，据全燕数十郡之雄，东服高丽，西臣元昊，自五代迄今，垂百余年，与中原抗衡，日益昌炽。至于典章文物、饮食服玩之盛，尽习汉风，故敌气愈骄，自以为昔时元魏之不若也。非如汉之匈奴，唐之突厥，本以夷狄自处，与中国好尚之异也。近者复幸朝廷西方用兵，违约遣使，求关南之地，以启争端。朝廷爱念生民，为之隐忍，岁益金币之数，且固前盟，而尚邀献纳之名，以自尊大。其轻视中国，情可见矣。①

韩琦以为契丹的可恨之处就是他们不再像汉代的匈奴和唐代的突厥那样自认为是夷狄，而是尽力学习汉文化，甚至他们自我感觉对汉文化的吸收超过了元魏。他们轻视中国的原因正在于此。不过，韩琦在无意中也透露出对契丹人的轻视。郑望之在靖康元年奉使到金，他与三宝奴有一段对话，其中有言："北边种落得中原地，无如拓跋魏。然自拓跋南侵，改为元魏，已百有馀年，当时所立君长，犹中国之人也，用中国之礼乐，中国之法度，中国之衣服，故中国之人亦安之。今大金岂可以拓跋为比？"② 郑望之明确指出金人的文化远不及元魏，这主要是由于他们学习中原的礼乐文化还不够。其实，宋代的使者在他们的行记中所要表达的观点和感受与韩琦的这段论述是一样的。宋人不会承认他们的失败是来自外部，内部的原因才是他们失败的根本原因。五代后晋时，晋出帝被俘，胡峤也一起被俘，至契丹萧翰军府掌书记，在契丹长留七年，他对契丹文化颇为熟识。胡峤在《陷虏记》中记载了一段契丹人对中原的认识，他说："'夷狄之人岂能胜中国？然晋所以败者，主暗而臣不忠。'因具道诸国事，曰：'子归，悉以语汉人，使汉人努力事其主。无为夷狄所虏，吾国非人境也。'"③ 这是否是契丹对夷狄的理解还很难辨明，一个契丹人对胡峤说自己的国家"非人境"似乎不太可靠，这里更像是胡峤对夷狄的认识。这样的认识在宋人中间具有普遍性，如范仲淹认为："自古

---

① （宋）李焘编：《续资治通鉴长编》卷一百四十二，第3412页。
② （宋）徐梦莘：《三朝北盟会编》卷二十九引《靖康城下奉使录》，第213页。
③ 贾敬颜：《五代宋金元边疆行记十三种疏证稿》，第38页。

王者外防夷狄，内防奸邪。夷狄侵国，奸邪败德。国侵则害加黎庶，德败则祸起萧墙。乃知奸邪之凶，甚于夷狄之患。"① 吕蒙正以为："治国在乎修德尔，四夷当置之度外。"② 就连统治者也认为，内患大于外忧，如太宗就认为："国家若无外忧，必有内患。外忧不过边事，皆可预防。惟奸邪无状，若为内患，深可惧也。"③ 这种观念背后包含了对夷狄的轻视。不过，也有一些宋人他们的夷夏观念依然继承了春秋时期的传统，以"礼"来区分夷夏，没有表现出太多对立的情绪，如刘敞就说："能自藩饰以礼乐者，则谓之中国；不能自藩饰以礼乐，上慢下暴者，则谓之夷狄。中国夷狄，不在远近，而在贤不肖，苟贤矣，虽居四海，谓之中国可也；苟不肖矣，虽处河洛，谓非中国可也。"④ 但这种观念已不是宋人的主流观念。

总之，宋人行记中所描写的这些文化景观，或明或暗地反映着他们的夷夏观念。作为南来的宋人，面对政治军事形势的弱势地位，他们在辽、金文化的书写中表现出了很复杂的心态，其中最主要的心态是对辽、金文化的鄙夷，这种鄙夷的背后是宋人国势衰微的大背景以及对夷狄的严防。我们以行记文献为观察对象，往往能够更为直观具体地看出这一问题。

三　地理疆界抑或是夷夏之界

夷夏观念的最初形成，其实是基于地理方面的考虑。《尚书·禹贡》中将夏王朝的疆域分为甸服、侯服、绥服、要服、荒服⑤，要服和荒服为蛮夷居住的区域，其主要对"中国"之地起藩辅、保护的作用。显然，这种划分是一种理想的疆域图景，在现实中并不可能实施。中国古代的民族交杂融通，夷夏之界并不是那么明显。宋代南北对峙，夷夏各占一

---

① （宋）范仲淹：《奏上时务书》，《范文正公文集》卷九，《范仲淹全集》，四川大学出版社2007年版，第204—205页。
② （宋）李焘编：《续资治通鉴长编》卷三十四，第758页。
③ 《续资治通鉴长编》卷三十二，第719页。
④ （宋）刘敞：《春秋意林》卷上，宋刻本。
⑤ （汉）孔安国传，（唐）孔颖达疏：《尚书正义》卷六，北京大学出版社1999年版，第167—170页。

方，传统的地理格局发生了很大的改观，尤其南宋东南偏安一隅，地理空间的狭窄在一定程度上影响了宋人的文化心理。唐代虽然有几次边界划定的协议，如唐与吐蕃清水之盟就曾经划定了临时的疆界①，但是唐代的边界从来没有像宋代的边界那么明确。在宋人的集体记忆中，对边界有着深刻的印象，尤其那些北使辽庭使者的行记和诗歌中，总是对宋辽的边界有一种复杂的感情。宋代，边界意识凸显，关于这一点陶晋生就曾指出："宋人在宋辽关系史上有'多元国际系统'的两个重要观念是：一、认知中原是一个'国'，辽也是一个'国'；二、认知国界的存在。"②"国"的观念与国界的存在是夷夏之防变严的表现。历朝历代都有边界的概念，如汉代以来"塞"就成为一种边界的记忆，人们总是在塞内和塞外有不同的感受。这种感受一方面确实来自地理因素，但另一方面又是一种文化心理因素，特别是关于夷夏的观念在其中尤为突出。

宋代长城已经失去了作为防线的作用，边界线由长城一带向内迁移不少，这令宋人极为担心，如范仲淹就认为："今自京至边，并无关隘。其或恩信不守，衅端忽作，戎马一纵，信宿千里。若边少名将，则惧而不守，或守而不战，或战而无功。再扣澶渊，岂必寻好！未知果有几将，可代长城？"③张洎以为："夫中国所恃者，险阻而已。朔塞而南，地形重阻，深山大谷，连亘万里，盖天地所以限华戎，而绝内外也。……自飞狐以东，重关复岭，塞垣巨险，皆为契丹所有。燕蓟以南，平壤千里，无名山大川之阻，蕃汉共之。此所以失地利，而困中国也。"④《许亢宗行程录》："夷狄自古为寇，则多自云中、雁门，未尝有自渔阳、上谷而至者，昔自石晋割弃契丹，以此控制我朝。"⑤传统的疆界要么有高岭大谷以阻隔夷夏，要么有军事堡垒"塞"（这些塞依然建在形势险要的地方）

---

① 《旧唐书》卷一百九十六《吐蕃传》，第5247页。
② 陶晋生：《宋辽关系史研究》，中华书局2008年版，第84页。有关这一点，葛兆光有进一步的论述，他说："北宋一切都变化了，民族和国家有了明确的边界，天下缩小成了中国，而四夷却成了敌手。"（《宅兹中国——重建有关"中国"的历史论述》，第49—51页）
③ （宋）范仲淹：《奏上时务书》，《范文正公文集》卷九，《范仲淹全集》，第201页。
④ （宋）李焘：《续资治通鉴长编》卷三十，第667页。
⑤ 贾敬颜：《五代宋金元边疆行记十三种疏证稿》，第233页。

作为屏障,然宋代"中国"无险可守,尽失地利。长城防线失去,北方的游牧民族可以长驱直入,对宋王朝的统治威胁很大。宋与辽之间更多时候则是通过澶渊之盟的协定保持和平。到了南宋,边界线一度到了秦岭淮河一线,这里有高山大河为限,在一定程度上阻止了金人的南下。疆界线的压缩使宋代的"塞"文化已不复唐代那么典型,呈现出另一种风貌。盛唐时期,在西北的边界线远至西域,在东北的边界线到达了遥远的大室韦部,不管是东北的边界还是西北的边界,与盛唐的政治中心长安还是相当的遥远。宋代的边界线就在家门口,甚至曾经的文化中心也被金人占领,形成了南北对峙的局面。按照《禹贡》所构画的理想疆域图景,蛮夷居住的荒服与中心之间距离最为遥远,对中心地带起藩辅作用。宋代蛮夷就在家门口,自然谈不上什么藩辅。在这种情况下,无限的"天下"与有限的"国家"形成了强烈的冲突,一条明确的界线打破了理想的图景,也说明了"他者"的强势存在。

宋辽之间,在澶渊之盟后,边界持久而稳定,"宋借以防御北骑之冲突者为沧、保诸州间的塘泊,东起沧州东境泥姑海口,东北经沧州、乾宁军,至信安军迤逦而东,经霸州,西南至保定军,复西北至雄州,折而西南,至顺安军,复西至保州边吴淀,复自保州西北至安肃、广信军南境。"[1] 是一条由众多塘泊、山地等组成的缓冲地带。南宋与金的边界线则在秦岭淮河一线,地理屏障的意义更大。在淮河以北虽是金人的统治区,但这里的文化依然是中原文化,金人统治时期曾强迫中原地区的人们易服改发,不过在宋使的眼中这里仍然是大宋文化的势力范围,与北宋使者越过辽宋边界的心理是不一样的。对这些边界的感受最强烈的人就是宋使,他们在交聘行记中对这些边界有很多书写,这些书写当中兼具地理与文化的体验。

在宋辽的边界线上,其中让使者感受最强烈、具体的边界线是白沟,白沟又名拒马河,或巨马河,位于北宋雄州归信县与辽之涿州新城县之间,它是北宋使臣使辽的必经之地,这里是宋境内的末站,也是开启辽

---

[1] 林瑞翰:《北宋之边防》,载《宋史研究集》第13辑,第199页。原载《台大文史哲学报》1970年第19期。

境新行程的第一站。使者们对这里的感知最深，他们在行记中多会记录白沟，因为这一界线的文化象征意义更为明显，越过白沟就是另一番天地，是一个新的国度。在历史的记忆中这里多数时候属于"中国"，现在却因为一条界线存在，似乎两边完全成了不同的世界。这里与历史中的"塞垣"有很多不同，王安石出使辽国，写下了《白沟行》一诗："白沟河边蕃塞地，送迎蕃使年年事。蕃马常来射狐兔，汉兵不道传烽燧。万里锄耰接塞垣，幽燕桑叶暗川原。棘门灞上从儿戏，李牧廉颇莫更论。"① 这里既有骑马射猎的场景，也有荷锄耕作的场景。据路振的《乘轺录》和王曾的《上契丹事》记载从白沟驿到契丹的新城为四十里，白沟南北皆为平地，无丘陵，中间是一块宽阔的"两属地带"②，常有契丹人越过界河捕鱼和砍伐柳树③，这令宋代朝廷非常头疼。王安石诗歌中所描写的景象是一条典型的游牧文化与农耕文化的冲突地带，但是这里是一片开阔地，没有雄关矗立、盛兵坚守的边塞典型特点。此处本来只有归义和容城两县，但是现在因为边界的存在却被分为四县，即宋朝之归信县与容城县，辽之归义县与容城县，这四县之间有撇不开的瓜葛，被人为分开后，这里却成为胡汉文化的界线，具有了特别的意义。包拯在《请选雄州官吏奏》中说："臣昨送伴虏使到白沟驿，窃见瀛、莫、雄三州并是控扼之处，其雄州尤为重地，今高阳关一路，全藉塘水为固，然雄州据塘水之地，州城至北界只三十里，路径平坦，绝无蔽障之所，其间居民又系两地供输，以至本州衙校及诸色公人等，多是彼中人户充役。"④ 这一方面说明两属地的交流是很频繁的，甚至彼中人户有在雄州充役者，可谓一衣带水；另一方面，正是白沟边界无天险可依的特点，造成了包拯的担心。确实，这种担心不无道理，在宋辽两国的博弈中白沟两边的两属地成了双方间谍活动最为频繁的地区。

---

① （宋）王安石：《王文公集》卷三十七，上海人民出版社1974年版，第440页。
② 《宋史·张耆传》："白沟本输中国田租，我太宗特除之，自是大国侵牟立税，故名两属。"（卷二百九十，第9712页）
③ （清）徐松辑：《宋会要辑稿》，中华书局1957年版，第7702页。
④ 曾枣庄、刘琳主编：《全宋文》卷五百四十六，第十三册，巴蜀书社1990年版，第412页。

第四章 唐宋交聘行记与夷夏之辨

白沟对于使者而言，最有意味的是饯别和迎接仪式，宋辽都会在这里为使者举行隆重的仪式，一方面迎接对方使者的到来或为出使返回的本朝使者接风洗尘，另一方面送别对方的使者返回本朝或为本朝的使者做最后的送别。所以，白沟两岸每年都有辽宋两国的使者频繁往来，这里的固定仪式不仅是一种惯例，而且成了宋辽对等外交的一种象征。陈襄《使辽语录》记载："十一日，接伴使副泰州观察使萧好古、太常少卿杨规中差人传语，送到主名、国讳、官位，及请相见。臣等即时过白沟桥北，与接伴使副立马相对。接伴副使问南朝皇帝圣体万福。臣等亦依例问其君及其母安否？相揖，至于北亭。规中以其君命赐筵，酒十三盏。"① 这是辽为宋使举行的迎接仪式。《使辽语录》："十九日，至北沟，有东头供奉官、合门祗候马世延来，赐臣等筵，酒九盏。使臣不赴茶酒，余并如仪。行次，送伴使、副酌送于白沟桥之北，臣等酌送于白沟桥之南，酒各三盏。又至于桥中，皆立马相对，酌酒换鞭，传辞并如前例。"② 这是辽使为宋使举行的送别宴会。大宋皇帝常常有一些慰问使者的口宣，如《白沟驿赐大辽贺坤成节人使御筵兼传宣抚问口宣》《白沟驿赐大辽贺兴龙节人使御筵口宣》《白沟驿赐大辽贺正旦人使御筵口宣》《白沟驿抚问北使口宣》《白沟驿抚问北使兼赐御筵口宣》《白沟驿抚问遗留人使兼赐御筵口宣》《白沟驿赐却回北使御筵并抚问口宣》等，口宣是仪式很重要的一部分，宋朝通过口宣以皇帝的名义问候辽朝的最高统治者和使者，并赐御宴。白沟也是宋向辽输送岁币的交接点，通常双方会在白沟桥完成这一交涉。所以，这里的很多仪式虽然看起来呆板，过于程式化，但对宋辽两国来说这种仪式是一种秩序的确认。很多程式不容有变，如熙宁八年（1075年）辽史萧禧要在城北亭交接礼物，宋使坚决不同意，因为向来都在白沟驿交接礼物，地点的转移，意味着辽欲向前推进他们的边界线，以城北亭为新界③。使者们在他们出使的行记中也甚为留意白沟，路振、王曾、沈括、许亢宗、楼钥等人的行记中对这里都有记载，

---

① 金毓黻主编：《辽海丛书》，辽沈书社1985年版，第2542页。
② 同上书，第2545页。
③ （宋）李焘：《续资治通鉴长编》卷二百六十，第6344—6345页。

如沈括在《熙宁使契丹图抄》载:"北白沟馆南距雄州三十八里。面拒马河,负北塘,广三、四里,陂泽绎属,略如三关。近岁狄人稍为缭堤畜水,以仿塞南。"① 沈括主要描述的是这里的地理特点,即塘泊的存在,这些塘泊是辽宋两国为设限而人为开挖的。起初,宋人在白沟河南开挖,而稍后辽人也学习宋人的这种做法,在白沟河北开挖。《许亢宗行程录》:"离州三十里至白沟拒马河,源出代郡涞水,由易水界至此合流,东入于海。河阔止十数丈,南宋与契丹以此为界。"② 南宋时期使金的使者对这里依然延续了北宋时的记忆,如楼钥《北行日录》:"车行二十五里过白沟河。又五里宿固城镇,人物衣装又非河北比。男子多露头,妇人多着婆。把车人云,只过白沟都是北人,人便别也。"③ 楼钥依然以这里为界别,白沟河两岸的景观截然不同,这里男女的打扮已多是胡人的装束,最为显著的则是人种的不同。这些不同,其实在宋人心中是夷夏的不同,正如卢洎《白沟》诗云:"白沙清浅不容舟,辽宋封疆限此沟。"④ 实际上,白沟河两岸的地理是基本相似的,宋人习惯主观上认为两岸会有区别。楼钥说:"所谓白沟河者,真一衣带水,而安肃等处水柜、榆柳、塘泊之遗迹亦皆人力设险,而非天险也。"⑤ 此非天险,而是人设之险,两岸地理特点是一衣带水。范成大《揽辔录》由于残缺不全已见不到其中对白沟河的记录,但是他在自己的诗歌中对此地的记载正好可以弥补行记的不足。他在《白沟》诗自注言:"(白沟河)在安肃北十五里,阔才丈余,古亦名巨马河,本朝与辽人分界处。"诗道:"一水涓流独如带,天应留作汉提封。"⑥ 范成大很希望这里作为宋人的封疆。稍后出使的程卓在《使金录》中也记载:"二十里,过白沟河,昔与辽人分界。又十里,过大白沟河,亦名巨马河。"⑦ 南宋使者对这里的记载更多是一种回

---

① 贾敬颜:《五代宋金元边疆行记十三种疏证稿》,第133页。
② 同上书,第218页。
③ (宋)楼钥:《攻媿集》卷一百一十一。
④ 薛瑞兆、郭明志编纂:《全金诗》卷三十九,南开大学出版社1995年版,第515页。
⑤ (宋)楼钥:《攻媿集》卷二十五《论内外之治》。
⑥ (宋)范成大:《范石湖集》卷十二,第155页。
⑦ (宋)程卓:《使金录》,《续修四库全书》第423册,第446页。

忆，从范成大的诗歌来看，南宋使者很怀念这里作为夷夏疆界的时代，但是问题是这里已经成为金人的腹地。在唐人的记忆里，玉门关、阳关等处作为河西走廊西段的关口，一直是夷夏之间的界线，唐人越过这里的界线往往有一种建功立业、驰骋疆场的亢奋，他们在诗文中对这些边关的描写虽含凄凉，但也有豪壮的一面。宋人的行记和诗歌中也描写白沟这一边界，其中既无悲凉也无豪壮，究其原因是这里的地理特点和时代特点所决定的。

其实，在宋人的观念中，白沟并不是唯一的界线，辽境内一些大山往往也成为宋人眼中的夷夏界线，这其中最有代表性的莫过于思乡岭，思乡岭（今河北栾城县南），又名德胜岭、摘星岭、辞乡岭、望云岭等，这一地名在宋人的行记中被频繁提及。使者们对这里的感知与白沟有很大不同，白沟两岸的地理状况大体相似，且没有天险为限，思乡岭已经越过了白沟，早已进入了辽境，其高耸入云的地理特点给使者们造成了夷夏之界的感觉。这里重岭叠嶂，千回百转。使者经过此地，回望幽燕，总有一种永诀之感。地理的悬隔很容易被认为是文化的悬隔，如唐代的岭南便是以五岭为分界线形成的一个地理文化单元，唐人也普遍认为五岭之南乃蛮夷所居之地。宋代辽境内的思乡岭其文化意义自无法与五岭相比，但是实质一样，在宋使眼中这里就是限夷狄的。晋末陷辽的胡峤对这里有一段记载："又三日，登天岭。岭东西连亘，有路北下，四顾冥然，黄云白草，不可穷极。契丹谓峤曰：'此辞乡岭也，可一南望而永诀。'同行者皆痛哭，往往绝而不苏。"[①] 到了这里，似乎是生离死别，登上山顶，最后看一眼南面的故乡，从此便永隔南土。王曾《上契丹事》："又德胜岭，盘道数层，俗名思乡岭。"[②]《乘轺录》："五十里过大山，名摘星岭，高五里，又谓之辞乡岭。"[③] 沈括《熙宁使契丹图抄》："过顿，入大山间，委回东北，又二十里登思乡岭。逾岭而降，少东折至新馆。自古北至新馆，山川之气险丽雄峭。路由峡间，诡屈降陟，而潮里之水

---

① （宋）胡峤：《陷辽记》，贾敬颜《五代宋金元边疆行记十三种疏证稿》，第16页。
② 贾敬颜：《五代宋金元边疆行记十三种疏证稿》，第94页。
③ 同上书，第56页。

贯泻清冽，房境之胜，殆钟于此。"① 沈括以为这里"险丽雄峭"，山清水冽，是难得的胜景，但是这种美景仅止于此。这一点可以和刘敞的《过思乡岭南茂林清溪啼鸟游鱼颇有佳趣》相互印证，他在诗中写道："山下回溪溪上峰，清辉相映几千重。游鱼出没穿青荇，断蛛蜿蜒奔白龙。尽日浮云横暗谷，有时喧鸟语高松。欲忘旅思行行远，无奈春愁处处浓。"② 刘敞经行此处，看到游鱼穿河，好鸟高鸣的景象，确实让他暂时得到了愉悦，但是这里毕竟是思乡岭，那种夷汉分疆所带来的忧愁感始终无法挥去。宋代的很多使者越过此地都留有诗歌，他们在这里所表达的感知要比行记中的感知更为具体真切。王珪于皇祐三年（1051年）出使契丹，他在《思乡岭》中写道："晓入燕山雪满旌，归心常与雁南征。如何万里沙尘外，更在思乡岭上行。"③ 行至思乡岭，就到了万里胡尘之外，在这里最强烈的感情就是回家。至和二年（1055年）使辽的刘敞在《思乡岭》中写道："绝壑参差半倚天，据鞍环顾一凄然。"④ 岭入云天的绝境感与作者回望中原的凄清感融为一体，所营造的是浓浓的愁情。苏辙元祐四年（1089年）使辽，他在《古北口道中呈同事二首》之《二副使》中云："明朝对饮思乡岭，夷汉封疆自此分。"⑤ 他认为这里是夷夏的分界线。多次使辽的苏颂对思乡岭也有强烈的感受，如他在《过摘星岭》中道："路无斥堠惟看日，岭近云霄可摘星。握节偶求观国俗，汉家恩厚一方宁。"⑥ 思乡岭高耸入云，足为天险，越过这里便有不同的风俗。他在另一首诗《摘星岭》中道："疲躯坐困千骑马，远目平看万岭松。绝塞阻长逾百舍，畏途经历尽三冬，出山渐识还家路，驺御人人喜动容。"⑦ 与出使辽国时翻越思乡岭的情绪相比，回程翻越思乡岭，则表现出了难以抑制的喜悦。元祐六年（1091年）彭汝砺使辽，他有多首诗描写了思乡

---

① 贾敬颜：《五代宋金元边疆行记十三种疏证稿》，第142页。
② （宋）刘敞：《公是集》卷二十四，《丛书集成初编》本，中华书局1985年版，第284页。
③ 北京大学古文献研究所编：《全宋诗》卷四百九十六，北京大学出版社1992年版，第5991页。
④ （宋）刘敞：《公是集》卷二十八，第325页。
⑤ （宋）苏辙：《栾城集》卷十六，第395页。
⑥ （宋）苏颂：《后使辽诗》，《苏魏公文集》卷十三，第163页。
⑦ 同上书，第177页。

岭,如他在《望云岭》中道:"更与诸君聊秣马,尽登高处望尧云。"①《再和子育》(其三):"纵目还经望云岭,伤心不见采芝山。"②《望云岭自古北口五十里至岭上南北使者各置酒三盏乃行》:"今日日如昨日日,北方月似南方月。天地万物同一视,光明岂复华夷别。更远小人褊心肝,心肝咫尺分胡越。"③他的这些诗歌所表达的无非两层意思:一是登上思乡岭,回望南土,心中有道不尽的思念;一是普天之下,一日一月,本无疆界之别,只因小人的存在便天各一方。南宋时期使金的洪适,依然继承了前使对思乡岭的书写,他在《摘星岭》中写道:"披山凿道何崄巇,上摘星汉摩虹蜺。七襄终日往曾问,一握去天今可跻。叱驭已排萝蔓去,下车不复烟云迷。举头此际长安远,愿借六翮凌丹梯。"④所表达的还是岭高与远离宋土的伤感。这些行记和诗歌中,之所以不厌其烦地描写思乡岭,说明思乡岭对于使者来说有特别的意义,就像唐代文学中的关山、陇山等意象一样,这里本身山高路险,艰难攀登的过程给人的心理造成了"关山难越"的地理障碍感,是借地理表达文化感知,或者说使者将文化心理内化到了地理风土上。思乡岭在宋代使者眼中不仅仅是上可攀星摘月的高峻感,最重要的是越过这里,就到了另一个充满异质文化的国度,一切都不同了。他们登上思乡岭,是剪不断的愁情,这种浓厚的愁情是使者对中原文化的认同和对异族文化的排斥和厌恶。思乡岭地理意象的建构不是通过一个人或者几个人完成的,而是通过一群人的记忆完成的,这群人的身份就是宋使,他们不仅在行记中加以书写,而且在诗歌中将主观的感知表达得更为强烈。

其实,在宋使眼中以地理区分夷夏的界线并不止我们以上所论述的。有时候他们在行记中还会将其他一些地理界线认为是夷夏之界。如,路振《乘轺录》:"七十里,道东有寨栅门,崖壁斗绝,此天所以限戎虏也。"⑤设在险要之地的栅栏门被认为是阻挡夷狄的。《许亢宗行程录》"(滦)

---

① 《全宋诗》卷九百〇四,北京大学出版社1993年版,第10615页。
② 同上。
③ 同上书,第10636页。
④ 《全宋诗》卷二千〇七十六,北京大学出版社1998年版,第23429页。
⑤ 贾敬颜:《五代宋金元边疆行记十三种疏证稿》,第55页。

州处平地，负麓面冈。东行三里许，乱山重叠，形势险峻。河经其间，河面阔三百步，亦控扼之所也。水极清深。临河有大亭，名曰'濯清'，为塞北之绝。守将迎于此，回程锡宴是州。"① 这里因形势险峻，成为了绝境，而河岸旁的一个亭子，也成为了塞北之"绝"，赐宴仪式在这里发生，所谓"绝"者即是夏文化的尽头。许亢宗在另一段文字中写道："幽州之地，沃野千里，北限大山，重峦复岭中有五关，居庸可以行大车，通转粮饷，松亭、金坡、古北口止通人马，不可行车，外有十八小路，尽兔径鸟道，止能通人，不可走马。山之南地，则五谷、百果、良材、美木无所不有。出关来才数十里，则山童水浊，皆瘠卤。弥望黄云白草，莫知亘极，盖天设此限华夷也。……出榆关以东，山川风物，与中原殊异。"② 一座连绵的大山隔开南北之地，居庸关两边的景象完全不同，山南良田果园，北边地贫水浊，似乎华夏天生就应该享拥良好的地理环境。榆关的情况与居庸关一样，也是天为设险，限制华夷，所以两边的景观截然不同。历史上这些关口多是依形势险要之地建立的军事据点，是汉民族抵御外族进犯的重要屏障，宋使行到这些地方的时候，这些形势险要的关口已成了辽金的"内地"，不复"极边"和"塞防"的意义了，但给使者们的感觉还是具有阻隔夷狄的功能，他们习惯认为这些天险是用来限华夷的。宋代疆土的缩小使白沟以北的很多险要之地仅成了地理上的雄险，限制夷夏的意义事实上已不复存在，宋使行到这些地方，之所以认为这些地方限制华夷，是长久以来以地理区分夷夏思想的延续。

疆域变迁总是体现在那些具有界别意义的地方，唐代的疆域伸缩主要在西北，人们对西北疆界的感知更为具体，因此西北的一些疆界也具有了夷夏之别的意义。唐代对疆界感知最深的人并不是使者，而是那些边关幕府中的僚佐；宋代的疆域变迁主要在东北，宋辽、宋金通过协议保持着固定的界线，这些界线不再像唐代的界线那样模糊不清。交聘双方通常会在边界线两边安排重要的仪式以接送前往辽、金的使者们，在

---

① 贾敬颜：《五代宋金元边疆行记十三种疏证稿》，第231页。
② 同上书，第232—235页。

使者们的感知世界里，这些仪式代表了界别的存在，当然他们也会在边界两边感受不同的文化。先前一些形势险要的地方本身已不复塞防的意义，但是在使者的观念中这些地方仍然具有区分夷夏的功能。宋代的交聘行记是构建这些边关的重要材料，我们通过其中的记载能够大略知道宋代疆域的变迁与夷夏观念之间的关联。

四 南宋交聘行记中的北方城市映像

怀古，是人之常情，在历代的行记中怀古也是常见的，看到眼前一景一物，自然会想起往日的景象。魏晋南北朝时期的征伐随行记和交聘行记中就有大量的怀古。怀古其实是对当下现实的伤悼，尤其是曾经的故土为异族所统治，一些文化遗迹在这样的环境下总有一种陌生的熟悉感。所陌生者，久居南方，一些景象长期疏远，造成了一定的隔阂；所熟悉者，这些景观又深深印在他们的记忆和知识谱系中，是他们文化认同的重要组成部分。对于北宋的使者而言，疆界在燕云一带，燕云之地久为异族所有，所以他们到了燕云并没有十分强烈的怀古之情，倒是偏安东南一隅的南宋，曾经的帝都在别人的铁骑之下，感受自然强烈。南宋的使者渡过淮河，进入了金人统治区，所看到的诸多景象都令他们伤感悲怀。这些地方一直以来都是文化中心，是国家重器所在的地方，现在却控制在夷狄的手中，眼前的一草一木不能不令人动容。当然，最令南宋使者痛心的并不是这些，而是沿途的城市景观，这些城市是北宋文明的缩影和精华，代表区别于蛮夷的核心文化。相反，宋人对辽、金统治下的城市就表现出了不屑的态度，如，许亢宗对契丹城市的评价："所谓州者，当契丹全盛时，但土城数十里，民居百家及官舍三数椽，不及中朝一小镇，强名为州。经兵火之后，愈更萧然。自兹以东，类皆如此。"[①] 契丹即使在全盛时期也没有一个像样的城市，而这些所谓的城市也是一贯的萧条。

北宋的城市发展水平很高，中原地区的很多城市在某一区域都是商

[①] 《许亢宗奉使行程录》，见《五代宋金元边疆行记十三种疏证稿》，第235页。

业和文化中心，这些城市共同构筑了一个文明的聚落。金人统治中原地区以后，由于战争的破坏，城市遭到严重打击，不仅人口稀少，而且城市的运作也显得比较混乱，这些城市在宋代的文献中似乎被逐渐遗忘。然而，在这些城市陷入金人之手许多年后，又重新回到了南宋使者的视野当中。南宋使者目睹了这些城市的当下，他们在自己的行记中记录了这些城市。这些记录虽不是很多，但是作为一名使者在曾经属于他们的城市旅行，总是会有复杂的感情。这些城市现在被文明程度很低的夷狄所统治，确实是一种隐痛。书写金人统治下这些城市的最主要文献是南宋时期使金的四位使者楼钥、范成大、周煇与程卓，他们在自己的行记中对中原的城市有或多或少的记载，这些资料对了解金人统治下北方城市的状况弥足珍贵。宋代主要有州、县两级地方行政，金代统治中原地区后，基本保留了宋代的行政建制，在中原形成了州、县两级的城市群，这些城市主要分布在南宋使金的交通干道上，如虹县、灵璧、宿州、永城县、拱州、雍丘、陈留、开封、汤阴、相州、邯郸、邢州、赵州、真定、新乐、保州等。使者不仅记录这些城市的文化变迁，而且也非常关注遗迹，我们且列几条：

> （虹县）市井多在城外，驿之西有古寺，大屋二层，瓦以琉璃，柱以石。闻其上多米元章诸公遗刻。①

> 入南京城，市井益繁……大楼曰睢阳，制作雄古，倾圮已甚。……此地即高辛氏子阏伯所居商丘也。武王封微子启，是为宋国。后唐以为归德军节度，本朝以王业所基，景德四年，升应天府，祥符七年升南京。金改曰归德府，汉梁孝王所都，兔园、平台、雁鹜池、蓼堤皆在此。春秋陨石五犹存。②

> 丙寅，过雍丘县。二十里，过空桑，世传伊尹生于此。一里，

---

① （宋）楼钥：《北行日录》，《攻媿集》卷一百一十一。
② 同上。

过伊尹墓。道左有砖堠石刻云："汤相伊尹公之墓。"过陈留县，县有留侯庙。①

甲戌，过台城镇，故城延袤数十里。城中有灵台，坡陀。邯郸人春时倾城出祭赵王，歌舞其上。傍有廉颇、蔺相如墓。②

十八里至南京，入阳熙门，市楼榜曰"睢阳"，夹道甲兵甚盛。张巡、许远庙在西门外，谓之"双忠庙"，其旁则宋玉台。此地高辛氏子阏伯所居，商丘是也。武王封微子杞为宋国。③

四十五里至南京，今改为归德州。未入城，过雷万春墓，环以小桥，榜曰"忠勇雷公之墓"。入阳熙门，至睢阳驿，左有隆兴寺，乃高宗皇帝即位之所。④

楼钥、范成大、周煇、程卓等经过中原的一些城市，这些历史的遗迹给他们留下了很深的印象。作为具有延续性的城市文化，一个个的历史记忆共同构成了一条文化的链条。楼钥等人在行记中对城市历史的钩沉所反映的正是对自我文化的认证。但是，在异族的统治下，这些文化遗迹始终游离在人们的生活之外，实实在在变成了一种怀旧，怀旧背后所反映的是文化延续断裂的焦虑。凝聚着南宋汉人历史记忆的遗迹与现实生活中的胡虏文化交织在一起，使中原的这些城市具有了"另一面"。

黄河两岸的中原城市，在金人的统治下也呈现出不同的发展面貌。总体来讲，河北的城市与河南的城市有一些差距，河北的城市普遍发展要好，河南的城市，则因处在金人的极边，反而不及河北。范成大等人的行记中，不止一次表达了这样的感受。尤其是楼钥，这样的感受更为

---

① （宋）范成大：《揽辔录》，《范成大笔记六种》，第11页。
② 同上书，第14页。
③ （明）陶宗仪等编：《说郛三种》之《说郛一百卷》卷五十四《北辕录》，第836页。
④ （宋）程卓：《使金录》，《续修四库全书》第423册，第443页。

强烈。如他在《北行日录》中对河南一些城市的观察，"淮北荒凉特甚，灵壁两岸，人家皆瓦屋，亦有小城，始成县，道有粉壁，云淮南京都转运帖，理会买扑、坊场。递铺皆筑小坞，四角插皁旗，遇贺正人使，先排两马南去"①。"十八日己巳……饭封丘，短墙为城，人烟牢落，便远不及河北。"② 黄河以南，淮河以北的一些地区，是宋金两国的交界地带，这里的城市在楼钥的眼中显得比较荒凉。相反，黄河以北的城市人口较多，经济发展也较好，楼钥在《北行日录》多有记录，如"及所过丰乐镇，居民颇多，皆筑小坞以自卫，各有城楼"③。"入汤阴县，县有重城，自此州县有城壁，市井繁盛，大胜河南。"④ 河北的丰乐和汤阴两地，不仅人口颇多，而且商业也很繁盛。这样的体验不仅体现在观感上，而且还表现在日常的生活饮食当中，到了黄河以北，楼钥的饮食比他在黄河以南的饮食好了很多，他说："自南京以来，饮食日胜，河北尤佳，可以知其民物之盛否。"⑤ 河南河北的差异感受，不仅仅是楼钥一人所感受到的，另外两位使者也有同样的感受，相州就可作为一个观察点，如范成大《揽辔录》载："过相州，市有秦楼、翠楼、康乐楼、月白风清楼，皆旗亭也。秦楼有胡妇，衣金缕鹅红大袖袍，金缕紫勒帛，褰帘，吴语。云是宗室女，郡守家也。……昼锦堂尚存，庑尝更修饰之。"⑥ 这里依然有繁华的街市，但是操着吴语的宗室女却穿着胡装。繁盛尚在，文化却已然不同。周煇《北辕录》："十五日，至相州，阛阓繁盛，观者如堵。二楼曰'康乐'，曰'月白风清'。又有二楼，曰'翠楼'，曰'秦楼'。时方买酒其上，牌书'十洲春色'，酒名也。"⑦ 周煇行记中所反映的是相州商业的繁荣。三十多年后程卓使金时，河北一带常遭受蒙古人的侵扰，但相州还是比其他地方繁盛，他在《使金录》中记载："早顿相州，市中

---

① （宋）楼钥：《攻媿集》卷一百一十一。
② 《攻媿集》卷一百一十二。
③ 《攻媿集》卷一百一十一。
④ 同上。
⑤ 同上。
⑥ （宋）范成大：《范成大笔记六种》，第13页。
⑦ （明）陶宗仪等编：《说郛三种》之《说郛一百卷》卷五十四《北辕录》，第836页。

纸灯,差胜磁州。"① 他通过对相州和磁州纸灯的对比,让我们知道相州在河北诸州中还是比较繁盛的。他又说:"晚至保州,方见保之人烟颇繁。"② 像这样的描写,在他黄河以南的行程中绝不见。

在中原众多的城市中,最令使者们无法释怀的无疑是曾经北宋的都城东京。城市与乡村作为对立面,集政治、经济、文化发展于一体,不仅占据众多资源,而且也是吸引资源的重要场所。宋人引以为豪的京城东京,人口众多,商业繁荣,是全国政治文化中心,这里对很多人都有巨大的吸引力。但是,城市的发展是动态的,一些重要的历史事件往往成了城市发展的转捩点。我们习惯了城市的辉煌,然繁华散尽后的萧条也是城市文化的重要部分。金人占领东京之后,这座染尽铅华的城市逐渐沉沦,不再有往日的荣耀。她以另一种方式存在,北宋南迁的文人墨客对东京的繁华久久不能忘怀,他们在专门的著作或者文学作品中不断追忆昔日的都市,甚至南宋的都城临安也深深烙上了东京的印迹。但是,这种集体的构想只存在于人们的脑海中,当下的东京到底如何,似乎很少有人留意或者有机会留意。宋人的使金行记,恰巧为我们了解残破的东京提供了最好的材料。当然这些材料最主要的意义并不在研究使者眼中的东京,而是研究他们对这座曾经繁华一时城市的文化追忆,这种追忆所反映的是历史变迁中一个族群的文化认同感。关于这一点已有学者讨论过③。

曾经作为帝都的东京是北宋的政治、经济、文化中心,极尽繁华,承载了很多人的梦想。很多人以生活在这座城市为豪,靖康之难后这座盛极一时的城市突然间好像在世间消失了一样,对于常人来讲已经很难觅其踪迹,只能出现在模糊不清的梦里,像孟元老的《东京梦华录》一类的著作就是北宋南迁的文人对东京的一种追溯,这背后更多的是一种历史的无奈和感伤。北宋南迁的人尚能借助记忆回想起往日的繁华,但

---

① (宋)程卓:《使金录》,《续修四库全书》第423册,第448—449页。
② 同上书,第448页。
③ Ari Daniel Levine(李瑞),"Welcome to the Occupation: Collective Memory, Displaced Nostalgia, and Dislocated Knowledge in Southern Song Ambassadors' Travel Records of Jin-dynasty Kaifeng", *T'oung Pao*, 99, 2013.

是对于南迁后出生的人来讲，他们只能从老人的回忆和一些文献中去追寻北宋东京的繁华。南渡以后，很少有人知道东京在金人统治下的状况，使者借助出使的机会成为了一小部分能够直观观察这个梦中城市的群体。尽管很多使者并没有在这里生活过，他们对这里的记忆都是间接所得，但是目下的东京还是能引起他们的许多伤感，毕竟先辈们耕植在他们脑海中有关这座城市的意象太深刻了。在这些南宋使者当中，楼钥和范成大对东京的观察最为细致。楼钥在《北行日录》中记载：

> 九日庚寅……入东京城，改曰南京。新宋门旧日朝阳，今日弘仁。城楼雄伟，楼橹壕堑，壮且整。夹壕植柳，如引绳然。先入瓮城，上设敌楼，次一瓮城，有楼三间。次方入大城，下列三门，冠以大楼。由南门以入，内城相去尚远。城外人物极稀疏，有粉壁曰信陵坊，盖无忌之遗迹。城里亦凋残，街南有圣仓，屋甚多。望见婆台寺塔，云"城破之所"。街北望见景德开宝寺二塔，并七宝阁寺，上清储祥宫颓毁已甚，金榜犹在。皮场庙甚饰，虽在深处，有望柱在路侧，各挂一牌，左曰皮场仪门，右曰灵应之观。又有栾将军庙，颓垣满目，皆大家遗址。入旧宋门，旧曰丽景，今日宾曜，亦列三门，由北门入，尤壮丽华好。门外有庙曰灵护，两门里之，左右皆有阙亭，门之南即汴河也。故街南无巷街，北即甜水巷。过郑太宰宅，西南角有小楼……相国寺如故，每月亦以三八日开寺，两塔相对，相轮上铜珠尖，左暗右明。横过大内前。逆亮时，大内以遗火殆尽，新造一如旧制，而基址并州桥稍移向东，大约宣德楼下有五门，两傍朵楼尤奇，御廊不知几间，二楼特起，其中浮屋买卖者甚众。过西御廊数十步，过交钞所，入都亭驿。五代上元驿基，本朝以待辽使，犹是故屋，但西偏已废为瓦子矣。……五更出驿，穿御街，循东御廊，过宣德楼侧东角楼，下潘楼街头，东过左掖门，出马行街头，北过东华门。出旧封丘门，金改曰玄武。新封丘门，旧曰安远，金改曰顺常。河中有乱石，万岁山所弃也。北郊方坛在路西，青城在路东。面南，中间三门，左右开掖门，西开一门以通

坛，皆荒虚也。①

楼钥从外城新宋门入城，通过内城的旧宋门，沿着汴河到都亭驿，再穿过御街到达宣德门，然后顺着大内东行一段距离后，北折出玄武门。楼钥实际所走的路线与他在行记中所记的路线并不相同，行记中掺杂了很多历史的记忆，所以造成了一些误解。范成大在他的行记中所行的路线与楼钥基本相同，但是在记录的时候同样存在误解。关于这一点张劲有专门的讨论，他指出楼钥、范成大"所述的路线与他们描述的一些亲眼目睹的景观之间存在着矛盾。对于这种游记式的行文而言，所描述的亲眼目睹的景观是最可信的，而一般性的对所经过路线的流水帐似的介绍，则往往会因为作者的先入为主或道听途说而产生误解"②。为了更为明确地看到范成大和楼钥在东京所行的路线，我们将张劲所绘二人在东京城的行程图附于后（见图4-1、图4-2）。东京给楼钥的最直观感受是"城外人物稀疏"，而"城里亦凋敝"，他对一些具体的遗迹，也用"颓毁已甚""颓垣满目""荒墟"等词来形容。不仅这些历史遗迹显得残破，而且由于金人的统治城中无疑增加了很多让人伤感的遗迹，其中最典型的就是"城破之所"，对没有亲身经历靖康之难的南宋使者而言，这是他们重新构想那段历史的伤痛之迹。楼钥在东京城看到的残破景象居多，但是也有一些保存完好的，如旧宋门依然壮丽华好，相国寺在兵火中也没有遭到太大的破坏，依然如故。总体来讲，先前大脑中所形成的记忆与眼前的景象还是有很大的反差，当下两种图景的交互就是政治军事形势之下新愁旧恨的情感体验。

范成大在《揽辔录》中同样对东京城着笔很多：

> 丁卯，过东御园，即宜春苑也。颓垣荒草而已。二里，至东京，虏改为南京。入新宋门，即朝阳门也，虏改曰弘仁门。弥望悉荒墟。入新

---

① （宋）楼钥：《攻媿集》卷一百一十。
② 张劲：《楼钥、范成大使金过开封城内路线考证——兼论北宋末年开封城内宫苑分布》，载《中国历史地理论丛》2004年第4期。

宋门，即丽景门也，虏改为宾曜门。过大相国寺，倾檐缺吻，无复旧观。横入东御廊门，绝穿桥北驰道。出西御廊门，过交钞处。……旧京自城破后，疮痍不复。炀王亮徙居燕山，始以为南都，独崇饰宫阙，比旧加壮丽。民间荒残自若。新城内大抵皆墟，至有犁为田处。旧城内粗有市肆，皆苟活而已。四望时见楼阁峥嵘，皆旧宫观、寺宇，无不颓毁。……庚午，出驿，循东御廊百七十馀间，有面西棂星门，大街直东，出旧景灵，东宫也。过棂星门，侧望端门，旧宣德楼也。虏改为承天门，五门如画。两傍左右升龙门。东至西角楼，转东钥匙头街，御廊对皇城。俱东，出廊可二百间许，过左掖门，至皇城东角楼，廊亦如画。出樊楼街，转土市马行街，出旧封丘门，即安远门也。虏改为玄武门，门西金水河，旧夹城曲江之处，河中卧石礧磈，皆艮岳所遗。过药市桥街、蕃衍宅、龙德宫，撷芳、撷景二园，楼观俱存，撷芳中喜春堂尤肖然，所谓八滴水阁者。使属官吏望者皆陨涕不自禁。胡今以为上林所。过清辉桥，出新封丘门，旧景阳门也，虏改为柔远馆。①

范成大所行进路线与楼钥一致，但是范成大所描写的东京城更加残败。城外也是"颓垣荒草"，进入新宋门，更是满目的荒墟。城内荒凉不堪，甚至有些地方已为耕地，城内为数不多保存较为完好的遗迹是撷芳、撷景二园，看到此处的景象，范成大一行表现出强烈的感情，竟抑制不住眼泪纵横。他在《壶春堂》诗道："松漠丹成去不归，龙髯无复有攀时。芳园留得觚棱在，长与都人作泪垂。"② 所表现的正是这种感情。范成大在他的诗歌中将看到东京城遗迹的感情表达得极为强烈，如到城外的宜春苑，诗云："狐冢獾蹊满路隅，行人犹作御园呼。连昌尚有花临砌，肠断宜春寸草无。"③ 虽曰是"御园"，但寸草不生，兽迹交错，哪里有皇家

---

① （宋）范成大：《范成大笔记六种》，第11—13页。此处所引"入新宋门，即丽景门也"应为"入旧宋门，即丽景门也"。
② （宋）范成大：《范石湖集》卷十二，第148页。
③ （宋）范成大：《宜春苑》，《范石湖集》卷十二，第147页。

园林的景象。范成大对大相国寺的观察完全不同于楼钥，楼钥看到的大相国寺"如故"，而范成大看到的相国寺"倾檐缺吻，无复旧观"。楼钥于乾道五年（1169年）十二月到达东京城，范成大于乾道六年（1170年）八月到达东京城，前后距离时间不到一年，但是对大相国寺的观察竟如此不同。范成大在《相国寺》一诗中写道："倾檐缺吻护奎文，金碧浮图暗古尘。闻说今朝恰开寺，羊裘狼帽趁时新。"① 宋代东京最为著名的古寺中现在却充斥着"羊裘狼帽"的景象，表现出了强烈的民族对立情绪。范成大有时候甚至觉得皇宫当中到处都沾满了"犬羊"之味，难以洗清，这种极端厌恶的情绪充斥在他的内心，如他在《宣德楼》中写道："峣阙丛霄旧玉京，御床忽有犬羊鸣。他年若作清宫使，不挽天河洗不清。"② 金人的到来玷污了东京城的一切，这些宫苑市街胡虏是不应配有的。金海陵王迁都燕京后，改北宋东京城为南京，大力营缮，准备迁都于此，为伐宋做准备。金贞元三年（1155年），东京发生了一场大火，宫廷遭到了严重的破坏。后又花费巨资进行了营建。楼钥、范成大使金时，东京城经过修缮，已经不是那么残破了，但在他们眼中所有的一切皆"不复旧观"，这恐怕与他们知识系统中牢固的东京繁盛图景有关。

淳熙三年（1176年）使金的周煇对东京城也有记载：

> 九日，至东京，虏改曰南京，未到城，先过皇城寺，宜春苑，使副易朝服，三节更衣，带从者跨马入新宋门。旧曰朝阳，虏名洪仁。楼橹濠堑甚设。次入瓮城，次入大城，人烟极凋残。至会同馆，旧贡院也。接伴所得私觌，尽货于此。③

周煇对东京城描写较少，只简单记载了皇城寺、宜春苑、新宋门、会同馆等地，具体行进的路线很难厘清，他对东京城总体的感觉是"凋残"。程卓于嘉定四年（1211年）十二月八日丙戌到达东京，他有如此的记载：

---

① 《范石湖集》卷十二，第147页。
② 同上书，第148页。
③ （明）陶宗仪等编：《说郛三种》之《说郛一百卷》卷五十四《北辕录》，第836页。

> 八日，丙戌，晴。黎明之至东京门外。卓等率三节官属，皆朝服，同接伴李希道等并马入安利门，过储祥宫，入宾曜门，过大相国寺，寺旁乃祐陵御书。路南转，有市井美盛，耄稚聚观，以手加额，宿会通馆。①

程卓一行是从安利门入城的，安利门在文献中记录不多，如《金史》在介绍京城门收支器物使时，就列有管理安利门的职官②，但是没有具体说出此门的位置③。从程卓"过储祥宫，入宾曜门"的行程路线来看，安利门应该是新宋门，即朝阳门（弘仁门），这是宋使入东京城的传统路线。程卓的行记中没有写东京的凋敝，他倒是用"市井美盛"来形容看到的景象。程卓使金返回时所记他在东京城行进的路线要比去金时的记载略详一点：

> 至城外更衣亭，卓等率三节官属，朝服乘马，与李希道等并马入顺义门，即俗名固子门也，循龙德宫墙，入五虎门，经建隆观，鸡儿桥，望见丹凤门、过蔡河桥、太学、武学，在馆驿，行路左右入会通馆。④

使金返回时，程卓从西北的固子门入城，他行进的目的地是金人接待使节的会通馆，按理说行到鸡儿桥就应该北折，但是不知道为什么他又记录了"过蔡河桥、太学、武学"等地，因为这三处都在鸡儿桥之南，不在行进的路线上。Ari Daniel Levine（李瑞）以为这是程卓听闻、记忆的错误造成的，他有两幅图专门说明程卓行记所载路线和他实际所行进的路线（见图4-3、图4-4）。周煇和程卓的行记中，对东京的观察远不及楼钥和范成大详细。

---

① （宋）程卓：《使金录》，《续修四库全书》第423册，第444页。
② （元）脱脱等：《金史》卷五十七《百官志》，中华书局1975年版，第1306页。
③ 刘春迎以为西墙北门的闾阖门"亦称梁门，金元时称安利门"（《考古开封》，河南大学出版社2006年版，第139页）。以程卓的描述来看，此门绝不在西，而应在东，即新宋门。因为他进城后，紧接着过了储祥宫和旧宋门，使者从新宋门入城是顺理成章的，断无从西门再绕到东边进城的道理。
④ （宋）程卓：《使金录》，《续修四库全书》第423册，第449页。

不管是周煇还是程卓，他们对东京的感情似乎都在淡化。完全没有楼钥和范成大那样强烈的感触，甚至在程卓的行记中还直接使用了金人对旧宋门重新的命名"宾曜门"。楼钥和范成大绝不会直接使用金人的命名，他们全用宋人的命名，只用"虏曰某某"做补充的说明。我们前面在讨论金人统治下东京的遗民情况时，引用过楼钥和范成大对东京遗民的一些观感，他们看到这里的百姓胡装盛行，感到非常担心，对这些遗民的遭遇也深表同情，而且这些遗民也对宋使表现出了很深的感情。但是，周煇和程卓的行记在这方面已经没有太多的感触。随着时间的推移，他们对东京的感情和收复失地的愿望都在变淡，尤其是到了程卓使金时，多数遗民已经去世，他们的下一辈不会像先辈一样表现出那种无法为宋人的强烈遗憾，况且程卓使金时，蒙古人对金的骚扰已然为甚，宋使已经嗅到了金灭亡的讯息。

新一代的使者在行记中所绘构的图景与先辈们的记述重叠在一起，在他们的头脑中形成了两个错位的映像。他们并没有经历东京市井的繁华，也没有体验东京宫廷的朝会场面，但是已有文献和图像中关于北宋东京繁华的记忆牢固定位在他们的脑海中。先辈给他们诉说东京辉煌的同时将那种繁华不再的伤痛也传了下来。孟元老的《东京梦华录》就是这种繁华与伤痛交织在一起而形成的一个文本。他在书序中说："太平日久，人物繁阜。……举目则青楼画阁，绣户珠帘。雕车竞驻于天街，宝马争驰于御路，金翠耀目，罗绮飘香。新声巧笑于柳陌花衢，按管调弦于茶坊酒肆。八荒争凑，万国咸通。集四海之珍奇，皆归市易；会寰区之异味，悉在庖厨。花光满路，何限春游，箫鼓喧空，几家夜宴。伎巧则惊人耳目，侈奢则长人精神。瞻天表则元夕教池，拜郊孟享。……修造则创建明堂，冶铸则立成鼎鼐。……仆数十年烂赏叠游，莫知厌足。一旦兵火，靖康丙午之明年，出京南来，避地江左，情绪牢落，渐入桑榆。暗想当年，节物风流，人情和美，但成怅恨。近与亲戚会面，谈及曩昔，后生往往妄生不然。"① 曾经的繁华令那些在东京生活过的南渡者

---

① （宋）孟元老著，伊永文笺注：《东京梦华录笺注》之《梦华录序》，中华书局2006年版，第1页。

血脉贲张，但繁华散尽后更多的是牢落。当孟元老向后辈谈起这些繁华的时候，他们往往不以为然，这令孟元老更加失落。这说明，没有经历过东京繁盛的下一代对这座盛极一时的城市并没有太多的感情，那里只是先辈们梦开始的地方，与他们关系不大。当这些使金的使者真正来到东京后，他们回想起了先辈们不厌其烦的叙述，这一次他们与先辈达成了默契，感情产生了共鸣，因为金人统治下的东京与先辈们所述及的繁华实在相去甚远，看到满城残破的景象，他们似乎回到了那个繁华的帝都，强烈的失落感与先辈的那种怅恨重叠在了一起，延续了一个时代的记忆。金人统治下的东京确实无法与北宋时的东京相提并论，这些游猎民族南下中原，对宋人而言本身就是极大的耻辱，现在却占据了他们的城市，在他们的意识中这些还未完全开化的夷狄绝不会经营好一座城市，所以南宋使者的行记中时不时地表现出一种轻蔑。对于辽金来讲，他们总是想把繁华的部分展示给宋人，这种情况在宋人的行记中也有所提及，如北宋路振的《乘轺录》记载："自通天馆东北行，至契丹国三十里，山远路平，奚、汉民杂居益众。里民言：汉使岁至，虏必尽驱山中奚民就道而居，欲其人烟相接也。"[1] 每当宋代使者经过，在一些没有人烟的地方，契丹会把山中的奚民临时驱赶到这里，让宋使感到契丹统治下北方的繁盛。程卓《使金录》："再由墟墓以行，乃闻旧路近西南门外，方遭残破，修葺未就，恐本朝人使见之，迂回以避之也。"[2] 城市的残破是他们不愿意让宋人看到的，所以遇到一些凋敝的地方，他们多会引导宋人绕道而行。程卓又在同书中说："其李希道等往还，绝不交一谈，无可纪述，彼意盖欲掩匿国中扰攘，故默默云。"[3] 陪伴程卓等人的使者也保持着一定的警惕，想掩盖其管辖范围内不好的一面。即便是这样，宋使所看到的不好的一面更多，他们在行记中特别留意辽金统治下不和谐的一面。这主要是文化心态不一样所致，宋使站在宋人的立场上，始终认为这些夷狄不会管理好一个国家。

---

[1] 贾敬颜：《五代宋金元边疆行记十三种疏证稿》，第59页。
[2] （宋）程卓：《使金录》，《续修四库全书》第423册，第448页。
[3] 同上书，第449页。

南宋使者经过中原的城市，确实是一种特别的旅行体验。不管是唐代的交聘行记还是北宋的交聘行记都是从文化中心逐渐走向边缘，城市文明在逐渐远离使者们的视野，但是南宋的使者却不同，他们越过宋金的交界淮河之后所面对的是中原的城市群落，这些在金人统治下尽显寥落的城市，曾经是多么的繁盛辉煌，尤其像帝都东京这样的大城市，承载了一代又一代人的梦想。南宋使者行走在这些城市，到处感受到的是文明的凋落，他们觉得这些茹毛饮血的游猎民族统治这些城市，本身就是一种讽刺。这样的体验，致使他们对夷狄再不会像唐代那样抱着宽容的态度，赶走这些夷狄，恢复中原是当务之急，不然文明还会继续滑落。

小 结

宋初，北方诸族渐次强大，契丹占据燕云十六州，西北方向西夏蠢蠢欲动，外部所形成的压迫之势是任何一个统一王朝未曾面临的。南宋，这种压迫之势有增无减，已不复唐代那种"天下即是大唐，大唐即是天下"的气度。这种政治军事形势的变化对宋人的思想、文化、心态都产生了重大的影响。在此背景下，宋代有关正统论的讨论成为热点。北宋关于正统的讨论主要集中在澶渊之盟后不久，欧阳修、章望之、司马光、苏轼、张方平、陈师道是仁宗、神宗朝的人，他们都有正统论方面的论说，这些讨论受到了时代形势的刺激，陈芳明说："就当时的时代环境来看，宋代的民族地位非常低落，从外患的频繁纳币议和等史实来看，就可知道，正统论的形成恐怕也是当时民族自卑感的表现。"[1] 柴德赓说："量正统思想影响中国历史者，厥有二端，一曰谋国家之统一，一曰严夷夏之大防。"[2] 其实，夷夏之辨始终是宋代正统论的一个核心话题，他关系着一个以儒家文化为核心的国家如何维持统治的持续性、合法性。唐

---

[1] 陈芳明：《宋代正统论的形成背景及其内容》，载《宋史研究集》第8辑，1971年，第37—38页。原载《食货》月刊第1卷第8期。

[2] 柴德赓：《〈四库提要〉之正统观念》，载《史学丛考》，中华书局1982年版，第199页。

代北方的突厥、西南方向的吐蕃虽然也对唐构成了极大的威胁，但是唐总能通过强大的军事实力和文化气魄保持疆土的稳定，唐人始终没有像宋人那样对异族如此警惕。欧阳修的《正统论》与石介的《中国论》是宋初两篇非常重要的文章。细加分析，他们关于正统性问题的讨论，其实质就是严防夷夏。欧阳修在《正统论》中说："正者，所以正天下之不正也；统者，所以合天下之不一也。"他又说："凡为正统之论者，皆欲相承而不绝。至其断而不属，则猥以假人而续之，是以其论曲而不通也。夫居天下之正，合天下于一，斯正统矣，尧、舜、夏、商、周、秦、汉、唐是也。"① 欧阳修认为正统论的核心主要有两点：一是维持自古以来的"统续"，即文化的延续性；二是"居天下之正"，在占据中原的同时保持天下统一，即作为一个汉族国家疆土的完整性。前者是排斥异族文化渗透的问题，后者则是防止异族通过军事占领疆土的问题。不管是内在的文化还是外在的疆土，都要求严防夷夏。石介在《中国论》中说："夫天处乎上，地处乎下，居天地之中者曰中国，居天地之偏者曰四夷。四夷外也，中国内也。天地为之乎内外，所以限也。夫中国者，君臣所自立也，礼乐所自作也。"② 他也是从两个方面来看问题的：一是中国理所当然应该处在"天下"的中心，将四夷限制在边缘地带，形成藩辅之势；二是要维持"礼乐"的运作。这二者也是疆土和文化的问题。南宋进一步深化这种观念，夷夏之防更为严格，甚至升级为一种严重的民族对立情绪，如南宋末年的郑思肖说："臣行君事，夷狄行中国事，古今天下之不祥，莫大于是。夷狄行中国事，非夷狄之福，实夷狄之妖孽。譬如牛马，一旦忽解人语，衣其毛尾，裳其四蹄，三尺之童见之，但曰'牛马之妖'，不敢称之曰'人'，实大怪也。"③ 面对宋代几百年来夷狄南下的现实，夷夏之间已不可调和。

宋代的域外行记，十之八九都是涉及辽、金的，这与宋人的外交形

---

① （宋）欧阳修著，洪本健校笺：《欧阳修诗文集校笺》之《居士集》卷十六，第496—497、500页。
② （宋）石介：《徂徕石先生文集》卷十，中华书局1984年版，第116页。
③ （宋）郑思肖：《古今正统大论》，《郑思肖集》，上海古籍出版社1991年版，第132—133页。

势、文化心理密切相关。辽、金政权的存在使宋人颇感压力，有时甚至慢慢摧残他们的自信，在远赴辽、金交聘的途中，使者们五味杂陈，他们将所见所感通过行记文献留存了下来，在看似客观的叙述中，却包含着很多主观的成分。我们以他们行记中幽燕之地的汉人和南宋的遗民、文化景观、地理疆界、城市景观为观察点，欲通过这些勾勒出宋使眼中的"夷"及其他们关于夷夏的文化观念。与那些在朝堂之上和书斋中大谈夷夏之辨的人有所不同，他们直面了"夷"文化所带来的冲突，自然有更多的发言权。这些文本不是简单的旅行记录，而是反映了社会转型期一个民族对他们自身处境的文化反思。

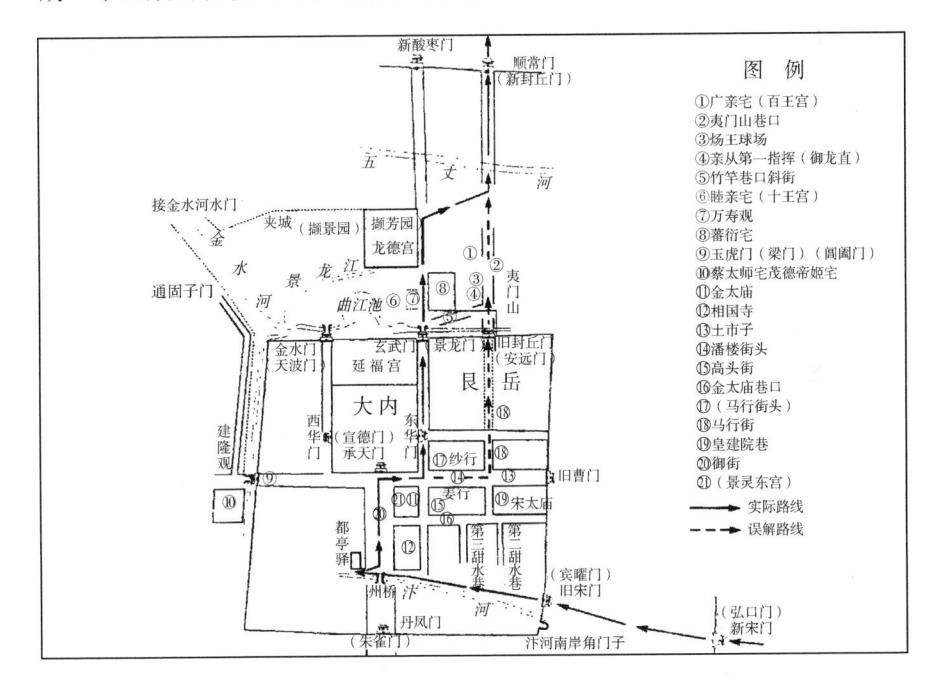

图 4-1 楼钥范成大北过开封路线图

引自《楼钥、范成大使金过开封城内路线考证——兼论北宋末年开封城内宫苑分布》，《中国历史地理论丛》2004年第4期。

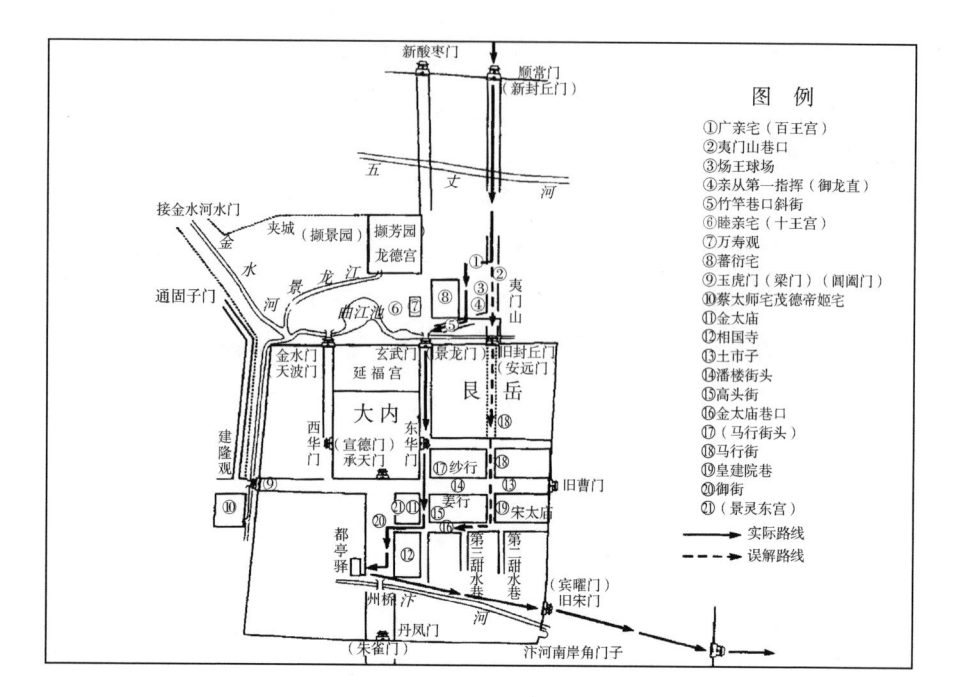

图 4-2 楼钥南过开封路线图

引自《楼钥、范成大使金过开封城内路线考证——兼论北宋末年开封城内宫苑分布》,《中国历史地理论丛》2004 年第 4 期。

第四章　唐宋交聘行记与夷夏之辨

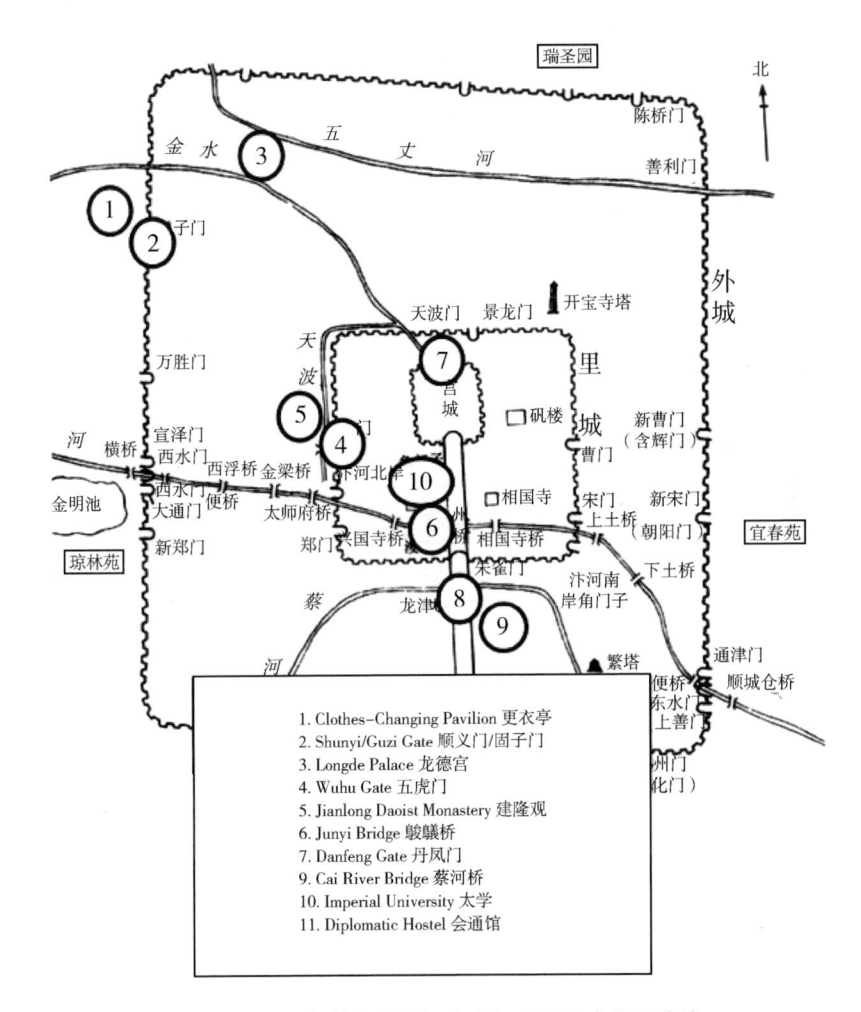

```
1. Clothes-Changing Pavilion 更衣亭
2. Shunyi/Guzi Gate 顺义门/固子门
3. Longde Palace 龙德宫
4. Wuhu Gate 五虎门
5. Jianlong Daoist Monastery 建隆观
6. Junyi Bridge 骏蚁桥
7. Danfeng Gate 丹凤门
9. Cai River Bridge 蔡河桥
10. Imperial University 太学
11. Diplomatic Hostel 会通馆
```

图 4-3　程卓《使金录》中所记开封城内行进路线

引自 Ari Daniel Levine（李瑞），"Welcome to the Occupation: Collective Memory, Displaced Nostalgia, and Dislocated Knowledge in Southern Song Ambassadors' Travel Records of Jin-dynasty Kaifeng", *T'oung Pao*, 99, 2013.

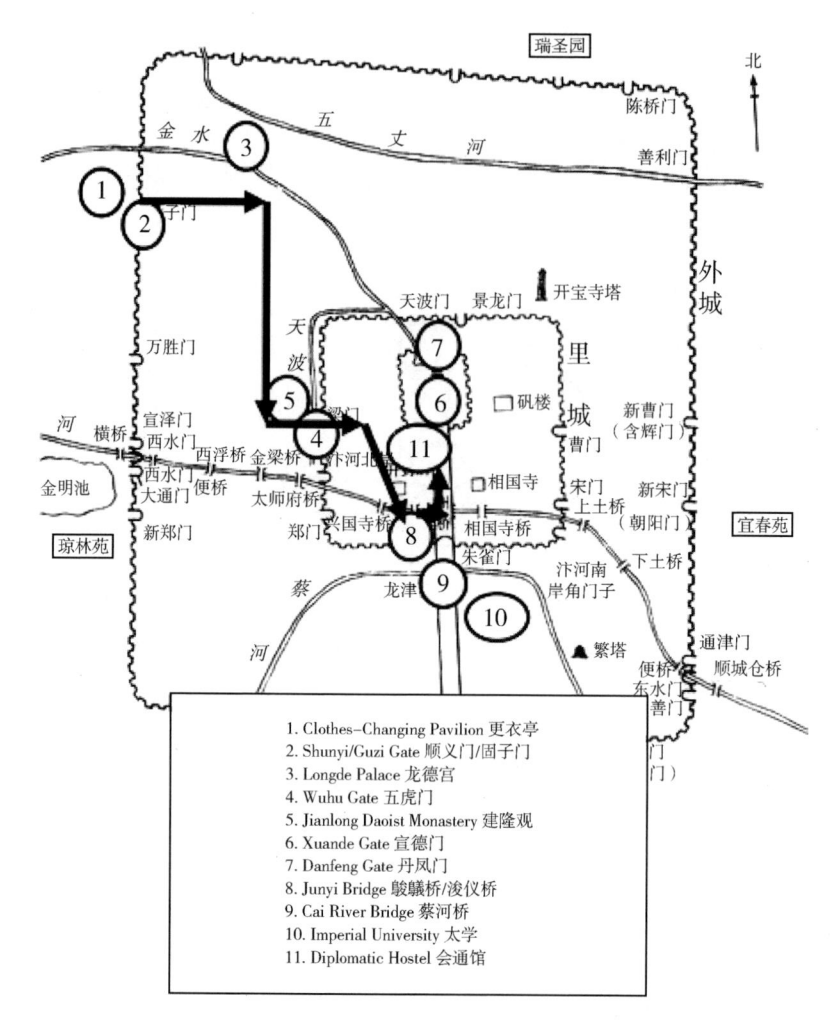

1. Clothes-Changing Pavilion 更衣亭
2. Shunyi/Guzi Gate 顺义门/固子门
3. Longde Palace 龙德宫
4. Wuhu Gate 五虎门
5. Jianlong Daoist Monastery 建隆观
6. Xuande Gate 宣德门
7. Danfeng Gate 丹凤门
8. Junyi Bridge 骏骐桥/浚仪桥
9. Cai River Bridge 蔡河桥
10. Imperial University 太学
11. Diplomatic Hostel 会通馆

图 4-4　程卓在开封城内的实际行进路线

引自 Ari Daniel Levine（李瑞），"Welcome to the Occupation: Collective Memory, Displaced Nostalgia, and Dislocated Knowledge in Southern Song Ambassadors' Travel Records of Jin-dynasty Kaifeng", *T'oung Pao*, 99, 2013.

第五章

唐宋僧人行记与旅行心态

　　西行求法在魏晋南北朝时期已然成为一种文化现象，不断有僧人冒着生命危险远涉印度，求取真法，这一活动促进了佛教在中原持续的发展。可以说，西行求法群体在某种程度上改变着中国文化的发展方向。尤其是到了唐代，西行求法达到了高潮，这些西去归来的僧人不仅改变着佛教的命运，而且也深刻影响着国家乃至每一个人的日常生活；作为东方岛国的日本，唐宋时期来中土求法巡礼也成为一种文化现象，他们将中原的佛教文化带到了日本，深刻改变着日本的文化结构。同是在"西方"取经，同样都是引进佛教文化，然相同的种子播撒在不同的土地上总会有不同的结果。印度的佛教传入中原，与本土文化结合在一起，形成了独具中土特色的佛教文化；唐宋的佛教传入日本，与日本本土文化结合在一起，形成了具有日本特色的佛教文化。这两种不同的文化不仅对当时的社会产生了重大的影响，而且也影响到了后来的历史。正因为如此，这种文化现象引起了学术界的广泛兴趣，中日两国的学者已有大量相关的研究成果。尽管如此，我们觉得还有值得研究的地方，到印度求法的中土僧人与到中土求法的日本僧人到底有怎样的心态，这是一个值得注意的问题，惜乎没有引起学术界的重视，本章以僧人行记为中心就这一问题尝试论之。

　　西行求法僧主要有两种情感：一是宗教情感，二是国家情感。文化的矛盾与困惑在这一群体身上有集中、深刻的反映。所以，他们的心态交织着国家、宗教、社会、个人等诸多复杂的情感，这一群体在佛教文化的传播中又扮演了关键性的角色,研究他们的心态对整体把握一种文化的植入有重要意义。僧人撰写的旅行记是研究求法僧心态最直接有效的材料,尽管这些材料并不能全面客观地反映唐宋时期所有求法僧的心态,但这些留下行记的僧人都是杰出的僧人,代表了佛教文化中的精英阶层,通过这些行记观察整个东亚世界求法僧的文化心态以及由此造成的文化变迁都大有裨益。不管是到印度求法还是到中土求法,都是为了宗教目的而进行的旅行,既然是旅行,自然就该留意空间变化给旅行者所带来的心态变化。所以利用行记,把西行求法僧放到人、社会、文化三维系统中就能看出一些问题。中土僧人远去印度求法与日僧入中土巡礼求法,虽都是"西行",但是他们的地理感受和文化观感全然不同。旅行不仅是空间的转换,而且也是文化的转移。僧人作为文化传播者与接受者,他们既在不同的空间中感受异样的地理文化风情,也在时间的推移中进行文化的播迁,在这种文化转移中,他们会有怎样的心态呢?

第一节　唐宋西行印度求法僧人行记与旅行心态
——以《大唐西域记》和《大慈恩寺三藏法师传》为中心

撰写行记是魏晋南北朝以来从中土到印度求法僧人的传统,唐代之前以法显《佛国记》为代表,产生了一批僧人行记。唐代玄奘西行震铄古今,有关他旅行的两部行记《大唐西域记》(以下简称《西域记》)与《大慈恩寺三藏法师传》(以下简称《法师传》)延续了先唐僧人行记创作的传统,成就了两部杰出的僧人行记。这两部行记内容丰富,文笔省炼,确立了僧人行记创作的典范。作为唐代子民与虔诚的佛教徒,双重身份的玄奘旅行心态也具有代表性,值得关注。

一　极端的生命体验与玄奘西行的心态

古代的远足旅行,最令出行者烦恼的事情主要有两件:一是地理条件所造成的艰险的行程,二是沿途的强盗。我们翻阅中国古代有关旅行的典籍,会发现古代的旅行确实不像我们今天这么容易实现,沿途扑朔迷离的未知危险总是接踵而来，令旅行者猝不及防。因此，通过旅行所建构的故事，成了小说取材的重点之一。中国古代的小说从初创之初，就把旅行当作绝好的素材，这种前途未卜的旅行是吸引读者的重要手段之一。从具有小说性质的《穆天子传》到神魔小说《西游记》，正因为艰险的存在远足旅行令人着迷。在古代旅行文化的书写中，僧人远足扑朔迷离，具有典型性。从三国时期中土第一个远到西域求法僧朱士行开始，杖锡西迈、求取真经已成为中国佛教的文化景观之一，不计其数的佛教徒认为能够到达佛教的中心接受洗礼是此生最大的荣耀，故舍身求法者大有人在。中国古代到底有多少僧人实施了这种艰难的旅行，已无法究其详数，但是相比这一庞大的群体，历朝历代能够九死一生到达印度者却是有限的。所以，我们今天能够通过文献钩沉的多是那些成功的案例，是大浪淘沙后所剩无几的精华。然而，要想很好地研究这些成功到达印度的僧人所遭遇的重重困难，可资借鉴的文献并不多，其中僧人行记是最直观、最可靠的资料，通过这些资料研究僧人面对险途的心态是有意义的。一种文化的形成，与某一群体的心态有莫大的关系，而这一点往往容易被忽视。在唐宋僧人行记中，《西域记》与《法师传》最具代表性，是记录僧人旅行最翔实的资料。玄奘旅行途中所面临的诸多险象，在其中或隐或现，通过这些险象研究他的心态，可以回答唐初僧人西行求法的社会实践活动到底有何主体的精神原因，以及国家文化对僧人个体产生怎样的影响等问题。

  唐初，海上交通还不甚发达，欲到达遥远的西域，需沿着传统的老路摸索前行，但是沿途政权更迭频繁，出行环境到底如何，似乎很少有人知道。唐初人们对西域世界的了解仅限于书本知识，国家西北的疆界在玉门关一带。很少有人冒着生命危险，冲破重重阻难到达西域。《法师传》所谓"时国政尚新，疆场未远，禁约百姓不许出蕃"[①]。既然国家严格限制百姓出国，玄奘还何以冒天下之大不韪出境呢？这得从玄奘小时候的佛学教育说起。玄奘"幼怀贞敏，早悟三空之心"[②]，"远绍如来，近

[①] （唐）慧立、彦悰：《大慈恩寺三藏法师传》卷一，第12页。下同。
[②] 《全唐文》卷十《大唐三藏圣教序》，第120页。

光遗法"①，在十三岁时，大理寺卿郑善果奉敕到洛阳度僧，玄奘立于门外，被有"知士之鉴"的郑氏赏识，破格剃度。其后玄奘在净土寺跟随景云法师学习《涅槃经》，跟严法师学习《摄大乘论》。隋唐易代之际，天下大乱，中原的名僧大德多往蜀中以避难，玄奘与兄长长捷也前往成都"更听基、暹《摄论》《毘昙》及震法师《迦延》"②，二十岁在成都受具足戒③。唐武德六年（623年）玄奘沿江而下，到达荆州天皇寺，讲《摄论》《毘昙》，后北游至相州，于休法师处解惑，至赵州，在深法师处学习《成实论》，又至长安，更随岳法师学习《俱舍论》。这种学习经历，不仅使玄奘的佛学修养大为提高，而且也使他声名鹊起。但是，随着学习的深入，种种疑惑也随之出现，玄奘遂发愿西行求法，释困解惑，并重点学习大乘经典《瑜伽师地论》，用玄奘自己的话来讲就是："然恨佛化，经有不周，义有所阙，故无贪性命，不惮艰危，誓往西方遵求遗法。"④ 在向朝廷陈表衷情无果的情况下，玄奘为了完成宏愿，只能以偷渡的方式西行。对佛教有超乎常人的理解与热情，使玄奘的西行成了必然。当他面对艰险的环境时，对宗教的热忱是推动旅行延续的最大动力。在诸多的困难当中，严酷的自然条件和沿途的强盗劫匪是最大的威胁，玄奘西行途中不得不时刻面对这样的考验，对玄奘而言这两种危险已经成为一种常态。

　　复杂的地理环境是玄奘西行所面临的首要困难。西域不管是在地形还是气候方面，历来给中土的人士没有留下好的印象，从长安出发越过陇坂，不断变化的地理环境令远行的人忧愁不已，以陇山这一地理意象来讲，很早便被染上了剪不断的愁绪，自北朝民歌《陇头歌辞》将这种愁绪文学化后，从此便代代相续，仅唐代就有王维、张籍、王建、杨师道、皎然、翁绶、于濆、李咸用、罗隐等十多位诗人以乐府旧题《横吹曲辞·陇头水》创作的诗歌，以《关山月》⑤ 为题创作的诗歌二十余篇，

---

① 《大慈恩寺三藏法师传》卷一，第5页。
② 同上书，第7页。
③ 关于玄奘法师受具足戒的时间《大唐三藏法师行传》及《续高僧传》中皆作二十一。
④ 《大慈恩寺三藏法师传》卷一，第15页。
⑤ 陇山，有时候也叫关山，有时候指陇山南段山脉，有时候指陇山一带诸多山脉。

包括卢照邻、沈佺期、杨巨源、王建、储光羲、李白、司空曙、崔融、张籍、戴叔伦、徐九皋、李咸用、李端、翁绶、耿湋、陈陶、顾非熊、长孙佐辅、鲍君徽等诗人。这至少说明，越过长安之西的陇山在唐人眼中已是危途。后来，随着西北边塞的开发，河西走廊西段的阳关和玉门关成了唐人最后的心理屏障。这些带有明显象征意义的地理意象不仅是一种地理的分界线，而且也是文化的分界线，所以跨越与不跨越这些关隘，更多是一种心态变化。不论如何，这些边境尚且在唐代的疆域范围内，在行人心中还留有一点余地，但是超出疆界后，对很多人来讲便是生与死的考验，私人的旅行更是如此。所以，想要突破重重难关，首先应该跨越心理这道关卡。对玄奘而言，心理的坎早已迈越，现在摆在他面前的是实实在在的地理阻隔。

　　玄奘越过唐代当时的边境玉门关、阳关一带，首先面对的便是八百里的无人区莫贺延碛。莫贺延碛的体验是玄奘沿途地理体验的缩影。八百余里的莫贺延碛，寸草不生，满目荒凉，行人在这里唯以枯骨为标识。历来能够只身孤影穿越毫无生气、令人绝望的沙碛者屈指可数。面对如此艰险的环境，维系玄奘心理的救命稻草就是他对佛教的虔诚与矢志不渝的信仰，所以当他在沙碛中感受到如此恶劣的环境，几乎命绝的时候，总是能通过信仰化险为夷。在过莫贺延碛的时候，玄奘就不止一次地提到佛教的护佑，如刚到莫贺延碛，玄奘"是时顾影唯一，心但念观音菩萨及《般若心经》"[1]。行百余里之后，迷失道路，随身携带的水袋也不小心打翻在地，身陷绝境，产生返回的念头时，玄奘也只能靠信仰来支撑，"行十余里，自念我先发愿，若不至天竺终不东归一步，今何故来？宁可就西而死，岂归东而生！于是旋辔，专念观音，西北而进"。四夜五日，未进滴水时，"遂卧沙中默念观音，虽困不舍。启菩萨曰：'玄奘此行不求财利，无冀名誉，但为无上正法来耳。仰惟菩萨慈念群生，以救苦为务。此为苦矣，宁不知耶？'如是告时，心心无辍。至第五夜半，忽有凉风触身，冷快如沐寒水。遂得目明，马亦能起。体既苏息，得少睡眠。

---

[1]　《大慈恩寺三藏法师传》卷一，第16页。

即于睡中梦一大神长数丈,执戟麾曰:'何不强行,而更卧也!'法师惊寤进发,行可十里,马忽异路,制之不回。经数里,忽见青草数亩,下马恣食。去草十步欲回转,又到一池,水甘澄镜澈,下而就饮,身命重全,人马俱得苏息。计此应非旧水草。固是菩萨慈悲为生。"① 这是玄奘在荒碛中的一次极端体验,每当他生命垂绝之时,总能凭借信仰与坚强的意志躲过劫难。尽管这段论述充满神秘色彩,但这也不难理解,当一个人在精神恍惚之时,很容易产生幻觉。唐代著名边塞诗人岑参曾经也路过莫贺延碛,他作诗道:"沙上见日出,沙上见日没。悔向万里来,功名是何物!"② 岑参看到莫贺延碛不辨东西、死寂的景象后,后悔来西域求取功名。这种地理感知令人绝望,前面的任何诱惑都已经不重要,重要的是如何活着走出这里。但是,我们看到岑参对这里的体验显然没有玄奘那样强烈。究其原因,岑参行到莫贺延碛时,这里已尽归唐土,而且唐代为了经营西域,已经对这段路程很熟悉了,况且岑参在经过莫贺延碛时有众人相伴,惊悚的程度自然无法与玄奘比。唐代一度还在莫贺延碛设有驿戍,敦煌经卷 P. 2005《沙州都督府图经卷第三》详细记载了其中驿戍③。这说明,随着中原与西域之间交往的加深,莫贺延碛虽属危途,但两地之间的人员往来已成常态。

除了在漫无边际的沙碛中极端的生命体验外,高耸入云的雪山是摆在玄奘面前的又一重地理体验。《西域记》和《法师传》中所记载的雪山常常使人触目惊心。凌山便是一处典型的雪山景观,《法师传》:

> 又西北行三百里,渡一碛,至凌山,即葱岭北隅也。其山险峭,峻极于天。自开辟已来,冰雪所聚,积而为凌,春夏不解,凝沍汗漫,与云连属,仰之皑然,莫睹其际。其凌峰摧落横路侧者,或高百尺,或广数丈,由是蹊径崎岖,登涉艰阻。加以风雪杂飞,虽复

---

① 《大慈恩寺三藏法师传》卷一,第 17 页。
② (唐)岑参著,陈铁民、侯忠义等校注:《岑参集校注》卷二《日没贺延碛作》,上海古籍出版社 1981 年版,第 145 页。
③ 李正宇:《莫贺延碛道考》,载《敦煌研究》2010 年第 2 期。

屦重裘不免寒战。将欲眠食，复无燥处可停，唯知悬釜而炊，席冰而寝。七日后方始出山，徒侣之中馁冻死者十有三四，牛马逾甚。①

一般认为，凌山是位于今新疆温宿县境内的穆素尔岭，俗曰冰达坂，海拔七千多米，直插云霄，常常会遇到雪崩，加之气温极低，稍有不慎，便命丧黄泉，与玄奘同行者十之三四，命陨此处。《西域记》如此记载此山：

> 国西北行三百余里，度石碛，至凌山。此则葱岭北原，水多东流矣。山谷积雪，春夏合冻，虽时消泮，寻复结冰。经途险阻，寒风惨烈，多暴龙，难凌犯。行人由此路者，不得赭衣持瓠大声叫唤。微有违犯，灾祸目睹。暴风奋发，飞沙雨石，遇者丧没，难以全生。②

《西域记》中则将这种地理体验神话为暴龙作怪，进一步强化此山的艰险。其实，这里所谓的暴龙，只是对雪崩无法理解的一种解释而已。通过这两段记载，我们可以看到，凌山确实寸步难行，须格外小心，方能保全性命。除了凌山之外，沿途还有很多雪山都令玄奘难以忘记。如：

> 国东西二千余里，在雪山中，涂路艰危，倍于凌碛之地，凝云飞雪，曾不暂霁，或逢尤甚之处，则平途数丈，故宋王称西方之艰，层冰峨峨，飞雪千里，即此也。嗟乎，若不为众生求无上正法者，宁有禀父母遗体而游此哉！昔王遵登九折之坂，自云："我为汉室忠臣"；法师今涉雪岭求经，亦可谓如来真子矣。③

这是玄奘在梵衍那国境内的一段行程，其艰险程度甚至超过了凌山，若

---

① 《大慈恩寺三藏法师传》卷二，第27页。
② （唐）玄奘、辩机原著，季羡林等校注：《大唐西域记校注》卷一，第67页。下同。
③ 《大慈恩寺三藏法师传》卷二，第33页。

没有坚强的意志，很难走出去。我们再看弗栗恃萨傥那国境内的婆罗犀那大岭：

> 岭极崇峻，危蹬崚倾，蹊径盘迂，岩岫回互。或入深谷，或上高崖，盛夏合冻，凿冰而度。行经三日，方至岭上。寒风凄烈，积雪弥谷，行旅经涉，莫能伫足。飞隼翱翔，不能越度，足趾步履，然后翻飞。下望诸山，若观培塿。赡部洲中，斯岭特高。其巅无树，唯多石峰，攒立丛倚，森然若林。①

这里常年积雪，无路可走，只能凿冰艰难行走，而且还会遇到大风，很难保持平衡，在佛教的世界中，这是最高的山岭。《法师传》有类似记载：

> 行七日，至大山顶，其山叠嶂危峰，参差多状，或平或耸，势非一仪，登陟艰辛，难为备叙。……是日将昏，方到山顶，而寒风凄凛，徒侣之中无能正立者。又山无卉木，唯积石攒峰，岌岌然如林笋矣。其处既山高风急，鸟将度皆不得飞，自岭南岭北各行数百步外，方得舒其六翮矣。寻赡部洲中岭岳之高，亦无过此者。②

确实，这些冰雪皑皑，高插入天的大雪山在西域的地理景观中很有代表性，玄奘在雪山中遇到的艰难和生命考验是最多的。这里的景观既不同于中原也不同于兴都库什山以南的印度半岛，令人触目惊心。这些常年堆满积雪的高大山脉在一定程度上阻隔了印度与中原之间的文化交流，会对旅行者的心理产生巨大影响。唐代中后期，随着航海技术的发展，海路出行成了僧人远去印度最好的选择，这样他们就可以躲过荒碛和高大雪山所造成的不便。雪山和沙碛虽然是地理区分的天然屏障，但是对于中原人士而言，这些地理界线就是文化的悬隔。在玄奘的西行中，

---

① 《大唐西域记校注》卷十二，第960页。
② 《大慈恩寺三藏法师传》卷五，第115—116页。

除了沙碛与雪山两种代表性的地理景观外,点缀在雪原上的湖泊也很有特色的,如玄奘对波谜罗川(即今帕米尔高原)一处湖泊的记载:

> 波谜罗川中有大龙池,东西三百余里,南北五十余里,据大葱岭内,当赡部洲中,其地最高也。水乃澄清皎镜,莫测其深,色带青黑,味甚甘美。潜居则鲛、螭、鱼、龙、鼋、鼍、龟、鳖,浮游乃鸳鸯、鸿雁、鴐鹅、鹔、鸼。诸鸟大卵,遗𪅂荒野,或草泽间,或沙渚上。①

高原上的湖泊对于中原人而言,充满着神秘,不仅因为高广莫知涯际,而且其中生物的多样性更令他们感到神奇。先秦时期,人们就对这些湖泊充满想象,如《庄子》中就有对遥远北方大泽的想象,此后人们便不断在文献中构建这些独特的地理风情。玄奘所看到的高原湖泊,便是想象的具体化,广阔澄镜的水面上鲛、螭、鱼、龙、雁等"喧声交耴,若百工之肆焉"②,给玄奘枯燥的旅行增添了一丝惊悦。当然,在西域众多的湖泊中,最著名的莫过于热海,《西域记》与《法师传》对此均有记载:

> 山行四百余里,至大清池(或名热海,又谓咸海),周千余里,东西长,南北狭。四面负山,众流交凑,色带青黑,味兼咸苦,洪涛浩汗,惊波汩淴。龙鱼杂处,灵怪间起,所以往来行旅,祷以祈福,水族虽多,莫敢渔捕。③

> 周千四五百里,东西长,南北狭,望之森然,无待激风而洪波数丈。④

---

① 《大唐西域记校注》卷十二,第 981—982 页。
② 《大慈恩寺三藏法师传》卷五,第 117 页。
③ 《大唐西域记校注》卷一,第 69 页。
④ 《大慈恩寺三藏法师传》卷二,第 27 页。

热海,即位于今吉尔吉斯境内的伊塞克湖,是世界高山湖泊中最深的,也是世界第二大高山湖泊。在玄奘眼中,这里有很多灵怪,充满神秘。这一地理景观在亲历西域的唐代诗人岑参的诗中也有渲染,他在《热海行送崔侍御还京》中写道:"侧闻阴山胡儿语,西头热海水如煮。海上众鸟不敢飞,中有鲤鱼长且肥。岸旁青草常不歇,空中白雪遥旋灭。蒸沙烁石燃虏云,沸浪炎波煎汉月。阴火潜烧天地炉,何事偏烘西一隅?势吞月窟侵太白,气连赤坂通单于。送君一醉天山郭,正见夕阳海边落。柏台霜威寒逼人,热海炎气为之薄。"① 作为诗歌,其中夸张想象的成分居多,但也部分道出了热海的地理特点。此诗可以看作对《西域记》中所记热海很好的注脚。这些湖泊通常位于海拔很高的山脉当中,是镶嵌在高原中的明珠,相较于雪山荒碛,湖泊周围有相对良好的自然条件,行人可以较为愉悦地前行。

　　玄奘所记载的这些地理景观,多具有壮美的特点。对于多数唐人来讲,这些景观距离他们的生活很遥远,只存在文献和想象之中,能够亲身经历且记诸于笔端,确实让人领略到了不一样的风情。但是,对于玄奘而言这些壮美的景观是他行旅途中的障碍,对他的心理是一种考验。这些景观的记录,在《西域记》和《法师传》中的动机是不一样的,《西域记》以地理志的方式主要彰显"天下"的多样性。而《法师传》中的记载则是塑造人格的需要,我们知道,环境是塑造人格最为惯用的手段,慧立所记的这些地理景观就是为突出玄奘的人格服务的。作为一名虔诚的佛教徒,这种艰险的长途跋涉既能彰显个人魅力,也能宣扬佛教的精神。玄奘在求法途中所遇到的地理考验"百千不能备叙"②,每一次经历都有不同的心态呈现。这种艰难的地理体验,事实上是一种生命体验,只有跨越这种障碍,才能达到彼岸。在佛教徒心目中,这种排除万难的旅行本身就是一种修行。

　　除了极端的地理体验外,沿途杀人越货的强盗是西行求法僧的另一重威胁,历代不计其数的僧人因强盗的劫杀而死于非命,为了避免这样

---

① 《岑参集校注》卷二,第169页。
② 《大慈恩寺三藏法师传》卷一,第17页。

的遭遇，僧人一般与庞大的商队结伴而行，即便这样这种危险也无处不在。玄奘就曾多次遭遇劫匪，不过他每次都能化险为夷，而且与一般人所不同的是玄奘面对这种险境通常表现得比较泰然。如在波罗奢的大林中，玄奘一行逢群贼，同行皆为贼人所劫，后玄奘逃脱与当地村民配合救出余众，大家皆因此次遭遇悲伤不已时，玄奘却欣然而笑，众人不解，玄奘则回答道："居生之贵，唯乎性命。性命既在，余何所忧。故我土俗书云：'天地之大宝曰生。'生之既在，则大宝不亡。小小衣资，何足忧吝。"《法师传》在评价玄奘这种举动时说："其澄陂之量，浑之不浊如此。"[1] 能够西行，玄奘早已将生死置之度外。盗贼出没成了玄奘西行途中的常态，面对这样的生命考验，玄奘觉得盗贼也是人，总能够被教育和感化。事实也是如此，《法师传》中多次记载了玄奘感化沿途所遇盗贼之事。我们知道，《法师传》是以人为中心的，为了突出玄奘的个性，其中增加很多小说式的渲染，这种渲染背后是佛教精神的弘扬。感化盗贼，是释迦牟尼成佛道路上的种种劫难之一，作为一名成功的佛教传播者对诸恶的善化也是任务之一，玄奘西行途中遭遇盗贼的故事，便包含着善化诸恶的佛教实践精神。我们来看几例，如玄奘至那揭罗喝国灯光城西南，欲往如来降龙处礼拜，但是路途盗贼众多，与其伴行者不愿前往，玄奘便独自前行，在途中碰见了五贼，下面是玄奘与贼人之间的一段对话：

> 行数里，有五贼人拔刀而至，法师即去帽现其法服。贼云："师欲何去？"答："欲礼拜佛影。"贼云："师不闻此有贼耶？"答云："贼者，人也，今为礼佛，虽猛兽盈衢，奘犹不惧，况檀越之辈是人乎！"贼遂发心随往礼拜。……相与归还，彼五贼皆毁刀仗，受戒而别。[2]

盗贼不仅被玄奘的精诚打动，而且还跟随玄奘全程参与了礼佛的活动，

---

[1] 《大慈恩寺三藏法师传》卷二，第46页。
[2] 同上书，第38—39页。

更加玄妙的是在玄奘的虔诚礼拜下,世尊的佛影灵现在壁,这自然使盗贼更加五体投地。可以看出,这段记载中既有玄奘的人格魅力,也有出于宣教目的的考虑。再如,在通往阿耶穆佉国,法师又遇到一伙信奉突伽天神的贼人,他们专门劫杀容貌俊美者以祭祀天神。玄奘被这伙人所劫,就在贼人挥刃向玄奘之时,玄奘却表现得极为平静,恳请贼人给予一点时间,以求心安。正当玄奘身心愉悦畅游于美妙的佛教世界时,周围黑风四起,沙飞浪涌。贼人恐惧,他们认为是自己的举动触怒了天神,不得已向玄奘乞求忏悔,玄奘为盗贼讲法,盗贼受到感化,改邪归正,皈依佛门①。此处的记载,不仅包含着玄奘对盗贼感化的心态,而且还隐藏着玄奘对佛教信仰战胜其他信仰的信心。《法师传》中多次描写了佛教与外道的斗争,最终都是以佛教的胜利而告终,玄奘曾多次说服感化外道,因此声名远播,改邪归正者越来越多。如:

> 法师在迦湿弥罗时,声誉已远,诸国皆知,其使乃遍城中告唱云:"支那国僧来,近处被贼,衣服总尽,诸人宜共知时。"福力所感,遂使邪党革心,有豪杰等三百余人,闻已各将斑氍布一端,并奉饮食,恭敬而至,俱积于前,拜跪问讯。法师为咒愿,并说报应因果,令诸人等皆发道意,弃邪归正,相对笑语舞跃而还。②

佛教向善,能够使众生善化,是极大的功德。玄奘西域之行,一路不仅宣讲佛法,推广大乘佛教的佛学理论,而且也用实际行动教化众生。沿途所遇的盗贼是他西行途中感化的群体之一,这一群体往往罪大恶极,能够使这些人虔诚归佛,的确难能可贵。《法师传》中所记玄奘感化盗贼之事是玄奘口述后,慧立加以整理润色而成的,这其中自然包含了慧立等人对自己老师玄奘的崇拜与敬仰,所以每一个故事都写得绘声绘色,富有感染力。当然,这些故事也确实反映了玄奘在整个西行途中面对困难时的超然心态,集中反映了他的人格魅力。

---

① 《大慈恩寺三藏法师传》卷三,第 56 页。
② 《大慈恩寺三藏法师传》卷二,第 46—47 页。

恶劣的自然环境与盗贼的劫杀是玄奘西行途中所面临的最大挑战，这两种遭遇都是生命的考验，有的人一生有一次这样的考验便会刻骨铭心，玄奘西行的每一天几乎都会遇到这样的考验，对他来说这样的生活已成常态。尽管这种极具惊悚的场面很难让人镇静，但玄奘毕竟非一般人，超人的意志和对佛教的自信心态，总能使他化险为夷。神魔小说《西游记》所描写的唐僧是一位手无缚鸡之力的高僧，性格怯弱，对沿途所遇的困难毫无办法，但是现实中的唐僧孤身一人前往印度，性格刚毅，意志坚强，面对种种生命考验，他都能通过自己强大的内心一一化解。

西行求法一般多是历经千辛万苦的过程，面对不同的环境求法僧总是会有不一样的反应，有人会因为这些困难而退缩，而有人则积极面对，最终涉险过关。其实，这是文化人格不同造成的，众所周知的鲁迅名言云："我们自古以来，就有埋头苦干的人，有拼命硬干的人，有为民请命的人，有舍身求法的人……虽是等于为帝王将相作家谱的所谓'正史'，也往往掩饰不住他们的光耀，这就是中国的脊梁。"[1] 为什么舍身求法的僧人会成为中国的脊梁，这与他们的文化人格密不可分，他们九死一生，最终实现求法的宏愿，所付出的代价非常人所能及，代表着一种不屈不挠的精神。玄奘又在诸多求法僧中，最具代表性，其文化人格彪炳千古，我们通过《西域记》和《法师传》所能看到的正是唐文化背景下一位伟大求法僧的心路历程。

二 佛教世界、国家情怀及玄奘面对西域世界的文化心态

作为一名深受儒家文化熏陶的佛教徒，玄奘的内心时时处处有两个世界：一个是佛教的大千世界，另一个则是承载其家国情怀的"天下"。前一个世界在玄奘心目中占有重要位置，后一个世界则时隐时现。事实上，宗教不会脱离国家而单独存在，即使那些有意避开俗世，隐遁于山林的修行者，也不可能不受到国家的影响。当一个僧人置身于国外时，

---

[1] 鲁迅：《中国人失掉自信力了吗》，《且介亭杂文》，人民文学出版社1995年版，第112页。

会无意流露出国家情怀。玄奘作为虔诚的佛教徒,宗教感情是他人生的主线,但国家情怀在他的旅行中也时有凸显,他常常站在自己文化的立场来观察西域世界,我们在《西域记》与《法师传》两部行记中都能看到这种情况。

(一) 玄奘的国家情怀及其文化心态

玄奘从小接受佛教教育的同时,也接受传统的文化教育。从玄奘的家世来看,他受儒家文化的熏陶很深,《法师传》载:"汉太丘长仲弓之后。曾祖钦,后魏上党太守。祖康以学优仕齐,任国子博士。食邑周南。子孙因家,又为缑氏人也。父慧,英洁有雅操,早通经术,形长八尺,美眉明目,褒衣博带,好儒者之容。时人方之郭有道。性恬简,无务荣进,加属隋政衰微,遂潜心坟典。"① 郭有道名泰,字林宗,是东汉中后期人,是当时享有盛誉的儒者,据蔡邕所撰的《郭有道碑》言郭氏"考览六经,探综图纬。周流华夏,遂集帝学,收文武之将坠,拯微言之未绝"② 。又言其"《礼》《乐》是悦,《诗》《书》是敦"③。既然玄奘的父亲被誉为郭有道,说明他受儒家文化的熏陶之深。玄奘受其父之影响,很早接受了儒家教育,"年八岁,父坐于几侧口授《孝经》,至曾子避席,忽整襟而起。问其故,对曰:'曾子闻师命避席。(玄奘)今奉慈训,岂宜安坐。'父甚悦,知其必成,召宗人语之,皆贺曰:'此公之扬乌也。'其早慧如此。自后备通经典,而爱古尚贤,非雅正之籍不观,非圣哲之风不习"。"又少知色养温清淳谨。"④ 可见,玄奘确实备通儒家经典。虽然玄奘的兴趣在佛教,但是这种传统的儒家教育早已渗透到他的血液之中。其实,只要我们仔细考察他一生的情况,就会发现儒者温柔敦厚的品质和家国情结在他身上时有体现。

首先,以《西域记》的创作而言,是玄奘回国后奉敕完成的一部行记,所以在创作宗旨中一直表达国家文化的重要性,如《西域记》结尾

---

① 《大慈恩寺三藏法师传》卷一,第4页。
② (南朝梁)萧统编,(李)李善注:《文选》卷五十八,第2501页。
③ 同上书,第2503页。
④ 《大慈恩寺三藏法师传》卷一,第5页。

说:"推表山川,考采境壤,详国俗之刚柔,系水土之风气,动静无常,取舍不同,事难穷验,非可仰说。随所游至,略书梗概,举其闻见,记诸慕化。斯故日入以来,咸沐惠泽;风行所及,皆仰至德;混同天下,一之宇内,岂徒单车出使,通驿万里者哉!"① 西域诸国皆受中土慕化,且大唐之至德在诸国中也获得了认同。作为儒家文化概念的"天下",也是《西域记》所重点构建的。尽管这里所谓的"慕化""仰至德"是一厢情愿的,但是唐人在当时的国际秩序中,确实有这样自信与气度。玄奘又在《进〈西域记〉表》中说:"玄奘幸属天地贞观,华夷静谧,冥心梵境,敢符好事,命均朝露,力譬秋螽。徒以上假皇灵,下资蠡命,飘身迈迹,求遐自迩。展转膜拜之乡,流离重驿之外。"② 他以为,正因为朝廷的支持,他才能远迈西域。这里虽然是客套话,但确实也道出了《西域记》创作的政治背景。敬播和于志宁为《西域记》所写的序文中,也进一步强调国家的主体地位,敬播序云:"有隋一统,实务恢疆,尚且眷西海而咨嗟,望东离而杼轴。扬旌玉门之表,信亦多人;利涉葱岭之源,盖无足纪。曷能指雪山而长骛,望龙池而一息者哉!良由德不被物,威不及远。我大唐之有天下也,辟寰宇而创帝图,扫搀抢而清天步,功侔造化,明等照临。人荷再生,肉骨豺狼之吻;家蒙锡寿,还魂鬼蜮之墟。总异类于藁街,掩遐荒于舆地,菀十洲而池环海,小五帝而鄙上皇。"③ 于志宁序云:"若夫玉毫流照,甘露洒于大千;金镜扬辉,薰风被于有截。故知示现三界,粤称天下之尊;光宅四表,式标域中之大。是以慧日沦影,像化之迹东归;帝猷宏阐,大章之步西极。"④ 这两篇序文都在宣扬唐太宗的功业。《西域记》所写的一百三十八国其实也是唐代"天下观"的一部分,背后无疑有很浓重的大国心态。

其次,除了这种政治动因之外,作为个人的玄奘也在无意之中表现出了国家情怀。如,《法师传》载:"既至伊吾,止一寺。寺有汉僧三人,

---

① 《大唐西域记校注》卷十二,第1035页。
② 《大唐西域记校注》附录,第1053页。
③ 《大唐西域记校注》序一,第2页。
④ 《大唐西域记校注》序二,第13页。

中有一老者。衣不及带，跣足出迎，抱法师哭，哀号鲠咽不能已已，言：'岂期重见乡里人。'法师亦对之伤泣。"① 玄奘经历千磨百炼，越过五烽和莫贺延碛后，在国土之外的伊吾佛寺中碰到了汉僧，汉僧与玄奘法师都表现出了强烈的感情认同，这种认同的背后自然是国家的存在。玄奘在印度时，与戒日王有一段对话，能够反映玄奘作为大唐子民的心态：

> 王又问曰："师从支那来，弟子闻彼国有《秦王破阵乐》歌舞之曲，未知秦王是何人？复有何功德，致此称扬？"法师报曰："玄奘本土见人怀圣贤之德，能为百姓除凶剪暴、覆润群生者，则歌而咏之。上备宗庙之乐，下入闾里之讴。秦王者，即支那国今之天子也。未登皇极之前，封为秦王。是时天地版荡，苍生乏主，原野积人之肉，川谷流人之血，妖星夜聚，沴气朝凝，三河苦封豕之贪，四海困长蛇之毒。王以帝子之亲，应天策之命，奋威振旅，扑剪鲸鲵，杖钺麾戈，肃清海县，重安宇宙，再耀三光。六合怀恩，故有兹咏。"王曰："如此之人，乃天所以遣为物主也。"②

玄奘到达印度时，唐太宗的声名已远播印度，这令戒日王很怀疑。作为唐人的玄奘有必要向戒日王讲清事实。上面所引的这段话，就是玄奘对李世民的高度赞扬。在讲到李世民这些丰功伟业时，玄奘心中无比自豪。作为从大国而来的僧人，国家的昌盛使身在异域的玄奘底气十足，所以当戒日王问到《秦王破阵乐》时，玄奘借此抒发了强烈的自豪之情。

西域世界佛教文化遍布，较之中土有更深入的发展，但是玄奘从来没有感觉到自卑，相反他将自己作为一名大唐僧人的自信处处展露。他借西行的机会，使西域人对中土佛教的认识有了很大改观。佛教虽然没有国界，但是玄奘不远万里去西域求法为的是壮大中土的佛教，向西域世界展示中土佛教的风采，这一活动背后是国家情怀所起的作用。玄奘在所履的非印度邦国，多次展露了他对中土佛教的自信。如在屈支国，

---

① 《大慈恩寺三藏法师传》卷一，第18页。
② 《大慈恩寺三藏法师传》卷五，第106页。

针对该国僧人木叉毱多的傲慢，玄奘数次发难，令这位屈支国上下尊奉的"大德"羞愧不已。《法师传》载：

> 毱多理识闲敏，彼所宗归，游学印度二十余载，虽涉众经，而《声明》最善，王及国人咸所尊重，号称独步。见法师至，徒以客礼待之，未以知法为许。谓法师曰："此土《杂心》《俱舍》《毗婆沙》等一切皆有，学之足得，不烦西涉受艰辛也。"法师报曰："此有《瑜伽论》不？"毱多曰："何用问是邪见书乎？真佛弟子者，不学是也。"法师初深敬之，及闻此言，视之犹土。报曰："《婆沙》《俱舍》本国已有，恨其理疏言浅，非究竟说，所以故来欲学大乘《瑜伽论》耳。又《瑜伽》者是后身菩萨弥勒所说，今谓邪书，岂不惧无底枉坑乎？"彼曰："《婆沙》等汝所未解，何谓非深？"法师报曰："师今解不？"曰："我尽解。"法师即引《俱舍》初文问，发端即谬，因更穷之，色遂变动，云："汝更问余处。"又示一文，亦不通，曰："《论》无此语。"时王叔智月出家，亦解经论，时在傍坐，即证言《论》有此语。乃取本对读之，毱多极惭，云："老忘耳。"又问余部，亦无好释。①

从这段引文来看，起初木叉毱多对玄奘只是礼节性的客套，对他的佛法不以为然，并认为屈支国的佛教已经很发达了，玄奘根本没有必要远去印度求法，而木叉毱多对玄奘所深崇的《瑜伽师地论》尤为鄙夷，这使玄奘非常生气，所以他向毱多多次发难，令这位在屈支国人人敬仰的僧人颜面扫地。虽然，这是一个小插曲，但是很能反映玄奘对这些非印度境邦国佛教的态度。在玄奘的世界里，中土的佛教在这些国家面前还是更胜一筹。再如行到活国，《法师传》载：

> 彼有沙门名达摩僧伽，游学印度。葱岭已西推为法匠，其疏勒、

---

① 《大慈恩寺三藏法师传》卷二，第26页。

于阗之僧无敢对谈者。法师欲知其学深浅,使人问师解几部经论。诸弟子等闻皆怒。达摩笑曰:"我尽解,随意问。"法师知不学大乘,就小教《婆沙》等问数科,不是好通。因谢服,门人皆惭。从是相见欢喜,处处誉赞,言已不能及。①

此处又是一位被推为法匠,狂傲的小乘僧人达摩僧伽,玄奘并没有就自己精通的大乘发问,而是以小乘的《婆沙》向"尽解"经纶的僧伽发问,结果使其难堪不已。葱岭之西非印度境内,无论是伽蓝数量,还是佛教的发展水平都不如中土。以上这段引文,还涉及另一问题,那就是玄奘对大小乘佛教的态度问题,此处只是玄奘对小乘佛教态度的一个缩影而已。玄奘曾经在东印度乌荼国访得小乘典籍《破大乘义》②七百颂,他经过研读,逐条纠其谬误,用梵文写成一千六百颂的《破恶见论》(又名《制恶见论》),众人叹服不已。戒日王为了绝小乘诽谤大乘之心,示大乘教的微妙之处,专门在曲女城举行了无遮大会,邀请了五印度的十八位国王,精通大小乘的僧人、婆罗门、外道以及那烂陀寺千余僧众参加,见此阵势,小乘佛教欲加害玄奘,戒日王得知,宣令:"邪党乱真,其来自久。埋隐正教,误惑众生,不有上贤,何以监伪。支那法师者,神宇冲旷,解行渊深,为伏群邪,来游此国,显扬大法,汲引愚迷,妖妄之徒不知惭悔,谋为不轨,翻起害心,此而可容,孰不可恕!众有一人伤触法师者斩其首,毁骂者截其舌。其欲申辞救义,不拘此限。"③ 从戒日王的措辞来看,不仅大乘教取得了胜利,而且玄奘也为中土佛教赢得了荣誉。再如,行到梵衍那都城,"彼有摩诃僧祇部学僧阿梨耶驮娑、阿梨耶斯那,并深知法相,见法师,惊叹支那远国有如是僧。相引处处礼观,殷勤不已"④。到迦毕试,此地有大乘三藏"秣奴若瞿沙、萨婆多阿梨耶伐摩、弥沙塞部僧求那跋陀,皆是彼之称首。然学

---

① 《大慈恩寺三藏法师传》卷二,第31页。
② 此经为南印度老婆罗门般若鞠多所制。
③ 《大慈恩寺三藏法师传》卷五,第108—109页。
④ 《大慈恩寺三藏法师传》卷二,第34页。

不兼通，大小各别，虽精一理，终偏有所长。唯法师备谙众教，随其来问，各依部答，咸皆惬服"①。可见，正因为玄奘的到来，才使葱岭之西众国对中土的佛教刮目相看，这其实也是玄奘所希望看到的结果。玄奘此次远行，不仅瞻礼圣迹，求经解惑，而且也有意向众国展示中土佛教的风采。

玄奘在非印度境内为中土佛教赢得盛誉的同时，在佛教文化中心印度，也获得了相当的声誉。如玄奘曾到迦湿弥罗国的阇耶因陀罗寺，在这里向佛法高深的僧称法师学习，僧称当着众人之面高度赞扬玄奘："此支那僧智力宏赡，顾此众中无能出者，以其明懿足继世亲昆季之风，所恨生乎远国，不早接圣贤遗芳耳。"僧称觉得玄奘这样出类拔萃的人没有出生在印度实在令人遗憾，但是对玄奘而言这并不是什么遗憾。这是两个国家的僧人站在各自国家立场上的一种情感归向。当时，大乘学僧毗戍陀僧诃等"道业坚贞，才解英富"者"无不发愤难诘法师，法师亦明目詶酢，无所蹇滞，由是诸贤亦率惭服"②。玄奘在迦湿弥罗能够轻松应对挑战，即使在印度佛学中心那烂陀寺，玄奘也能应对自如。有一次戒贤派遣玄奘为众僧讲《摄大乘论》《唯识决择论》，同时另一大德师子光讲《中》《百论》，师子光利用此二经破《瑜伽师地论》。玄奘认为《中》《百论》与《瑜伽师地论》并不矛盾，但是师子光不解其中的深理，玄奘于是著《会宗论》三千颂专讲三部经典的会通之意，得到了戒贤及其众僧的赞叹。师子光羞愧出寺，又命东印度的另一名同学旃陀罗僧诃论难，此人至，看到法师所著的《会宗论》，无言以对③。玄奘法师在一次又一次的论争中，声名远播。与玄奘论战者多是当地佛学修养很高的大德，玄奘虽无好胜之心，但是当他面对那些偏狭妄说时，总能够以自己雄厚的学养制胜。玄奘不仅在印度的佛教界如鱼得水，而且也得到了一些统治者的大力支持，如戒日王与鸠摩罗王为了争夺玄奘，差点大动干戈，就充分说明统治者对玄奘的器重。

① 《大慈恩寺三藏法师传》卷二，第35页。
② 同上书，第44页。
③ 《大慈恩寺三藏法师传》卷四，第97—98页。

玄奘在印度取得了前所未有的成功，按理说他尽可留在佛教中心印度度过剩下的人生，何况印度是佛教的中心，对于很多佛教徒来讲，能够在此终老一生也是一种幸运。但是玄奘毕竟不是一般人，他突破重重困难，备尝艰辛，不仅仅为了个人的修行，更重要的是要利导东方众生，振兴东方佛教，厘清中国佛教界经典纷争，思想混乱的状况。《法师传》中多次言及了玄奘远行之目的：

经有不周，义有所阙。①

法义未周，经教少阙，怀疑蕴惑，启访莫从。②

远人来译，音训不同，去圣时遥，义类差舛，遂使双林一味之旨，分成当现二常；大乘不二之宗，析为南北两道。纷纭诤论，凡数百年。率土怀疑，莫有匠决。③

经典的缺失与舛误，数百年来使中土佛教界的思想有些杂乱，玄奘很早就萌生了求经解惑的念头。即使在命悬一线之时，玄奘也从不曾放弃初心。经过不断磨砺与学习，在即将回国的前夕，玄奘站在了人生巅峰，但他依然不为成功所惑，决然辞别他深爱的佛教世界，返回中土。印度诸德极力劝留，兹引录印度诸德与玄奘的一段对话：

法师即作还意，庄严经像。诸德闻之，咸来劝住，曰："印度者，佛生之处。大圣虽迁，遗踪具在，巡游礼赞，足预平生，何为至斯而更舍也？又支那国者，蔑戾车地，轻人贱法，诸佛所以不生，志狭垢深，圣贤由兹弗往。气寒土险，亦焉足念哉！"法师报曰："法王立教，义尚流通，岂有自得沾心而遗未悟。且彼国衣冠济济，

---

① 《大慈恩寺三藏法师传》卷一，第15页。
② 同上书，第19页。
③ 同上书，第22页。

法度可遵，君圣臣忠，父慈子孝，贵仁贵义，尚齿尚贤。加以识洞幽微，智与神契。体天作则，七耀无以隐其文；设器分时，六律不能韬其管。故能驱役飞走，感致鬼神，消息阴阳，利安万物。自佛遗法东被，咸重大乘，定水澄明，戒香芬馥。发心造行，愿与十地齐功，敛掌熏修，以至三身为极。向蒙大圣降灵，亲麾法化，耳承妙说，目击金容，并辔长途，未可知也，岂得称佛不往，遂可轻哉！"彼曰："经言诸天随其福德，共食有异。今与法师同居赡部，而佛生于此，不往于彼，以是将为边恶地也。地既无福，所以劝仁勿归。"法师报曰："无垢称言：'夫日何故行赡部洲？'答曰：'为之除冥。'今所思归，意遵此耳。"①

在印度诸德的眼中，印度是佛教徒向往的中心，玄奘既然来到此处，自然就应该留下来，遥远的中国在印度人眼中是"蔑戾车"，即边地，那里不仅气序寒冷，土地贫瘠，佛教发展也是相当落后，实为"恶"地。但是作为唐人的玄奘，与诸德不同，他看得更远，认为释迦牟尼建教之初，就肩负着开悟众生的使命，佛教的发展绝不能局限于某一地。而从文化发展的角度来讲，中土在儒家文化的熏染下文明程度很高，君贤臣忠，百姓各有所安。玄奘认为东方的佛教经过多年的发展，并不弱。通过这段对话，我们也可以看到玄奘的私心，他更多为中土的佛教发展考虑。因为他是一名信奉佛教的唐人，势必会站在中原文化的立场上去思考问题。在玄奘的心目中，文化的理想模式是儒家传统文化与佛教文化并行不悖，只有滋生于国家文化的土壤中，佛教才能不断发展。

除了诸大德劝留玄奘外，玄奘的老师戒贤也劝他留在印度，玄奘这样向戒贤陈情：

此国是佛生处，非不爱乐。但玄奘来意者，为求大法，广利群生。自到已来，蒙师为说《瑜伽师地论》，决诸疑网，礼见圣迹，及

---

① 《大慈恩寺三藏法师传》卷五，第102—103页。

闻诸部甚深之旨，私心慰庆，诚不虚行。愿以所闻，归还翻译，使有缘之徒同得闻见，用报师恩，由是不暇停住。①

玄奘还是站在"利群生"的更高境界加以推脱，得到了戒贤的认同。总之，在印度人眼中玄奘是"蔑戾车"的支那僧，以常情论自然会留在印度，但是站在玄奘的立场，有国家和宗教两个中心，能够恰当地平衡这二者才是玄奘的真实想法。

（二）玄奘对西域世界的观察及其文化心态

对西域诸国风土人情的记载是《西域记》格外关注的，《西域记》对西域世界的记载延续了地理志的书写模式，是利用中原的话语系统对西域世界的重构。这种看似客观的重构，本身包含着重要的文化心态。玄奘在《进〈西域记〉表》中说："伏惟陛下握纪乘时，提衡范物。……岂如汉开张掖，近接金城；秦成桂林，裁通珠浦而已。"② 秦汉对疆域的开拓成为后世的模范，但是对唐这样一个文化气象极盛的王朝而言，秦汉时期的疆域还不够大，还需不断拓展。玄奘所旅百余国，是一个全新的世界，这些邦国虽不能纳入唐代实际的领土当中，但作为想象的疆域图景，这些邦国被理所当然地认为是中原的藩辅。《西域记》中依然有这样的大国心态，但由于玄奘是佛教徒，所以在其中还有另一个世界。如果把西域看成一个完整的佛教世界，那么这个世界中的文化也有中心与边缘之分。为了便于说明问题，我们将玄奘眼中的西域世界分为七大板块，我们通过其中的自然环境、气候、风俗人性、相貌、教育礼仪、文字言辞诸要素来分析他面对这个错综复杂的世界时，所怀有的文化心态。具体列表如下：

---

① 《大慈恩寺三藏法师传》卷五，第103页。
② 《大唐西域记校注》"附录"，第1053页。

表 5–1

	国名	自然环境	气候	人性、风俗①	相貌	教育礼仪	文字言辞	备注
非印度境内	阿耆尼国	泉流交带，引水为田	气序和畅	风俗质直			文字取则印度，微有增损	
	屈支国		气序和	风俗质			文字取则印度，粗有改变	
	跋禄迦国	同屈支	同屈支	同屈支			语言少异屈支	
非印度境内	笯赤建国	地沃壤，备稼穑						
	赭时国		同笯赤建国					役属突厥
	怖捍国	土地膏腴，稼穑滋盛	气序风寒	人性刚勇	形貌丑弊		语异诸国	
	窣堵利瑟那国	同赭时国		同赭时国				附突厥
	飒秣建国	土地沃壤，稼穑备植，林树蓊郁，花果滋茂	气序和畅	其性勇烈，视死如归风俗猛烈		进止威仪，近远取则		
	弭秣贺国	据川中		同飒秣建				
	劫布呾那国	同飒秣建		同飒秣建				
	屈霜你迦国	同飒秣建		同飒秣建				
	喝捍国	同飒秣建		同飒秣建				
	捕喝国	东西长，南北狭	同飒秣建	同飒秣建				
	伐地国		同飒秣建	同飒秣建				
	货利习弥伽国		同伐地国				语言少异伐地国	
	羯霜那国		同飒秣建	同飒秣建				

---

① 《大唐西域记》中所言的"风俗"，也常常指人性方面的问题，故我们将人性、风俗列在一起。

续表

国名		自然环境	气候	人性、风俗①	相貌	教育礼仪	文字言辞	备注
非印度境内	梵衍那国	在雪山之中也。人依山谷，逐势邑居	气序寒烈	风俗刚犷	仪貌大同睹货逻国	同睹货逻国	语言少异睹货逻国	
	迦毕试国	北背雪山，三陲黑岭	气序风寒	人性暴犷，风俗异于睹货逻国			文字大同睹货逻国。语言异于睹货逻国。言辞鄙亵	
	僧伽罗国	土地沃壤，气序温暑，稼穑时播，花果具繁		其性犷烈	其形卑黑		好学尚德，崇善勤福	
	波剌斯国	川土既多	大抵温也	人性躁暴	其形伟大，齐发露头	俗无礼义	文字语言，异于诸国	
	漕矩咤国	山川隐轸，畴垄爽垲。谷稼时播，宿麦滋丰。草木扶疏，花果茂盛	气序寒烈，霜雪繁多	人性轻躁，情多诡诈		好学艺，多技术	文字言辞，异于诸国	
	弗栗恃萨傥那国	同漕矩咤国	气序劲寒	人性犷烈			语言有异漕矩咤国	
	尸弃尼国	山川连属，沙石遍野	气序寒烈	风俗犷勇	形貌鄙陋	不知礼义	文字同睹货逻国，语言有异	
	商弥国	山川相间，堆阜高下	气序寒，风俗急	人性淳质		俗无礼义。伎能浅薄	文字同睹货逻国，语言别异	
	揭盘陀国	山岭连属，川原隘狭		性既犷暴	容貌丑弊	俗无礼义。人寡学艺	文字语言大同佉沙国	
	乌铩国	地土沃壤，稼穑殷盛，林树郁茂，花果具繁	气序和，风雨顺	人性刚犷，多诡诈，少廉耻	容貌丑弊	俗寡礼义	文字语言少同佉沙国	役属揭盘陀国

第五章　唐宋僧人行记与旅行心态

续表

	国名	自然环境	气候	人性、风俗①	相貌	教育礼仪	文字言辞	备注
非印度境内	佉沙国	多沙碛，少壤土。稼穑殷盛，花果繁茂	气候和畅，风雨顺序	人性犷暴，俗多诡诈	容貌粗鄙，文身绿睛	礼义轻薄，学艺肤浅	语言辞调，异于诸国	
	斫句迦国	山阜连属，砾石弥漫。临带两河，颇以耕植	时风寒	人躁暴。俗唯诡诈		礼义轻薄，学艺浅近	文字同瞿萨旦那国，言语有异	
	瞿萨旦那国	沙碛太半，壤土隘狭	气序和畅，飘风飞埃	人性温恭		俗知礼义。好学典艺，博达技能	文字宪章，聿遵印度，微改体势，粗有沿革。语异诸国	

表5-2

	国名	自然环境	气候	人性、风俗	相貌	教育礼仪	文字言辞	备注
非印度境睹货逻故地	呾蜜国							
	赤鄂衍那国							
	忽露摩国							
	愉漫国							
	鞠和衍那国							
	镬沙国							
	珂咄罗国							
	拘谜陀国	据大葱岭中						
	缚伽浪国							

续表

	国名	自然环境	气候	人性、风俗	相貌	教育礼仪	文字言辞	备注
非印度境睹货逻故地	纥露悉泯健国							
	忽懔国							
	缚喝国							
	锐秣陀国							
	胡寔健国							
	呾剌健国							
	揭职国	土地硗确，陵阜连属	气序寒烈	风俗刚猛				
	安呾罗缚国	山阜连属，川田隘狭	气序寒烈，风雷凄劲	人性犷暴		不尚习学		役属突厥
	阔悉多国	山多川狭。谷稼丰，花果盛	风而且寒	人性犷暴				役属突厥
	活国	土地平坦，谷稼时播，草木荣茂，花果具繁	气序和畅	风俗淳质，人性躁烈				役属突厥
	瞢健国	同活国	同活国					役属突厥
	阿利尼国	同活国	同活国					
	曷逻胡国	同活国	同活国					
	讫栗瑟摩国	同瞢健国	同瞢健国	人性暴，愚恶有异				
	钵利曷国	同讫栗瑟摩国	同讫栗瑟摩国					
	呬摩呾罗国	山川逦迤，土地沃壤，宜谷稼，多宿麦，百卉滋茂，众果具繁	气序寒烈	人性暴急	形貌鄙陋	举措威仪，颇同突厥		

续表

	国名	自然环境	气候	人性、风俗	相貌	教育礼仪	文字言辞	备注
非印度境睹货逻故地	钵铎创那国	山川逦迤，沙石弥漫	气序寒烈	人性刚猛	其貌鄙陋	俗无礼法，不知学艺		
	淫薄健国	山岭连属，川田隘狭	同钵铎创那	同钵铎创那			言语少异钵铎创那	
	屈浪拏国	同淫薄健国	同淫薄健国	俗无法度，人性鄙暴，	其貌丑弊			
	达摩悉铁帝国	临缚刍河，盘纡曲折，堆阜高下，沙石流漫。唯植麦豆，少树林，乏花果	寒风凄烈	人性犷暴	形貌鄙陋。眼多碧绿，异于诸国	俗无礼义		

表 5－3

	国名	自然环境	气候	人性、风俗	相貌	教育礼仪	文字言辞	备注
北印度	滥波国	北背雪山，三垂黑岭	气序渐温，微霜无雪	志性怯弱，情怀诡诈，更相欺诳，未有推先	体貌卑小，	人尚歌咏。动止轻躁		附属迦毕试
	那揭罗曷国	山周四境，悬隔危险	气序温暑	猛锐骁雄		轻财好学		役属迦毕试
	健驮逻国		气序温暑，略无霜雪	人性恇怯		好习典艺		役属迦毕试
	乌仗那国	山谷相属，川泽连原	寒暑和畅，风雨顺序	人性怯懦，俗情谲诡		好学而不功，禁咒为艺业	语言虽异，大同印度。文字礼仪，颇相参预	
	钵露罗国	在大雪山间	时唯寒烈	人性犷暴，薄于仁义	形貌粗弊	无闻礼节	文字大同印度，言语异于诸国	
	呾叉始罗国	地称沃壤，稼穑殷盛，泉流多，花果茂	气序和畅	风俗轻勇				往者役属迦毕试国
	僧诃补罗国		气序寒	人性猛，俗尚骁勇，又多谲诈				役属迦湿弥罗
	乌刺尸国	山阜连接，田畴隘狭	气序温和，微有霜雪	人性刚猛，多行诡诈		俗无礼义		役属迦湿弥罗

续表

	国名	自然环境	气候	人性、风俗	相貌	教育礼仪	文字言辞	备注
北印度	迦湿弥罗国	四境负山。山极峭峻，虽有门径，而复隘狭	气序寒劲，多雪少风	土俗轻僄，人性怯懦。情性诡诈	容貌妍美	好学多闻		
	半笯嗟国	山川多，畴陇狭	气序温暑	人性质直。风俗勇烈				役属迦湿弥罗
	曷逻阇补罗国	极险固，多山阜，川原隘狭，地利不丰	同半笯嗟国	风俗猛烈，人性骁勇				役属迦湿弥罗
	磔迦国		时候暑热，土多风飙	风俗暴恶			言辞鄙亵	
	至那仆底国		气序温暑	风俗怯弱		学综真俗		
	阇烂达罗国		气序温暑	风俗刚烈	容貌鄙陋			
	屈露多国	土地沃壤，谷稼时播，花果茂盛，卉木滋荣	气序逾寒，霜雪微降	性刚猛，尚气勇	人貌粗弊，既瘦且尪			
	钵伐多国	多旱稻，宜宿麦	气序调适	人性躁急。风俗质直		学艺深博	言含鄙辞	役属磔迦国
	设多图卢国	谷稼殷盛，果实繁茂	气序暑热	气序暑热，风俗淳和，人性善顺		上下有序		

表 5-4

	国名	自然环境	气候	人性、风俗	相貌	教育礼仪	文字言辞	备注
中印度	波理夜呾罗国	宜谷稼，丰宿麦	气序暑热	风俗刚猛		不尚学艺		
	秣菟罗国	土地膏腴，稼穑是务	气序暑热	风俗善顺		好修冥福，崇德尚学		
	萨他泥湿伐罗国	土地沃壤，稼穑滋盛	气序温暑	风俗浇薄		深闲幻术，高尚异能		

续表

	国名	自然环境	气候	人性、风俗	相貌	教育礼仪	文字言辞	备注
中印度	窣禄勤那国	东临殑伽河，北背大山，阎牟那河中境而流	同萨他泥湿伐罗国	人性淳质		贵艺学，尚福慧		
	秣底补罗国	宜谷麦，多花果	气序和畅	风俗淳质		崇尚学艺，深闲咒术		
	婆罗吸摩补罗国	土地沃壤，稼穑时播	气序微寒	人性犷烈，风俗刚猛		少学艺，多逐利		
	瞿毗霜那国	崇峻险固，居人殷盛。花林池沼，往往相间	同秣底补罗	风俗淳质		勤学好福		
	垩醯掣呾逻国	宜谷麦，多林泉	气序和畅	风俗淳质		玩道笃学，多才博识		
	毗罗删拏国	同垩醯掣呾逻国	同垩醯掣呾逻国	风俗猛暴		人知学艺		
	劫比他国	同毗罗删拏国	同毗罗删拏国	风俗淳和		人多学艺		
	羯若鞠阇国	花果具繁，稼穑时播	气序和洽	风俗淳质	容貌妍雅	笃学游艺，谈论清远		
	阿踰陁国	谷稼丰盛，花果繁茂	气序和畅	风俗善顺		好营福，勤学艺		
	阿耶穆佉国	同阿踰陁国	同阿踰陁国	人淳俗质		勤学好福		
	钵逻耶伽国	稼穑滋盛，果木扶疏	气序和畅	风俗善顺		好学艺		
	憍赏弥国	土称沃壤，地利丰植	气序暑热	风俗刚猛		好学典艺，崇树福善		
	鞞索迦国	谷稼殷盛，花果具繁	气序和畅	风俗淳质		好学不倦		
	室罗伐悉底国	谷稼丰	气序和	风俗淳质		笃学好福		
	劫比罗伐窣堵国	土地良沃，稼穑时播	气序无愆	风俗和畅				
	蓝摩国							

续表

	国名	自然环境	气候	人性、风俗	相貌	教育礼仪	文字言辞	备注
中印度	拘尸那揭罗国							
	婆罗疷斯国	谷稼盛，果木扶疏，茂草靃靡	气序和	人性温恭		俗重强学		
	战主国	土地膏腴，稼穑时播	气序和畅	人性犷烈，风俗淳质				
	吠舍釐国	土地沃壤，花果茂盛	气序和畅	风俗淳质		好福重学		
	弗栗恃国	土地膏腴，花果茂盛	气序微寒，	人性躁急				
	尼波罗国	山川连属，宜谷稼，多花果	气序寒烈	人性刚犷，风俗险诐。信义轻薄	形貌丑弊	无学艺，有工巧		
	摩揭陀国	地沃壤，滋稼穑。土地垫湿，邑居高原	气序湿暑	风欲淳质				
	伊烂拏钵伐多国	稼穑滋植，花果具繁	气序和畅	风俗淳质				
	瞻波国	土地垫湿，稼穑滋盛	气序温暑	风俗淳质				
	羯朱嗢祇罗国	土地泉湿，稼穑丰盛	气序温	风俗顺		敦尚高才，崇贵学艺		
	奔那伐弹那国	土地卑湿，稼穑滋茂	气序调畅			风俗好学		
	憍萨罗国	山岭周境，林薮连接		人性勇烈	风俗刚猛	其形伟，其色黑		
	摩醯湿伐罗补罗国	同邬阇衍那国	同邬阇衍那国					

表 5-5

	国名	自然环境	气候	人性、风俗	相貌	教育礼仪	文字言辞	备注
东印度①	迦摩缕波国	土地泉湿，稼穑时播	气序和畅	风俗淳质。性甚犷暴	人形卑小，容貌黧黑	志存强学	语言少异中印度	
	三摩呾吒国	滨近大海，地遂卑湿。稼穑滋植，花果繁茂	气序和	风俗顺。人性刚烈	形卑色黑	好学勤励		
	耽摩栗底国	滨近海垂，土地卑湿。稼穑时播，花果茂盛	气序温暑	风俗躁烈。人性刚勇				
	羯罗拏苏伐剌那国	土地下湿，稼穑时播。众花滋茂，珍果繁植	气序调畅	风俗淳和		好尚学艺		
	乌荼国	土地膏腴，谷稼茂盛	气序温暑	风俗犷烈	人貌魁梧，容色黧黮	好学不倦	言辞风调，异于中印度	
	恭御陀国	滨近海隅，山阜隐轸。土地垫湿，稼穑时播	气序温暑	风俗勇烈。不甚欺诈	其形伟，其貌黑	粗有礼义	文字同中印度，语言风调，颇有异焉	
	羯餕伽国	稼穑时播，花果具繁，林薮联绵	气序暑热	风俗躁暴，情多狷犷		志存信义	言语轻捷，音调质正，辞旨风则，颇与中印度异焉	

表 5-6

	国名	自然环境	气候	人性、风俗	相貌	教育礼仪	文字言辞	备注
南印度	案达罗国	土地良沃，稼穑丰盛	气序温暑	风俗猛暴			语言辞调异中印度，至于文字，轨则大同	
	驮那羯磔迦国	土地膏腴，稼穑殷盛	气序温暑	性猛烈	人貌黧黑	好学艺		

---

① 东印度尚有传闻六国，室利差呾罗国、迦摩浪迦国、堕罗钵底国、伊赏那补罗国、摩诃瞻波国、阎摩那洲国，此处不录。

续表

	国名	自然环境	气候	人性、风俗	相貌	教育礼仪	文字言辞	备注
南印度	珠利耶国	土野空旷，薮泽荒芜	气序温暑	风俗奸宄，人性犷烈				
	达罗毗荼国	土地沃壤，稼穑丰盛	气序温暑	风俗勇烈		深笃信义，高尚博识	语言文字，少异中印度	
	秣罗矩吒国	土田舄卤，地利不滋。海渚诸珍，多聚此国	气序炎热	志性刚烈	人多黧黑	不尚游艺，唯善逐利		
	恭建那补罗国	土地膏腴，稼穑滋盛	气序温暑	风俗躁烈，情性犷暴	形貌黧黑	好学业，尚德艺		
	摩诃剌侘国	土地沃壤，稼穑殷盛	气序温暑	风俗淳质。其性傲逸，有恩必报，有怨必复	其形伟大			
	跋禄羯呫婆国	土地咸卤，草木稀疏，煮海为盐，利海为业	气序暑热，回风飘起	土俗浇薄，人性诡诈		不知学艺		
	摩腊婆国	土地膏腴，稼穑殷盛，草木荣茂，花果繁实，特宜宿麦		人性善顺。大抵聪明		学艺优深	言辞雅亮	
	阿吒厘国	土地沙卤，花果稀少	气序热，多风埃	人性浇薄，贵财贱德		仪形法则，大同摩腊婆国	文字语言，大同摩腊婆国	
	契吒国	同摩腊婆国	同摩腊婆国					役属摩腊婆国
	伐腊毗国	同摩腊婆国	同摩腊婆国	同摩腊婆国				
	邬阇衍那国	同苏剌侘国	同苏剌侘国					
	掷枳陀国	土称沃壤，稼穑滋植	气序调畅	人性善顺				

表 5-7

	国名	自然环境	气候	人性、风俗	相貌	教育礼仪	文字言辞	备注
西印度	阿难陀补罗国	同摩腊婆国	同摩腊婆国				文字法则，遂亦同焉	役属摩腊婆国
	苏剌侘国	地土咸卤，花果稀少	寒暑虽均，风飘不静	土俗浇薄，人性轻躁		不好学艺		役属伐腊毗国
	瞿折罗国	同苏剌侘国	同苏剌侘国					
	信度国	宜谷稼，丰宿麦		人性刚烈而质直，数斗诤，多诽谤		学不好博		
	茂罗三部卢国	土田良沃	气序调顺	风俗质直		好学尚德		役属磔迦国
	阿点婆翅罗国	僻在西境，临信度河，邻大海滨。地下湿，土斥卤，秽草荒茂，畴垄少垦	气序微寒，风飘劲烈	人性暴急。其俗淳质		不好习学	语言微异中印度	统属信度国
	狼揭罗国	土地沃润，稼穑滋盛	同阿点婆翅罗国	风俗同阿点婆翅罗国			文字大同印度，语言少异	役属波剌斯国
	臂多势罗国	土地沙卤，寒风凄劲。多宿麦，少花果		风俗犷暴		不好艺学，然知淳信	语异中印度	役属信度国
	阿軬荼国	土宜稼穑，宿麦特丰。花果少，草木疏	气序风寒	人性犷烈		不尚学业	言辞朴质	役属信度国
	伐剌拏国	地多山林，稼穑时播	气序微寒	风俗犷烈。性急暴，志鄙弊		不好学艺	语言少同中印度	役属迦毕试国

按照玄奘具体的地理文化感知，可从大的方面将这些地区分为两大区域：即非印度境内的邦国和印度境内的邦国。非印度境内的邦国又可分为三个部分：一是窣利地区，二是睹货逻故地，三是其他地区。窣利地区即从素叶水城至羯霜那国等十三国，即粟特，也就是通常所言的昭

武九姓。"粟特人聚居在乌浒水（Qxus，即阿姆河）和药杀水（Yaxartes，即锡尔河）之间的忸弥水（Nāmīk，即今泽拉夫珊河）流域和独莫水（疑是今天的 Kashka 河）流域。"① 这是一块相对独立的地理文化单元，在玄奘的观察中，这里土地肥沃，气序畅和，适宜农业生产，而这里的人性"勇烈"，风俗"猛烈"，文化教育落后，所以此地并没有给玄奘留下好的印象。窣利地区的一些国家役属于突厥，《西域记》中这样总述该地区："形容伟大，志性恇怯。风俗浇讹，多行诡诈，大抵贪求，父子计利，财多为贵，良贱无差。虽富巨万，服食粗弊。力田逐利者杂半矣。"② 玄奘认为这里的人狡诈、贪求，虽然积累了大量的财富，但这些财富并没有使他们的文明礼仪得到多少改善。粟特是一个以商业而闻名于世的地区，从我们上面所列表一来看，这里自然环境较好，土地肥沃，适合稼穑。但是这样的条件并没有使他们的农业取得良好发展，反而因为处在丝绸之路上的有利位置，使粟特人经商的天性得到了更好的施展，他们的足迹几乎遍布丝绸之路上每一个重要的城市。值得注意的是，对宗教观察极为细致的玄奘，在《西域记》中对窣利地区十三国的宗教发展情况无一记载，这恰巧说明这里文化的落后。飒秣建（康国）是此地文化的中心，《法师传》中记载飒秣建的一件事情，能够反映玄奘对这里的文化心态：

> 王及百姓不信佛法，以事火为道。有寺两所，迥无僧居，客僧投者，诸胡以火烧逐不许停住。法师初至，王接犹慢。经宿之后，为说人、天因果，赞佛功德，恭敬福利。王欢喜请受斋戒，遂致殷重。所从二小师往寺礼拜，诸胡还以火烧逐。沙弥还以告王，王闻令捕烧者，得已，集百姓令截其手。法师将欲劝善，不忍毁其肢体，救之。王乃重笞之，逐出都外。自是上下肃然，咸求信事，遂设大

---

① 张广达：《唐代柳胡州等地的昭武九姓》，载《北京大学学报》（哲学社会科学版）1986年第2期。

② 《大唐西域记校注》卷一，第72页。

会。度人居寺。其革变邪心，诱开矇俗，所到如此。①

玄奘到这里时，飒秣建火祆教盛行，佛教萧条不堪，起初信奉佛法的玄奘在这里并没有像在其他国家一样受到礼遇，更为甚者随从玄奘的二小师还被火祆教徒火烧追逐。后玄奘为国王讲说佛法，才使这里的佛教得到复苏。慧立在描述玄奘在飒秣建举动时，用"革变邪心，诱开矇俗"来形容。这说明，飒秣建在玄奘眼中是一个未开化的地方，佛教的发展极其落后，玄奘法师对此地进行了开化诱导。

玄奘描写的非印度境内的第二个地区是睹货逻故地，这一地区包括呾蜜国等二十九个国家②，这里是中亚的十字路口，各种文明与冲突常在这里碰撞，历史上中亚地区一些重大的历史事件总会影响到这个地区的命运。玄奘行到此，这里已属西突厥，故玄奘用"故地"，以示此处为睹货逻国的旧地。其地北起铁门（即今乌兹别克斯坦南部达尔本特），南至兴都库什山，东接葱岭，西与波斯接壤。玄奘这样描述睹货逻故地：

> 至睹货逻国（旧曰吐火罗国，讹也）故地。南北千余里，东西三千余里。东阨葱岭，西接波剌斯，南大雪山，北据铁门，缚刍大河中境西流。自数百年王族绝嗣，酋豪力竞，各擅君长，依川据险，分为二十七国。虽画野区分，总役属突厥。气序既温，疾疫亦众。冬末春初，霖雨相继。故此境已南，滥波已北，其国风土，并多温疾。……其俗则志性恇怯，容貌鄙陋，粗知信义，不甚欺诈。语言去就，稍异诸国；字源二十五言，转而相生，用之备物。书以横读，自左向右，文记渐多，逾广窣利。多衣氎，少服褐。货用金银等钱，模样异于诸国。③

---

① 《大慈恩寺三藏法师传》卷二，第30页。
② 玄奘在《西域记》中说睹货逻国故地"依山川据险，分为二十七国"，然从《西域记》具体记述的情况来看，应该是二十九国。
③ 《大唐西域记校注》卷一，第100页。

睹货逻故地属于突厥文化系，但由于其地理位置的特殊，故文化发展与变迁相当复杂。从我们表5-2列举的情况来看，除了揭职国、安呾罗缚国、阔悉多国、呬摩呾罗国、钵铎创那国、淫薄健国、屈浪拏国、达摩悉铁帝国八国气候寒烈外，其他的国家气候都比较湿润，所以容易造成疾疫的流行。这里的人"粗志信义，不甚欺诈"，性格刚猛粗犷，而一些国家俗无礼仪，不尚学习，文化仍然落后，不过较窣利地区发达，如玄奘在缚喝国"观其城邑，郊国显畅，川野腴润，实为圣地"①。这里的佛教也极为发达，有很多圣迹，"其人聪慧尚学，少而英爽，钻研九部，游泳四含，义解之声周闻印度"②。再如，活国有被推为法匠的达摩僧伽。由此观之，这一地区虽属印度文化的外围地区，但受印度文化的影响明显，文化较窣利地区发达。

玄奘所描写的第三个非印度地区则包含了阿耆尼、瞿萨旦那等十四个国家，多数国家气候寒烈，人性犷烈、躁暴，不管是以中原文化中心还是以印度文化为中心来观察，这里都属于"外围"。但这里的"外围"也有例外，如瞿萨旦那不仅气候温和，而且这里的人也熟知礼仪，喜欢学习。国之上下尚乐舞，颇知礼仪，与诸胡大为不同。瞿萨旦那，即于阗，这里与中原之间的往来频繁，文化与中原之间互有影响，所以玄奘行到此处，作为唐朝的子民心中渐有文化上的归属感。至于僧伽罗国、波剌斯国、尸弃尼国、揭盘陀国、乌铩国、佉沙国、斫句迦国等则令玄奘极不舒适，玄奘不但不厌其烦地用"粗鄙""鄙陋""丑弊""卑黑"等形容此地人，而且这里人性也多犷暴，对礼仪知之甚少。我们通过表5-1明显能看到这一情况。

印度是玄奘关注的重点，境内主要包括北印度、中印度、东印度、南印度、西印度五个部分，北印度有十七个邦国，中印度邦国最多，共三十二个邦国，东印度有七个邦国，南印度有十四个邦国，西印度有十个邦国。这五部分在文化上虽然具有整体性，但发展程度也不一，中印度是印度文化的中心，代表了印度文化的最高水平，玄奘在这里所用笔

---

① 《大慈恩寺三藏法师传》卷二，第32页。
② 同上书，第32—33页。

墨最多，观察最为细致。

　　从自然环境来看，印度半岛北边有喀喇昆仑山和喜马拉雅山，西有伊朗高原阻隔，这些高大的山系与高原将印度半岛分割为一块相对独立的地理文化单元。印度半岛位于赤道以北，北回归线以南，大部分地区属于热带季风气候，西北少数地区为热带沙漠气候。北部地区，河流交错，土地肥沃，植被丰富，为佛教文明的发展提供了优厚的物质条件。尤其是中印度诸邦国土地肥沃，非常适宜农业生产，这里良畴交错，花果茂盛，给玄奘留下了良好的印象。地理环境的好坏是判断文明与否的标准之一，在儒家文化的观念中，长城以南五岭以北的广大地区，是上天赐予中华文明的一块沃土，这里气候宜人，水量充足，形成了一个汉民族文化展开的自在空间，相反其他地方要么酷冷，要么瘴热，是蛮夷所居之地。地理是古代区分夷夏的重要因素，所谓限夷狄于各自的封域之内。确实，风俗嗜欲与地理环境之间存在紧密联系，但这种联系不是必然，而是一种或然。地理环境的好坏又决定着农业生产。在中国传统文化观念中，农业发展与文明程度之间息息相关，刀耕火种或游牧渔猎的部族很少有较高的文明，相反发达的农业是文明的基础。中原是一个传统的农业社会，自然农业的发达是中原人心目中"先进"的标志之一，从中原而来的玄奘对农业社会有自然的亲近，所以当他看到印度发达的农业之时，表现出一种文化的归向，对商业和游猎生活有一定的排斥。我们从表5-3至表5-7中可以看出玄奘对印度自然环境的具体感知，北印度和西印度尚有寒烈的天气，而中印度、东印度、南印度则以温暑为主，玄奘多以和畅、温暑、温和、和洽、调畅来形容这里的气候。

　　在玄奘眼中人性、风俗是判断一个社会文明与否的重要标尺，我们从表5-3来看，北印度除了半笈嗟国和设多图卢国人性质直善顺外，其他国家的人性，或怯弱，或悭怯，或犷暴，或刚猛，或猛锐，或刚烈，或躁急，而风俗除了设多图卢国和钵伐多国淳和、质直外，其他国家或骁雄，或轻勇，或诡诈，或暴恶，或怯弱，或刚烈；我们再从表5-5看东印度，其中的大多数国家风俗躁暴、勇烈；表5-6的南印度邦国唯掷枳陁国、摩腊婆国人性善顺，其他诸国的人性或猛烈，或犷烈，或犷暴，或浇薄，而风俗也是奸宄、刚烈者居多；表5-7的西印度诸国，也仅有极个别邦国人性质直。我们再反观表5-4所反映的中印度三十余国，除波里夜呾罗国、婆罗吸摩补罗国、毗罗删拏国、憍赏弥国、战主国、弗栗恃国、泥波罗国、憍萨罗国人性风俗刚猛、犷烈外，其他诸国人性风俗或温恭，或淳和，或淳质，或善顺，或和畅，与中原的人性风俗特别相似，然而中印度与中原文化差别很大，不同的文化为何使两地的风俗、人性如此相似呢？这主要是因为在玄奘心目有两个文化中心造成的，即佛教文化中心和儒家文化中心，这两种文化表现不同，但是所造成的结果是一样的。

五印度的教育礼仪也差别较大，我们从表5-4至表5-7来看，中印度和东印度的邦国明显笃学好福，文化也相应发达。西印度是在五印度当中，最不好学的，所以玄奘用"不好学艺""不尚学业""学不好博"等来形容其中一些国家的教育情况。文字言辞也是玄奘对文化的一个观察点，作为文化中心的中印度，文字言辞是统一的，而北印度、东印度、南印度、西印度中有一些邦国文字或语言与中印度不一样，玄奘甚至有时用"言辞鄙亵""言辞含鄙"等形容个别国家的语言。还有一些国家的语言玄奘觉得很好，如东印度的羯餕伽国"言语轻捷，音调质正"，南印度的摩腊婆国"言辞雅亮"，西印度阿軬荼国"言辞质朴"，这种判断玄奘都是以中印度的语言为标准进行的。可见，中印度确实是玄奘心目中另一个非常重要的"中心"。

玄奘在《西域记》序论中的世界观，正好可以与这些具体的文化感知相印证，兹引文如下：

> 南象主则暑湿宜象，西宝主乃临海盈宝，北马主寒劲宜马，东人主和畅多人。故象主之国，躁烈笃学，特闲异术，服则横巾右袒，首则中髻四垂，族类邑居，室宇重阁。宝主之乡，无礼义，重财贿，短制左衽，断发长髭，有城郭之居，务殖货之利。马主之俗，天资犷暴，情忍杀戮，毳帐穹庐，鸟居逐牧。人主之地，风俗机惠，仁义照明，冠带右衽，车服有序，安土重迁，务资有类。三主之俗，

第五章　唐宋僧人行记与旅行心态

东方为上。其居室则东辟其户，旦日则东向以拜。人主之地，南面为尊。方俗殊风，斯其大概。至于君臣上下之礼，宪章文规之仪，人主之地无以加也。①

这段论述其实是佛教世界与家国之论的结合，首先，他将整个世界分为东、南、西、北四方，其中象主与人主之地是被充分肯定的，象主之国即释迦牟尼诞生的印度国，宝主乃是波斯、大食等西方胡国，马主是突厥，人主则为东方的支那国②。从这段话不难看出，玄奘有自己价值的判断，他对人主的评价，完全是从礼、义、仁、智、信的儒家文化立场出发的，而对佛教文化发达的印度玄奘也有很好的评价。至于无礼义的宝主和犷暴的马主，玄奘不以为然。按照玄奘的这一划分标准，表5-1和表5-2所列的非印度邦国属于马主和宝主，其中马主占了相当的席位，宝主是极个别的。玄奘对马主和宝主负面的评价居多，宝主重货值之利，无礼义，马主则风俗彪悍，游牧逐猎。以此观之，玄奘对宝主和马主的评价完全是站在中原文化的立场上进行的，至于对象主的评价则是其宗教感情所在。这种文化感知在《法师传》中也有论及："东进行六百余里，越黑岭，入印度境。至滥波国。……自斯以北境域，皆号蔑戾车。如来欲有教化，乘空往来不复履地，若步行时，地便倾动。"③ 黑岭，即今兴都库什山，黑岭之北是另一块文化区域，虽然这一区域受到佛教文化的显著影响，但玄奘说如来在这里传法时"不复履地"，也就是说这

---

① 《大唐西域记校注》卷一，第42—43页。
② 关于"四主"的记载，《释迦方志》中有更为明确的记载："又此一洲，四主所统。雪山已南，至于南海，名象主也。地唯暑湿，偏宜象住，故王以象兵而安其国。俗风躁烈，笃学异术，是为印度国。然印度之名，或云贤豆，或云天竺，或云身毒、天笃等，皆传之讹僻耳，然以印度为正，唐无以翻。雪山之西，至于西海，名宝主也。地接西海，偏饶异珍，而轻礼重货，是为胡国。雪山以北，至于北海，地寒宜马，名马主也。其俗凶暴，忍煞，衣毛，是突厥国。雪山以东，至于东海，名人主也。地唯和畅，俗行仁义，安土重迁，是至那国。"（《中边篇》第三，第11—12页）这一记载显然有因袭《西域记》的一面，只不过道宣在其中非常具体地道出了四主各自的所指。关于"四天子"的学说伯希和很早就撰有一文，其中详细讨论了"四天子"的渊源与发展，可参看（伯希和：《四天子说》，载冯承钧译《西域南海史地考证译丛》三编，商务印书馆1962年版，第84—103页）。
③ 《大慈恩寺三藏法师传》卷二，第36页。

里属于佛教文化的边缘地带。这里所言"蔑戾车",即边地之意。《西域记》说:"黑岭已来,莫非胡俗。虽戎人同贯,而族类群分,画界封疆,大率土著。建城廓,务殖田畜,性重财贿,俗轻仁义,嫁娶无礼,尊卑无次,妇言是用,男位居下。"① 在玄奘的感知中,黑岭就是文化的分水岭,黑岭以北皆是"胡俗",以游牧为主,轻义重利。礼仪规范极差,这与表 5-1、表 5-2 中所反映的情形大体一致。然而,象主内部文化也有诸多差异,玄奘对邻近马主的北印度印象很不好,《西域记》中这样论述北印度:"自滥波国至于此土(即曷逻阇补罗国),形貌粗弊,情性犷暴,语言庸鄙,礼义轻薄,非印度之正境,乃边裔之曲俗。"② 《法师传》中有类似的言论:"自滥波国至此土,其俗既住边荒,仪服语言稍殊印度,有鄙薄之风焉。"③ 玄奘认为滥波国、那揭罗曷国、健驮逻国、乌仗那国、钵露罗国、呾叉始罗国、僧诃补罗国、乌剌尸国、迦湿弥罗国、半笯嗟国等国在印度文化圈内都属于"边裔之曲俗",风俗"鄙薄",这里的人们相貌丑陋,人性粗犷,言语鄙俗,毫无礼仪。在玄奘眼中这些特质的形成与他们处在印度边鄙的地理位置有一定的关系,这是以地理区分文化思维在印度文化圈内的沿用,然而这里的一些国家在玄奘的叙述中也全非如此,如那揭罗曷国就风俗淳质,而且好学轻财,半笯嗟国人性质直④,这与玄奘对滥波国到曷逻阇补罗国诸邦国的总结有一定的出入。

  总之,在他对诸多邦国看似客观的叙述中,事实上潜隐两个文化中心:印度文化中心和中原文化中心。在这两种文化视角后面,蕴含着两种情怀:一是宗教情怀,二是国家情怀,宗教情怀处处流露在《西域记》与《法师传》中,国家情怀则多是在无意之中流露出来。只要仔细分析,我们还是能够看到他在面对西域世界时所具有的文化心态。

---

① 《大唐西域记校注》卷一,第 45 页。
② 《大唐西域记校注》卷三,第 349 页。
③ 《大慈恩寺三藏法师传》卷二,第 45 页。
④ 《大唐西域记校注》卷三,第 348 页。

第二节　日本汉文僧人行记所见日僧 在唐宋的社会交往与心态
——以《入唐求法巡礼行记》与《参天台五台山记》为中心

中土僧人的西行求法是中国文化变迁非常重要的外部因素，同样日本僧人西行求法也深刻改变着日本的文化结构。中国的佛教不断向印度汲取营养，逐渐与本土文化融合会通，形成独具特色的佛教文化。日本的佛教则更多是向中国佛教汲取营养，有一个不断日本化的过程。一些来唐宋求法的日本僧人，以行记的方式记录了他们在中土的日常生活，这些文本与唐代最具代表性的僧人行记《西域记》和《法师传》不管是在书写体例，还是在文化观感上都有很大的不同。前来中土求法的日本僧人是以日本文化为中心观察世界的，他们在唐宋的社会交往中有怎样的心态呢？《入唐求法巡礼行记》（以下简称《巡礼记》）和成寻的《参天台五台山记》（以下简称《参记》）或许在一定程度能够回答这个问题。

一般认为，日本的佛教是在钦明天皇时从朝鲜半岛传入的①，随着日本与唐宋之间交往的加深，求法巡礼成为一时的文化现象，唐宋的佛教对日本的佛教文化产生了深远的影响。中国佛教逐渐日本化的过程贯穿于平安时代（794—1184年）和镰仓时代（1184—1333年），此时大量的日本僧人来到中国巡礼求法，塑造日本佛教文化。对于日本僧人而言，中土最具吸引力的两个地方无疑是五台山和天台山，不少日本僧人漂洋过海，以巡礼五台山和天台山为最高理想，他们将巡礼求法的所见所闻写成行记，在僧人之间频繁传播。除了《巡礼记》与《参记》外，这些僧人行记还包括：入唐僧圆珍的《行历抄》②，入宋僧奝然的《入宋巡礼

---

① 关于佛教传入日本的时间一般有两种说法：一认为日本钦明天皇十三年（552年）壬申传入，此说主要依据是成书于八世纪的《日本书纪》；二认为钦明天皇七年（538年）戊午传入，主要依据是成书于奈良时期的《元兴寺伽蓝缘起》。日本学术界一般采用钦明天皇七年一说，我们亦采用此说。

② 《行历抄》为圆珍入唐所写日记《入唐记》（或名《在唐巡礼记》，或名《行历记》）的节本。

行记》、寂照的《来唐日记》、戒觉的《渡宋记》①等，这些行记大多都没有保存下来，而圆仁的《巡礼记》与成寻的《参记》较为完整地保存了下来，我们下面将以这两部行记为中心研究圆仁与成寻在唐宋社会的交往与心态。

一　圆仁在唐代的社会交往及其心态

圆仁（生于794年，即唐德宗贞元十年，日本桓武天皇延历十三年；卒于864年，即唐懿宗咸通五年，日本清和天皇贞观六年），俗姓壬生氏，下野都贺郡人（今日本栃木县人），十五岁时师从日本天台宗的创始人最澄学习，为日本天台宗第三代座主，天台宗山门派的创始人。圆仁于开成三年（838年，日本仁明天皇承和五年）以请益僧的身份跟随第十八次遣唐使入唐②。此次入唐大使藤原常嗣，副使小野篁。圆仁一行共六百五十一人分四船从日本九州岛博德出海，圆仁搭乘第一船，备尝艰辛，于七月二日（唐开成三年，838年）在扬州海陆县白潮镇桑田乡东梁丰村登陆。圆仁本计划去天台山的国清寺巡礼求法，递交申请后他一直在扬州开元寺等待批复，但是申请最终未获准许。此时从长安出使返回的藤原常嗣打算在楚州（今江苏淮安市楚州区）租船返回日本，按照规定圆仁也赶往楚州与藤原常嗣等人会合。圆仁与藤原会合后乘船向北沿着海岸线前行，拟从山东半岛出海，但是尚未完成巡礼的圆仁心有不甘，数次借机登陆未果，终于在密州（今山东诸城）与通事共谋登陆成功。虽然留在了唐土，但是圆仁在唐代的求法巡礼并不是那么的顺利，处处的障碍与生活的拮据使圆仁无法从容行游于他心生向往的佛教之地，他只能在有限的罅隙中艰难度日，祈盼完成巡礼学习的愿望。对于一个外国僧人而言，欲在另一国度立足，必须建立良好的社会关系，但是圆仁没

---

① 现存《渡宋记》一卷是戒觉入宋行记的摘录本。
② 关于日本派遣遣唐使的次数，国内学术分歧较大，但是日本学术界的意见比较一致。一般认为，从贞观四年（日本舒明天皇二年，630年）至乾宁元年（日本宽平六年，894年）二百六十四年间，日本总共派遣遣唐使十九次（其中包括迎入唐使一次，送唐客使三次）（关于遣唐使具体出使的情况可参见［日］木宫泰彦《日中文化交流史》，胡锡年译，商务印书馆1980年版，第62—104页）。

有得到唐代官方的支持，所以他在唐代的巡礼求法显得举步维艰。我们通过《巡礼记》可以看出圆仁在唐代的社会交往及其心态。

（一）圆仁与新罗人的交往及其心态

作为一名日本僧人，如果在唐代受到礼待，会使他们的出行方便很多，但是当时唐代政府对日本僧人并没有太多的好感，在这种情况下，圆仁只能通过与唐之间保持更为紧密联系的新罗人达到此次旅行的目的。事实上，圆仁从踏入唐土开始至登船归国，与新罗人之间的关系最为紧密，正是因为新罗人的不断帮忙，圆仁才得以在唐完成巡礼求法的愿望并顺利返回日本。可以说，与新罗人的交往是圆仁在唐代社会交往活动中最为主要和关键的。那么，圆仁与哪些新罗人进行了交往，在与新罗人的交往中圆仁又有怎样的心态呢？

与其他诸邦国相比，新罗人与唐朝之间保持着更加紧密的关系，活动在唐朝的新罗人不仅努力与唐廷之间维持着亲近关系，而且也熟知唐代的语言文化，这使得新罗人在以唐为中心的国际交往中显得游刃有余。新罗译语便是其中的佼佼者，他们在当时的东亚格局中扮演着非常重要的角色。译语是在东亚海上贸易基础上成长起来的，正因为处在这样的环境中，所以这些译语精通日、唐、新罗三种语言。这些人当然不仅仅是语言方面的人才，他们往往在官方机构中有一些职务，也熟知航海及贸易相关的知识。对于漂洋过海而来的日本僧人来说，认识这些人会使他们的交往简单、高效。从《巡礼记》的记载来看，新罗人确实在当时的东亚关系中极其活跃。与新罗人相比，日本人与唐之间的关系则疏远很多，所以很多时候来唐的日本人不得不求助于新罗人，圆仁一行从日本出发之时，便有新罗人金正南随行，以充当翻译并处理与唐代官方接洽相关事宜。如"（正月）四日，依金正南寄请，为令修理所买船，令都匠、番匠、船工、锻工卅六人向楚州去"[1]。"（十二月）十八日，未时，新罗译语金正南为定诸使归国之船，向楚州发去"[2]，新罗人金正南

---

[1] ［日］圆仁撰，白化文、李鼎霞、徐德楠校注：《入唐求法巡礼行记校注》卷一，第105—106页。下同。

[2] 同上书，第86页。

利用他熟悉海路的优势与极强社会活动能力,为日本的官方使者安排归国的船只。而且圆仁搭乘归国船只北上时,借机隐留的主意也是金正南提出的,《巡礼记》载:"五日平明,信风不改。……请益僧先在楚州与新罗译语金正南共谋:到密州界留住人家,朝贡船发,隐居山里,便向天台,兼往长安。"① 虽然这一计划被当地村民识破,未能实现。但是可以看出圆仁的一切计划都是听从新罗人安排的,足见他对新罗人的信任。在隐居计划失败的情况下,另一新罗译语道玄对圆仁也有不小的帮助,我们可通过《巡礼记》中的几处记录来看圆仁与道玄之间的交往:

(四月)廿四日,西风吹。暮际,骑马人来于北岸,从舶上差新罗译语道玄令迎。道玄却来云:"来者是押衙之判官,在于当县,闻道本国使船泊此日久,所以来,拟相看。缘夜归去,不得相看。明日专诣于舶上。"更令新罗人留于岸上,传语于道玄,转为官人,令申来由。②

(四月二十六日)未时,新罗人卅余骑马乘驴来,云:"押衙潮落拟来相看,所以先来候迎。"就中有一百姓云:"昨日从庐山来,见本国朝贡船九只俱到庐山。人物无损。其官人等总上陆地作幕屋在,从容候风",云云。不久之间押衙驾新罗船来。下船登岸,多有娘子。朝贡使判官差新罗译语道玄遣令通事由。③

(四月)廿九日,北风吹,令新罗译语道玄作谋:"留在此间,可稳便否?"道玄与新罗人商量其事,却来云:"留住之事,可稳便。"④

(五月)六日,早朝,赴舶上去。于舶上斋。新罗译语道玄向押衙宅去。⑤

---

① 《入唐求法巡礼行记校注》卷一,第135页。
② 《入唐求法巡礼行记校注》卷二,第152页。
③ 同上书,第153—154页。
④ 同上书,第154页。
⑤ 同上书,第156页。

第五章 唐宋僧人行记与旅行心态

道玄不仅负责迎接圆仁，而且还负责与唐代地方政府沟通。最令圆仁感激的是道玄与当地的新罗人对他很热情，他们集思广益，商讨如何让圆仁留在唐土，这让圆仁安心不少。可以说，新罗人是圆仁到唐土之后最大的心理安慰，他处处依靠新罗人，无法想象如果没有新罗人，圆仁会何等失望。山东一带，是新罗人的主要活动地区之一，他们的社会关系网络要比其他外国人更为宽泛，他们利用自己在唐代政府担任的一些小官职，可以打通上下的环节，道玄便是这样一位朝鲜僧人兼小官（押衙）。在与新罗人交往的过程中，圆仁虽然有时馈赠一些礼物给他们（事实上，经过在唐一段时间的暂住，圆仁所能拿出的礼物并不多），但是新罗人并不在乎这些，总是竭力帮助这位日本僧人。

另一位译语刘慎言与圆仁之间也有紧密的关系。刘慎言在圆仁未去五台山前已经和他结识，当时只不过是简单的礼物互赠，如"（三月）廿二日，早朝，沙金大二两、大坂腰带一送与新罗译语刘慎言"[1]。"（三月）廿三日，未时，刘慎言细茶十斤、松脯赠来与请益僧。"[2] 正是这种相互的馈赠，为后来圆仁与刘慎言的进一步深交做好了准备。圆仁在五台山、长安一带巡礼之时，与刘慎言常有书信往来，他通过刘慎言了解一些信息。如：

> （会昌二年五月廿五日）又楚州新罗译语刘慎言今年二月一日寄仁济送书云："朝贡使、梢工、水手前年秋回彼国，玄济阇梨附书状并砂金廿四小两，见在弊所。惠萼和尚附船到楚州，已巡五台山，今春拟返故乡。慎言已排比人船讫。……"[3]

> （会昌三年正月）廿九日，楚州新罗人客来，得楚州译语刘慎言书一通，顺昌阿阇梨书一道。[4]

---

[1] 《入唐求法巡礼行记校注》卷一，第128页。
[2] 同上书，第129页。
[3] 《入唐求法巡礼行记校注》卷三，第400—401页。
[4] 同上书，第410页。

（会昌三年）十二月，得楚州新罗译语刘慎言书，云："天台山留学圆载阇梨称：'进表：遣弟子僧两人令归日本国。'其弟子等来到慎言处觅船，慎言与排比一只船，着人发送讫。今年九月发去者。"①

第一则是刘慎言将日本仁济的信转交给圆仁，从信中可以看出惠萼等人的渡海，是由刘慎言安排妥当的。第二则记载的是新罗客人捎带刘慎言与顺昌阿阇梨的信。第三则是刘慎言写给圆仁的信，信中所言系日僧回国之事，此事也是由刘慎言安排妥当的。刘慎言与日本僧人之间有频繁的接触，且日本人出海回国也多由他安排。会昌五年（846年）圆仁到达楚州，受到了薛大使与刘慎言热情接待，《巡礼记》载：

七月三日，得到楚州。先入新罗坊。见总管当州同十将薛、新罗译语刘慎言，相接，存问殷勤。文书笼子，船上着译语宅。便入山阳县通状，具申本意："日本国朝贡使皆从此间上船，过海归国。圆仁等递到此间归国，请从此间过海。"县司不肯，乃云："当州未是极海之处。既是准敕递过，不敢停留。事须递到登州地极之处，方可上船归国者。"新罗译语刘慎言自到县，用物计会本案，即计与县令肯。……县司不肯与道理，薛大使、刘译语更入州计会，又不肯。两日之间，百计不成也。须递过定也。山阳县司不忍刘译语苦嘱，左右谋计不得，乃云："和上欲得向南去，即向南递去；欲得向北去，即向北递去。若令停泊此间觅船，即县司力不及也。"言穷，无可申论，仍请往登州。②

这是圆仁到楚州后的一段记载，总管新罗事务的薛大使与译语刘慎言对圆仁很是殷勤，而且为了使圆仁在就近的楚州渡海，薛大使、刘慎言向唐代当地县、州两级的官员不断恳请，甚至不惜拿财物向县官贿赂。尤

---

① 《入唐求法巡礼行记校注》卷四，第434页。
② 同上书，第475—476页。

其是刘慎言所费口舌之多，用力之勤都令圆仁非常感激。在山阳县过海失败以后，圆仁只能把所得的经卷、文书、衣物等留在刘慎言家里。刘慎言将圆仁接到自己的家里，殷勤接待，休息几日后，薛大使与刘慎言准备好了沿路的盘缠，命家丁沿途护送，并作书状示于沿线乡人以照顾圆仁①。刘慎言对圆仁的帮助可谓尽心尽力。刘慎言长期生活在新罗坊，作为译语他常与各国人接触，日本人是他们进行贸易的重要对象，与圆仁的交往恐怕也不能排除商业上的考虑。在圆仁的心中，这样的人正是他在唐代最需要的。《巡礼记》虽未直言圆仁对刘慎言的感激，但字里行间的那种心理倾向是明显的。

张咏也是圆仁入唐后，对他帮助颇大的一位新罗人。张咏为平卢军节度同军将兼登州诸军事押衙，同时他凭借自己的语言优势也充当通事。押衙是唐代藩镇军府中的武官之一②，"尽管节度使牙内之事"③，但是这一官职也不断变化，到后来押衙"带职、兼官十分普遍"，"实际上已经阶官化了"④。新罗人张咏的"押衙"身份，很可能也是阶官，他具体的职责则是"勾当文登县界新罗人户"，即管理文登县一带的新罗人。开成四年（839年），圆仁到达赤山村的时候，张咏便作为勾当（主管），专门负责圆仁在唐的诸项事宜。圆仁曾多次呈递书状申诉他留唐的愿望，这一过程中张咏一直在左右周旋。张咏与当地州县一边沟通，一边让圆仁耐心等待，在等待期间圆仁多次表达了他对张咏的感激之情。如在开成五年（840年）二月一日的一封书信中写道："即此，圆仁蒙恩，忽奉

---

① 《入唐求法巡礼行记校注》卷四，第477—479页。
② 关于押衙一职，严耕望在《唐代方镇僚佐考》一文中已有考证（见《唐史研究丛考》，新亚研究所，1969年，第228—233页），后有学者陆续撰文考证，如：王永兴的《关于唐代后期方镇官制新史料考释》（北京大学古代史研究中心编《纪念陈寅恪先生诞辰百年学术论文集》，北京大学出版社1989年版）、张国刚的《唐代藩镇军将职级考略》（《学术月刊》1989年第5期）、荣新江的《唐五代归义军武职军将考》（中国唐史学会编《中国唐史学会论文集》，三秦出版社1993年版）、冯培红的《晚唐五代宋初归义军武职军将研究》（郑炳林主编《敦煌归义军史专题研究》，兰州大学出版社1997年版）、刘安志的《唐五代押衙考略》（载《魏晋南北朝隋唐史资料》第十六辑，武汉大学出版社1998年版）等。
③ 《资治通鉴》卷二百一十六，第6887页。
④ 张国刚：《唐代藩镇军匠职级考略》，载《学术月刊》1989年第5期。

翰墨示及，具承高情，恩劳厚深。凡在小僧，不胜感荷。"① 二月十七日呈书写道："圆仁留住山院，多幸过年。厚蒙众僧仁德，殊慰旅情，斯乃押衙慈造矣。庇荫广远，岂以微身能酬答乎！深铭心骨，但增感愧。"②圆仁能够巡礼五台山，张咏对他确实有很大的帮助。圆仁从长安返回时，再次见到张咏，他难掩喜悦之情：

> 廿七日，到勾当新罗所。敕平卢军节度同十将兼登州诸军事押衙张咏勾当文登县界新罗人户，到宅相见便识，欢喜，存问殷勤。去开成五年从此浦入五台去时，得此大使息力，专勾当州县文牒公验事发送。今却到此，又殷勤安存。便过县牒，具说心事。大使取领，停留，许觅船发送归国。又相喜云："前从此发去已后，至今不得消息。心里将谓早归本国，不谓更到此间，再得相见。大奇，大奇！弟子与和上太有因缘。余管内苦无异事，请安心歇息，不用忧烦。未归国之间，每日斋粮，余情愿自供，但饱食即睡。"③

圆仁入唐以来，整天为生存和留唐两件事所累，生活极度压抑，很难有一个人倾听他的心声，见到张咏让他非常欣喜，这种心境在圆仁入唐后并不多见。圆仁见到张咏，就像多年未见的老朋友，便将自己的遭遇全盘倾诉给了张咏。而张咏见到圆仁也是非常惊喜，不仅以"弟子"自称，而且还在自己的管辖范围内尽可能地帮助圆仁。

还有一些信奉佛教的新罗人，对圆仁也有不小的帮助，他在长安时认识的新罗人李元佐便是一位在唐做官的佛教徒，官职为神策军押衙。神策军为唐王朝的禁军，唐代中后期，宦官专权，神策军被宦官掌控。李元佐能够进入这一权力中心，再次说明新罗人在唐代有较高的社会地位。圆仁为了归国，通过各种渠道认识了李元佐，李元佐是虔诚的佛教徒，对于圆仁这样一位跋山涉水，不远千里来唐的求法日僧，给予尽可

---

① 《入唐求法巡礼行记校注》卷二，第202页。
② 同上书，第205页。
③ 《入唐求法巡礼行记校注》卷四，第487页。

能的帮助。圆仁在《巡礼记》中表达了他对李元佐的感激之情："左神策军押衙、银青光禄大夫、检校国子祭酒、殿中监察侍御史、上柱国李元佐，因求归国事，投相识来近二年，情分最亲。客中之资，有所阙者，尽能相济。缘功德使无道心故，谘归国事，不蒙纵许。在府之间，亦致饭食毡褥等，殷勤相助。"① 显然，圆仁把李元佐当作他在长安的依靠，心里极为亲近，衣食方面的事情多赖李元佐相济，而且关于归日本国的大事，他也想通过李元佐解决。《巡礼记》载："李侍御送路不少：吴绫十匹、檀香木一、檀龛像两种、和香一瓷瓶、银五股拨折罗一、毡帽两顶、银字《金刚经》一卷（见内里物也）、软鞋一量、钱二贯文、数在别纸也。惜别殷勤，乃云：'弟子多生有幸，得遇和上远来求佛法，数年供养，心犹未足，一生不欲离和尚边。和上今遇王难，却归本国去。弟子计今生应难得再见，当来必在诸佛净土，还如今日，与和上作弟子。和上成佛时，请莫忘弟子'，云云。又云：'和上所衲袈裟请留与弟子，将归宅里，终身烧香供养。'既有此言，便以送之。"② 李元佐不仅为圆仁归国准备了大量的礼物和盘缠，而且他还把圆仁当作师傅，真诚相待。李元佐在与圆仁离别之际流露出的感情也颇令人感动。远在他乡，遇到这样执弟子礼又对自己充满崇敬的李元佐，圆仁心里充满暖意，来唐以来的诸多烦劳暂时烟消云散。

赤山（今山东荣成石岛镇北）法华院是圆仁在唐重要的活动场所之一，他申请巡礼五台山等待期间，主要停留在这里。赤山法华院有新罗院，主要负担接待入唐求法的新罗僧人，这里在一定程度上保留了新罗的文化习俗，圆仁到达这里后，感受到了浓厚的新罗文化氛围。赤山法华院与唐代的一些寺院之间保持着紧密的联系，所以这里成了新罗佛教徒来唐巡礼求法非常重要的中转站。对于日本僧人来讲，这座寺院也是他们在唐土的安身之所。赤山法华院为张保皋所建，张保皋在年少之时入唐，曾在徐州一带任军中小将。后归国，被任命为清海镇大使，致力于发展唐、日、新罗三国的贸易，是当时活跃在唐代东海一支非常重要

---

① 《入唐求法巡礼行记校注》卷四，第460页。
② 同上书，第462页。

的力量。赤山浦是唐与新罗交往的最为便捷的优良港口之一。对于商人张保皋而言，赤山浦天然良港的交通条件对他有很大的吸引力，这里是他发展唐、日、新罗三国贸易的绝佳之地。张保皋在赤山浦建立的法华院就是以贸易为基础形成的一个文化传播场所，这里不仅为过往的新罗僧人提供便利，而且还作为他贸易的一个联络点。法华院除了常年有新罗人僧人居住外，还有一些日本僧人也在此歇息。圆仁本来打算从楚州渡海到日本，但因楚州不是"极海"，按照唐朝的规定只能到东北"极海之处"赤山浦渡海，所以圆仁便有机会在来到赤山法华院。圆仁在此住留期间，张保皋"遣大唐卖物使崔兵马来寺问慰"[①]。张保皋对日本僧人圆仁的慰问所反映的正是法华院在唐、日、新罗三国交往中所扮演的角色，其中新罗人在此居于主导地位。

圆仁在赤山新罗院逗留八月有余，这里给他提供了良好的条件，这使圆仁备受煎熬的心得到了一丝安慰。他在这里一边从事佛事活动，一边想方设法办理留在唐代继续巡礼求法的手续。法华院中的圣林和尚曾经到五台山和长安求法巡礼，他建议圆仁也到这两地巡礼求法，圣林还告知圆仁在五台山可见到著名的天台宗座主志远和尚。圆仁听从了圣林的建议。会昌五年（845年），圆仁从长安返回再次来到赤山新罗院时，新罗院因禁佛运动而被毁弃。圆仁在赤山新罗院留住八个余月，度过了他在唐代相对安逸的一段时间，他对赤山法华院时刻有感激之情。归国之后，圆仁让其弟子在日本建立了一所名为赤山禅院的寺院，以表达他内心对赤山法华院的感恩。

唐代帮助新罗灭百济统一朝鲜半岛后，与新罗之间保持着紧密的关系，新罗的遣唐使、商人、工匠、留学生、求法僧等常年往来于新罗与唐之间，还有一些被海盗贩卖来的奴婢与逃荒者等，也定居在了唐代，形成了很多新罗人的聚落。山东沿海一带，是新罗人活动最为频繁的地区，这里有很多新罗人的聚落，这些聚落主要包括新罗村、新罗坊、新罗馆、新罗院、新罗所等社区和机构。新罗村为新罗移民居住的村落，

---

① 《入唐求法巡礼行记校注》卷二，第166页。

这些村落在某种程度上是因新罗人的海上贸易而存在的，所以这些村落便有服务过往行人的职能。关于这一点，陈尚胜曾经指出："新罗村除了具有通常的农业社区的性质与功能外，作为移民社区又具有服务性功能。尤其是登州东部沿海地区的几个新罗村，是作为唐朝与新罗之间的海上交通基地而存在的。从唐朝前往新罗以及日本的旅客，往往需要在此等候信风，补充粮食，甚至修理船只。因此，这些新罗村都发挥了迎送过往旅客的招待服务功能。由于它具有农村社区的性质，人们参与社区活动比较一致（如迎接圆仁），社区人际关系的感情色彩也较为浓郁。圆仁就曾两次居留赤山新罗侨民社区，受到友好接待。"[1] 唐代在一些重要的驿所设立一些宾馆，以供来往的人整顿休息，新罗馆即专为接待新罗来使而设的宾馆；新罗坊则是新罗人因从事商业活动而建立的社区；新罗院则是一些佛教寺院，主要负责接待来唐求法巡礼的新罗人；新罗所主要负责管理新罗人，起到与唐政府沟通的作用。圆仁入唐期间，这些社区和机构为他提供了诸多方便。在这些地方行走，圆仁心理多少有些归属感。

为了完成巡礼求法，圆仁在唐代的社会交往中总是在寻求一条畅通的捷径，而当时与唐人保持紧密联系的新罗人自然是最佳选择。新罗人在日本与唐的交往中起到了很好的媒介作用。研究8—9世纪的东亚关系，对新罗人的研究极为关键。圆仁在《巡礼记》中对新罗人的记载便是非常珍贵的资料。

（二）圆仁与唐代官方的交往及其心态

反观圆仁与唐代官方的交往，则与新罗人之间的交往形成了强烈的反差。圆仁于开成三年（838年）到达扬州，不久他申请到梦寐以求的天台山巡礼求法。当时扬州的最高长官为淮南节度使李德裕，圆仁一行很早便提出申请，《巡礼记》载："八月一日早朝，大使到州衙，见扬府都督李相公，事毕归来。斋后，请益、留学两僧出牒于使衙，请向台州国清寺，兼请被给水手丁胜小麻吕仕充宛求法驰仕。"[2] "三日，请令请益僧

---

[1] 陈尚胜：《唐代的新罗侨民社区》，载《历史研究》1996年第1期。
[2] 《入唐求法巡礼行记校注》卷一，第25页。

等向台州之状，使牒达扬府了。"① 圆仁一直在焦急等待答复，而心情也阴晴不定：

（八月九日）未时，勾当日本国使王友真来官店慰问僧等，兼早令向台州之状，相谈归却，请益法师便赠土物于使。登时，商人王客来，笔书问国清寺消息，颇开郁抱。②

（八月十日）午时，王大使来道："相公奏上既了，须待来，可发赴台州去。"③

（九月）十三日，闻相公奏状之报符来于扬府，未得子细。④

（九月）十六日，长判官云：得相公牒称："请益法师可向台州之状，大使入京奏闻，得报符时，即许请益僧等发处台州者。未得牒案。"⑤

（九月）廿日，写得相公牒状，称："日本国朝贡使数内僧圆仁等七人，请往台州国清寺寻师。右，奉诏：朝贡使来入京，僧等发赴台州。未入，可允许。须待本国表章到，令发赴者。"⑥

（九月）廿九日……相公为入京使于水馆设饯。又蒙大使宣，称："请益法师早向台州之状，得相公牒，称：'大使入京之后，闻奏，得敕牒后，方令向台州者。'仍更添已缄书，送相公先了。昨日得相公报称：'此事别奏上前了，许明后日令得报帖。若蒙敕诏，早

---

① 《入唐求法巡礼行记校注》卷一，第27页。
② 同上书，第31—32页。
③ 同上书，第32页。
④ 同上书，第44页。
⑤ 同上书，第46页。
⑥ 同上书，第47页。

第五章　唐宋僧人行记与旅行心态　289

令发赴者。'"①

十月三日晚头，请益、留学两僧往平桥馆，为大使、判官等入京作别，相咨长判官，云：得两僧情愿之状，将到京都闻奏，早令得符者。②

我们以上所列诸条，便是圆仁向李德裕递交去天台山的申请后，焦急等待的一些状况。八月之时，圆仁充满希望等待答复；九月，李德裕让圆仁等待藤原向朝廷申请的结果，他也打算将圆仁的申请奏报朝廷。通过这些记载我们可以看出，圆仁等待期间心里非常煎熬，既然已经距离天台山不远了，他自然非常希望能够马上到天台山。但是，一直等到来年的正月，却得到了一个令圆仁极其失望的消息，在反复的希望与焦虑中，圆仁度过了并不开心的一段时光。《巡礼记》又载：

（正月）十七日，沈弁来，助忧迟发。便问："殊蒙相公牒，得往台州否？"沈弁书答云："弁咨问相公，前后三四度。咨说：'本国和尚往台州，拟一文牒，不审得否？'相公所说：'扬州文牒出到浙西道及浙东道不得一事，须得闻奏。敕下即得，余不得。'又相公所管八州，以相公牒便得往还。其润州、台州，别有相公，各有管领。彼此守职，不相交。恐若非敕诏，无以顺行矣。"③

其实这件事李德裕完全可以办妥，但李德裕最终以台州之地已经超出了他的管辖范围为由，拒绝了圆仁的请求。另外，日本藤原一行到了长安，当着天子之面，也呈说了圆仁到天台山的请求，依然没有获得同意，《巡礼记》载："（二月）八日，得长判官闰正月十三日书札，称大使对见天

---

① 《入唐求法巡礼行记校注》卷一，第48页。
② 同上书，第49页。
③ 同上书，第97页。

子之日，殊重面陈，亦不蒙许。仍深忧怅者。"① 这里圆仁用"深忧怅"三字表达了他郁闷的心情，在《巡礼记》中像这样直接表达心情的描写是很少见的，说明圆仁已经绝望之至。天台国清寺是日本天台宗的发源地，作为一名天台宗的日本僧人，能够到这里巡礼是一生的殊荣，圆仁此次过海的主要目的便是天台山，但是这个愿望因唐代官方的阻挠，未能实现。这件事情是圆仁一生的遗憾，所以他对唐代官方耿耿于怀。与李德裕交涉去天台山的事宜，只是圆仁与唐代官方交往的一个侧影，而他来唐期间，在唐代政坛的见闻使自己对向往许久的大唐有了不一样的看法，尤其是会昌年间大规模的禁佛运动，对他的心态影响很大。圆仁对会昌法难的观察极其仔细。唐代的文献对这一重大历史事件记载很简略，而亲历会昌法难的圆仁在《巡礼记》中对该事件记载颇为翔实，正好可以补充唐代史料记载的缺失。他在此次事件中是直接的受害者，被迫还俗，因此他对唐朝的统治者深怀怨忿。就像当初他渴望能在唐土求法巡礼一样，在会昌法难期间他却极其想返回日本。圆仁在会昌五年（845 年）正月十四日记载道："然从会昌元年已来，经功德使通状请归本国，计百有余度。又曾属数个有力人用物计会，又不得去。今因僧尼还俗之难，方得归国，一悲一喜。"② 确实，从会昌元年八月圆仁就写了一通书状请求归国，后他多次呈状皆未允许。会昌五年朝廷下令僧人还俗，大量外国僧人被遣散归国，圆仁也在遣散之列。这个多年的请求竟轻易实现，圆仁自然悲喜交加。

《巡礼记》很少直接表达他在长安时的心态，但其中有大量篇幅对会昌禁佛进行描写，所反映的是他对佛法蒙难的痛惜以及对唐代统治者的怨忿。《巡礼记》中偶尔也有直接的批评，如：

（会昌四年十月）敕令两军于内里筑仙台，高百五十尺。十月起首，每日使左右神策军健三千人般土筑造。皇帝意切，欲得早成，每日有敕催筑。两军都虞候把棒检校，皇帝因行见，问内长官曰：

---

① 《入唐求法巡礼行记校注》卷一，第 112 页。
② 《入唐求法巡礼行记校注》卷四，第 460 页。

"把棒者何人?"长官奏曰:"护军都虞候勾当筑台。"皇帝宣曰:"不要你把棒勾当,须自担土。"便交般土。后时又驾筑台所,皇帝自索弓,无故射煞虞候一人,无道之极也!①

会昌灭佛,唐武宗大力推行道教,一些道教徒借此猛烈诋毁佛法,宣扬神仙之道,武宗更是对道教偏听偏信,甚至到了痴迷的程度,他命令在大明宫中筑望仙台,以求神仙。武宗对这项工程进度甚是关切,命令神策军也参与其中,他每天都催促这一工程,有时还亲自到现场督察,在一次督察中武宗射杀了虞候一人,圆仁在《巡礼记》中对武宗这一行为的评价是"无道之极"。而在另一段文字中,圆仁对筑仙台之事更是以"可笑"② 评价。其实,这也是他对唐武宗的整体印象,会昌灭佛以来他所看到朝廷的一切荒唐之举背后便是一位无道的皇帝。北宋时期,日本求法僧成寻随身携带了《斋然日记》《巡礼记》等来宋巡礼,他本来打算将所带的这些行记都呈递给宋朝皇帝,但因圆仁《巡礼记》第四卷中大量记载了会昌法难以及对唐武宗的批评,而予以隐藏,最终只呈递了前三卷③。由此来看,在成寻眼中圆仁如此毫无避讳地记载会昌法难确实过于敏感,改朝换代已经多年,这种记载依然让成寻感到心惊肉跳,这也从侧面说明圆仁对唐武宗的反感与憎恶。

当然,并不是唐代官方的所有人都给圆仁留下了不好的印象,也有例外,如一些信奉佛法的唐人对圆仁就提供了一些方便。《巡礼记》载:

(五月)十五日,出府,到万年县。府家差人送到。大理卿、中散大夫赐紫金鱼袋杨敬之——曾任御史中丞——令专使来问:"何日出城,取何路去?"兼赐团茶一串。在县中修状报谢。……杨卿差人送书来云:"弟子书状五通兼手书付送前路州县旧识官人处,但将此书通入,的有所益者。"……并于春明门外拜别,云留斯分矣。杨卿

---

① 《入唐求法巡礼行记校注》卷四,第450页。
② 同上书,第454页。
③ [日]成寻著,王丽萍校点:《新校参天台五台山记》卷四,第282页。下同。

使及李侍御不肯归去,相送到长乐坡头,去城五里一店里,一夜同宿语话。①

杨敬之与李侍御一起对圆仁的出行进行妥当安排,这里所言的李侍御就是前文我们论述过的新罗人李元佐。杨敬之与李元佐是同僚,二人都信奉佛法,所以他们对圆仁格外关照。杨敬之所修手书,为圆仁的出行提供了很大的方便。东都崔太傅,郑州刺史李舍人(李商隐之从叔),汴州节度副使裴郎中,皆有赖于杨敬之的手书,才对圆仁殷勤照顾。

圆仁在唐期间,发生很多重大的事件,如甘露之变,郭太后被药杀,泽潞镇节度使刘稹叛乱,会昌灭佛,等等,这些事件让圆仁看到了唐代统治阶层的种种乱象和矛盾,从此大唐在他心目中已不是理想。他怀着崇高和远大的理想而来,但是当他亲践这块多年前只在梦中出现的土地时,反差又是那么大。圆仁归国后将他的所见所闻反馈到了日本,日本似乎对唐代再也没有以前那样浓厚的兴趣了,894 年日本废止了遣唐使,恐怕也与圆仁所提供的有关唐代后期的这些信息有一定的关系。

总之,新罗人在当时的东亚关系中确实扮演着关键的角色,圆仁一直对新罗人心存感激,如果没有新罗人,圆仁在唐代的处境将更加艰难;相反,唐代官方给圆仁的求法巡礼制造了很多麻烦,他甚至对最高统治者也颇为不满。

(三) 圆仁与唐代僧俗的交往及其心态

圆仁除了与新罗人及唐代官方有较多的交往外,他在旅行途中还与一些僧俗有交往,这些交往虽然不是他在唐代活动中最主要的部分,但也是他人际交往关系中不可忽视的一部分,也影响着他在唐朝的心态。与其他求法的日僧相比,圆仁与中国的乡村社会接触较多,尤其是从登州到五台山的这段行程,他几乎每天都经过一些村落,但是这里的人并没有给他留下好的印象。通过前面的论述,我们知道圆仁巡礼五台是经过多方活动才实现的,唐代政府对他的巡礼并不支持,况且与他一起来

---

① 《入唐求法巡礼行记校注》卷四,第 461—462 页。

唐的遣唐使已完成任务返回日本，他留在唐土之时随身携带的盘缠早已用完。艰难的生活处境，是对他的另一番考验。在登州一带圆仁尚能得到新罗人的帮助，但是从登州到五台山的这段行程中无人接济，他每天必须解决最基本的生活问题。在这种情况下，他只能边行进边讨要斋饭。他对沿途村落唐人的评价就是以是否给他斋饭为标准的。在《巡礼记》中圆仁不厌其烦地记录了他对乡村社会人性的评价，我们略引几条：

（三月）十三日，早朝发，西行廿里，到战斋馆，于东桓宅斋。主人极悭——乞一盘菜，再三而方与。①

（三月）十四日，发行卅里，到图丘馆。王家断中。主人初见不肯，每事难易。终施盐菜周足。斋后，行十里，到乔村王家吃茶。行廿里到中李村。有廿余家，经五六宅，觅宿处，家家多有病人，不许客宿。最后到一家，又不许宿，再三嗔骂。更到滕峰宅宿，主人有道心。②

（三月）十七日……行十五里，到潘村潘家断中。主心粗恶，不作礼数。就主人乞菜、酱、醋、盐，总不得。遂出茶一斤，买得酱菜，不堪吃。③

（三月）十八日，行五里，过胶河渡口。莱州界内人心粗刚，百姓饥贫。傍河行十五里，到青州北海县界田庄卜家断中。主人殷勤，斋菜无乏。④

（三月）十九日，平明，发，行廿里，到王耨村赵家断中。主有

---

① 《入唐求法巡礼行记校注》卷二，第231页。
② 同上书，第232页。
③ 同上书，第233页。
④ 同上。

道心，供菜饱足。①

（三月）廿日，早发……更行五里。到孤山村宋家修餐，主人悭极，一撮盐、一匙酱酢，非钱不与。②

（四月）三日……西行廿五里，到金岭驿东王家宿。主人心性直好，见客殷勤。③

（四月）十二日，早发。正西行卅里，到沛州夏津县界形开村赵家断中。主人有道心，施斋饭，菜蔬饱足。④

（四月）十三日，发，西行卅五里，到王淹村王家断中。主人足道心，施斋饭。⑤

圆仁用"悭""悭极""粗恶""有道心""直好"来评价他在乡村接触的人。这种评价与他经常讨要茶饭有关，能给他慷慨施舍粥饭的人，圆仁往往会有积极的评价，相反则是消极的评价。总体来看，消极的评价要多于积极的评价。这种消极的评价并不能说明圆仁所经过的乡村社会人性的恶劣，最主要的原因是乡村社会并不富足，而且还经常遇到自然灾害，有很多人尚不能解决温饱问题，一顿粥饭对于贫困的家庭来讲并不容易。其实，圆仁与这些人并没有过深的交往，皆是一面之缘，但是当他把这种见闻记录下来并加以流传时，难免会造成一定的错觉。在圆仁的中国之行中，吃饭始终是头等大事，他每到一处首先关心的问题是吃饭住宿，即使在寺院，也不一定有粥饭，如"（四月）廿四日……行过一岭，到两岭普通院。院主不在。自修食。院中曾未有粥饭，缘近年

---

① 《入唐求法巡礼行记校注》卷二，第234页。
② 同上书，第235页。
③ 同上书，第243页。
④ 同上书，第250页。
⑤ 同上书，第251页。

虫灾，今无粮食"①。"（四月）廿五日，雨下。普通院深山无粥饭，吃小豆为饭。从赵州已来直至此间，三四年来有蝗虫灾，五谷不熟，粮食难得。"②"（四月）廿七日，发，从山谷向西行廿里，到张花普通院……院无粥饭。"③ 不管是农村还是寺院，吃饭确实是大问题，而且圆仁出行的三四月份，北方的粮食下种不久，正是青黄不接之时，想要得到布施有一定的困难。在圆仁还在赤山浦时，"院里众僧及押衙并村人皆云：'青州以来诸处，近三四年有蝗虫灾，吃却谷稻。缘人饥贫，多有贼人，杀夺不少。又行客乞饭，无人布施。当今四人同行，计应太难。且在此院过夏，待秋谷就，出行稳便。如欲要行，且向扬、楚州界，彼方谷熟，饭食易得。若欲遂本愿，从楚州、海州直大路向北亦得'，云云。人说不同，心里进退"④。可见，北方的自然灾害已经持续很长一段时间了，涉及的范围很广，山东是如此，圆仁巡礼五台山完毕后在山西看到的情况也是如此，如："（八月十日）去县十五里地。黄虫满路，及城内人家，无地下脚。斋后，西行六十五里，黄虫满路，吃粟谷尽。百姓忧愁。"⑤这里所反映的是山西稷山县的情况。到了陕西地界，情况还是如此，"（八月十六日）从洛河西，谷苗黄虫吃尽，村乡百姓愁极。"⑥ 圆仁所进行的地方，涉及了当时唐代北方大部分地区，从圆仁的观察来看，蝗虫等灾害波及了整个北方，而且持续的时间很长。圆仁一行四人，一顿饭耗费不少，讨要斋饭难度不小。在圆仁具体经过的一些乡村，他对这里艰苦的生活也有观察，如"（三月二日）从文登界赤山到登州行路，人家希，总是山野。牟平县至登州，傍北海行，比年虫灾，百姓饥穷，吃橡为饭"⑦。"（四月）十六日，平明发。西行廿里，到清河县界合章流村刘家断中。吃榆叶羹。"⑧ 连年的灾难，老百姓的日子不好过，有些地方只

---

① 《入唐求法巡礼行记校注》卷二，第259页。
② 同上。
③ 同上书，第260页。
④ 同上书，第200页。
⑤ 《入唐求法巡礼行记校注》卷三，第328页。
⑥ 同上书，第331页。
⑦ 《入唐求法巡礼行记校注》卷二，第217—218页。
⑧ 同上书，第253页。

能靠吃橡栗和榆羹。在偏南的楚州和扬州情况就完全不同了，饭食易得，所以赤山的新罗人建议圆仁从楚州、海州一带向北行进。面对农村的这种窘境，圆仁不得不向官方求助。下面是三月二十五日的一段记载：

> 从登州文登县至此青州，三四年来蝗虫灾起，吃却五谷，官私饥穷，登州界专吃橡子为饭。客僧等经此险处，粮食难得。粟米一斗八十文，粳米一斗一百文。无粮可吃，便修状。进节度副使张员外乞粳食。
> 日本国求法圆仁　请施斋粮
> 　　右，圆仁等远辞本国，访寻尺教。为请公验，未有东西，到处为家，饥情难忍。缘言音别，不能专乞。伏望仁恩：舍香积之余供，赐异蕃之贫僧。先赐一中，今更恼乱，伏深悚愧。①

可以看出，不仅百姓粮食难得，就是官方也很饥贫，这导致粮食价格很高。圆仁已经到了饥饿难耐的程度，万般无奈，只能求助于官方。这种生活状态使他心里异常烦乱。三月以来天天如此，三月二十九日这一天，在行经之地又没有得到斋饭，于是他又呈状于官方，乞求粮食：

> 日本国求法僧圆仁　请施给斋粮
> 　　右圆仁等远涉沧波，投寻佛教。庸身多幸，游到尚书贵境。缘逼旅季，斋饭饥乏，语音不同，每处乞索。伏望尚书仁造，施给粮食，抚养贫僧。然乃恩舍之福，比于陈如；鸿济之德，竞乎薄拘。不任钦欸之诚。谨奉状陈请，伏增悚惧。②

圆仁经过的沿线本身就非常饥贫，作为一名外国僧人又语言不通，乞讨斋饭被拒之门外已是常态，能够解决一天的口粮是他心里最大的安慰。这种整天为饭犯愁的日子，对圆仁的心态的确有很大的影响。玄奘到印

---

① 《入唐求法巡礼行记校注》卷二，第238—239页。
② 同上书，第241页。

度求法之时，除了地理和盗贼的风险外，沿途的斋饭住宿从来没有短缺过，他每到一个地方都受到热情的欢迎与接待，尽管远涉异域，困难重重，但每天过得体面，很有尊严。而圆仁经常在讨要斋饭的过程中被极不友好地推赶出来，有时候甚至被骂得很难堪，这给他造成了很大的心理压力。这是他在唐代乡村社会中的亲身体验，在一定程度上反映着他对唐代社会的认识。

圆仁来唐的目的是求法巡礼，最大的愿望是到天台山国清寺，最后却阴差阳错地到了五台山，对圆仁而言这也不失为一种好的选择。五台山在唐代是香火最旺的佛教圣地，圆仁慕名而来，这里的佛教氛围给他留下了很深的印象。但是，他与这里的僧人深交并不多，只有两个人对他有一定的影响。一个是志远和尚，是他倾慕的高僧大德；另一个则是头陀僧义圆，是五台山的供养主。这两个人是他在《巡礼记》中特别记载的唐代僧人。与这两个人的交往对圆仁的心态也产生了一定的影响。

志远和尚"业精道邈，志苦神和"，"虽学者如林。达其法者唯元堪。即扶风马氏之裔也。气度冲邃，道风素高，盖远倾其解脱之瓶，注以醍醐之器，可谓一灯之后复然一灯"①。志远是天台宗的著名高僧，不管是操守德行，还是佛学修养都得到了大家的认可，圆仁来唐时，志远已声名在外。圆仁在五台山最大的收获便是见到了天台座主志远和尚，他早就从赤山法华院的新罗僧人那里听闻了志远，既然不能到天台去，能够在五台山见到天台座主也算是极大的安慰。五月十六日圆仁在花严寺见到了这位他仰慕已久的高僧，《巡礼记》载：

> （十六日）便见天台座主志远和上在讲筵听《止观》。堂内庄严精妙难名。座主云："讲第四卷毕，待下讲。"到志远和上房礼拜。和上慰问殷勤。法贤座主从西京新来，文鉴座主久住此山，及听讲众四十余人，并是天台宗，同集相慰，喜遇讲庭。志远和上自说云："日本国最澄三藏贞元廿年入天台求法，台州刺史陆公自出纸

---

① （宋）赞宁：《宋高僧传》卷七，中华书局1987年版，第139—140页。

及书手,写数百卷与澄三藏。三藏得疏归本国",云云。便问日本天台兴隆之事。粗陈南岳大师生日本之事,大众欢喜不少。远座主听说南岳大师生日本弘法之事极喜。大花严寺十五院僧皆以远座主为其主座:不受施利,日唯一餐,六时礼忏不阙,常修法花三昧。一心三观,为其心腑,寺内老宿尽致敬重……次入般若院,礼拜文鉴座主——天台宗,曾讲《止观》数遍,兼画天台大师影,长供养。语话慰问甚殷勤。①

圆仁在大花严寺不但见到了志远、法贤、文鉴等很多天台宗的名僧,而且也现场聆听了他们的讲习。这里的天台宗僧人对他殷勤接待,似乎有一种回家的感觉。最让圆仁心里感到温暖的是,现在在他眼前的志远就曾在天台和自己的老师最澄有过交往。当志远谈起他和最澄曾经的交往情境时,圆仁感到无比亲切,一路而来的种种艰辛暂时可以搁置。入唐以来,让圆仁满心欢喜的事情着实太少,这一次可以说是拨云见日。后来圆仁又将"延历寺未决三十条呈上志远和尚",只可惜志远因闻天台国清寺座主已解决疑惑,按照惯例,他不能再解②。

另一位在五台山与圆仁交往频繁的僧人是头陀僧义圆,义圆生活在汾州,是五台山的供养主,虽然他在佛学修养方面有限,但是他在这一带有良好的社会关系,圆仁认识他后解决了很多迫在眉睫的问题。义圆与圆仁同游五台山,因一起见到了光瑞,故互相之间成了有缘人,自此交往增多。圆仁巡礼五台山完毕后,义圆一路送他到汾州。与头陀义圆的交往,使圆仁度过了一段较为舒服的行程。《巡礼记》中说:"头陀自从台山为同行,一路以来,勾当粥饭茶,无所阙少。"③ 义圆在途中专门雇人为圆仁画了一幅他们在五台山所见的光瑞图,并安排好了圆仁去长安的行程,下文便是义圆的一些安排:

---

① 《入唐求法巡礼行记校注》卷二,第269—270页。
② 《入唐求法巡礼行记校注》卷三,第275页。
③ 同上书,第313页。

第五章 唐宋僧人行记与旅行心态

（七月）廿六日，画化现图毕。头陀云："喜遇日本国三藏，同巡台，同见大圣化现。今画化现图一铺奉上，请将归日本供养，令观礼者发心，有缘者同结缘，同生文殊大会中也。"斋后辞别院中众僧，始向长安去。头陀云："余本心欲送和上，直到汾州，在路作主人。今到此间，勾当事未了，不免停住十数日间，不遂本请"，云云。同巡台僧令雅云："余欲得送和上向长安去。"头陀嘱云："替余勤勾当行李，努力侍奉，莫令远客在路寂寞。"便为同行发。①

义圆与圆仁虽然交往不多，但义圆还是给予圆仁热情的帮助。正因为利用了义圆的社会关系，到了文水县便有义圆的门徒接待，甚至到了长安圆仁还"梦有一僧将书来，云：'从五台山来，住北台，头陀付书，慰问日本和尚。'便开封看书，初注云：'生年未相谒，先在五台一见'，云云。具问词，付送来白绢带、小刀子，并旧极好，领得其物，惊喜"②。可见，义圆在圆仁心目中留下了很深的印迹。在《巡礼记》中，有关唐代僧人帮助圆仁的记载是极少的，这一方面与唐代官方对他的疏远有关，另一方面唐朝僧人对日本来唐求法的僧人似乎也没有太大的兴趣。这从侧面说明唐代中后期，日本在唐日外交关系中所处的尴尬位置。玄奘西行印度求法，他在印度的影响力空前绝后，这固然与玄奘极高的佛学修养有关，但是玄奘作为一名唐人，大国心态也是他成功的原因之一。唐代中后期，唐与日本之间的关系逐渐疏远，在唐人看来日本始终是向唐朝学习的，能否与日本之间维持一定的关系，对他们来说并不重要。

综上所述，圆仁入唐求法巡礼期间，与他交往的众人当中，新罗人占了相当的分量，他们对圆仁的影响最大，给予圆仁的帮助也最多，所以圆仁始终对新罗人心存感激；相反，不管是他与唐代官方的交往，还是与唐代僧俗的交往，总体来讲都令他失望。这种复杂的社会交往，对圆仁的心态产生了重要影响。

---

① 《入唐求法巡礼行记校注》卷三，第 318 页。
② 同上书，第 383 页。

二 成寻在宋代的社会交往及其心态

成寻（生于 1011 年，即宋真宗大中祥符四年，日本宽弘八年；卒于 1081 年，即宋神宗元丰四年，日本承历五年），俗姓藤原氏，为日本天台宗大云寺寺主。

北宋时期，日本来宋僧人约有二十余人[①]，与唐代相比少了很多。最先入宋的日本僧人是奝然，他于宋太宗太平兴国八年（983 年）来到北宋，在汴京得到了太宗皇帝的召见，并巡礼了五台山和天台山。时隔八十九年，成寻于宋神宗熙宁五年（1072 年）循着先贤的足迹也来到了北宋。成寻很早就萌生了来宋求法的想法，他在呈递给日本朝廷的《圣人申渡唐》中表达了天台山和五台山对于他的吸引力，他还讲到了传统的问题，成寻认为先贤宽延、日延、奝然、寂昭等都曾受朝廷恩惠来"礼唐家之圣迹"，他也希望继承这种传统。被批准来中原巡礼佛教圣迹是无上的荣耀，所以他极其渴望申请被批准。为了能够承受航海过程中的煎熬，他甚至三年来坚持"常坐不卧"，锻炼身体，为出海做准备。已经六旬的他时日不多，必须尽快实施这一计划。尽管他也知道越洋过海令人生畏，而且他的母亲还健在，不能朝昏伺候也是憾事，但是为了能够沿着先贤的足迹巡礼圣迹，他顾不了那么多了[②]。与来唐的求法僧相比，入宋的求法僧所肩负的国家使命和宗教使命少了很多，他们更多是为了瞻仰圣迹，完成个人的提升。与入唐的圆仁相比，入宋的成寻与宋代的社会交往则相对显得简单。他主要与两个群体打交道：一个是宋代的官方，另一个是佛教界人士。这两个群体都对他礼遇有加，因此在与他们的交往中成寻呈现出了完全不同于圆仁的心态。

（一）成寻与宋代官方的交往及其心态

圆仁与唐代官方交往确实令他非常苦恼，他在唐代的种种不幸在一定程度上就是因他与唐代官方之间的疏离关系所致。造成这种情况的原

[①] 具体名单，可参看［日］木宫泰彦《日中文化交流史》（第 255—258 页）。
[②] ［日］黑板胜美编，三善为康撰：《朝野群载》，收入《新定增补国史大系》卷二十九上，吉川弘文馆 1999 年版，第 461—462 页。

因与唐对日本的态度息息相关。北宋时期，宋与日本官方之间直接的交往并不多，所以宋人对日本的情况知之甚少。刚刚立国的北宋欲在当时的国际关系中处于主导地位，重塑唐代以来的文化影响力，故处理好与邻国之间的关系便是首要的问题。日本对宋人而言虽不是必须交往的对象，但是能够将自己的政治文化影响力传播至日本，也大有益处。然而他们能够了解日本的渠道甚少，来宋的日本僧人恰巧是一个机会，所以北宋对来宋日僧都给予了热情的接待。这种礼遇背后所反映的是宋人对自己文化影响力的重构。成寻来宋巡礼的愿望由来已久，他在日本之时，已经认识了五次到日本进行贸易的宋人陈咏，他很早就从陈咏那里打听宋朝的消息，并让陈咏担任他的翻译。《参记》载："（四月十九日）陈一郎来向，五度渡日本人也。善知日本语。申云：'以陈咏为通事，可参天台者。'乍悦约束了。"[1] 陈咏能够作为他的翻译，成寻极其高兴。我们知道，圆仁来唐时，通事是由新罗人担任的，中间多了一个环节，这使得圆仁与唐人的交往总不是那么顺畅。但是给成寻担任翻译的陈咏不一样，由于长期在宋日之间从事贸易，他不仅与宋朝廷保持着良好的关系，而且他对日本文化也是相当熟知。成寻与陈咏在日本认识一直到他在宋圆寂，陈咏在他的生命里扮演了重要的角色。成寻来宋的出行安排、与北宋朝廷的沟通等都是由陈咏操持的，后来陈咏削发为僧，又成了成寻的弟子，二人之间的关系更加亲近。

与圆仁在唐每天为食宿操心的生活境遇不同，成寻在这方面，从来不用操心，因为北宋朝廷已经为他安排好了一切。我们可在《参记》中随处可见朝廷为给成寻提供方便，如下面的敕牒：

> （闰七月七日）奉圣旨，成寻等八人并通事客人陈咏，令台州选差使臣一名，优与盘缠，暂引伴赴阙。仍指挥两浙、淮南转运司，令沿路州军厚与照官，量差人船。[2]

---

[1] 《新校参天台五台山记》卷一，第24页。
[2] 《新校参天台五台山记》卷二，第152页。

这是熙宁五年（1072年）文书中的记载，沿途州县接到了来自最高统治者宋神宗的指示，不仅要求为成寻一行提供优厚的盘缠，而且还要派人相伴。事实上，沿途州县确实尽心尽力为成寻提供方便，如："（闰七月）廿三日……参少卿衙，见转运使牒，钱二百贯可充日本僧上京盘缠，沿路州军镇厚致劳问旨也。"① 有时甚至从北宋州府中最主要的仓库军资库中支钱给成寻，如熙宁五年八月一日的一封文书记载：

> 朝旨施行外，牒州请立便于军资库先支官钱二百贯文，应副成寻等一行人赴发及沿路盘缠使用。……州已出给正勾帖军资库，仰于见管官钱数内，据数支给，付日本国僧成寻等一行请领，沿路盘缠使用外，事须帖日本国赐紫僧成寻等一行人，准此照会，赴军资库，据数请领，上领官钱起发及沿路盘缠使用。如更要钱及所须物件，即请计会，管伴郑崇班申报经过州军请领。②

这份文书是朝廷下达给台州的，文书中明确指出成寻一行的盘缠到军资库中领取。"军资库"虽名为"军资"，但实际上是宋州一级单位中最主要的仓库③。这份文书最后的署名是守司户参军马、守录事参军杜、军事推官孔、军事判官刘、大理寺丞监城下税务权推官刘任衡、大理寺丞知临海县事权判官通判季暄、尚书理田郎中通判军州兼劝农事安保衡、光禄少卿知军州事兼劝农使钱暄。成寻在巡礼五台山时，也受到很高的待遇，如熙宁五年十月二十九日，《参记》载："未时，游台使臣来，沿海盘缠宣旨一纸、州县传马宣旨一纸、州县兵士宣旨一纸，皆以丁宁敕宣也。朝恩不可思议，感泪难禁。"④ 朝廷的种种礼遇，令成寻非常感动。我们再来看《参记》在熙宁五年十一月一日的一段记载：

---

① 《新校参天台五台山记》卷二，第168页。
② 《新校参天台五台山记》卷三，第177—178页。
③ 关于北宋军资库的收支情况，请参看苗书梅《宋代军资库初探》，载《河南大学学报》（社会科学版）1996年第6期。
④ 《新校参天台五台山记》卷四，第350—351页。

第五章　唐宋僧人行记与旅行心态

巳时，使臣并三司官人来，参五台山沿路盘缠文字，三司官人与老僧。文云：

三司，日本国僧成寻等，差殿直刘铎，引伴成寻等，赴五台烧香讫，却引伴赴阙。日本国僧捌人，每人各来三胜、面壹斤叁两贰分、油壹两玖钱捌分、盐壹两贰分、醋叁合、炭壹斤壹拾贰两、柴柒斤。商客通事壹名，每日支口券米贰胜贰胜。右仰沿路州府县镇馆驿，依近降驿令供给，往来则例其券并沿路批勘文，历候四日缴纳赴省。①

这是来自三司的一份文书。朝廷给成寻等人准备了盘缠，并差人陪伴。不仅如此，三司还让沿途州县、馆驿等为成寻一行提供方便。三司"掌邦国财用之大计，总盐铁、度支、户部之事，以经天下财赋而均其出入焉"②。是北宋主管全国财政的重要单位，其最高长官三司使，地位仅次于宰相与枢密使。三司亲自为成寻安排巡礼五台山的相关事宜，确实显示了朝廷对成寻的重视。

圆仁与成寻的待遇有天壤之别，他从赤山新罗院到五台山的一段行程中，每天都记录他沿途乞食的情况，这些事情使他烦恼不已。而在成寻的《参记》中所记载的多是美酒佳肴。我们且列几例：

熙宁五年：

（八月二十七日）午时，少卿送酒三瓶，与使臣钱三十五文了。③

（九月八日）监酒送酒五瓶，兵士七八人为使。④

（九月十三日）从州送酒八瓶，兵士五人可召仕人者。⑤

---

① 《新校参天台五台山记》卷五，第357页。
② 《宋史》卷一百六十二《职官二》，第3807—3808页。
③ 《新校参天台五台山记》卷三，第204页。
④ 同上书，第222页。
⑤ 同上书，第233页。

（九月二十一日）午二点，知府送酒三瓶，与使钱三十文。①

（九月三十日）知府送酒三瓶，送返事，与使钱卅五文。②

（十月一日）都衙并通事许，各送酒一提子、糖饼五枚。③

（十一月二十三日）次着斋座，皇帝敕赐斋，备百味肴善，不可记尽。④

（十一月二十四日）飨膳尽善穷美，皇帝敕赐斋也。⑤

（十一月十二日）少卿诸八人僧并通事斋，尽善穷美，珍果肴膳，种种不可尽记。⑥

成寻不仅在沿途州县能吃上可口的饭菜，有好酒相送，而且在宫廷还能够吃到皇帝所赐的美膳。当然，除了酒食之外，成寻的交通工具也很不错，如：

（八月）四日己卯 辰时，参少卿衙，告可归由，兵士四人轿担可送越州者。巳时，出廨院，以兵士四人担轿。⑦

（八月）廿二日丁酉，雨下。辰时，借轿，参向转运使衙，有官人四人，三人着黑衫、一人着绿衫，点茶汤，送大船由有命。⑧

---

① 《新校参天台五台山记》卷三，第242页。
② 同上书，第255—256页。
③ 同上书，第259页。
④ 《新校参天台五台山记》卷四，第325页。
⑤ 同上书，第330页。
⑥ 《新校参天台五台山记》卷五，第380页。
⑦ 《新校参天台五台山记》卷三，第186页。
⑧ 同上书，第199页。

第五章 唐宋僧人行记与旅行心态

> （九月）五日己酉，辰时，为拜圆通大师影，向普门院，州兵士十人，州轿也。以四人为轿子持，余人在前后，皆如昨日，有衣冠。①

以上所举仅部分例子，《参记》中关于成寻饮食的优越及沿途乘轿情况的记载还很多。值得注意的是，成寻对沿途乡村社会的记录极为罕见，这主要是由于他得到政府的大力支持，完全没有必要到所经过的乡村中讨要斋饭。他看到的都是沿途的繁华。当然，这也与他行进的路线有关，成寻从台州入汴京，所经过的地方主要是江浙地区，北宋时期这里的农业和经济都要胜过北方，沿途的乡村状况也比北方好很多，而且成寻主要与宋朝廷接触，与普通的老百姓交往极少，所以他很少像圆仁一样对乡村的人提出批评。这种优厚的条件，使成寻的行程非常舒服，内心也显得比较愉悦。

北宋时期的日本一度奉行锁国政策，他们与宋之间没有往来，私人去宋也是被严格限制的。成寻在申请未获批准的情况下，私自来到宋廷，但是为了避免引起不必要的麻烦，他从未将此事告知北宋朝廷。北宋误把他当作日本政府的使者，成寻也就默认了。而且成寻呈递给神宗皇帝的念珠五串、银香炉一口、青色织物绫一匹，都是私人物品，但他却是以日本国使者身份呈递的。就北宋朝廷而言，他们很想了解日本的情况，所以成寻的到来也是了解日本的一个机会。熙宁五年十月十四日，御药与成寻有一段对话：

> 又被问云："日本自来为甚不通中国，入唐进奉？"答云："沧波万里，人皆固辞，因之久绝也。"又被问："即今国主姓甚？"答："日本国主本无姓，虽闻有名由庶人不知之。"又问云："日本进士官人员呼甚？有多少来？"答："太政大臣兼关白从一位藤原某。"乃至参议位阶姓名，依员书进了。②

---

① 《新校参天台五台山记》卷三，第214页。
② 《新校参天台五台山记》卷四，第282页。

御药对日本久未通中国一事，颇有埋怨，所以一开口便问日本未通中国的原因，成寻以路程遥远、交通不便为由以答。这位御药对日本的情况几乎一无所知，他从成寻口中得知了一些基本的情况。当然，最让成寻感到荣耀的是，他得到宋神宗的接见，他与神宗之间还有一段对话，择引如下：

"日本风俗？"答："学文武之道，以唐朝为基。"

一问："京内里数多少？"答："九条三十八里也。以四里为一条，三十六里，一条北边二里。"

一问："京内人屋数多少？"答："二十万家，西京、南京不知定数，多多也。"

一问："人户多少？"答："不知几亿万。"

一问："本国四至北界？"答："东西七千七百里，南北五千里。"

一问："国郡邑多少？"答："州六十八，郡有九百八十。"

一问："本国王甚呼？"答："或称皇帝，或号圣主。"

一问："有百姓号？"答："有百姓号，以藤原、源、平、橘等为高姓，其余百姓，不遑委记。"

一问："本国相去明州至近，因何不通中国？"答："本国相去明州海沿之间，不知几里数，或曰七千余里，或曰五千里，波高无泊，难通中国。"

……

一问："本国四时寒暑与中国同不同？"答："本国四时寒暑与中国同。"

一问："自明州至日本国，先到何国郡？去国王所都近远？"答："自明州至日本国大宰府筑前国博多津，从津去国王所都二千七百里。"

一问："本国要用汉地是何物货？"答："本国要用汉地香药、茶碗、锦、苏芳等也。"

一问："本国有是何禽兽？"答："本国无师子、象、虎、羊、孔雀、鹦鹉等，余类皆有。"

>一问:"本国王姓氏?"答:"本国王无姓。"
>
>一问:"本国去毛国近远?"答:"去毛国近远不知。"①

神宗对日本未通中国一事也有埋怨。神宗皇帝寻问得很详细,举凡风俗、京城大小、人户、国之界线、郡邑、王姓、世系、官职、商业、气候、物产等诸方面都有涉及,神宗最关心的问题是有关日本所缺中国商品方面的事,显然这和北宋与日本有意进行贸易有关。北宋的统治者希望与日本交往,但是这种交往应该是由日本发起的,宋作为大国断不能放下身段主动与日本交往,所以皇帝的这种询问有很多指责。从成寻的回答情况来看,他对京城的里数、人户等信息有一定的夸大,这主要是因为他想在神宗及诸位大臣面前不丢尊严,引起宋廷对自己的重视。

长安和汴京分别是唐代和北宋的都城,是全国的政治文化中心,两地的文化吸引力毋庸置疑,自域外而来的人在长安和汴京或留学,或从事商业活动,或进行外交活动,不一而足,不管他们的目的有多么不同,他们多会在这两个大都市中停留、观光。圆仁在长安学习和生活近五年,这里给他并没有留下太好的印象,因为他不但与朝廷之间的关系非常疏远,而且当时正遇会昌灭佛,不管是作为一名日本人还是作为一名僧人的尊严都受到了践踏。但是成寻对汴京却有完全不同于圆仁的心态,成寻不仅在汴京能够接近权力中心,受到北宋朝廷的重视,而且他还可以在皇家寺院太平兴国寺中进行一些佛事活动。这些曾经只在他梦中出现的景象,现在一一实现了。成寻在熙宁五年十月二十二日记载道:"于御前赐紫袈裟衫衣裙,为成寻过分事也。延久三年十二月十三日,于日本备中国新山,梦于大内赐此甲袈裟,觉后即思于大唐国赐紫衣相也。今如去年梦。"② 在日本的时候,成寻就曾梦见北宋朝廷为他赐紫衣的事,这是他梦寐以求的,现在轻易就实现了,他内心的愉悦可想而知。赐紫衣是唐宋以来朝廷为了笼络僧人,专门给僧人的一种荣誉。唐时,紫衣系三品以上官员的常服,自武则天起,赐紫衣成了一种惯例。紫衣是僧

---

① 《新校参天台五台山记》卷四,第292—295页。

② 同上书,第320页。

人社会地位的一种象征。唐时就给很多外国僧人赐过紫衣,宋代依然延续了这种传统,早于成寻前来宋的日僧奝然和寂照都曾享受了宋代朝廷赐紫衣的殊荣,成寻自然也很渴望得到紫衣。除了赐紫衣外,从朝廷得到封号,也是外国僧人很看重的。成寻之前,宋授奝然"法济大师"称号,授寂照"圆通大师"称号。成寻对于赐号也是相当重视的,《参记》记载了他在赐号这一过程中的心态,我们看熙宁六年三月二十七日这一天的记载:

> 客省宣惑来,新经难早出来,朝辞四月十六日可宜者,令出见文字二枚,一纸先例勘文:"太平兴国年中,日本奝然来朝,赐号法济大师;咸平二年,寂照来朝,赐号圆通大师"等文也。一枚可有赐物:"阿阇梨全罗紫衣一铺、绢十匹、钱卅贯、大师号,小师二人各紫衣一铺、绢十匹、钱十贯,通事钱十贯也。"点茶,还了。衣冠官人一人出来告:"师号欲得钱"云云。非圣旨使,因之不相会,于三藏许,吃茶,归了。后三藏来告:"赐善慧大师号云云,小师二人紫衣圣旨下了"云。①

专门负责接待四方之宾的客省来访,他们还拿来了以前封赐日僧的文字,这对成寻有极大吸引力,但是衣冠官告诉他师号用钱方可得。成寻以为这不是皇帝的意思,所以没有理会。但是成寻还是非常关心,他从传法院的三藏那里得知已经赐予他"善慧大师"的称号。不过,没有见到正式的文书,成寻还是忐忑不安,二十八日,他又从御药那里打听消息,《参记》载:"'赐师号由知不知何?'答云:'虽闻此旨,未见文字。'御药云:'号善慧大师,朝辞之日,可有文字者。'"②听了御药的话后,成寻安心了许多。朝廷正式以文字的形式下赐成寻封号到了六月四日,《参记》载:"丁丑,天晴。午时,中书赐师号文字来,先表裹黄纸,长一尺五寸,广六寸,单定题云:中书门下牒成寻,礼部侍郎平章事王(押有

---

① 《新校参天台五台山记》卷七,第645页。
② 同上书,第647页。

印三所）封。"① 这一天，成寻正式见到了赐他"善慧大师"称号的文书，该文书是以中书门下两省的名义所下，后有王安石、冯京等人的印信。成寻迫不及待，在得到正式文书的当天专门向传法院的崇梵、照两位大师展示，《参记》载："笔受崇梵大师、照大师等看师号文状，感欢。今巡礼五台之次，白地安下花洛译馆，不虑之外赐师号，且怖且悦。"②成寻用"且怖且悦"四字形容了他得到这一称号的心情。

总之，成寻与宋朝廷的交往是频繁而深入的，他还多次见到北宋的最高统治者神宗，尤其是在他祈雨成功后，神宗更是对他礼遇有加。可以说，成寻在与宋朝官方的交往中不仅获得很高的待遇，而且还得到了很多荣誉。这与圆仁形成了强烈的反差。

（二）成寻与佛教界人士的交往及其心态

成寻除了与宋朝廷的交往，与宋境内僧人的交往也很频繁。圆仁来唐时，有很多时间待在寺院中，但是他与唐朝僧人之间的关系并不深入，很少能够找到一个与他过从甚密的高僧。这当然也受到朝廷对他态度的影响，朝廷对他的疏远也自然会影响到寺院僧人对他的态度。成寻在宋朝的境遇完全不同，他受到了朝廷的优厚待遇，所以在寺院里也颇受尊重。他与僧人之间有良好的关系，这对他的文化心态也产生很大的影响。与成寻交往的僧人中有两个人值得留意：一个是国清寺的如日和尚，另一个是传法院的文慧大师。

成寻在国清寺时，与如日和尚有深入的交往。如日常为成寻送来茶点，成寻也通过如日借阅一些佛典，如熙宁五年六月十日，"次入如日文章房，点茶"③。六月十二日，"如日和尚送大杨梅一桶"④。七月廿六日，"如日文章具小师光梵来，小师借《观心论》了。文章志与老僧好茶一囊"⑤。最可留意者，如日还多次送成寻诗、挽歌、颂歌等。如六月八日，如日专门拜谒了成寻，并书诗一首相赠，诗曰：

---

① 《新校参天台五台山记》卷八，第660页。
② 同上书，第666页。
③ 《新校参天台五台山记》卷二，第118页。
④ 同上书，第119—120页。
⑤ 同上书，第142页。

乡国扶桑外，风涛几万程。人心谁不畏，天道自分明。鹏起遮空黑，鳌回似海倾。到应王稽首，宠赐佛公卿。

诗歌所描写的是成寻备尝艰辛、不远万里来到宋朝之事，并言他一定会得到朝廷的垂青。紧接着，成寻如此记载："如日和尚，年七十二，常作诗咏为一生事云云。予示云：'祖师智证大师，住唐六年间，自他诗集十二卷，还归本国，常悔作诗。因之小僧于本国启白本尊，起请不作诗、不献和，不为怪。'"[①] 这位年长的如日和尚一生常作诗，他希望能得到成寻的回应，但是成寻以祖师智证大师曾悔作诗为由，委婉拒绝。即便如此，如日后面还时不时地有诗来赠，如六月二十二日这一天：

巳克，如日文章作歌三首、颂三首送之，付使借送《我心自空图》了。七时行法了。
金仙子、如日作挽歌三首，令僧行唱相送：
　　六处尘忘见性空，不须吊挽起悲风。
　　古今贤达皆明此，还似南柯一梦中。
　　不生不灭谓无生，百岁光阴镜里形。
　　三昧炎焚无主物，百千年后不知名。
　　临行一句付儿孙，不用悲号送出门。
　　丝发不移真寂处，木奴从此不开言。
去后儿孙或埋或化，一任散性，作颂二首：
　　数片干柴，一堆焰火。不动不迁，金刚常住。
　　生死本空，去住自在。红焰输中，火光三昧。
又作示生灭颂一首：
　　生也无瑕，死也无迹。若问旨归，青天霹雳。
呈日本国大法主阇梨行次，望修行福力相助，幸矣净土，息力不虚。不宣。[②]

[①] 《新校参天台五台山记》卷二，第112页。
[②] 同上书，第125—126页。

第五章　唐宋僧人行记与旅行心态

这里如日赠送了成寻挽歌一首，又作颂两首，皆是讲空无和生死观念的。挽歌是中国古代哀祭时常用的歌曲，本是专门用于祭祀死者的，但是六朝时期挽歌逐渐脱离了祭祀仪式，成了文人抒怀、表达生死观念的文体之一。挽歌中的一些生死观与佛教颇为相似，所以为了表达对生死的看法，看开世间的一切孽障，僧人也使用挽歌唱和互赠①。后面的两首颂体，也表达生死观念。《参记》在闰七月五日辛亥时又载："未时，如日文章送文字云：'国师法位，日来万福。适闻大宋皇帝来诏，定应如日赠送诗云。到应王宠赐，必赴意愿王成佛，当应众人，闻喜之无尽，未欲下拜见，且好诚辞。请将如日诗，呈献尊官者，无妨客去请见，走此相亲。'"②

在北宋，与成寻交往最深的僧人要数太平兴国寺传法院的文慧大师，文慧大师在《参记》中也作文惠大师③，他与成寻之间的往来极为频繁，文慧除了经常送成寻茶点外，他们之间还探讨佛法，我们从他们众多的交往记录中略引几例：

熙宁五年：

（十月十七日）当寺文慧大师译经证义议者来向，通内外学人由，三藏以笔言示之。④

（十月廿日）巳时，斋，从文慧大师房送羹一坏、珍菜二坏，皆用

---

① 吴承学曾讨论过陶渊明的自挽歌和自祭诗与佛教的关系，认为陶渊明的这类诗歌与《佛说四愿经》《大智度论》等佛教文献中的思维、语言、表述形式颇为相似（《汉魏六朝挽歌考》，载《文学评论》2002年第3期）。
② 《新校参天台五台山记》卷二，第149页。
③ 文慧在成寻的《参天台五台山记》中也作文惠，这可以从该行记中找到一些证据，如熙宁五年十月，文慧大师奉送成寻的铭中就称呼自己"比丘智普"，熙宁五年十月十四日，成寻在译席的名单（即翻译佛经的名单）上看到了"译经证义文章文慧大师赐紫智普"的记载（《新校参天台五台山记》卷四，第283页）。熙宁五年十月二十一日，文慧在给成寻借阅《辅教编》的书信中署名为"译经证义文慧大师智普"（《新校参天台五台山记》卷四，第311页）。熙宁五年十月十七日，成寻又载："当寺文慧大师译经证义议者来向，通内外学人由，三藏以笔言示之。"（《新校参天台五台山记》卷四，第300页）熙宁六年二月二十五日的"奥文注"中有"讲《圆觉经》文章文惠大师赐紫沙门臣智普证义"（《新校参天台五台山记》卷六，第557页）的记录。这些都说明文慧大师即文惠大师，系同一人。
④ 《新校参天台五台山记》卷四，第300页。

银器，诸僧料同送之，照大师送羹一坯，崇班来向，令吃茶了。……午时，文慧大师随身银茶器、银花盘奉向，诸僧皆吃茶，最可云殷勤之人。①

（十月二十五日）行向文慧大师房，返《辅教编》三卷。②

（十月二十六日）午时，文慧大师来，返《往生要集》，状云："《往生要集》已略览之，甚妙。观音帧必已瞻敬也。"③

（十月三十日）文慧大师自持来茶一斤，铭曰："庐山第一等茶，奉送日本阇梨供养。译馆比丘智普封上。曼殊师利菩萨同结胜缘者。"④

（十二月二十八日）申时，文惠大师来，借《广清凉传》三卷、《古传》二卷了。⑤

熙宁六年：

（一月十一日）文慧大师借《忏法略私记》一卷、《金刚顶》《苏悉地疏》《官符》一卷。⑥

（二月二十一日）文惠大师送茶。申时，文惠大师送平茸调羹一坯、茎立一坯。⑦

---

① 《新校参天台五台山记》卷四，第 307 页。
② 同上书，第 340 页。
③ 同上书，第 343 页。
④ 同上书，第 355 页。
⑤ 《新校参天台五台山记》卷五，第 453 页。
⑥ 《新校参天台五台山记》卷六，第 481 页。
⑦ 同上书，第 549 页。

第五章　唐宋僧人行记与旅行心态

（二月二十四日）文惠大师送达磨大师自西天来勘文，如左……①

《参记》中记载了很多成寻与文惠大师交往的情况，仅奉送茶点的记载就比比皆是。他们二人之间互借佛典已是常态化了，有时候还谈一谈阅读的感受。文惠大师对成寻颇为殷勤，甚至在他房间的墙壁上有成寻的画像。《参记》熙宁六年一月二十九日："向文惠大师房，见写吾形像悬壁，即作颂，云：'吾相非相，徒劳郢匠。郢匠既传，复成幻妄。幻妄匪真，真亦假名。虚堂独对，水月澄明。'写取同文惠大师书别纸，告云：'土僧视真已是梦中梦，更观身外身了。'"②他们两人之间确实有极为良好的关系。成寻将自己在宋所获经典派赖缘等人送往日本之时，其中也有他的真影（即法身的影像）及赞，赞文便是文惠所写，其云：

禀粹日天，为释之贤。分灯智者，接踵奝然。观国之光，蒙帝之泽。聿遘良工，遽传高格。慈相克肖，干城妄瞻。沧海万里，秋空一蟾。邈寄畈舸，众仰无厌。③

成寻最终没有返回日本，但是他将自己在北宋所取得的经典都托付弟子送到日本，文惠大师所写的这篇真赞主要讲成寻上接前贤的传统来宋巡礼，在这里他得到了神宗的礼遇，取得了很高的成就，希望将他的真影等带回日本，以供众人瞻仰。这份真赞既然要带回日本，成寻自然相当重视。其实，在传法院成寻与慈济大师、梵义大师、崇梵大师、梵才三藏、慈照大师等都有交往，他们也都对成寻礼敬有加，但成寻与文惠大师的关系更为密切。

成寻与宋朝僧人的交往是他人际关系中非常重要的一部分，他来宋巡礼与唐代的圆仁等人有很多不同，圆仁等人来唐巡礼时，还肩负着释

---

① 《新校参天台五台山记》卷六，第553页。
② 同上书，第530页。
③ 《新校参天台五台山记》卷八，第690页。

疑解惑的任务，抱着提升日本佛教的使命，但是成寻来宋则更多是为了个人荣耀。他在僧人中间受到的礼遇是圆仁从来没有遇到的，圆仁始终没有走进唐代佛教高僧大德的交流圈，留下诸多遗憾，圆仁在最后离开唐土时极其失望，他几乎是一种逃脱的方式离开的。成寻来宋时，已六十余岁，他在宋重新找到了人生的辉煌，最后心甘情愿留在大宋。同为来中国求法的日本僧人，心态却如此不同。

小　结

　　魏晋南北朝以来，中土僧人远去印度求法，深刻影响着中国佛教的面貌；隋唐以来，日本僧人来中土求法，也深刻影响着日本佛教的走向。虽然这两种行为都属于巡礼或求法的旅行行为，但是在旅行中每一个人的心态都完全不同。以玄奘为代表的中土求法僧有国家文化的强大支持，当他到达西域时，总是非常自信，对宗教的热情和对国家的责任感维系着玄奘的内心世界，他沉浸于宗教氛围的同时，国家总是隐现其中；对圆仁、成寻等日本僧人来说，他们都是怀着宗教的热情来中土巡礼求法，但他们的境遇却又如此不同，圆仁饱受折磨，唐朝对他极为冷淡，他在唐代的各项事宜不得不求助于新罗人，而北宋神宗时来宋的成寻却享受着至高的待遇。这种不同的待遇对他们的心态产生了重要的影响。

结　　语

通过以上各章的论述，可以对唐宋时期的行记文献有一个比较清晰的认识。这些文献虽然支离零碎，但是其背后所反映的是旅行这一古人时空转移中非常重要的文化现象，还是有一定的整体性。对这些文献的整体研究，有利于我们从宏观上把握行记这种文本，同时因大量行记文献的留存，也有助于我们认识旅行这一重要的文化现象。但是，行记在古代的文献系统中位置是模糊的，很难从众多的行记当中理出一条比较明晰的线索，有时候这些文献被归到史类当中，有时候则被归到文学之中，随着现代学术的演进，如何以今人的眼光来研究这些文献，确实值得思考。经过反复思考，我们觉得从文学和文化这两个层面来研究唐宋行记，大致能勾勒出这些文献所隐藏的一些问题。

从文学层面来讲，行记作为一类文献自有其特点。我们可以在先秦的史书书写中找到其"源"，最早有关旅行的记录者为行人、土训、诵训、职方氏等，后来出现了一些具体的文献，如《山海经》《禹贡》《穆天子传》等都与行记之间有渊源关系。汉代，随着国家向域外的开拓，《出关志》《南越行纪》等最初的行记之作便已产生，但是这些作品并不成熟，尚在探索之中；魏晋南北朝时期，行记文献大量出现，以僧人西行印度求法为背景产生了僧人行记，以北伐为背景产生了征伐随行记，以各个政权之间的交流为中心产生了交聘行记。这三类行记当中，征伐随行记有着特定的政治文化背景，随后这类文献基本消失，但是其对唐宋时期的文人行役记却产生一定的影响；唐宋时期，是行记的发展成熟期，有代表性的行记主要包括僧人行记、交聘行记与文人行役记，如果从文体的角度来分析这三类行记，它们还是有一些比较明显的特点。从体制来看，行记主要包括行踪、景观与旅行体验三要素，这三要素是以叙事的方式来表现的；从语体来看，主要为灵活多样的散体文；从体性来看，因创作主体个性的不同，行记的风格也颇为不同。当然，一些史书的体例对行记也有不小的影响，如传、记二体对行记产生了直接的影响，所以行记又有史学的品格。要之，行记体式的选择最终离不开文学与史学的双重影响，所以我们必须将唐宋行记放在文学演进与史学发展的大背景下才能认清其特点。

旅行本身是一种非常重要的文化现象，由此而产生的文献所呈现的问题多是文化问题，因此须从文化入手研究唐宋行记。我们从僧人行记、文人行役记、交聘行记三类行记文献当中总结出了一些问题，欲从这些问题入手来认识唐宋行记。以宋代文人行役记而言，文化关怀与个人情怀的抒发是把握这类行记的关键。宋代文人修养很高，整个时代都洋溢着一种脉脉的文化温情，文人因贬谪、调任、旅游等原因常常会在旅行途中写一些行记，这些行记不仅关注文化遗迹，而且也会将自己的心情内化到行记之中，所以这些行记有厚重的人文关怀；以唐宋的交聘行记而言，这类行记多为朝廷的使者所写，他们往往站在自己的文化立场来观察对方，根深蒂固的夷夏观念在他们的行记中表现得尤为突出，但是这种夷夏观念随着时代与国家地位的变化又有新的特点；再以僧人行记而言，这类行记的产生是因为求法或巡礼而产生的，创作主体是佛教徒，所以他们眼中的世界又不同于其他人，两类僧人行记的比较很有意思，一类是从中土到印度的求法僧所写的行记，另一类是从日本到中土的求法僧所写的行记，虽然同属求法巡礼而产生的行记，但因背后的国家文化与个人际遇不同，所以造成旅行者的心态也不尽相同，研究他们的心态可从微小之处看到一些重要问题。我们只从这些行记中提炼了一些主要的文化问题进行研究，其实这三类行记中所包含的文化问题还很多，需进一步挖掘。

总之，文学与文化研究是唐宋行记研究的双翼，要想将行记文献的研究向前推进一步，这二者不可偏废。

　　最后需要说明的是，我们对唐宋行记的研究只是一个初步的尝试，其中所隐含的大量问题还需要花费更多精力去解决。我们相信，随着研究的深入，一定能从这类文献中挖掘出更有价值的东西。

附录　汉至宋行记的著录[1]

一　交聘行记

行记名称	卷数	时代	作者	著录或引录情况	存佚
《出关志》	一	西汉	张骞	《隋书·经籍志》"地理之记"、《通志·艺文略》"地理·行役"	佚
《南越行纪》[2]		西汉	陆贾	《南方草木状》有征引	佚
《西域诸国记》		东汉	班勇	姚振宗《后汉书·艺文志》有著录、考证	佚
《宋云行纪》[3]	一	北魏	宋云	《旧唐书·经籍志》"地理类"、《新唐书·艺文志》"地理类"，《洛阳伽蓝记》有引录	佚
《董琬行记》[4]		北魏	董琬	《魏书·西域传》《北史·西域传》《通典》等书有引录	佚
《聘北道里记》	三	陈	江德藻	《隋书·经籍志》"地理之记"、《通志·艺文略》"地理·朝聘"	佚

---

[1]　汉至宋代的行记亡佚情况特别严重，多数行记只在古代的目录学著作中保留了名称，全文已不可考。而且如何准确判断一部作品是行记作品也存在一定的困难。如果全书保留下来的，就很容易判断该作品是否为行记；如果仅存一些佚文的，我们只能通过这些佚文以及其在目录著作中的位置加以判断；如果仅有书名而内容只字不存的，我们就只能根据其名称及其与同类书在目录著作的位置作一判断；还有一些行记是以单篇之"文"的形式存在的，一般情况保留在作者的集子里面，我们仔细寻绎，也将其情况作了统计。此"附录"的统计肯定会遗漏一些行记作品，也可能会将一小部分非行记作品收录其中，这都在所难免，请学术界的同仁指正批评，以俟完善。

[2]　又作《南中行纪》《南越记》。

[3]　《新唐书·艺文志》《旧唐书·经籍志》作《魏国以西十一国事》。

[4]　原书不见诸家目录之书，书名是李德辉据文意自拟。

附录　汉至宋行记的著录　319

续表

行记名称	卷数	时代	作者	著录或引录情况	存佚
《江表行记》	一	南朝	不详	《隋书·经籍志》"地理之记"、《通志·艺文略》"地理·行役"	佚
《赤土国记》	二①	隋	常骏	《旧唐书·经籍志》"地理类"、《新唐书·艺文志》"地理类"、《通志·艺文略》"地理·蛮夷"	佚
《大理国行程》	一		檀林	《通志·艺文略》"地理·蛮夷"	佚
《西番记》		隋	韦节	《通典》有引录	佚
《道里记》		不详	屈璆	《通典》《初学记》《太平寰宇记》有引录	佚
《魏聘使行记》②	六		不详	《隋书·经籍志》"地理之记"、《旧唐书·经籍志》"地理类"、《新唐书·艺文志》"地理类"、《通志·艺文略》"地理·蛮夷"	佚
《封君义行记》	一	北朝	李绘	《隋书·经籍志》"地理之记"、《通志·艺文略》"地理·行役"	佚
《李谐行记》	一		不详	《隋书·经籍志》"地理之记"、《通志·艺文略》"地理·行役"	佚
《聘游记》		南朝	刘师知	《隋书·经籍志》"地理之记"、《通志·艺文略》"地理·蛮夷"	佚
《朝觐记》	六		不详	《隋书·经籍志》"地理之记"、《通志·艺文略》"地理·蛮夷"	佚
《西域道里记》	三	不详	程士章	《隋书·经籍志》"地理之记"、《旧唐书·经籍志》"地理类"、《新唐书·艺文志》"地理类"、《通志·艺文略》"地理·蛮夷"	佚
《中天竺国行记》	十	唐	王玄策	《新唐书·艺文志》"地理类"、《旧唐书·经籍志》"地理类"、《通志·艺文略》"地理·蛮夷"	佚
《新罗国记》	一	唐	顾愔	《新唐书·艺文志》"地理类"、《通志·艺文略》"地理·蛮夷"、《宋史·艺文志》"地理类"	佚
《戴斗诸蕃记》	一	唐	不详	《新唐书·艺文志》"地理类"	佚

①　《通志·艺文略》作三卷。
②　《旧唐书·经籍志》《新唐书·艺文志》作五卷，姚振宗言该书"疑与下《李谐行记》一卷，《封君义行记》一卷合为一书，皆是李绘所集，其后散佚，故别有李绘撰《封君义行记》一卷也"（《隋经籍志考证》，第372页）。

续表

行记名称	卷数	时代	作者	著录或引录情况	存佚
《海南诸蕃行记》	一	唐	达奚通	《新唐书·艺文志》"地理类"、《通志·艺文略》"地理·蛮夷"	佚
《云南记》	五	唐	袁滋	《新唐书·艺文志》"地理类"、《通志·艺文略》"地理·蛮夷"	佚
《北荒杂录》	三	唐	李繁	《新唐书·艺文志》"地理类"、《通志·艺文略》"地理·蛮夷"	佚
《云南行记》	一	唐	韦齐休	《宋史·艺文志》"地理类"、《郡斋读书志》"伪史类"	佚
《云南行记》		唐	窦滂	《新唐书·艺文志》"地理类"、《通志·艺文略》"地理·行役"	佚
《南诏录》①	三	唐	徐云虔	《通志·艺文略》"地理·蛮夷"、《直斋书录解题》"地理类"、《宋史·艺文志》"地理类"	佚
《奉使高丽记》	一	唐	陈大德	《新唐书·艺文志》"地理类"、《旧唐书·经籍志》"地理类"	佚
《两京道里记》	三	唐	不详	《新唐书·艺文志》"地理类"、《通志·艺文略》"地理·都城宫苑"、《宋史·艺文志》"地理类"、《遂初堂书目》"地理类"。	佚
《回鹘道里记》	一	唐	李宪	《新唐书》列传第七十九:"为送太和公主使还,献《回鹘道里记》。"	佚
《使吐蕃经见纪略》		唐	刘元鼎	《旧唐书·吐蕃传》《新唐书·吐蕃传》《全唐文》有录	存
《渤海国记》	三	唐	张建章	《新唐书·艺文志》"地理类"、《通志·艺文略》"地理·蛮夷"、《宋史·艺文志》"地理类"	佚
《海外使程广记》②	三	南唐	章僚	《直斋书录解题》"地理类"、《通志·艺文略》"地理·朝聘"、《宋史·艺文志》"地理类"	佚
《遣使录》	一	唐	陆贽	《新唐书·艺文志》"杂传记类"、《通志·艺文略》"地理·朝聘"	佚
《于阗国行程记》③	一	五代	平居海	《宋史·艺文志》"地理类"	佚

---

① 陈振孙曰:"上卷记山川风俗,后二卷纪行及使事。"(《直斋书录解题》,上海古籍出版社1987年版,第267页)可知是行记。
② 《通志·艺文略》作《高丽国海外使程记》。
③ 此书又有《于阗行程记》《使于阗程记》《使西域记》《使于阗记》等名。

续表

行记名称	卷数	时代	作者	著录或引录情况	存佚
《陷虏记》	一	后晋	胡峤	《宋史·艺文志》"地理类"	残
《西州使程记》	一	北宋	王延德	《宋史·艺文志》"传记类"、《遂初堂书目》。《挥麈录》《说郛》《续资治通鉴长编》《宋史》等有引录	佚
《宋镐行录》			不详	宋镐使交州行记,书名存《安南志略》	佚
《接伴语录》	八		不详	《通志·艺文略》"地理·朝聘"	佚
《接伴入国馆伴录》		北宋	不详	《通志·艺文略》"地理·朝聘"	佚
《蒲甘国行程略》	一	北宋	佚名	《通志·艺文略》"地理·蛮夷"	佚
《使辽录》	一	北宋	陆佃	陆游《跋先左丞使辽语录》一文中录其名	佚
《北朝国信语录》	二	北宋	林内翰	《通志·艺文略》"地理·朝聘"	佚
《富公语录》①	一	北宋	富弼	《通志·艺文略》"地理·朝聘"、《宋史·艺文志》"传记类"、《郡斋读书志》"伪史类"、《遂初堂书目》"本朝故事"	佚
《奉使别录》②	二	北宋	富弼	《直斋书录解题》"传记类"、《宋史·艺文志》"传记类"、《遂初堂书目》"本朝故事"	佚
《陈襄奉使录》③	一	北宋	陈襄	《通志·艺文略》"地理·朝聘"、《宋史·艺文志》"故事类"	存
《贺正人使例》	一		不详	《通志·艺文略》"地理·朝聘"	佚
《使辽图抄》④	一	北宋	沈括	《通志·艺文略》"地理·朝聘"	存
《张浮休使辽录》	二	北宋	张舜民	《郡斋读书志》"伪史类"、《遂初堂书目》"地理类"⑤、《宋书·艺文志》"故事类"	佚

① 《郡斋读书志附志》作《富文忠入国语录》,《遂初堂书目》"本朝故事类"作《富公奉使录》,《宋书·艺文志》作《奉使录》二卷。

② 《遂初堂书目》作《富公奉使别录》,周煇《清波杂志》卷一引苏轼语、周必大《跋司马文正公手抄富文忠公使北录》皆作《使北语录》,元人汤允谟《云烟过眼录续集》作《使北日抄》。

③ 《宋史·艺文志》作《国信语录》,日本静嘉堂文库《古灵先生文集》作《神宗皇帝即位使辽语录》。

④ 《宋史·沈括传》作《使契丹图抄》,《永乐大典》卷一〇八七七引作《熙宁使虏图抄》。

⑤ 《遂初堂书目》"本朝故事类"又有《张芸叟使辽录》,当与"地理类"中的《张浮休使辽录》为一书。

续表

行记名称	卷数	时代	作者	著录或引录情况	存佚
《高丽国海外使程记》			昇元中叟	《通志·艺文略》"地理·朝聘"	佚
《南北国信记》	一		不详	《通志·艺文略》"地理·朝聘"	佚
《上房中事》①		北宋	宋抟	《宋会要辑稿》《文献通考·四夷考》中有征引	佚
《乘轺录》	一	北宋	路振	《郡斋读书志》"伪史类"、《直斋书录解题》"传记类"、《宋史·艺文志》"传记类"	存
《北庭记》②		北宋	晁迥	《宋会要辑稿》《续资治通鉴长编》中有引录	佚
《房中境界》③		北宋	薛映	《续资治通鉴长编》《宋会要辑稿》《辽史·地理志》中有引录	节本
《契丹风俗》④		北宋	宋绶	《续资治通鉴长编》《文献通考·四夷考》《宋会要辑稿》中均有引录，《续资治通鉴长编》引录最为完整	残
《青唐录》⑤	一	北宋	李远	《直斋书录解题》"传记类"	佚
《至道云南录》	三	北宋	辛怡显	《直斋书录解题》"地理类"、《郡斋读书志》"伪史类"、《宋史·艺文志》"地理类"、《遂初堂书目》"地理类"	佚
《戴斗奉使录》⑥	二	北宋	王曙	《郡斋读书志》"伪史类"、《宋史·艺文志》"传记类"、《遂初堂书目》"本朝故事"	佚
《上契丹事》⑦		北宋	王曾	《宋史·艺文志》"地理类"、《遂初堂书目》"地理类"，《宋会要辑稿》《文献通考·四夷考》《契丹国志》中引录较为完整	残

---

① 《宋会要辑稿·蕃夷》："宋抟使契丹还上房中事。"
② 《宋史·晁迥传》载晁迥"使契丹，还，奏《北庭记》"（第10086页）。《宋会要辑稿》作《房中风俗》。
③ 《宋会要辑稿·蕃夷》作《房中境界》，《辽史·地理志》作《薛映记》。
④ 也称《上契丹事》《房中风俗》《宋绶使辽行程录》等。
⑤ 《郡斋读书志》"伪史类"、《宋史·艺文志》"传记类"作两卷，汪藻撰，二者是否系同一书，已不可考。
⑥ 《宋史·艺文志》作一卷，《曲洧旧闻》作三卷。
⑦ 《契丹国志》作《王沂公行程录》，《宋会要辑稿》《辽史》等作《王曾上契丹事》，《元史·河渠志》作《北行录》。

续表

行记名称	卷数	时代	作者	著录或引录情况	存佚
《生辰国信语录》①	一	北宋	寇瑊等	《郡斋读书志》"伪史类"、《宋史·艺文志》"传记类"、《遂初堂书目》"本朝故事"	佚
《北使语录》		北宋	欧阳修	宋胡柯《庐陵欧阳文忠公年谱》中录有书名	佚
《北使语录》②	一	北宋	刘敞	《宋史·艺文志》"传记类"、《遂初堂书目》"本朝故事"	佚
《使北录》		北宋	范镇	汪应辰《题范蜀公集》载书目	佚
《入蕃录》	二	北宋	敏求	《宋书·艺文志》"传记类"	佚
《奉使录》③		北宋	陶悦	《三朝北盟会编》《建炎以来系年要录》有引录	佚
《上房中事》		北宋	余端	《宋会要辑稿·职官》："兵部侍郎余端礼等使金国还，上房中事"	佚
《奉使语录》		北宋	王拱辰	《续资治通鉴长编》卷一百一十七记录了此书	佚
《庆历正旦国信语录》④	一	北宋	余靖	《通志·艺文略》"地理类"、《直斋书录解题》"传记类"、《宋史·艺文志》"故事类"	佚
《庆历奉使录》		北宋	不详	《遂初堂书目》"地理类"	佚
《王文公送伴录》⑤		北宋	王安石	《遂初堂书目》"本朝杂史"	佚
《元祐七年贺正旦使界送伴语录》		北宋	吕希绩	《宋会要辑稿》有引录	佚
《熙宁正旦国信录》	一	北宋	窦卞	《直斋书录解题》"传记类"	佚
《接伴送语录》	一	北宋	沈季长	《直斋书录解题》"传记类"	佚
《使辽见闻录》	二	北宋	李罕	《直斋书录解题》"传记类"	佚
《奉使鸡林志》⑥	三十	北宋	王云	《直斋书录解题》"传记类"、《郡斋读书志》"伪史类"、《宋史·艺文志》	佚

① 《遂初堂书目》《宋史·艺文志》作《奉使录》。
② 《遂初堂书目》作《刘原父奉使录》。
③ 《三朝北盟会编》作《使北录》。
④ 《宋史·艺文志》作《国信语录》，《通志·艺文略》"地理类"作《余襄公奉使录》。
⑤ 《遂初堂书目》"本朝故事类"又有《王介父送伴录》，疑重出。
⑥ 《郡斋读书志》作《鸡林志》。

续表

行记名称	卷数	时代	作者	著录或引录情况	存佚
《鸡林志》①	二十	北宋	吴栻	《宋史·艺文志》"传记类"	佚
《宣和使金录》	一	北宋	连南夫	《直斋书录解题》"传记类"	佚
《燕云奉使录》		北宋	赵良嗣	《三朝北盟会编》征引	残存
《山西军前合议奉使录》		北宋	李若水	《三朝北盟会编》有引录	残存
《宣和乙巳奉使金国行程录》②		北宋	许亢宗	《靖康稗史》《三朝北盟会编》《大金国志》征引	存
《奉使杂录》	一	南宋	何铸	《直斋书录解题》"传记类"	佚
《建炎通问录》		南宋	傅雱	《直斋书录解题》"杂史类"有引录	残
《茆斋自叙》		南宋	马扩	《三朝北盟会编》多有引录	存
《旧帐行程录》		南宋	钟邦直	《建炎以来系年要录》《三朝北盟会编》引录数条	佚
《使高丽录》		南宋	徐兢	见《宣和使高丽图经》	存
《建炎假道高丽录》	一	南宋	杨应诚	《直斋书录解题》"伪史类"	佚
《馆伴日录》	一	南宋	无名氏	《直斋书录解题》"传记类"	佚
《章忠恪奉使金国语录》	一	南宋	章忠恪	《郡斋读书志附志》"地理类"	佚
《绍兴甲寅通和录》	一	南宋	王绘	《三朝北盟会编》中有引录	存
《接送伴语录》		南宋	汪大猷	楼钥《攻媿集》载《敷文阁学士宣奉大夫致仕赠特进汪公行状》云："金国贺四年正旦，借吏部尚书为接伴使，上阅《语录》，见公敏于酬对，处事有体，滋向之。"知有是书	佚
《揽辔录》	一	南宋	范成大	《直斋书录解题》"传记类"、《宋史·艺文志》"传记类"	存
《北行日录》	一	南宋	楼钥	《直斋书录解题》"传记类"著录，保存在《攻媿集》中	存
《靖康奉使录》	一	南宋	郑望之	《直斋书录解题》"伪史类"，《三朝北盟会编》征引	残存
《乾道奉使录》	一	南宋	姚宪	《直斋书录解题》"传记类"	佚

① 《玉海》"崇宁鸡林志"条记载："《鸡林志》二十卷，崇宁中吴拭使高丽撰，载往回事迹及一时诏诰。"又"《鸡林志》三十卷，王云撰，其类有八，自《高丽事类》至《海东备检》（云从拭使高丽）。"《宋史》中"吴拭"作"吴栻"。

② 此书又作《许奉使行程录》《许亢宗奉使行程录》《金虏行程》等。

附录　汉至宋行记的著录

续表

行记名称	卷数	时代	作者	著录或引录情况	存佚
《朔行日记》		南宋	韩元吉	韩元吉《南涧甲乙稿》中有《书朔行日记后》一文，知其有《朔行日记》	佚
《金国生辰语录》①	一	南宋	韩元吉	《宋史·艺文志》"故事类"	佚
《河东逢虏记》		南宋	陶宣幹	《三朝北盟会编》有引录	佚
《北辕录》	一	南宋	周煇	《说郛》《历代小说》《古今说海》《续百川学海》中均有收录	存
《北辕录》		南宋	俞庭椿	据黄震《黄氏日抄》卷九十二《跋俞奉使〈北辕录〉》可知有是书	佚
《奉使执礼录》	一	南宋	郑俨	《直斋书录解题》"传记类"	佚
《聘燕录》		南宋	郑汝谐	《遂初堂书目》"地理类"	佚
《使燕录》	一	南宋	余嵘	《直斋书录解题》"传记类"	佚
《使金录》		南宋	程卓	《碧琳琅馆丛书》《芋园丛书》中均收录	存
《使北本末》		南宋	赵睎远	由楼钥《跋赵睎远〈使北本末〉》，知有是书	佚
《北征录》	七	南宋	倪思	《宋史·艺文志》"传记类"	佚
《祈请使行程记》		南宋	严光大	元人刘一清《钱塘遗事》录入	存
《黑鞑事略》		南宋	彭大雅著、徐霆疏	原刊本不存，一直有抄本传世，现存最早的版本为有明嘉靖间姚咨跋抄本	存
《使鞑日录》②	一	南宋	邹伸之	《千顷堂目目》《宋书艺文志补》《晁氏宝文堂书目》《四库全书总目》《续通志·艺文略》《续文献通考·经籍考》《国史·经籍考》《传是楼书目》均有著录	佚
《蒙鞑备录》	一	南宋	孟珙③	《国史·经籍志》"地理类"、《绛云楼书目》《澹生堂书目》等均有著录。存于《说郛》中	存

① 此书是否与《朔行日记》是同一部书，还无法判断，故此处将其单独列出。
② 《续通志·艺文略》《续文献通考·经籍考》《四库全书总目》作《使北日录》，《续文献通考·乐考》《日下旧闻考》等作《使蒙日录》，《大金国志》《郑堂读书记》《四库全书考证》《四库全书存目标注》等作《使燕日录》。
③ 《国史经籍志》地理类作者为孟琪，《续文献通考》《元秘史注》《陔光亭杂识》《陶庐杂录》等书则作孟珙，王国维在《蒙鞑备录笺证》中辨正"孟珙"为"赵珙"之误。

二　僧人行记

行记名称	卷数	时代	作者	著录或引录情况	存佚
《释氏西域记》		西晋	道安	《水经注》《艺文类聚》《太平御览》诸书多有征引	佚
《外国事》		西晋	支僧载	《水经注》《艺文类聚》《太平御览》诸书多有征引	佚
《法显传》①	二	东晋	法显	《隋书·经籍志》"杂传类"、《通志·艺文略》"地理·蛮夷"	存
《乌山铭》		东晋	支昙谛	《太平御览》引录一条	佚
《游行外国传》	一	刘宋	释智猛	《隋书·经籍志》"地理之记"、《旧唐书·经籍志》"地理类"、《新唐书·艺文志》"地理类"、《通志·艺文略》"地理·蛮夷"类有著录	佚
《交州以南外国传》	一		不详	《通志·艺文略》"地理·蛮夷"	佚
《外国传》	五	齐	释昙景	《隋书·经籍志》"地理之记"、《通志·艺文略》"地理·蛮夷"	佚
《历国传》	二	刘宋	释法盛	《隋书·经籍志》"地理之记"、《旧唐书·经籍志》"地理类"、《新唐书·艺文志》"地理类"、《通志·艺文略》"地理·蛮夷"类有著录	佚
《佛国记》		不详	竺法维	《水经注》《通典》等书引录数条	佚
《慧生行传》②	一	北魏	慧生	《隋书·经籍志》"地理之记"、《旧唐书·经籍志》"地理类"、《新唐书·艺文志》"地理类"、《通志·艺文略》"地理·蛮夷"有著录，《洛阳伽蓝记》有引录	佚
《道荣传》③		北魏		《洛阳伽蓝记》有引录	佚
《大隋翻经婆罗门法师外国传》	五	隋	不详	《隋书·经籍志》"地理类"、《通志·艺文略》"地理·蛮夷"	佚
《游天竺记》		唐	常愍	《大正大藏经》第五十一册《三宝感应要略》中有引录	佚

---

① 该书有很多不同的名称，如《法显行传》《佛国记》《佛游天竺记》《历游天竺记》《释法显游天竺记》《历游天竺记传》《法明游天竺记》等。该书的不同名称，章巽已经辨明，且著录情况在其《法显传校注》中很详细，此处不再赘述。

② 此书又名《惠生使西域记》《惠生使西域传》。"慧"也作"惠"（《大正新修大藏经》）。

③ 作者或作道药。

续表

行记名称	卷数	时代	作者	著录或引录情况	存佚
《大唐西域记》①	十二	唐	玄奘	《新唐书·艺文志》子部"道家类"、《通志·艺文略》"地理·蛮夷"、《直斋书录解题》"地理类"	存
《悟空入竺记》		唐	圆照	《大正藏》第五十一册《游方记抄》	存
《往五天竺国传》		唐	慧超	敦煌遗书 P.3532	残卷
《西天路竟》		北宋	行勤等	敦煌遗书 S.0383	残卷
《五台山行记》			沙洲某僧	敦煌遗书 P.3973	残卷
《五台山行记》			不详	敦煌遗书 P.4648	残卷
《五台山行记》			不详	敦煌遗书 S.0397	残卷
《印度普华大师游五台山日记》			不详	敦煌遗书 P.3931	存
《诸山圣迹志》			不详	敦煌遗书 S.0529	残卷
《印度地理》②			不详	敦煌遗书 P.3926	残卷
《继业西域行程》		北宋	继业	范成大《吴船录》录存	存
《唐大和上东征传》		日	真人元开		存
《入唐求法巡礼记》		日	圆仁		存
《行历抄》		日	圆珍		节本
《入唐记》		日	奝然		佚
《来唐日记》		日	寂照		佚
《参天台五台山记》		日	成寻		存
《渡宋记》		日	戒觉		节本

三 征伐随行记

行记名称	卷数	时代	作者	著录或引录情况	存佚
《述征记》	二	东晋	郭缘生	《隋书·经籍志》"地理之记"、《旧唐书·经籍志》"地理类"、《新唐书·艺文志》"地理类"、《通志·艺文略》"地理·行役"类均有著录	佚

---

① 此条下又著录辩机《西域传》,二书实为一书。
② 书名参考了郑炳林《敦煌地理文书汇集校注》,甘肃教育出版社1989年版,第230页。

续表

行记名称	卷数	时代	作者	著录或引录情况	存佚
《续述征记》		东晋	郭缘生	《水经注》《初学记》《北堂书钞》《初学记》《艺文类聚》《太平御览》《太平寰宇记》诸书多有征引	佚
《西征记》①	二	东晋	戴延之	《隋书·经籍志》"地理之记"、《新唐书·艺文志》"地理类"、《旧唐书·经籍志》"地理类"、《通志·艺文略》"地理·行役"均有著录	佚
《宋武北征记》	一	东晋	戴氏②	《隋书·经籍志》"地理之记"、《通志·艺文略》"地理·行役"	佚
《北征记》		东晋	伏滔	《艺文类聚》《太平御览》《太平寰宇记》等书有引录	佚
《北征记》		不详	孟粤	《艺文类聚》《太平御览》征引数条	佚
《征齐道里记》		东晋	邱渊之	《北堂书钞》《太平寰宇记》《太平御览》诸书征引数条	佚
《北征记》		东晋	徐齐民	《后汉书·郡国志》引录一条	佚
《从征记》		东晋	伍缉之	《后汉书》《水经注》《初学记》《艺文类聚》《北堂书钞》《太平御览》《元和郡县图志》《路史》等书有引录	佚
《述征记》③		南朝宋	裴松之	《魏志》当中有引录	佚
《西征记》		南朝宋	裴松之	《太平寰宇记》引一条	佚
《西征记》		齐	卢思道	《封氏见闻记》《太平寰宇记》各征引一条	佚
《随王入沔记》	六④	南朝宋	沈怀文	《隋书·经籍志》"地理之记"、《旧唐书·经籍志》"地理类"、《新唐书·艺文志》"地理类"、《通志·艺文略》"地理·行役"	佚

---

① 此书作者又作戴祚，实与戴延之同为一人，重出。姚振宗《隋书经籍志考证》中有详细的辨析。

② 据姚振宗《隋书经籍志考证》，此书的作者"戴氏"即戴延之。

③ 清人章宗源考证："《魏志·三少帝纪》注裴松之《西征记》曰：'臣松之昔从征西至洛阳，历观旧物，见典论石在太学者，尚存，而庙门外无之。'《太平寰宇记·河南道》：'老子宫前有双松柏，左阶之柏久枯，此称裴松之《述征记》。'"（《隋经籍志考证》卷六）古代的典籍很少征引裴松之的这二书，是否是征引的错误，已不可考，存疑。

④ 《旧唐书》中作十卷。

附录　汉至宋行记的著录

续表

行记名称	卷数	时代	作者	著录或引录情况	存佚
《述行记》	二卷①	北周	姚最	《隋书·经籍志》"地理之记"、《旧唐书·经籍志》"地理类"、《新唐书·艺文志》"地理类"、《通志·艺文略》"地理·行役"类均有著录	佚
《北伐记》	七	隋	诸葛颖	《隋书·经籍志》"地理之记"、《通志·艺文略》"地理·行役"	佚
《西征记》	不详	唐	韦机	《新唐书·艺文志》"杂传记类"	佚
《北征杂记》②	一	唐	赵憬	《直斋书录解题》"传记类"	佚
《北征纪实》	二	北宋	蔡绦	《直斋书录解题》"伪史类"	佚
《孙威敏征南录》③		北宋	滕甫	《直斋书录解题》"传记类"、《宋史·艺文志》"传记类"	佚
《北狩行录》	一	北宋	蔡鞗	《三朝北盟会编》引录	存
《北狩见闻录》	一	南宋	曹勋	《三朝北盟会编》引录	存
《征蒙记》	一	南宋	李大亮	《直斋书录解题》"伪史类"	佚

四　文人行役记

行记名称	卷数	时代	作者	著录或引录情况	存佚
《入东记》		刘宋	吴均	《太平寰宇记》《浙江通志》《永乐大典》《大清一统志》《石柱记笺释》《苏诗补注》等书有引录	佚
《舆驾东幸记》	一	梁	薛泰	《隋书·经籍志》"地理之记"、《旧唐书·经籍志》"地理类"、《新唐书·艺文志》"地理类"、《通志·艺文略》"地理·行役"均有著录	佚
《庙记》④	一		不详	《隋书·经籍志》"地理之记"、《旧唐书·经籍志》"地理类"、《新唐书·艺文志》"地理类"、《通志·艺文略》"地理·行役"均有著录	佚
《巡总扬州记》	七	隋	诸葛颖	《隋书·经籍志》"地理之记"、《新唐书·艺文志》"地理类"、《旧唐书·经籍志》"地理类"、《通志·艺文略》"地理·行役"	佚

---

① 《隋书·经籍志》著录为十卷。
② 《直斋书录解题》："唐宰相赵憬撰，贞元四年咸安公主下降回纥，憬副关播为册礼使作此书纪行。"《宋史·艺文志》"地理类"有《北征杂记》一卷，作者为陈延禧。
③ 《宋史·艺文志》书名作《征南录》。
④ 《玉海》引《唐书地理六十三家》："述征行，则有《庙记》……"知是行记之作。这一点李德辉已经指出，并以为梁吴均也撰有《庙记》，然《隋书·经籍志》《旧唐书·经籍志》《新唐书·艺文志》所著录的《庙记》断非吴均所撰（见《晋唐两宋行记辑校》，第61页）。

续表

行记名称	卷数	时代	作者	著录或引录情况	存佚
《并州入朝道里记》	一	隋	蔡允恭	《隋书·经籍志》"地理之记"	佚
《南征记》	十	唐	韩琬	《新唐书·艺文志》"杂传记类"、《通志·艺文略》"地理·行役"	佚
《燕吴行役记》	二	唐	张氏	《新唐书·艺文志》"地理类"、《旧唐书·经籍志》"地理类"、《通志·艺文略》"地理·行役"、《直斋书录解题》"地理类"、《宋史·艺文志》"地理类"、《遂初堂书目》"地理类"	佚
《李德裕南迁录》①	一	唐	李德裕	《通志·艺文略》"地理·行役"、《崇文总目》"传记类"、"地理类"	佚
《来南录》		唐	李翱	存《李文公集》中	存
《南行录》		唐	房千里	《文献通考》中有其目	佚
《丁谓南迁录》	一	唐	丁谓	《通志·艺文略》"地理·行役"	佚
《峡程记》	一	唐	韦庄	《通志·艺文略》"地理·行役"、《宋史·艺文志》"传记类"、《遂初堂书目》"地理类"、《崇文总目》"地理类"	佚
《蜀程记》	一	唐	韦庄	《通志·艺文略》"地理·行役"、《宋史·艺文志》"传记类"、《遂初堂书目》"地理类"、《崇文总目》"地理类"	佚
《入洛记》	一	五代	王仁裕	《通志·艺文略》"地理·行役"、《直斋书录解题》"传记类"、《郡斋读书志》"杂史类"、《宋史·艺文志》"传记类"、《遂初堂书目》"杂史类"、《崇文总目》"传记类"	佚
《南行记》	一②	五代	王仁裕	《通志·艺文略》"地理·行役"、《郡斋读书志》"伪史类"、《宋史·艺文志》"传记类"	佚
《王氏东南行》	一	不详		《通志·艺文略》"地理·行役"	佚
《晋朝陷蕃记》③		后晋	范质	《通志·艺文略》"地理·行役"、《直斋书录解题》"传记类"、《郡斋读书志》"杂史类"、《宋史·艺文志》"传记类"、《遂初堂书目》"杂史类"、《崇文总目》"传记类"。新旧《五代史》有节录	佚

---

① 《崇文总目》"传记类"作四卷,同书"地理类"作《南行录》一卷,司马光《资治通鉴考异》所引题为《李太尉南行录》。
② 《郡斋读书志》《文献通考》作三卷。
③ 《郡斋读书志》《遂初堂书目》作《石晋陷蕃记》。

附录　汉至宋行记的著录

续表

行记名称	卷数	时代	作者	著录或引录情况	存佚
《李昉南行记》	一	北宋	李昉	《通志·艺文略》"地理·行役"	佚
《西行记》	一	北宋	刘涣	《直斋书录解题》"传记类"、《宋史·艺文志》"传记类"	佚
《游蜀记》	一	北宋	李用和	《通志·艺文略》"地理·行役"	佚
《游山行记》	十二	北宋	司马光	《名臣碑传琬琰集》录其名	佚
《于役志》	一	北宋	欧阳修	见《欧阳修全集》	存
《黔南道中行记》		北宋	黄庭坚	《山谷集》中有录	存
《冯翊行记》		北宋	李复	《潏水集》卷六录存	存
《巴东龙昌洞行记》		北宋	蒋堂	《永乐大典》卷九七六三引录	存
《郴行录》①	一	北宋	张舜民	《宋史·艺文志》"传记类"著录，《画墁集》卷七、卷八录存	存
《西征记》		北宋	卢襄	《说郛》《锦绣万花谷》等录存	存
《西征道里记》	一	南宋	郑刚中	《北山集》收录	存
《江行录》	一	北宋	张公	《直斋书录解题》"地理类"	佚
《入蜀记》	六	南宋	陆游	《渭南文集》录存	存
《吴船录》	一	南宋	范成大	《直斋书录解题》"小说类"、《宋史·艺文志》"传记类"	存
《骖鸾录》	一	南宋	范成大	《宋史·艺文志》"传记类"	残
《荆溪行记》		南宋	孙觌	《鸿庆居士集》有录	存
《归庐陵日记》		南宋	周必大	《文忠集》收录	存
《泛舟游山录》		南宋	周必大	《文忠集》收录	存
《奏事录》		南宋	周必大	《文忠集》收录	存
《南归录》		南宋	周必大	《文忠集》收录	存
《雁山行记》	一	南宋	陈谦	《直斋书录解题》"地理类"、《宋史·艺文志》"地理类"	佚
《游吴江行记》		南宋	陈文蔚	《克斋集》收录	存
《行程录》		南宋	王大观	《建炎以来系年要录》有引录	佚

---

① 《宋史·艺文志》"地理类"、《郡斋读书志》"小说类"、《遂初堂书目》"本朝杂传"中又著录了张舜民的《南迁录》两卷。晁公武说："舜民元丰中从军攻灵州，师还，谪授郴州监酒，即日之官，记途中所历并其诗文。"（《郡斋读书志校证》，第579页）又周紫芝《书浮休生〈画墁集〉后》："乃元丰间芸叟谪郴州时，舟过岳阳楼，望君山所作也。今日读公《南迁录》见之，前二事皆恍惚在数年之外矣。"（《太仓稊米集》卷六十七，文渊阁《四库全书》本）由此观之《郴行录》与《南迁录》似为一书。

续表

行记名称	卷数	时代	作者	著录或引录情况	存佚
《己酉航海记》	一	南宋	李正民	《直斋书录解题》"伪史类",《挥麈录》《三朝北盟会编》录存	存
《入越录》		南宋	吕祖谦	《吕祖谦全集》收录	存
《入闽录》		南宋	吕祖谦	《吕祖谦全集》收录	存

参考文献

一 古籍（以经史子集四部为序）

（汉）孔安国传，（唐）孔颖达疏：《尚书正义》，北京大学出版社1999年版。

（汉）郑玄注，（唐）孔颖达疏：《礼记正义》，北京大学出版社2000年版。

（汉）郑玄注，（唐）贾公彦疏：《周礼注疏》，北京大学出版社1999年版。

（汉）何休：《春秋公羊传解诂》，《十三经注疏》本，中华书局1980年版。

（汉）扬雄著，华学诚校释：《扬雄方言校释汇证》，中华书局2006年版。

（周）左丘明传，（晋）杜预注，（唐）孔颖达正义：《春秋左传正义》，北京大学出版社1999年版。

（宋）王柏：《书疑》，《金华丛书》本，同治退补斋本。

（清）孙诒让：《周礼正义》，中华书局1987年版。

（清）孙希旦：《礼记集解》，中华书局1989年版。

（清）焦循：《孟子正义》，中华书局1987年版。

杨伯峻：《春秋左传注》（修订本），中华书局2009年版。

（汉）司马迁：《史记》，中华书局1963年版。

（汉）班固：《汉书》，中华书局1964年版。

（南朝宋）范晔：《后汉书》，中华书局1965年版。

（南朝梁）沈约：《宋书》，中华书局1974年版。

（北齐）魏收：《魏书》，中华书局1974年版。

（北魏）杨衒之著，周祖谟校释：《洛阳伽蓝记校释》，中华书局2010年版。

(北魏）杨衒之著，范祥雍校注：《洛阳伽蓝记校注》，上海古籍出版社 1978 年版。

(北魏）杨衒之著，周振甫译注：《洛阳伽蓝记译注》，江苏教育出版社 2006 年版。

(北魏）杨衒之著，杨勇校笺：《洛阳伽蓝记校笺》，中华书局 2006 年版。

(北魏）郦道元著，陈桥驿校证：《水经注校证》，中华书局 2007 年版。

(晋）嵇含：《南方草木状》，《丛书集成初编》本，商务印书馆 1939 年版。

(晋）崔豹：《古今注》，《丛书集成初编》本，中华书局 1985 年版。

(唐）房玄龄等：《晋书》，中华书局 1974 年版。

(唐）魏徵等：《隋书》，中华书局 1973 年版。

(唐）李延寿：《南史》，中华书局 1975 年版。

(唐）玄奘、辩机原著，季羡林等校注：《大唐西域记校注》，中华书局 2000 年版。

(唐）慧超、杜环原著，张毅笺释，张一纯笺注：《往五天竺国传笺释 经行记笺注》，中华书局 2000 年版。

(唐）杜佑：《通典》，中华书局 1988 年版。

(唐）刘知幾撰，（清）浦起龙通释：《史通通释》，上海古籍出版社 2009 年版。

(唐）樊绰撰，向达校注：《蛮书校注》，中华书局 1962 年版。

[日] 圆仁撰，白化文、李鼎霞、徐德楠校注：《入唐求法巡礼行记校注》，花山文艺出版社 2007 年版。

(后晋）刘昫等：《旧唐书》，中华书局 1975 年版。

(宋）薛居正等：《旧五代史》，中华书局 1976 年版。

(宋）欧阳修、宋祁：《新唐书》，中华书局 1975 年版。

(宋）欧阳修：《新五代史》，中华书局 1974 年版。

(宋）司马光：《资治通鉴》，中华书局 1956 年版。

(宋）乐史：《太平寰宇记》，中华书局 2007 年版。

(宋）王存：《元丰九域志》，中华书局 1984 年版。

参考文献

（宋）王尧臣：《崇文总目》，《丛书集成初编》本。

（宋）陈振孙撰，徐小蛮、顾美华点校：《直斋书录解题》，上海古籍出版社1987年版。

（宋）晁公武撰，孙猛校证：《郡斋读书志校证》，上海古籍出版社1990年版。

（宋）尤袤：《遂初堂书目》，《丛书集成初编》本。

（宋）郑刚中：《征西道里记》，民国《续金华丛书》本。

（宋）徐兢：《宣和奉使高丽图经》，《丛书集成初编》本。

（宋）郑樵：《通志》，中华书局1995年版。

（宋）李焘：《续资治通鉴长编》，中华书局1985年版。

（宋）徐梦莘：《三朝北盟会编》，上海古籍出版社1987年版。

（宋）王象之：《舆地纪胜》，中华书局影印1992年版。

（宋）祝穆：《方舆胜览》，中华书局2003年版。

（宋）李心传：《建炎以来系年要录》，上海古籍出版社2008年版。

（宋）确庵、耐庵：《靖康稗史笺证》，崔文印笺证，中华书局1988年版。

（宋）叶隆礼：《契丹国志》，上海古籍出版社1985年版。

（宋）赵汝括原著，杨博文校释：《诸蕃志校释》，中华书局2000年版。

（宋）程卓：《使金录》，《续修四库全书》第423册，上海古籍出版社2002年版。

（宋）宇文懋昭，崔文印校证：《大金国志校证》，中华书局1986年版。

［日］成寻：《参天台五台山记》，花山文艺出版社2008年版。

［日］成寻著，王丽萍校点：《新校参天台五台山记》，上海古籍出版社2009年版。

（金）佚名：《大金吊伐录》，中华书局1985年版。

（元）脱脱等：《宋史》，中华书局1977年版。

（元）脱脱等：《金史》，中华书局1975年版。

（元）脱脱等：《辽史》，中华书局1974年版。

（元）马端临：《文献通考》，中华书局1986年版。

（清）黄虞稷：《千顷堂书目》，上海古籍出版社2001年版。

（清）厉鹗：《辽史拾遗》，《丛书集成初编》本。
（清）吴任臣：《十国春秋》，中华书局1983年版。
（清）永瑢等：《四库全书总目》，中华书局1965年版。
（清）章学诚：《章学诚遗书》，文物出版社1985年版。
（清）章学诚著，叶瑛校注：《文史通义校注》，中华书局1985年版。
（清）章学诚：《与陈观民工部论湖北通志》，张树棻纂辑，朱士嘉校订《章实斋方志论文集》，山东省地方志编纂委员会1983年重印。
（清）钱大昕：《十驾斋养新录》，《钱大昕全集》第七集，江苏古籍出版社1997年版。
（清）徐松辑：《宋会要辑稿》，中华书局1957年版。
（清）张金吾：《爱日精庐藏书志》，中华书局2012年版。
（清）王锡祺：《小方壶斋舆地丛钞》，杭州古籍出版社1993年版。
（清）章宗源：《隋经籍志考证》，清光绪元年湖北崇文书局刻《三十三种丛书》本。
（清）姚振宗：《隋书经籍志考证》，见《师石山房丛书》，上海开明书店1926年版。
（清）皮锡瑞著，周予同注释：《经学历史》，中华书局2008年版。
（清）叶昌炽：《奇觚庼文集》，民国十年刻本。
（汉）王充著，黄晖校释：《论衡校释》，中华书局1990年版。
（晋）法显撰，章巽校注：《法显传校注》，中华书局2008年版。
（南朝宋）刘义庆著，（南朝梁）刘孝标注，余嘉锡笺疏：《世说新语笺疏》，中华书局1983年版。
（南朝梁）僧祐：《出三藏记集》，中华书局1995年版。
（南朝梁）释慧皎：《高僧传》，中华书局1992年版。
（唐）虞世南：《北堂书钞》，中国书店影印1989年版。
（唐）欧阳询：《艺文类聚》，上海古籍出版社1965年版。
（唐）徐坚：《初学记》，中华书局1962年版。
（唐）封演著，赵贞信校注：《封氏见闻记校注》，中华书局2005年版。
（唐）段成式：《酉阳杂俎》，中华书局1981年版。

参考文献

（唐）慧立、彦悰，（唐）道宣：《大慈恩寺三藏法师传　释迦方志》，中华书局 2000 年版。

（唐）智昇：《开元释教录》，《大正藏》第 55 册。

（唐）义净著，王邦维校注：《大唐西域求法高僧传校注》，中华书局 1988 年版。

（唐）释道宣：《续高僧传》，《高僧传合集》，上海古籍出版社 1991 年版。

（唐）释道世著，周叔迦、苏晋仁校注：《法苑珠林校注》，中华书局 2003 年版。

［日］真人元开著，汪向荣校注：《唐大和上东征传》，中华书局 2000 年版。

（宋）李昉等：《太平御览》，中华书局影印 1960 年版。

（宋）李昉等：《太平广记》，中华书局 1961 年版。

（宋）王钦若等：《册府元龟》，周勋初等校订，凤凰出版社 2006 年版。

（宋）晁补之：《鸡肋集》，据上海涵芬楼影印明诗瘦阁仿宋刊本。

（宋）黄朝英：《靖康缃素杂记》，中华书局 2014 年版。

（宋）陶毂：《清异录》，李锡龄校勘，《惜阴轩丛书》本。

（宋）赞宁：《宋高僧传》，中华书局 1987 年版。

（宋）程大昌：《演繁露》，中华书局 1985 年版。

（宋）赵与时：《宾退录》，上海古籍出版社 1983 年版。

（宋）王应麟著，（清）翁元圻等注：《困学纪闻》，上海古籍出版社 2008 年版。

（宋）王应麟：《玉海》，广陵书社影印浙江书局刻本 2003 年版。

（宋）陆游：《老学庵笔记》，中华书局 1979 年版。

（宋）范成大：《范成大笔记六种》，中华书局 2002 年版。

（宋）王明清：《挥麈录》，中华书局 1961 年版。

（宋）周煇撰，刘永翔校注：《清波杂志校注》，中华书局 1994 年版。

（宋）周密：《齐东野语》，中华书局 1983 年版。

（宋）张世南：《游宦纪闻》，中华书局 1981 年版。

（金）刘祁：《归潜志》，中华书局 1983 年版。

（元）刘壎：《隐居通议》，清海山仙官丛书本。

（明）陶宗仪等编：《说郛三种》，上海古籍出版社2012年版。

（明）陈耀文编：《天中记》，影印《文渊阁四库全书》第965册，台湾商务印书馆1983年版。

（明）何宇度：《异部谈资》，清钞本。

（明）胡应麟：《少室山房笔丛》，中华书局1958年版。

（清）郝懿行：《〈山海经〉笺疏》，巴蜀书社1985年影印版。

（清）赵翼：《陔余丛考》，中华书局1963年版。

（清）李慈铭：《越缦堂读书记》，中华书局2006年版。

（清）于鬯：《香草校书》，中华书局1984年版。

袁珂：《山海经校注》，上海古籍出版社1980年版。

王贻樑、陈建敏：《穆天子传汇校集释》，华东师范大学出版社1994年版。

杨伯峻：《列子集释》，中华书局1979年版。

《大正新修大藏经》第51册，台北：新文丰出版公司1983—1985年版。

（南朝宋）谢灵运著，顾绍柏校注：《谢灵运集校注》，中州古籍出版社1987年版。

（南朝梁）萧统编，（唐）李善注：《文选》，上海古籍出版社1986年版。

（南朝梁）刘勰著，范文澜注：《文心雕龙注》，人民文学出版社1958年版。

（唐）李白著，瞿蜕园、朱金城校注：《李白集校注》，上海古籍出版社1980年版。

（唐）李白著，（清）王琦注：《李太白全集》，中华书局1977年版。

（唐）岑参著，陈铁民、侯忠义等校注：《岑参集校注》，中华书局1981年版。

（唐）王维著，陈铁民校注：《王维集校注》，中华书局1997年版。

（唐）杜甫著，（清）钱谦益笺注：《钱注杜诗》，上海古籍出版社1979年版。

（唐）韩愈著，（清）方成珪笺证：《韩集笺正》，《续修四库全书》第1310册，上海古籍出版社2002年版。

（唐）李翱：《李翱集》，甘肃人民出版社1992年版。

（唐）刘禹锡：《刘禹锡集》，中华书局1990年版。

（唐）杜牧著，吴在庆校注：《杜牧集系年校注》，中华书局2008年版。

（唐）温庭筠著，刘学锴校注：《温庭筠全集校注》，中华书局2007年版。

［日］弘法大师原撰，王利器校注：《文镜秘府论校注》，中国社会科学出版社1983年版。

（宋）范仲淹：《范文正公文集》，《范仲淹全集》，四川大学出版社2007年版。

（宋）欧阳修：《欧阳修全集》，中华书局2001年版。

（宋）欧阳修著，洪本健笺证：《欧阳修诗文集校笺》，上海古籍出版社2009年版。

（宋）欧阳修著，李之亮笺注：《欧阳修集编年笺注》，巴蜀书社2007年版。

（宋）石介：《徂徕石先生文集》，中华书局1984年版。

（宋）苏辙：《栾城集》，上海古籍出版社1987年版。

（宋）王安石：《王文公集》，上海人民出版社1974年版。

（宋）李觏：《直讲李先生文集》，《四部丛刊初编》本。

（宋）刘敞：《公是集》卷二十四，《丛书集成初编》本，中华书局1985年版。

（宋）苏颂：《苏魏公文集》，中华书局1988年版。

（宋）苏轼：《苏轼文集》，中华书局1986年版。

（宋）苏轼著，（清）冯应榴辑注：《苏诗合注》，上海古籍出版社2001年版。

（宋）苏轼著，（清）查慎行补注：《苏诗补注》，凤凰出版社2013年版。

（宋）黄庭坚：《黄庭坚全集》，四川大学出版社2001年版。

（宋）张耒：《张耒集》，中华书局1990年版。

（宋）张舜民：《画墁集》，《知不足斋丛书》本，据明《永乐大典》本刻。

（宋）洪炎：《西渡集》，影印《文渊阁四库全书》第1127册，台湾商务印书馆1983年版。

（宋）孟元老著，伊永文笺注：《东京梦华录笺注》，中华书局2006年版。

（宋）真德秀：《文章正宗·纲目》，影印《文渊阁四库全书》，台湾商务印书馆1983年版。

（宋）陆游：《陆游集》，中华书局 1976 年版。

（宋）陆游著，钱仲联校注：《剑南诗稿校注》，上海古籍出版社 1985 年版。

（宋）范成大：《范石湖集》，中华书局 1962 年版。

（宋）杨万里著，辛更儒笺校：《杨万里集笺校》，中华书局 2007 年版。

（宋）周必大：《文忠集》，《文渊阁四库全书本》第 1147 册，台湾商务印书馆 1983 年版。

（宋）楼钥：《攻媿集》，清《武英殿聚珍版丛书》本。

（宋）吕祖谦：《入越录》，《吕祖谦全集》第一册，浙江古籍出版社 2008 年版。

（宋）吕祖谦：《东莱吕太史文集》，北京图书馆出版社 2004 年版。

（宋）辛弃疾著，邓广铭笺注：《稼轩词编年校注》（增订本），上海古籍出版社 1993 年版。

（宋）刘克庄著，辛更儒校注：《刘克庄集笺校》，中华书局 2011 年版。

（宋）严羽著，郭绍虞校释：《沧浪诗话校释》，人民文学出版社 1983 年版。

（宋）陈文蔚：《克斋集》，《丛书集成初编》本。

（宋）郑思肖：《郑思肖集》，上海古籍出版社 1991 年版。

（明）吴讷：《文章辨体序说》；（明）徐师曾：《文体明辨序说》，人民文学出版社 1962 年版。

（明）杨慎著，王大厚笺证：《升庵诗话新笺证》，中华书局 2008 年版。

（明）王世贞：《弇州四部稿》，台北：伟文图书出版社有限公司 1976 年影印版。

（明）胡应麟：《诗薮》，上海中华书局 1958 年版。

（明）萧士玮：《春浮园集》，清光绪刻本。

（明）胡震亨：《李杜诗通》，顺治七年刻本。

（明）汪瑗：《楚辞集解》，北京古籍出版社 1994 年版。

（明）田艺衡：《香宇集》，《续修四库全书》第 1354 册，上海古籍出版社 2002 年版。

［日］黑板胜美编，三善为康撰：《朝野群载》，收入《新定增补国史大系》卷二十九上，吉川弘文馆 1999 年版。

（清）董诰等编：《全唐文》，中华书局1983年影印版。

逯钦立辑校：《先秦汉魏晋南北朝诗》，中华书局1988年版。

北京大学古文献研究所编：《全宋诗》，北京大学出版社1992年版。

曾枣庄、刘琳主编：《全宋文》第十三册，巴蜀书社1999年版。

陈述辑校：《全辽文》，中华书局1982年版。

薛瑞兆、郭明志编纂：《全金诗》，南开大学出版社1995年版。

二　近人著作及论文（以作者姓氏拼音为序）

（一）著作

仓修良：《方志学通论》，方志出版社2003年版。

陈寅恪：《陈寅恪史学论文选集》，上海古籍出版社1992年版。

陈寅恪：《金明馆丛稿二编》，上海古籍出版社1980年版。

陈寅恪：《魏晋南北朝史讲演录》，万绳楠整理，黄山书社1987年版。

陈左高：《中国日记史略》，上海出版翻译公司1990年版。

程千帆：《〈史通〉笺记》，武汉大学出版社2008年版。

程千帆：《文论十笺》，武汉大学出版社2008年版。

程千帆：《闲堂文薮》，齐鲁书社1984年版。

褚斌杰：《中国古代文体概论》（增订本），北京大学出版社1997年版。

冯承钧译：《西域南海史地考证译丛》第二卷，商务印书馆1962年版。

高嵩：《敦煌唐人诗集残卷考释》，宁夏人民出版社1982年版。

葛兆光：《宅兹中国——重建有关"中国"的历史论述》，中华书局2011年版。

葛兆光：《中国思想史》，复旦大学出版社2005年版。

龚鹏程：《游的精神文化史论》，河北教育出版社2001年版。

巩本栋：《唱和诗词研究——以唐宋为中心》，中华书局2013年版。

顾颉刚、刘起釪：《尚书校释译论》，中华书局2005年版。

顾实：《穆天子西征传讲疏》，上海商务印书馆1930年版。

郭沫若：《郭沫若全集·历史编》第一卷，人民出版社1982年版。

郭少棠：《旅行：跨文化的想象》，北京大学出版社2005年版。

郭英德：《中国古代文体学论稿》，北京大学出版社 2005 年版。

郭预衡：《中国散文史》，上海古籍出版社 2000 年版。

郭世谦：《山海经考释》，天津古籍出版社 2011 年版。

韩兆琦：《中国传记文学史》，河北教育出版社 1992 年版。

黄侃：《文心雕龙札记》，中华书局 1962 年版。

黄怀信：《逸周书汇校集注》，上海古籍出版社 2007 年版。

贾鸿雁：《中国游记文献研究》，东南大学出版社 2005 年版。

贾敬颜：《五代宋金元边疆行记十三种疏证稿》，中华书局 2004 年版。

金毓黻主编：《辽海丛书》，辽沈书社 1985 年版。

李德辉：《唐代交通与文学》，湖南人民出版社 2003 年版。

李德辉：《晋唐两宋行记辑校》，辽海出版社 2009 年版。

李勇先：《〈舆地纪胜〉研究》，巴蜀书社 1998 年版。

林梅村：《汉唐西域与中国文明》，文物出版社 1998 年版。

林裕文：《词汇·语法·修辞》，上海教育出版社 1960 年版。

刘师培：《中国中古文学史 论文杂记》，人民文学出版社 1959 年版。

刘师培：《左盦集》，宁武南氏校印，1934 年。

柳诒徵：《中国文化史》，中国大百科全书出版社 1988 年版。

鲁迅：《古小说钩沉》，见《鲁迅全集》第八卷，人民文学出版社 1973 年版。

鲁迅：《且介亭杂文》，人民文学出版社 1995 年版。

鲁迅：《中国小说史略》，上海古籍出版社 1998 年版。

栾丰实：《东夷考古》，山东大学出版社 1996 年版。

梅新林、俞樟华主编：《中国游记文学史》，学林出版社 2004 年版。

钱公侠、施英：《日记与游记》，上海启明书局 1936 年版。

钱锺书：《管锥编》，生活·读书·新知三联书店 2007 年版。

钱锺书：《谈艺录》，生活·读书·新知三联书店 2008 年版。

孙楷第：《沧州后集》，中华书局 2009 年版。

孙修身：《王玄策事迹钩沉》，新疆人民出版社 1998 年版。

汤用彤：《汉魏两晋南北朝佛教史》，北京大学出版社 1997 年版。

唐长孺：《魏晋南北朝史论丛续编》，生活·读书·新知三联书店1959年版。

陶晋生：《宋辽关系史研究》，中华书局2008年版。

陶贤都：《魏晋南北朝霸府与霸府政治研究》，湖南人民出版社2007年版。

田余庆：《东晋门阀政治》，北京大学出版社1998年版。

王国维：《观堂集林》，中华书局1986年版。

王国维：《王国维遗书》，上海古籍出版社1985年版。

王立群：《中国古代山水游记研究》（修订本），中国社会科学出版社2008年版。

吴承学：《中国古代文体形态研究》，中山大学出版社2000年版。

吴承学：《中国古代文体学研究》，人民出版社2011年版。

向达：《唐代长安与西域文明》，河北教育出版社2001年版。

项楚：《敦煌诗歌导论》，台北：新文丰出版有限公司1993年版。

徐俊：《敦煌诗集残卷辑考》，中华书局2000年版。

严耕望：《唐代交通图考》，台北"中研院"史语所，1986年。

杨建新主编：《古西行记选注》，宁夏人民出版社1987年版。

余太山：《两汉魏晋南北朝正史西域传研究》，中华书局2003年版。

余太山：《两汉魏晋南北朝正史西域传要注》，中华书局2005年版。

袁世硕：《文学史学的明清小说研究》，天津教育出版社2008年版。

詹锳：《李白诗文系年》，人民文学出版社1984年版。

张福祥：《东夷文化通考》，上海古籍出版社2008年版。

张国淦：《中国古方志考》，中华书局1962年版。

张舜徽：《张舜徽史学三书评议》，华中师范大学出版社2005年版。

张锡厚：《敦煌文学》，上海古籍出版社1980年版。

赵永春：《奉使辽金行程录》，吉林文史出版社1995年版。

赵永春：《金宋关系史研究》，吉林教育出版社1999年版。

郑炳林：《敦煌地理文书汇集校注》，甘肃教育出版社1989年版。

周春生：《吴越春秋辑校汇考》，上海古籍出版社1997年版。

周汝昌：《红楼梦新证》（增订本），中华书局2012年版。

周裕锴：《宋代诗学通论》，上海古籍出版社2007年版。

［日］木宫泰彦：《日中文化交流史》，胡锡年译，商务印书馆1980年版。

［日］足立喜六：《法显传考证》，国立编译馆1937年版。

(二) 论文

艾思：《陆游论读书》，载《包头师专学报》（社会科学版）1987年第1期。

柴德赓：《四库提要之正统观念》，载《史学丛考》，中华书局1982年版。

柴剑虹：《敦煌伯2555卷"马云奇诗"辨》，载《中华文史论丛》1984年第1辑。

柴剑虹：《敦煌唐人诗集残卷（伯2555）初探》，载《新疆师大学报》1982年第2期。

［日］长泽和俊：《论所谓的〈宋云行纪〉》，载《丝绸之路史研究》，钟美珠译，天津古籍出版社1990年版。

陈芳明：《宋代正统论的形成背景及其内容》，载《宋史研究集》1971年第8辑，原载《食货》月刊第一卷第8期。

陈梦家：《商代的神话与巫术》，载《燕京学报》第20期。

陈尚胜：《唐代的新罗侨民社区》，载《历史研究》1996年第1期。

陈致：《夷夏新辨》，载《中国史研究》2004年第1期。

丁谦：《后魏宋云西域求经记地理考证》，见《浙江图书馆丛书》第二集，1915年。

冯承钧：《王玄策事辑》，载《西域南海史地考证论著汇编》，中华书局1957年版。

冯培红：《晚唐五代宋初归义军武职军将研究》，载郑炳林主编《敦煌归义军史专题研究》，兰州大学出版社1997年版。

傅乐成：《唐代夷夏观念之演变》，《大陆杂志》第二十五卷第8期。

傅乐焕：《宋辽聘使表稿》，载《辽史丛考》，中华书局1984年版。

傅乐焕：《宋人使辽语录行程考》，《辽史丛考》，中华书局1984年版。

［日］高田时雄：《慧超〈往五天竺国传〉之语言与敦煌写本之性质》，钟翀等译，载《敦煌·民族·语言》，中华书局2005年版。

巩本栋：《唐五代唱和诗词总集叙录》，载《西南大学学报》（社会科学版）2013 年第 4 期。

顾颉刚：《〈穆天子传〉及其著作年代》，载《文史哲》第一卷第 2 期。

顾浙秦：《敦煌诗集残卷涉蕃唐诗总论》，载《西藏研究》2014 年第 3 期。

郭声波：《唐宋地理总志从地记到胜览的转变》，载《四川大学学报》（哲学社会科学版）2000 年第 6 期。

郭声波：《〈大唐天竺使之铭〉之文献学研识》，载《中国藏学》2004 年第 3 期。

胡厚宣：《卜辞记事文字史官签名例》，载《国立中央研究院历史语言研究所集刊》第 12 本，1947 年。

黄玲：《宋代使金行记文献研究》，硕士学位论文，陕西师范大学，2011 年。

黄盛璋：《〈西天路竟〉笺证》，载《敦煌学辑刊》1984 年第 2 期。

霍巍：《〈大唐天竺使出铭〉及相关问题的研究》，载《东方学报》第 66 册，1994 年。

霍巍：《〈大唐天竺使出铭〉相关问题再探》，载《中国藏学》2001 年第 1 期。

霍巍：《西藏吉隆县发现唐显庆三年〈大唐天竺使出铭〉》，载《考古》1994 年第 7 期。

李德辉：《汉唐两宋行记的渊源流变》，载《中华文史论丛》2010 年第 3 期。

李德辉：《六朝行记二体论》，载《文学遗产》2012 年第 3 期。

李德辉：《论宋人的使蕃行记》，《华夏文化论坛》2008 年第 2 辑。

李德辉：《论中国古行记的基本特征》，《宁夏大学学报》（人文社会科学版）2003 年第 5 期。

李德辉：《唐代使蕃行记叙论》，《兰州大学学报》（社会科学版）2005 年第 4 期。

李德辉：《唐人行记三类叙论》，《华南师范大学学报》（社会科学版）2005 年第 2 期。

李剑雄：《缘于性情 出于天然——一部隽永的游记〈入蜀记〉》，载《历史文献研究》总第 22 辑，华中师范大学出版社 2003 年版。

李由：《"尚有北宋典型"：陆游对欧阳修散文的继承与发展——以游记和题跋为中心》，《江西师范大学学报》（哲学社会科学版）2014年第3期。

李正宇：《莫贺延碛道考》，载《敦煌研究》2012年第2期。

梁启超：《支那院内精校本〈玄奘传〉书后——关于玄奘年谱之研究》，载《佛学研究十八篇》，江苏文艺出版社2008年版。

林瑞翰：《北宋之边防》，载《宋史研究集》第13辑，原载《台大文史哲学报》1970年第19期。

刘安志：《唐五代押衙考略》，载《魏晋南北朝史料》，1998年。

刘珺珺：《范成大纪行三录文体论》，载《文学遗产》2012年第6期。

刘浦江：《说"汉人"——辽金时代民族融合的一个侧面》，载《民族研究》1998年第6期。

刘浦江：《宋代使臣语录考》，载张希清等主编《世纪中国文化的碰撞与融合》，上海人民出版社2006年版。

柳诒徵：《王玄策事辑》，载《学衡》1925年第39期。

陆庆夫：《关于王玄策研究的几点商榷》，载《敦煌研究》1994年第3期。

陆庆夫：《论王玄策对中印交通的贡献》，载《敦煌学辑刊》1984年第1期。

罗莹：《张志和〈渔父〉词在唐宋时期的传播情况考述》，载《船山学刊》2007年第2期。

邓乔彬：《唐宋渔父词的文人化发展》，载《文史哲》2009年第1期。

骆守中：《陆游读书治学诗话》，载《陕西教育》1994年第10期。

梅新林、崔小敬：《游记文体之辨》，载《文学评论》2005年第6期。

苗书梅：《宋代军资库初探》，载《河南大学学报》（社会科学版）1996年第6期。

莫砺锋：《读陆游〈入蜀记〉札记》，载《文学遗产》2005年第3期。

莫砺锋：《陆游"读书"诗的文学意味》，载《浙江社会科学》2003年第2期。

莫砺锋：《陆游诗中的学者自画像》，载《南京师范大学文学院学报》2003

年第2期。

聂崇歧：《宋辽交聘考》，载《宋史丛考》，中华书局1980年版。

[日] 内田吟风：《后魏宋云释惠生西域求经记考证序说》，载《塚本博士颂寿纪念佛教史学论集》，京都大学人文科学研究所1961年版。

潘重规：《敦煌唐人陷蕃诗集残卷校录》，载《幼狮学志》1979年第4期。

潘重规：《敦煌唐人陷蕃诗集残卷作者的新探测》，载《汉学研究》1985年第3卷第1期。

潘重规：《敦煌唐人陷蕃诗集残卷研究》，载《敦煌学》1988年第18辑。

钱云：《百年来两宋出使行记之研究》，载《汉学研究通讯》第31卷第4期。

荣新江：《唐五代归义军武职军将考》，载中国唐史学会编《中国唐史学会论文集》，三秦出版社1993年版。

邵文实：《吐蕃占领时期敦煌没蕃诗人及其作品》，载《东南大学学报》1998年第3期。

舒学：《敦煌唐人诗集残卷》，载《文物资料丛刊》第1辑，文物出版社1977年版。

孙修身：《唐朝杰出外交活动家王玄策史迹研究》，载《敦煌研究》1994年第3期。

孙修身：《唐敕使王玄策使印度路线再考》，载《中国历史地理论丛》1997年第2期。

陶文鹏：《论宋代山水诗的绘画意趣》，载《中国社会科学》1994年第2期。

童炽昌：《读陆游的读书诗》，载《文史知识》1984年第6期。

童书业：《〈穆天子传〉献疑》，载《禹贡》第五卷第3、4期。

王国维：《宋代之金石学》，载《王国维遗书》第五册《静庵文集续编》，上海书店1983年版。

王皓：《宋代外交行记与语录研究》，博士学位论文，四川师范大学，2012年。

王立群：《游记的文体要素与游记文体的形成》，载《文学评论》2005年第 3 期。

王永平：《刘裕、刘毅之争与晋宋变革》，载《江海学刊》2012 年第 3 期。

王永兴：《关于唐代后期方镇官制新史料考释》，载北京大学古代史研究中心编《纪念陈寅恪先生诞辰百年学术论文集》，北京大学出版社 1989 年版。

卫聚贤：《〈穆天子传〉研究》，载《中山大学语言历史研究百年纪念周刊》1929 年第九卷第 100 期。

吴承学：《汉魏六朝挽歌考》，载《文学评论》2002 年第 3 期。

许序雅：《唐代与中亚九姓胡关系演变考述——以中亚九姓胡朝贡为中心》，载《西域研究》2012 年第 1 期。

严耕望：《唐代方镇僚佐考》，载《唐史研究丛考》，新亚研究所 1969 年版。

余太山：《宋云、惠生西使的若干问题》《〈宋云行纪〉要注》，见《早期丝绸之路文献研究》，上海人民出版社 2009 年版。

郁贤皓：《〈夜泊牛渚怀古〉与〈横江词六首〉考释》，载《南京师大学报》（社会科学版）1988 年第 1 期。

袁珂：《〈山海经〉写作的时地及篇目考》，载《神话论文集》，上海古籍出版社 1982 年版。

张广达：《唐代柳胡州等地的昭武九姓》，载《北京大学学报》（哲学社会科学版）1986 年第 2 期。

张国刚：《唐代藩镇军将职级考略》，载《学术月刊》1989 年第 5 期。

张劲：《楼钥、范成大使金过开封城内路线考证——兼论北宋末年开封城内宫苑分布》，载《中国历史地理论丛》2004 年第 4 期。

张先堂：《敦煌唐人诗集残卷（P.2555）新校》，载《敦煌研究》1995 年第 3 期。

张中政：《汉儿、签军与金朝的民族等级》，载《社会科学辑刊》1983 年第 3 期。

赵永春：《宋代出使辽金"语录"的史学价值》，载《淮阴师范学院学报》（社会科学版）2013 年第 3 期。

赵永春:《宋人出使辽金"语录"研究》,载《史学史研究》1996年第3期。
Ari Daniel Levine（李瑞）, "Welcome to the Occupation: Collective Memory, Displaced Nostalgia, and Dislocated Knowledge in Southern Song Ambassadors' Travel Records of Jin-dynasty Kaifeng", *T'oung Pao*, 99, 2013.

后　　记

　　我一直喜欢与旅行相关的文献，并非偶然。高中之前一直生活在甘肃东南一个闭塞贫穷的山村，这种久居的状态常使我有远足旅行的冲动，直到考上大学，走出县城，才有了第一次真正意义上的旅行。大学四年，读唐诗时觉得最有味道的诗是行旅诗，在动态的旅行当中，景观的变化与诗人的心态交织在一起，言有尽而意无穷。后来又读《史记》，对司马迁在九州的漫游饶有兴味，与其他史学家相比，司马迁因为旅行的缘故对历史多了一份同情的理解。本科毕业后我来到了西北师范大学古典文献学专业学习，其间阅读了《大唐西域记》数遍，其中充满异域风情的地理描写与神秘的故事穿插在一起，令人大开眼界。读其书，想见其为人，于是又阅读了《大慈恩寺三藏法师传》，这种以人物为中心的旅行记，颇有小说的味道，又是另一番风景。两本书相互发明，引人入胜。可以说，我本人对行旅文献一直抱有浓厚的兴趣。我的硕士学位论文以"吐蕃交通"为题，唐代的旅行记是重点引用的材料之一。这些使我对唐代行记有了初步的认识。

　　硕士毕业后，决意要远离家乡，理想的行程至少应在千里之外，机缘巧合我来到了祖国西北边陲的小城伊宁，从此每年往返于"西域"之路，岑参雄奇瑰丽的西域诗变得亲切有味，玄奘法师杖锡远迈的形象逐渐鲜活起来。在美丽富饶的伊犁河谷生活十年，雄伟的天山与蜿蜒西流的伊犁河相映成趣，草原成甸，瓜果飘香，使我对这片土地有了更为深刻的接触，遥望东方，时空之中皆是踽踽而行的古人。这也使我很好地理解了为什么古代诗人远离家乡到了"边缘"地带，文学创作反而成就更高。也许只有身在"边缘",我们才会更好地认识"中心"。行记书写十分关注"边缘",这在一定程度上也是对自身的内省。正是这段经历,使我对行记中的"边缘"书写,有了较多的认知。

2012年,我考取了南京大学的博士研究生,从此负笈南雍跟随本栋师度过了我人生当中最重要的一段学习时光。南京数年,每有余暇,便约三五好友,泛游江南,遍览名胜古迹,在古巷深树中寻找古代诗人的足迹。"西域"雄阔粗犷的戈壁、雪山、草原与金陵灵秀的钟山、静怡的玄武湖、雄毅的长江成了我眼前时常交替出现的景象。南京大学植根于金陵,深厚的历史底蕴,内敛沉稳的气质,让学子们倍感从容、踏实,在此有幸聆听了莫砺锋、张伯伟、程章灿、许结、曹虹、徐兴无等先生的课程,异彩纷呈,所获实多。本栋师秉承程千帆先生"敬业、乐群、勤奋、谦虚"的传统教诲弟子,这既是他对我们的殷切期望,也是本栋师自身的恰当写照。本栋师对学生学业一丝不苟,极为严格。入学之前,便根据每个学生的学术特点布置了《毛诗正义》《左传》《文选》《史记》《杜诗详注》等需要在读博期间精读的书,每读完一种书后要求写一篇质量较高的文章才算过关,这些文章本栋师会逐字逐句地反复修改,直至完善。读博期间,最让人印象深刻的是在仙林校区杨宗义楼每两周一次的读书会,风雨不辍,让人既紧张,又兴奋。所紧张者唯恐读书浅显,思考不深,所兴奋者思考的一些问题,本栋师总能切中肯綮,点到要害,令人豁然开朗。这一段读书的过程那么温润美好,远比写一篇博士学位论文的收获要多。本栋师身正格高,学问严谨精深,为人为学皆为我辈楷模,问学门下,倍感幸福。

经过十多年的辗转,我回到了旅行开始的地方母校天水师范学院,在这里又见到十多年前教诲我的老师,一切都是那么亲切,看到他们,上课时的情景历历在目,现在又能时不时地听到他们熟悉的声音,再次感受春风化雨般的润泽,无疑也是一种幸福。感谢这里教导过我的每一位老师!

也许,博士学位论文以"唐宋行记研究"为题并不是随意为之的,是偶然中的必然,有其因缘际会。从甘肃到新疆,从新疆到江苏,再次回到甘肃，身体心灵的旅行，让我不断体验古人行走中的情感。研究唐宋行记中从塞北到江南的旅行书写仿佛又让我进行了一次错位的旅行，每读一部行记，便随古人远行，循情遥想，涤荡心灵。

每个阶段的读书都是身体与心灵的旅行，每一次旅行都提供了一种人生的契机，使我渐渐走上了学术的道路。尽管有时迫于生计在学问的路上不能全力以赴，但依然感谢今天所拥有的生活。人类社会以自己的方式向前推进，作为个体的我们始终无法脱离时代，不管是欢乐还是痛苦，每一次的际遇都是新的旅途的开始。我原本一无所有，感谢这个时代，感谢自己所经历的每一件事，遇到的每一个人，这一切使我这个来自偏远西部农村的孩子走出洼地，在不断的旅行中体验不同空间中的景观，寻找自我存在的意义。

恍惚之间，已近不惑之年，这本小书终于付梓。面对仓促而成的拙作，实难令人满意，惶恐居多，丑媳妇终要见公婆，敢于公开出版，则是恳切希望得到更多批评，以便提高。书稿本栋师修改多遍，百忙中又不忘赐序，感谢老师；答辩中钟振振、陈书录、莫砺锋、程章灿、苗怀明诸位先生提出了的宝贵意见，多已吸收反映在书中，感谢他们；此书得以出版，得到天水师范学院文学与文化传播学院中国语言文学省级重点学科经费的支持，感谢资助。

是为记。

己亥秋于天水师范学院寓所